Two Sides of the Dark
Emerdale-Dilogie

»Emerdale« bei Planet!:

Bd. 1: Two Sides of the Dark Bd. 2: One Side of the Light
erscheint im Juni 2022

Mehr über unsere Bücher, Autor*innen und Illustrator*innen auf:
www.planet-verlag.de

ALEXANDRA FLINT

TWO SIDES OF THE DARK

PLANET!

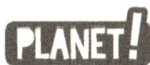

*Für Maxi, weil du an mich geglaubt hast,
als ich es selbst nicht mehr getan habe.*

*Und
für die wundervollen Menschen,
die diesen Weg mit mir gehen.
Ihr seid der Grund,
warum ich nicht stehen bleibe.
Ihr seid meine Augenblicke.*

PLAYLIST

Jedes Kapitel hat seinen eigenen Song, den ich extra dafür ausgewählt habe. Nicht nur der Text und die tiefere Bedeutung darin, sondern auch die Melodie und Stimmung der Musik drücken aus, was Jo und Taylor in den jeweiligen Situationen durchleben, fühlen und denken.

What I've Done – Linkin Park
Good Girls Gone Wild – Klaas
Shine A Little Light – The Black Keys
Flames (with ZAYN) – R3HAB, ZAYN, Jungleboi
I Believe – Foreign Air
WHAT YOU GONNA DO – Bastille, Graham Coxon
Horns – Bryce Fox
Oh My Dear Lord – The Unlikely Candidates
Astronomia (Never Go Home) – Tony Igy
High Road (feat. John Legend) – Fort Minor, John Legend
Paris – Sabrina Carpenter
Wherever You Are – Kodaline
Control – Zoe Wees
Wicked Game – Ursine Vulpine, Annaca
Bad Liar (Stripped) – Imagine Dragons
Zombie (Acoustic Version) – The Cranberries
Hangin' – Bastille

Cooler Than Me – Lucky Luke

Play With Fire (feat. Yacht Money) – Sam Tinnesz, Yacht Money

You Mean The World To Me – Freya Ridings

Scars – Boy Epic

Renegades (Stash Konig Remix) – X Ambassadors

Live Like Legends – Ruelle

The Driver – Bastille

you broke me first – Tate McRae

Numb – Linkin Park

Bravado – Lorde

Waiting Game – BANKS

Cinderella Man – Eminem

Survivor – 2WEI, Edda Hayes

Helium – Sia

War Of Hearts – Ruelle

PROLOG

TAYLOR

What I've Done – Linkin Park

»Ich wette mit euch, sie werden mich wieder gegen Avan antreten lassen. Weil es ja *so* revolutionär ist, Wasser und Feuer zusammen in den Ring zu schicken, um zu schauen, welches Element das stärkere ist.« Meine beste Freundin Samira pustete sich eine Strähne ihrer roten Haare aus dem Gesicht und griff lustlos nach ihrem Vollkornbrot. »Dabei wissen sie längst, was dabei rauskommt. Ich schlage ihn jedes Mal um Längen.«

Avan schenkte ihr einen genervten Blick. »Du hast sie nicht mehr alle, Sam.«

Mit einem schiefen Grinsen schlug ich unter dem Tisch mit Sam ein und ließ die fünf bewaffneten Aufseher, die unserer Gruppe zugeteilt waren, keine Sekunde aus den Augen. Jeglicher nicht regelkonformer Körperkontakt war untersagt und ich war nicht besonders scharf darauf, als Bestrafung für ein paar Stunden ausgeknockt zu werden.

»Du hast nur Schiss«, erwiderte Sam und verengte ihre smaragdgrünen Augen, woraufhin der Orangensaft auf ihrem Tablett gefährlich zu blubbern begann.

Einer der Aufseher, ein bulliger Typ mit Sturmmaske und schwarzer Uniform, legte warnend eine Hand auf die Schnellschusswaffe an seiner Seite und machte einen Schritt in Richtung unseres Tischs. Der unerlaubte Einsatz unserer

Fähigkeiten war genauso verboten wie Händchenhalten oder sonstiges Aus-der-Reihe-Tanzen.

Ich versetzte Samira einen leichten Tritt gegen ihr Schienbein, was sie ruckartig zu mir schauen ließ. »Der Gorilla, Sam. Neun Uhr«, flüsterte ich und hob warnend die Augenbrauen.

»Spielverderber«, brummte sie und atmete aus.

Der Orangensaft beruhigte sich wieder.

Quinn, der links von Sam saß, und ich sahen uns vielsagend an. In letzter Zeit schien es unsere Freundin geradezu darauf anzulegen, ausgeschaltet zu werden. Als hätte sie ungesunden Gefallen daran gefunden, mit dem Feuer zu spielen.

Keine gute Entwicklung.

Die Unterlippe zwischen die Zähne gezogen, legte ich meinen Apfel zurück und fuhr mir unwillkürlich über den linken Unterarm. Dort, wo der Tracker mit dem Deaktor, einem speziell für uns entwickelten Nervengift, unter meiner Haut saß, bereit, mich bei dem kleinsten Vergehen unschädlich zu machen. Beinahe wie eine tickende Zeitbombe, deren Zünder nicht in meinen Händen lag.

»Wo ist eigentlich Hayden? Er lässt sich doch sonst kein Frühstück entgehen. Haben sie ihn wieder auf eine Sondermission geschickt?« Sam schaute von mir zu Quinn und zurück, ehe sie ihren Blick einmal über den Speisesaal gleiten ließ.

Sechs Tische für sechs Generationen Emerdale in perfekten Reihen angeordnet. Neununddreißig Probanden, sogenannte Dales, ruhiggestellt und diszipliniert. Dreiundzwanzig schwer bewaffnete Soldaten und Aufseher, keine Fenster, eine gesicherte Tür und eine Essensausgabe. Dazu nackte

Betonwände und fünfzehn sichtbare Kameras, die jeden Winkel des Saals überwachten.

Aber kein Hayden.

»Er hat mir von keiner weiteren Mission erzählt«, meinte Quinn und runzelte die Stirn. Seine dunkle Haut bot einen starken Kontrast zu unserer einheitlichen hellgrauen Kleidung. »Aber dir hat er sicherlich was gesagt, oder Tay?«

Ich presste die Lippen zu einer schmalen Linie zusammen.

Ja, Hayden hatte mir etwas *gesagt*. Von den scheinbar unmöglichen Dingen, die sie von ihm verlangten. Von den Schmerzen, dem Druck, den Mitteln und Experimenten, die ihn langsam, aber sicher zerstörten. Ich kannte diese Tests und Versuchsreihen – wusste, was sie mit einem anstellten. Und dass sie einen früher oder später umbrachten.

Ich schluckte und ballte die Hände im Schoß zu Fäusten.

Wir alle besaßen spezielle Fähigkeiten, die uns einzigartig, die uns zu Waffen machten – aber Hayden und ich, wir waren anders. Unsere Fähigkeiten reichten weiter.

»Tay?« Quinns warme, beinahe sanfte Stimme ließ mich das Kinn heben.

»Er müsste jeden Moment hier sein«, gab ich schließlich zurück und zwang mich zu einem dünnen Lächeln. »Nur eine Routineuntersuchung, nichts weiter.«

Sam machte den Mund auf, vermutlich um meine jämmerliche Lüge zu entlarven, als sich die breite Tür zischend öffnete und Hayden, flankiert von zwei Soldaten, in den Speisesaal geführt wurde. Köpfe wandten sich in seine Richtung und dann wieder, weil wir darauf gedrillt worden waren und so etwas Teil unseres Alltags war, ab. Niemand stellte Fragen, niemand sagte etwas. Bis auf ein leises Wispern war es so still wie in einem verfluchten Grab.

Haydens Tracker wurde gescannt, dann lief er durch die Tischreihen bis zu unserem Platz, den Blick fest auf etwas geheftet, das nur er zu sehen schien. Seine Schultern waren gestrafft, seine Haltung aufrecht und jede Bewegung präzise und entschlossen. Aber auch wenn er sich alle Mühe gab, sich zusammenzureißen, konnte ich ihm ansehen, dass jeder einzelne Schritt eine Qual für seinen geschundenen Körper war.

Die anderen mochten es geflissentlich übersehen oder gar nicht erst bemerken, doch mich konnte er nicht täuschen, dafür kannte ich ihn zu gut.

Dunkle Ringe lagen unter seinen hellbraunen Augen, denen ihr üblicher Glanz fehlte, und seine schwarzen Haare fielen ihm in die feuchte Stirn. Seine sonst gebräunte Haut wirkte fahl und die feine Narbe, die sich durch seine Unterlippe zog, hob sich jetzt unnatürlich stark von seinem Gesicht ab. Er wirkte, als würde er jeden Moment umkippen. Beinahe lautlos ließ er sich auf den freien Stuhl neben mir nieder und starrte dann mit gefurchter Stirn auf das Tablett vor ihm.

»Morgen«, murmelte er und fuhr sich durch die Haare. »Sehe ich so scheiße aus?«

»Darauf willst du keine ernsthafte Antwort«, sagte Quinn, doch seiner Stimme fehlte die übliche Leichtigkeit. »Was war es dieses Mal?«

»Russland.« Hayden sprach das eine Wort mit einer solchen Heftigkeit aus, als wäre es sein ganz persönlicher Fluch. »Russland mit zwei Lkw.«

Ich sah ihn von der Seite an und zog die Augenbrauen zusammen. Sie hatten schon viel von Hayden verlangt, aber das? Das hätte ihn umbringen können. Zähneknirschend krallte ich die Nägel in den Stoff meiner Hose, als ich spürte, wie sich mein Magen verkrampfte. »Diese –«

Hayden legte eine kühle Hand auf meine erhitzten Finger und drückte sie. »Nicht, Tay. Das ist es nicht wert.«

Hilflos sah ich ihn an. Vielleicht hatte es ihn dieses Mal nicht getötet, aber was wäre beim nächsten Testlauf? Wenn es nicht zwei Lkw wären, sondern drei oder vier? Oder gleich ein verdammter Güterzug, mit dem er sich auf den Mond teleportieren sollte?

Der Griff um meine Finger wurde fester, warnender. »Tay, alles ist gut. Ich bin nur erschöpft, nichts, das nicht wieder wird. Beruhige dich«, flüsterte Hayden nah an meinem Ohr. »Wir reden später, okay?«

Zögerlich löste ich meine Fingernägel aus dem Stoff und nickte abgehackt. »Okay.«

Unsere Blicke begegneten sich für einen Atemzug, ehe Hayden den Kopf zur Seite wandte und seine Hand zurückzog. »Habe ich etwas verpasst?«, wollte er dann in gespielter Unbeschwertheit wissen, als hätte es seinen Auftritt gerade nicht gegeben. Als hätten sie ihn nicht ein weiteres Mal weit über seine Grenzen hinausgebracht.

Weil das das einzige Verhalten war, was wir kannten. Weitermachen. Keine Fragen stellen. Sich fügen. Am Leben bleiben.

Quinn räusperte sich und drehte seinen Löffel in den Händen. »Sam plant ihren nächsten Kriegszug gegen unseren Feuerteufel Avan.«

»Halt die Klappe, Quinn!«, brummte Avan und schoss einen finsteren Blick in seine Richtung, der unter anderen Umständen tödlich gewesen wäre.

»Ruhe, Generation 5!«, bellte der Aufpasser, der uns am

nächsten war, und schlug auf die glänzende Oberfläche unseres Tisches. Sams Orangensaft kippte um und ergoss sich über die zerrupften Reste ihres Vollkornbrots.

»Was für eine Sauerei«, murmelte Quinn kopfschüttelnd.

Der Aufpasser legte drohend eine Hand an seine Waffe und setzte zu einer schneidenden Antwort an. »Das ist die letzte –«

Doch was auch immer er hatte sagen wollen, verließ nie seinen Mund, denn in diesem Moment wurde die Tür ein weiteres Mal aufgerissen und ein Arzt in weißem, wehendem Kittel und mit hochrotem Gesicht stürmte in den Saal. Ich erkannte ihn als Prof. Theodore Kellish wieder, den Arzt, der für unsere Generation verantwortlich und selbst unter großem Druck normalerweise die Ruhe in Person war. Ich konnte mich an keine Situation erinnern, in der er die Stimme erhoben hatte und jetzt … wirkte er, als wollte er die Cafeteria in Schutt und Asche legen.

Ein ungutes Gefühl machte sich in mir breit.

»Sir, Sie können hier nicht durch«, hielt ihn einer der Soldaten zurück und hob eine Hand.

Kellish deutete wütend auf sein Klemmbrett. Für einen irrationalen Augenblick glaubte ich, er würde dem Soldaten damit eins überziehen.

»Und ich sage Ihnen, Sie gehen mir jetzt sofort aus dem Weg. Es handelt sich um einen Notfall. Eine *Anomalie*.«

Leise Stimmen erhoben sich um mich herum und ich hielt unwillkürlich den Atem an.

Eine Anomalie war übel. Wirklich übel.

Sie war das Todesurteil desjenigen, der sie besaß. Das hatten wir schon oft genug mitbekommen.

Der Aufseher nahm das Klemmbrett entgegen und überflog es, nickte knapp. Mit ernster Miene gab er eine wortlose Anweisung, woraufhin sich Soldaten neu positionierten, so, dass ihre Läufe auf unseren Tisch gerichtet waren.

Es ist einer von uns. Einer aus der fünften Generation.

Quinns Löffel fiel mit einem leisen Klappern auf das Tablett, als ihm dasselbe nur einen Sekundenbruchteil später klar wurde. Mein Blick zuckte über die vierzehn Jugendlichen, die mit mir am Tisch saßen. Vierzehn Gesichter, die mich schon mein ganzes Leben lang begleiteten. Meine Familie, meine Freunde.

Dann sah ich auf – direkt in Kellishs Augen.

Und da wusste ich es.

»C8. Herkommen.«

Ich nahm die harsche, tiefe Stimme des Soldaten kaum wahr. Hörte kaum, wie meine Kennung durch den Speisesaal hallte, merkte nicht, wie ich ungewollt zum Zentrum der Aufmerksamkeit wurde.

Anomalie. Ich werde sterben. Anomalie. Ich werde sterben.

Die beiden Sätze kreisten wenig hilfreich in meinem sonst so intelligenten Kopf umher, besetzten jede denkfähige Synapse, lähmten mich. Mein Herz schien stehen zu bleiben.

»Tay ...« Haydens Blick fand meinen. In diesem Moment wirkten seine Iriden beinahe wie flüssiger Bernstein. »Tay, ich ...«

Unnachgiebige Hände rissen mich von meinem Platz hoch, sodass mein Stuhl mit einem lauten Scheppern nach hinten fiel, schleppten mich durch die Tischreihen bis vor Professor Kellish, der soeben mein Todesurteil verkündet hatte.

Das durfte nicht wahr sein. Das *konnte* nicht real sein. Nicht ich. Nicht heute.

»Ich werde sie in Trakt 9 bringen«, ließ er die Soldaten, die mich schraubstockartig zwischen sich hielten, wissen.

Trakt 9 war nur die offizielle Bezeichnung des Bereichs, den wir untereinander den *Todestrakt* nannten.

»Mit Verlaub, Sir, aber wir sollten Sie begleiten, wenn wir es mit einer derartigen Anomalie zu tun haben«, entgegnete der Aufseher, der ihn zuvor zurückgehalten hatte.

Kellish schob das Kinn vor. »Vergessen Sie nicht, wo Ihr Platz ist, Tanner. Ich werde C8 nach oben bringen, Sie werden hier bleiben und für Ruhe sorgen. Wir halten uns an das Protokoll. Habe ich mich klar ausgedrückt?« Der Arzt musste seine Stimme nicht einmal heben, die Kälte darin reichte voll und ganz, um Tanner sofort erstarren zu lassen. »Und jetzt übergeben Sie mir C8, wir haben auch so schon zu viel Zeit verloren. Mr Haes wartet nicht gerne. Schon gar nicht, wenn sich sein erfolgreichstes Experiment als Enttäuschung herausstellt.«

Unter der Wucht seiner Worte zuckte ich merklich zusammen. *Enttäuschung.*

»Sicher«, beeilte sich der Aufseher – Tanner – zu sagen. Die Soldaten ließen von mir ab und ich hätte beinahe das Gleichgewicht verloren, hätte nicht Kellish nach meinem Oberarm gegriffen und mich zur Tür geschleift. Seine Finger gruben sich in meine Haut, doch ich spürte es kaum.

Mein Tracker wurde gescannt, dann verließen wir den Speisesaal durch die Schleuse, die sich zischend hinter uns schloss.

Ich sah nicht einmal zurück.

Kellish schlug ein schnelles Tempo an, wir passierten Schleusen, liefen durch schier endlose Gänge aus nacktem Beton, vorbei an Türen, anderen Fluren, Treppenhäusern.

Stiegen Stufen hinauf, mieden die automatisch gesteuerten Fahrstühle.

Und bei jeder einzelnen Schleuse scannte er seinen Ausweis, nicht aber meinen Tracker.

Dieses kleine Detail schaffte es schließlich durch den Nebel meiner rasenden Gedanken und brachte mein Gehirn endlich wieder zum Arbeiten.

Wir bewegten uns nach oben, nicht nach unten. Wir waren nicht auf dem Weg zu Trakt 9.

Abrupt blieb ich stehen. »Wohin gehen wir?«

»Ich habe dir nicht die Erlaubnis gegeben, zu sprechen, C8.« Kellishs Griff um meinen Arm wurde fester, sodass die dort sitzenden Nerven unangenehm zu prickeln begannen, als er mich unnachgiebig weiterzog.

Wieder eine Abzweigung. Wir hielten uns links, nicht rechts, was der logische Weg zurück zum zentralen Treppenhaus gewesen wäre. Stattdessen betraten wir einen Bereich, in dem ich noch nie gewesen war.

Das ungute Gefühl in meinem Bauch wurde drängender.

»Professor Kellish, was ist hier los?«, fragte ich noch einmal. »Was ist das für eine Anomalie?«

Wir traten durch eine weitere Tür, die Kellish zusätzlich mit einem elektronischen Schloss hinter uns sicherte. Ich starrte auf das Schloss – das war keine der Standardsicherungen.

Im nächsten Moment drehte mich Kellish ruckartig zu sich herum und packte mich an den Schultern. Sein Blick bohrte sich geradezu in meinen. »Hör mir jetzt ganz genau zu, hast du verstanden? Und tu exakt das, was ich dir sage.«

Verwirrt runzelte ich die Stirn und nickte. »Die Führungsebene von Emerdale wird heute um Punkt zwölf Uhr den gesamten Komplex vernichten. Inklusive aller Dales und Forschungsergebnisse.«

Ich schüttelte entgegen aller Vernunft den Kopf. »Was zum ... Das ist unmöglich.«

»Du weißt längst, dass es möglich ist«, fuhr er mich barsch an. »Sie werden die Selbstzerstörungssequenz in wenigen Stunden einleiten und alles hochgehen lassen. Es ist zu viel schiefgelaufen. Zu viele unangenehme Fragen sind aufgekommen. Die Regierung fordert, dass gehandelt wird.«

Ich riss die Augen auf. »Wir müssen die anderen warnen. Evakuieren und –«

»Nein!«, unterbrach mich Kellish scharf und drückte seine Nägel fester in meine Haut. »Dafür bleibt keine Zeit. Wir haben nur diese eine Chance und das Zeitfenster schließt sich bereits. In sechsundachtzig Sekunden wird der Alarm losgehen und dann ist hier die Hölle los. Horch auf mein Stimmmuster, ich lüge nicht. Du musst mir vertrauen und tun, was ich sage.«

Nein, er log nicht. Er sagte die verfluchte Wahrheit.

Meine Freunde erschienen vor meinem inneren Auge, das einzige Leben, das ich kannte.

Hayden – ausgelöscht. Alles vernichtet, als hätte es niemals existiert. Ich sah mich selbst inmitten eines rauchenden Trümmerhaufens und um mich herum nichts als Zerstörung.

»Taylor, hast du verstanden?« Kellish schüttelte mich, bis ich wieder zu mir kam.

Taylor – er hatte meinen Namen verwendet. Nicht meine Kennung. Den Namen, den mir Hayden und Sam gegeben hatten.

Ich biss die Zähne zusammen und schob jegliche Emotionen beiseite. Dafür war jetzt kein Platz. Kellish hatte recht, ich wusste längst, dass er die Wahrheit sagte. Dass Emerdales Vernichtung nicht nur möglich war, sondern dass sie unausweichlich bevorstand. Und dass unsere Überlebenschance mit jeder Sekunde sank.

Ich musste funktionieren.

»Taylor?!«

Ich nickte knapp und ballte die Hände zu Fäusten.

»Gut«, gab er zurück, zog eine Spritze aus seinem Kittel und rammte sie mir ohne Vorwarnung in den Oberarm. »Das Mittel wird das Nervengift aus dem Tracker neutralisieren, sollten sie ihn aktivieren. Damit hast du Handlungsfreiheit und die werden wir weiß Gott brauchen.«

Mit einem stummen Fluch sank ich auf die Knie und umfasste meinen pochenden Arm. Scheiße, tat das weh. Ein Zittern glitt durch mich hindurch, kalter Schweiß trat mir auf die Stirn. Kleine bunte Punkte begannen vor meinen Augen zu tanzen.

Nicht gut.

»Sobald wir draußen sind, entferne ich den Tracker, aber jetzt haben wir dafür keine Zeit.« Noch immer halb benebelt verfolgte ich, wie Kellish mit schnellen Handgriffen einen schmalen Koffer aus einem Spalt zwischen zwei Aktenschränken zog.

»Steh auf, ich brauche dich voll einsatzfähig, sonst kommen wir hier nicht lebend raus.«

»Dann hätten Sie mich vielleicht vor der Spritze warnen sollen«, stieß ich ungehalten hervor und kämpfte mich mühsam zurück auf die Beine. Meine Nervenenden begannen gefährlich zu prickeln, als sich mein Puls beschleunigte, heißes Blut viel zu schnell durch meinen Körper gepumpt wurde und ich das Gefühl hatte, jeden Moment die Kontrolle zu verlieren. Meine sorgsam weggeschlossene Telekinese rüttelte an ihren Fesseln und ließ das Regal links von mir bedenklich zittern. Die Gläser darin schlugen wie Todesglocken aneinander. Ich biss die Zähne zusammen. »Und noch mal: Ich glaube Ihnen, dass Emerdale zerstört wird, aber ich gehe nicht ohne die anderen. Ich lasse nicht zu, dass sie sie einfach auslöschen, als hätten sie niemals existiert. Sie werden meine Freunde *umbringen*!«

»Das werden sie und weißt du was? Wir können nichts dagegen unternehmen. *Rein gar nichts*. Und wenn wir uns nicht endlich in Bewegung setzen, werden sie uns genauso töten«, gab Professor Kellish tonlos zurück und entriegelte eine schmale Tür auf der gegenüberliegenden Seite des dämmrigen Raums, in dem wir uns befanden. Ein leises Piepen erklang, dann war sie offen. »Du bist zu klug, um dich irrational zu verhalten.«

»Sagen Sie mir nicht, wie ich mich verhalten soll!« Einige der Gläser schossen aus dem Regal und zersprangen mit einem hellen Klirren auf dem Boden und an den Wänden. Hörbar stieß ich meinen Atem aus und ballte die Hände zu Fäusten. Ich hatte meine ganz persönliche Grenze erreicht.

Von irgendwoher drangen gedämpft schwere Schritte und gebellte Befehle zu uns.

»Zehn Sekunden.« Kellishs unruhiger Blick zuckte von den Scherben zu mir und zurück. »Beruhige dich, Taylor.«

»Warum?«, feuerte ich zurück. »Warum ich?« Tränen stiegen mir in die Augen, brannten, als hätte man mir Säure hineingegeben. Das war zu viel. Viel zu viel. Überfordert fuhr ich mir mit bebenden Fingern über meine verschwitzte Stirn.

»Weil du der Schlüssel bist. Weil du das bist, was Emerdale immer zu erreichen versucht hat, und weil sie das niemals erfahren dürfen. Du bist die Stärkste von ihnen, die Gefährlichste und genau aus diesem Grund musst du überleben. Für alle anderen.«

Das ergab keinen Sinn. Seine Worte –

Mein Gedanke wurde von einer schrillen Sirene unterbrochen, die in diesem Moment ohrenbetäubend laut ansprang und rote, blinkende Lichter aktivierte.

»Es hat begonnen«, verkündete Kellish unheilvoll und versetzte mir einen Stoß. »Beweg dich oder wir sind beide tot.«

Verriegelungsprotokoll Alpha-Drei-Drei in Kraft. Flüchtige Personen in Sektor 3. Verriegelungsprotokoll Alpha-Drei-Drei in Kraft. Flüchtige Personen in Sektor 3. Verr...

Die monotone Stimme durchbrach den schrecklichen Lärm und weckte in mir den Wunsch, mir die Ohren zuzuhalten, während sich die Worte immer weiter in mein Gehirn fraßen.

Kellish fluchte, schlug die Tür hinter uns zu und hielt sich nicht lange damit auf, sie zu verriegeln, sondern trieb mich weiter voran.

»Sektor 3 abriegeln!«, brüllte irgendjemand. Die harte Stimme war viel zu nah. Dann zerriss ein erster Schuss die Luft – er schlug keine zwei Meter vor mir in einen Pfeiler ein.

Verfluchte Scheiße!

Mein Herz schlug mir bis zum Hals, trommelte gegen meine Rippen, als wollte es mir die Brust zertrümmern, und ich legte noch einen Gang zu. Meine Füße klatschten im selben hektischen Rhythmus wie mein Herzschlag auf den dunklen Asphalt. Der Geruch von Benzin und Gummi drang in meine Nase. Eine Garage. Wir waren in einer Garage, dem Fuhrpark von Emerdale.

Projektile flogen an uns vorbei. Prallten von den Fahrzeugen um uns herum ab, zertrümmerten Fensterscheiben, die in Glasregen explodierten und im Lärm der Sirene untergingen.

Das war Wahnsinn. Das, was Kellish hier versuchte, war Wahnsinn.

»In den Wagen!«

Mit einem unterdrückten Fluch beschleunigte ich, schlitterte über das Heck eines alten Wagens und kam knapp neben dem Arzt zum Stehen. Blut lief aus einer Schusswunde an seiner rechten Schulter und färbte seinen weißen Kittel scharlachrot.

Wortlos drängte er mich auf den Beifahrersitz eines schwarzen Humvee, ehe er hinter das Lenkrad sprang und den Schlüssel in die Zündung rammte.

»Schnall dich an und halte dich bereit!«

Der Motor erwachte mit einem tiefen Brummen zum Leben, dann raste Kellish auch schon mit quietschenden Reifen aus der Parklücke.

Unzählige Soldaten lösten sich überall um uns herum aus den Schatten, richteten ihre Gewehre auf uns. Kleine rote Laserpunkte tanzten durch die Garage und fokussierten unseren Wagen. Ich stieß ein Keuchen aus und krallte mich an den Türgriff, während Kellish den Soldaten mit wilden Manövern auswich und hochschaltete. Wenn nicht die Kugeln, dann würde uns diese Fahrt umbringen.

Auf so etwas hatten sie uns in all den Jahren des harten Trainings und der Kämpfe nicht vorbereitet. Das hier war der reinste Albtraum.

»Schalte sie aus, Taylor.« Seine kalte, emotionslose Stimme ließ mich herumfahren.

Ein direkter Befehl.

Das erste Projektil schlug gegen die Panzerung des Wagens und ließ mich zusammenzucken.

»*Taylor!*«, presste Kellish angespannt hervor und raste um die Kurve. Vor uns tauchten weitere Soldaten von Emerdale auf.

Soldaten, die zuließen, dass man uns nach all den Jahren beseitigte wie Abfall.

Soldaten, die uns, ohne zu zögern, erschießen würden.

Soldaten, die keinen Finger rühren würden, um Hayden und all die anderen zu retten.

Und mehr brauchte es nicht.

Heiße Wut rauschte als rote Wolke durch meinen Körper, putschte mich in Sekundenbruchteilen auf und sorgte dafür, dass ich meine sorgsam kontrollierte Beherrschung zum Teufel schickte. Ein einziger Gedanke – ein einziger, scharfer Gedanke meinerseits reichte aus, um die Soldaten außerhalb des Wagens durch die Luft zu schleudern. Um sie gegen die Betonwände zu schmettern, als wären sie winzige Spielfiguren, und ihnen damit jeden einzelnen Knochen zu brechen.

Meine Telekinese brach aus mir heraus wie ein wildes Tier, wütete und zerfleischte. Kellish hatte recht gehabt, ich war die Stärkste, die Gefährlichste.

Ich konnte mit einem einzigen Gedanken töten.

Eine Träne rann über meine Wange, brannte sich in meine Haut, während Kellish den Humvee ungebremst durch die Garage jagte – direkt auf das geschlossene Tor zu. Sekundenbruchteile, bevor wir kollidieren konnten, sprengte ich es mit meinen Fähigkeiten auf und ließ es, kaum dass wir durchgerast waren, wieder einrasten. Schnitt unseren Verfolgern den Weg ab.

Nevadas Sonne blendete uns, als wir aus dem Untergrund schossen, hinein in grelles Licht, das mich blinzelnd die Hand gegen den makellos blauen Himmel heben ließ. Rötlicher Staub wirbelte um uns herum auf, als Kellish den Wagen gnadenlos über die unbefestigte Straße in Richtung Haupttor trieb. Unser Ausweg.

»Kellish!«, rief ich und deutete auf die gut ein Dutzend Fahrzeuge, deren Motoren gerade gestartet wurden.

»Nur ein paar Störenfriede.«

Das war die Untertreibung des Tages.

Waffen wurden entsichert und auf uns gerichtet. Soldaten kamen aus den drei zugehörigen Baracken gestürmt, Gewehre und Pistolen im Anschlag. Eine ganze verdammte Armee von Emerdales Soldaten formierte sich, um uns den Weg zu versperren.

Und dann eröffneten sie das Feuer.

Schüsse knallten schneller, als ich zählen konnte, gegen den Humvee, schlugen krachend gegen die Scheiben, explodierten im Boden um uns herum, wie kleine Handgranaten. Das würde die Panzerung nicht mehr lange durchhalten.

»Verschaff uns Zeit, Taylor. Wir passieren das Tor. Du verriegelst es hinter uns. Dann sind wir raus«, wies mich Kellish mit abgehackten Worten an. Schweiß glänzte auf seiner Stirn und die Knöchel traten an seinen Händen weiß hervor, so fest hielt er das Lenkrad umklammert. Noch immer sickerte purpurnes Blut aus seiner Schusswunde. Es war ein Wunder, dass er noch bei Bewusstsein war.

»Verstanden«, gab ich knapp zurück und hob den Blick.

Adrenalin rauschte in einer einzigen, heißen Welle durch mich hindurch, als ich das unsichtbare, tödliche Feuer auf unsere Gegner eröffnete und das Wenige zurückließ, das mich zu einem fühlenden Wesen machte. Ich wurde zu dem Monster, das Emerdale erschaffen hatte.

Und als sich ihre eigenen Waffen plötzlich gegen sie wendeten, hatten sie keine Chance.

Als der große Tank in der Nähe der Soldatenformation in einer flammenden Explosion hochging und unzählige von ihnen in den Tod riss.

Als die Motoren ihrer Fahrzeuge implodierten.

Als ich den geparkten Helikopter in die Luft jagte.

Ich vernichtete jeden Einzelnen von ihnen, ohne darüber nachzudenken. Zerstörte jedes Fluchtmittel. Verschaffte uns Zeit. Es war zu leicht, dabei hätte es nicht so einfach sein dürfen. Oder?

Die große Schleuse, die in die mit Stacheldraht und elektrischen Sicherungen bewehrte Mauer eingelassen war, tauchte vor uns auf, öffnete sich ruckartig, als ich kurzen Prozess mit der Verriegelung machte und damit das letzte Hindernis ausschaltete.

Und dann waren wir draußen.

»Gut gemacht«, sagte Kellish mit tonloser Stimme und drückte das Gaspedal durch. Am liebsten hätte ich ihn gefragt, was *gut* an so viel Verwüstung und Tod war. Was *gut* daran war, ein Monster zu sein.

Als hätte er meine bitteren Gedanken gehört, warf er mir im nächsten Moment einen kurzen Blick zu. »Du hast um dein Leben gekämpft, Taylor. Verurteile dich nicht dafür und schau nicht zurück. Das ist Emerdale nicht wert.«

Ich tat es trotzdem. Weil *sie* es wert waren. Meine Freunde, meine Familie, das, was bisher mein Leben gewesen war. Ich sah in den Rückspiegel, wo das unscheinbare, graue Gebäude, unter dem sich der Komplex von Emerdale befand, immer kleiner wurde und schließlich ganz verschwand.

Als hätte es nie wirklich existiert.

Als hätten all die Leben, meine Freunde, keine Rolle gespielt.

Niemand würde sich an sie erinnern.

Ich krallte meine zittrigen Hände in meine Oberschenkel, bis ich die Nägel durch den Stoff hindurch spürte. Stumme Tränen liefen mir über die Wangen.

Ich würde es tun.

Ich würde mich erinnern und nichts von alledem vergessen. Nicht den Schmerz, nicht die Freude. Nicht das Leid. Nicht das Monster, das in mir tobte.

Nicht eine einzelne, verdammte Sekunde davon.

KAPITEL 1

TAYLOR

Good Girls Gone Wild – Klaas

Drei Wochen später.

Eine Hand am Geländer verharrte ich auf der ausladenden Treppe, die im Takt der tiefen Bässe vibrierte und mich direkt auf den Main Floor das Nachtclubs bringen würde. Unzählige junge Erwachsene rekelten sich dort zu der lauten Musik, die der DJ bis zur Schmerzgrenze aufgedreht hatte, und verschmolzen zu einer einzigen wabernden Masse. Es war unmöglich zu sagen, wo der eine begann und der andere Körper aufhörte – und doch fand ich beinahe sofort, wonach ich gesucht hatte. Als würde mich die Gefahr magisch anziehen und meinen Namen rufen.

Hab ich dich.

Mit einem schiefen Lächeln überwand ich die letzten Treppenstufen, betrat die Tanzfläche, ließ mich von der Musik führen und wurde zu einem Teil der Menge. Die drei Drinks, die ich mir bereits gegönnt hatte, zeigten endlich Wirkung und ich wollte jede einzelne Sekunde dieses Segens in vollen Zügen genießen – so kurz er auch anhalten würde –, ehe ich mich meiner Aufgabe widmen würde. So viel Zeit musste sein.

Der Song wechselte geschmeidig in den nächsten, der Bass wurde hochgedreht und verband sich direkt mit meinem

Herzschlag. Es war wie im Rausch. Nur noch bunte Lichter, dröhnend laute Musik, stickige Luft, die nach Gras, Alkohol und einer wilden Mischung aus billigen Parfüms und Aftershaves roch.

Es war genau der richtige Ort. Die richtige Zeit. Und ich war mittendrin.

Die Menge um mich herum begann im Takt zu springen, auf und ab und auf. Arme wurden in die Höhe gerissen, es wurde gejubelt und geschrien, als der Song seinen Höhepunkt erreichte. Der Bass droppte, brachte den Boden zum Beben und die Luft zum Schwingen. Und mit jeder Schwingung drückte sich die Realität mehr durch den Rausch. Die Hitze verzog sich langsam aus meinen Gliedern, das taube Gefühl, das sich über meinen Verstand gelegt hatte, verschwand. Ich öffnete die Augen und stieß den Atem aus. Wie lange war das jetzt gewesen? Vier Minuten, fünf vielleicht?

Mein Körper hatte *fünf* Minuten gebraucht, um das, was andere in meinem Alter für Stunden ausknockte und zu einem heftigen Kater führte, abzubauen. Nun, ich war nicht wie die anderen und meine süße Gnadenfrist damit offensichtlich beendet.

Mit einem Seufzen strich ich mir die verschwitzten Strähnen meiner dunkelblonden, schulterlangen Haare aus der Stirn und bewegte mich im Takt durch die Menge.

Mein Ziel lag auf drei Uhr, zwei Meter entfernt und war augenscheinlich auf der Suche nach seinem nächsten Opfer.

Nicht heute, Romeo.

Unwillkürlich beschleunigte ich meine Schritte, quetschte mich schneller zwischen den Menschen um mich herum durch – bis mich jemand unsanft anstieß.

»Sorry!«, brüllte mir der Kerl mit den rotbraunen Haaren

ins Ohr, fuhr zu mir herum und verstummte dann abrupt. Sein benebelter Blick schien kurz klar zu werden, als hätte er einen Geist gesehen. »Scar?« Er streckte eine Hand nach mir aus, nur um sie im nächsten Moment wieder fallen zu lassen. »Ich dachte, du wärst in Vegas?«

Vegas? Was zum …?

Ich zog die Augenbrauen zusammen und schüttelte den Kopf, ehe ich mich ruppig an ihm vorbeischob und wieder auf meine eigentliche Aufgabe konzentrierte. Meine Zielperson schickte sich gerade an, die Tanzfläche zu verlassen und hatte sich ganz offensichtlich für ihr heutiges Opfer entschieden. Das wiederum bedeutete, dass ich definitiv keine Zeit für verwirrte Idioten und schräge Verwechslungen hatte.

Die Hände zu Fäusten geballt, schlängelte ich mich am DJ-Pult vorbei, ignorierte die anzüglichen Kommentare eines Typen mit grünem Irokesenschnitt und erreichte endlich das Ende des Main Floors. Dort durchzukommen hatte sich angefühlt, als würde man gegen einen stinkenden Oktopus ankämpfen, der einen mit aller Macht an Ort und Stelle zu halten versuchte. Keine besonders angenehme Erfahrung. Suchend ließ ich meinen Blick durch den breiten Gang vor mir schweifen, der zu den Toiletten, der Lounge und dem Notausgang führte. Das grüne Schild, das über der zerbeulten Metalltür hing, schwang noch leicht hin und her.

Bingo.

Ich zupfte am kurzen Saum meines schwarzen Kleides, fasste mein Haar im Nacken zusammen und schob mich entschlossen an einigen Paaren vorbei, die definitiv die Lounge wählen sollten, anstatt den Flur zu belegen. Dann erreichte ich den Notausgang.

Eine Welle Adrenalin rauschte durch meinen Körper und

ließ meine Nervenenden vibrieren. Genau deswegen war ich hier. Weil ich diese Art des Rausches liebte und brauchte.

Weil er mir verdammt noch mal das Gefühl gab, am Leben zu sein.

Und weil ich das aus einer ganzen Reihe von Gründen tun *musste*.

Mit zusammengebissenen Zähnen stieß ich die Tür auf, die quietschend gegen die Wand krachte, und trat in die frische Nachtluft. Unwillkürlich stellten sich die feinen Härchen in meinem Nacken auf. Die kleine Gasse war beengt, Müllcontainer standen an den besprayten Mauern, Dreck lag in den Ecken und mittendrin stand mein Romeo mit seinem Opfer.

Beide fuhren erschrocken herum, als die Tür hinter mir mit einem lauten Knall zurück ins Schloss fiel. Die Augen des Kerls weiteten sich merklich, als hätte er nicht mit einer Unterbrechung gerechnet, während das offenkundig zugedröhnte Mädchen scheinbar durch mich hindurchsah. Romeo – ich hatte keine Ahnung, wie er wirklich hieß – packte den Arm seines Opfers fester und funkelte mich an. »Zieh Leine, wenn du nicht mitmachen willst, Püppchen.«

Ich verdrehte die Augen und kam die zwei Stufen, die in die Gasse hinabführten, runter, als wäre das hier mein Hinterhof und ich die verdammte Königin. Der Typ hatte vor zwei Abenden eine ähnliche Show mit einem anderen Mädchen abgezogen. Ich wusste, was er vorhatte und wie es ausgehen würde. Letztes Mal war ich zu langsam gewesen, hatte gezögert, doch jetzt war ich hier und würde dafür sorgen, dass er so etwas niemals wieder tun würde. Ich würde dieses Mädchen retten, weil ich es retten konnte.

Weil ich nicht wieder weglaufe.

»Was ist mit der Letzten passiert?«, fragte ich und verschränkte lässig die Arme vor der Brust. »Die kleine Blonde?«

»Was redest du? Hau ab!«

Langsam schüttelte ich den Kopf und lächelte nachsichtig. »Ich helfe deinem Erinnerungsvermögen mal auf die Sprünge: Du hast sie ins Krankenhaus befördert, nachdem sie deinen Ansprüchen nicht genügt hat und den *Fehler* begangen hat, dir etwas abzuschlagen.«

Das Mädchen, das er noch immer mit seinen Pranken an sich gedrückt hielt, drehte erschrocken den Kopf und zerrte an Romeos Hand. »Wer ist das, Kyle? Stimmt das, was sie sagt?«

Kyle. So hieß er also. Romeo gefiel mir besser. Ich mochte die düstere Ironie darin.

»Nur eine Tussi, die nicht weiß, wann sie besser 'nen Abflug machen sollte.« Romeos – Kyles – Griff um den Arm des Mädchens lockerte sich ein wenig, als er einen drohenden Schritt in meine Richtung machte. »Du solltest besser gehen. *Jetzt.*«

Das hättest du wohl gerne, aber ich werde nicht gehen. Ich renne nicht noch einmal weg. Werde nicht noch einmal abhauen, statt das Richtige zu tun.

Zähneknirschend drückte ich den Rücken durch. »Neuer Vorschlag. Du lässt sie gehen und im Gegenzug unterhalten wir uns ein wenig«, erwiderte ich und hob eine Augenbraue, die, über der die lange, weiße Narbe prangte, die mir Hayden im Training verpasst hatte.

Hayden.

Resolut schob ich die aufkommenden Gefühle und Gedanken, die alleine durch seinen Namen aus mir herauszubrechen drohten, zurück und öffnete und schloss rastlos meine Fäuste. Was war heute nur los mit mir? Sonst schaffte ich es doch auch, meine Dämonen zurückzuhalten.

»Bist du lebensmüde?«

»Nein, nur genervt.«

Kyle ließ endlich von dem Mädchen ab und schob provokant sein breites Kinn, auf dem helle Bartstoppeln und ein paar Pickel sprossen, nach vorne. Seine braunen Augen funkelten angriffslustig, als er seine Finger knacken ließ. »Weißt du, was *mich* nervt, Püppchen? Frauen, die nicht wissen, wann sie die Klappe halten müssen, und vergessen, wo ihr Platz im Leben ist.«

Wenn ich noch einen Beweis dafür gebraucht hätte, dass Kyle ein Arschloch war, hier hatte ich ihn auf einem Silbertablett serviert bekommen.

Ohne den Mistkerl aus den Augen zu lassen, sagte ich an das Mädchen gewandt: »Verschwinde von hier. Geh zurück zu deinen Freunden und halte dich von solchen Idioten fern.«

Verwirrt drängte sich das Mädchen gegen die Mauer in ihrem Rücken und fuhr sich über die rabenschwarzen Haare. Ihre Finger zitterten. »W-was?«

»*Geh*«, stieß ich schärfer hervor und wich nach links aus, als Kyle einen ungeschickten Versuch startete, mir eine Ohrfeige zu verpassen.

Das schien auszureichen, um dem Mädchen endlich Beine zu machen. Hastig stieß es sich von der Wand ab und floh zurück in den Club.

Kluges Mädchen.

»Du hast einen Riesenfehler gemacht, Püppchen«, spuckte Kyle aus.

Darauf erwiderte ich erst gar nichts, sondern drehte mich geschmeidig zur Seite, um seinem nächsten Angriff auszuweichen, ehe ich ihm meine gekrümmten Finger in den Solarplexus rammte und mich zurückzog.

Hustend griff er sich an die Brust und schoss einen todbringenden Blick in meine Richtung. »Miststück.«

Ich sah auf ihn herab und pustete mir eine lose Strähne aus den Augen. »Kreativ. Nennst du deine Opfer auch so, nachdem du sie verletzt und zurückgelassen hast?«

»Die wollen das.«

»Sicher«, gab ich augenrollend zurück. »Weißt du, was das Problem mit solchen Typen wie dir ist? Ihr seid so verkommen, ihr merkt nicht einmal, was für kranke Vorstellungen ihr eigentlich habt.«

Kyle stieß ein wütendes Knurren aus und stürzte sich auf mich. Doch noch bevor er mich erreichen – und ich ihn endgültig zu Boden befördern – konnte, trat ein breitschultriger Kerl zwischen uns und schubste Kyle zurück.

»Es reicht, Kyle. Du hast seit Monaten Hausverbot, wenn ich mich recht entsinne. Ich schlage also vor, du verpisst dich oder ich rufe die Polizei«, brummte der Typ, dessen muskulöse Statur mir die Sicht auf Kyle versperrte. Kyle murmelte etwas Unverständliches, das verdächtig nach einer nicht jugendfreien Verwünschung klang, und zog tatsächlich Leine.

Beinahe enttäuscht seufzte ich und lockerte meine Haltung. Da ging er hin, mein perfekter Mittwochabend. Meine einzige Möglichkeit, etwas von dem Druck in meinem Inneren loszuwerden, etwas von der Dunkelheit und dieser schrecklichen Leere.

»Und was dich angeht: Hast du den Verstand verloren?!«

Warum fragte mich das heute eigentlich jeder? Ich runzelte die Stirn und musterte den Kerl. Militärisch kurzer, blonder Haarschnitt, ein schwarzes T-Shirt, das über seiner breiten Brust spannte, ein Army-Tattoo am Oberarm.

»Ich hatte alles im Griff und du hast mir eben gerade meinen Abend versaut«, antwortete ich tonlos und leckte mir über die Unterlippe. »Aber danke der Nachfrage.«

Seine braunen Augen verengten sich merklich, als würde er sich fragen, ob ich wirklich nicht mehr alle Latten am Zaun hätte. »Wie bitte?«

»Vergiss es.« Ich winkte ab und zog mein Handy hervor. Kurz vor Mitternacht. Teddy würde austicken.

Achselzuckend fuhr der Typ sich über das markante Kinn. »Ich habe keine Ahnung, was bei dir schiefläuft, Kleines, aber wenn du dich unbedingt prügeln willst, dann such dir einen Karateverein. Oder geh ins Zenit. Da suchen sie immer Leute, die irre genug sind, und du scheinst mir … na ja, irre genug.«

»Werde ich mir merken«, gab ich zurück, tippte an meine Schläfe und zwinkerte ihm zu, ehe ich mich abwandte und den Ausgang der Gasse ansteuerte. Meine Nacht war gelaufen. Im wahrsten Sinne des Wortes.

»Völlig durchgeknallt«, hörte ich Rambo hinter mir murmeln.

Und vielleicht war ich das ja wirklich.

Das Brummen der italienischen Kaffeemaschine begrüßte mich, als ich die gewundene Treppe ins erste Geschoss hinunterlief, wo unsere Küche, das Wohnzimmer und der Essbereich lagen. Genau wie die meisten Strandhäuser in Malibu hatte es zwei Stockwerke und ein Erdgeschoss, das als weitläufiger Keller diente. Die vordere Hälfte des Hauses stand auf Stelzen direkt über dem Strand, der Rest schmiegte sich an die Klippen. Es gab unzählige, große Glasfronten, statt normalen Wänden, Balkone oder Dachterrassen und kaum einen abgeschlossenen Raum. Die gesamte Architektur war so offen geschnitten, dass es quasi unmöglich war, irgendwo so etwas wie Privatsphäre zu finden. Von den Badezimmern einmal abgesehen.

»Morgen, Teddy«, murmelte ich, durchquerte das Esszimmer und schnappte mir die Tasse Kaffee, die er sich gerade eingegossen hatte. »Hattest du gestern noch einen Durchbruch?«

Teddy – Professor Dr. med. Theodore Kellish – verfolgte mit gerunzelter Stirn, wie ich mich mit *seinem* Kaffee auf einen der Hocker an der Kücheninsel gleiten ließ, und stützte sich dann auf die marmorne Arbeitsplatte. »Viel interessanter ist doch, was du gestern Abend getrieben hast. Wo bist du gewesen?«

Ich nahm einen Schluck und verbrannte mir prompt die Zunge. »Wüsste nicht, was dich das angeht.«

Seit drei Wochen spielten Teddy und ich schon dieses Spiel. Hielten mit aller Macht diese billige Maskerade aufrecht, gaben uns den wenigen Menschen gegenüber, mit denen wir überhaupt zu tun hatten, als Vater und Tochter aus. Dabei wusste keiner von uns, was das eigentlich bedeutete: *Vater und Tochter*. Es war nicht mehr als eine Fassade, die uns als Versicherung und Möglichkeit unterzutauchen diente. Ein Spiel, eine Lüge zum Zweck, nicht mehr und nicht weniger.

Ich hatte nicht vergessen, was Teddy getan hatte. Weder

unsere Flucht vor drei Wochen, bei der wir alles hinter uns gelassen hatten, noch die vielen Dinge, die er in Emerdale verbrochen hatte.

Unwillkürlich zog ich die Schultern hoch, als mich bei der Erinnerung an Emerdale ein Schauer überlief.

Theodore mochte vieles sein, aber ganz sicher kein Freund und schon gar nicht mein Vater. Im Augenblick war er nicht mehr als eine Chance, am Leben zu bleiben, bis ich eine bessere gefunden hatte.

»Es geht mich sehr wohl etwas an, wenn du dir mit deinen Aktionen eine Zielscheibe auf den Rücken klebst. Wir sind vielleicht nicht mehr in Emerdale, Taylor, aber wir sind nicht aus der Welt. Sie werden nach uns suchen und jeden Stein zweimal umdrehen. Und du machst es ihnen zu einfach, wenn du Nacht für Nacht losziehst, um eine selbstauferlegte, blödsinnige Mission zu verfolgen.«

Als ob ich das nicht wüsste. Wütend funkelte ich den Becher vor mir an. »Was verstehst du schon davon?«

»Ich verstehe, dass du dich schuldig fühlst, aber deinen Hals für nichts und wieder nichts zu riskieren, wird nichts daran ändern.«

Teddy irrte sich, er hatte keinen blassen Schimmer davon, wie es sich anfühlte. Wie sehr die Erinnerungen brannten und dass nur das Adrenalin, das Gefühl, *irgendjemandem* zu helfen, mir ein wenig Linderung verschaffte. Ein wenig von dieser dunklen Leere nahm.

»Taylor, wir haben eine Vision. Einen Plan. Und du weißt, wie riskant jede Abweichung davon ist. Das ist es nicht wert. Es geht um etwas Größeres.«

Kopfschüttelnd umfasste ich die warme Tasse fester. »Das ist *dein* Plan, nicht *unserer*«, gab ich finster zurück und begegnete ungerührt seinem stechenden Blick. »Ich habe überhaupt keinen Plan.«

Teddy seufzte tief, ließ sich einen neuen Kaffee raus und lehnte sich mir gegenüber an die Theke. »Darüber haben wir schon gesprochen, Taylor, ich weiß gar nicht, wie oft in den vergangenen zwanzig Tagen.«

»Einundzwanzig«, korrigierte ich und biss die Zähne aufeinander. Einundzwanzig Tage, sieben Stunden, achtunddreißig Minuten und zwölf Sekunden war es her, dass der Komplex von Emerdale in die Luft gegangen war. Und mit ihm meine Freunde. Mein Leben.

Dass ich davongelaufen war.

»Hör zu, mir ist bewusst, dass –«

»Nein, du weißt gar nichts. Versteh mich nicht falsch. Ich bin dir dankbar, dass du mich rausgeholt hast, aber …«

… vielleicht wäre es besser gewesen, wenn ich mit Emerdale untergegangen wäre. Als Teil davon, gemeinsam mit meinen Freunden.

Ich sprach es nicht laut aus, aber ich war mir ziemlich sicher, dass Teddy auch so ahnte, was in mir vorging. Er wusste, dass ich nachts unterwegs war, um meine überschüssige Energie loszuwerden – mich ein bisschen mehr wie ich selbst zu fühlen. Um meine Schuldgefühle zu mindern, auch wenn es absolut sinnlos war. So, als würde man gegen eine Tsunamiwelle anschwimmen wollen. Sie riss einen so oder so mit sich.

Und Teddy wusste auch, dass ich mit diesem Leben, in das er mich geworfen hatte, überfordert war. Ich konnte die kompliziertesten Gleichungen lösen, beherrschte sieben Sprachen fließend und akzentfrei und hatte einen IQ von 191. Ich war im Umgang mit unzähligen Waffen, meiner Telekinese und dem Nahkampf vertraut. Aber mit diesem Ort, der Last, die ich mit mir herumschleppte, all den neuen Eindrücken und Regeln, selbst dem dämlichen Privatcollege, auf das mich Teddy schickte, war ich schlichtweg überfordert.

»Ich habe dir erklärt, warum ich es tun musste«, sagte er beinahe sanft und fuhr sich unbewusst über die Stelle, wo er bei unserer Flucht getroffen worden war. Ich sah das Blut noch immer vor mir.

Ich atmete leise aus und erwiderte dann etwas ruhiger: »Ja, das hast du.« Und ich verstand es. Mein rationaler, logischer Teil konnte es voll und ganz nachvollziehen. Es war eine schlüssige Handlung gewesen, mich aus dem Komplex zu retten, weil sich in meiner DNA der Grundstein der gesamten Forschung von Emerdale befand, aber mein verkorkster, emotionaler Teil … der drehte völlig am Rad. Theodore meinte, dass es gut für mich wäre, das College und die Kurse dort zu besuchen. *Normale* Jugendliche in meinem Alter zu treffen, mich mit ihnen anzufreunden und von ihnen zu lernen. Seiner Meinung nach könnte ich dadurch einen Weg finden, die schmerzhafte Vergangenheit hinter mir zu lassen.

Nur hatte ich das Gefühl, dass es alles noch schlimmer machte.

Jeden Tag führten mir die Studenten am College vor Augen, was meine Freunde und ich uns in Emerdale in unseren absurden Tagträumen ausgemalt hatten: Studieren, Partys, sich verabreden und sorglos Cappuccinos in Studentencafés schlürfen. Wir hatten darüber diskutiert, wie es wohl wirklich an einem College zugehen würde und gestritten, welche Kurse interessant wären und welche absolut überflüssig. Hatten uns ein imaginäres Leben aufgebaut, während sich unser eigentliches Leben zwischen unerbittlichen Trainingsstunden, Unterricht und medizinischen Tests und Experimenten abgespielt hatte.

Nun war ich Teil dieses Tagtraums, bloß fühlte es sich ganz und gar nicht wie *ein Traum* an. Vielmehr wie ein Albtraum. Ich musste mich verstellen, sah mich Fremden gegenüber, die nicht ansatzweise verstanden, wer oder *was* ich war und jeder schien von mir zu verlangen, dass ich mich perfekt integrierte. Ohne meine Freunde und mit dem Wissen, dass ich sie im Stich gelassen hatte und geflohen war. Diese Gedanken lasteten wie mehrere Tonnen Ballast auf meinen Schultern. Ich hatte das Gefühl, mich mit jedem Tag, der verging, mehr zu verlieren.

Theodore nahm einen Schluck von seinem frischen Kaffee und sah mich dann mit gefurchter Stirn über den Rand seiner Tasse hinweg an. »Hast du über meinen Vorschlag nachgedacht?«, wechselte er das Thema und beförderte mich damit zurück in die Gegenwart. Wir waren in den vergangenen Tagen zu wahren Meistern darin geworden, heikle Themen zu vermeiden und geschickt zu umschiffen. Und ich war ihm dankbar dafür, denn ich war weiß Gott noch nicht bereit, mich damit auseinanderzusetzen, was in meinen dunkelsten Ecken lauerte.

Vielleicht wäre ich das nie.

»Ehrlich gesagt, nein.«

»Meinst du nicht, dass es dir eine Perspektive geben würde? Etwas, auf das du hinarbeiten kannst? Ich denke, dass das im Augenblick sehr wichtig für dich ist und die UCLA bietet ein unglaubliches Studienprogramm an. Es wäre eine Chance für einen Neuanfang. Wir könnten gemeinsam an etwas Großem arbeiten.«

Ich leerte meinen Becher, stellte ihn hörbar ab und ließ

dann eine der Orangen zu mir fliegen. Teddy warf mir einen strafenden Blick zu – eine unserer obersten Regeln lautete, dass ich meine Fähigkeiten auf keinen Fall im Alltag einsetzen durfte.

»Das ist definitiv kein Thema für einen Donnerstagmorgen nach einer viel zu kurzen Nacht. Frag mich morgen noch mal.« Achselzuckend begann ich, die Orange zu schälen. »Infinitesimalrechnung wartet.«

Kopfschüttelnd verschränkte Teddy die Arme vor der Brust. »Taylor ...«

Ich hob abwehrend die Hände und sprang vom Hocker. »Hey, du wolltest, dass ich zum College gehe, okay? War nicht meine Idee.«

Teddy murmelte einige Worte, die verdächtig nach einem Stoßgebet klangen, und fuhr sich über das Gesicht. »Wir fahren in zehn Minuten los.«

Kurz darauf saßen wir in seinem dunkelgrauen Geländewagen und befanden uns auf dem Weg nach Santa Monica. Besser gesagt zum St. James Privatcollege, das ich seit knapp einer Woche besuchte und dem ich absolut nichts abgewinnen konnte. Es war so exklusiv, dass kaum einer die Namensliste der Studenten kannte und es ein überdimensioniertes Sicherheitstor gab, das den einzigen Zugang zu dem hochmodernen Komplex darstelle.

Ich hatte ehrlich gesagt keine Ahnung, wie Teddy es geschafft hatte, mich dort einzuschleusen, aber nachgefragt hatte ich auch nicht. Im Augenblick musste ich mich mit ganz anderen Dingen auseinandersetzen.

Das belebte Santa Monica flog an uns vorbei. Selbst für die frühe Tageszeit war erstaunlich viel auf den Straßen los. Cafés stellten ihre Stühle und Tische raus, Straßenstände wurden aufgebaut und Läden geöffnet. Die ersten Touristen und Strandgänger mit großen Sonnenhüten und Badebekleidung schlenderten an der Promenade entlang und immer wieder mussten wir halten, weil Fahrradfahrer oder Kinder mit Inlineskates die Straße überquerten.

Ich betrachtete die Welt außerhalb des Wagens mit gemischten Gefühlen. Fasziniert von diesem fremden Leben, das ich so nie kennengelernt hatte, gleichzeitig aber auch abgestoßen von der Leichtigkeit dieser Menschen, die keine Ahnung davon hatten, was Schmerz und Leid bedeuteten.

»Wir sollten heute Nachmittag, oder spätestens am Wochenende eine neue Untersuchung starten. Ich möchte sicherstellen, dass alle deine Werte im grünen Bereich sind und dein Organismus problemlos mit den veränderten Bedingungen zurechtkommt.«

»Sicher«, antwortete ich nur, weil wir das schon vor Tagen besprochen hatten und ich wusste, dass Teddy bloß die Stille im Wagen füllen wollte. Gedankenverloren zupfte ich an einem losen Faden herum und zählte stumm die Palmen, an denen wir vorbeikamen.

Den restlichen Weg bis zum St. James legten wir in einvernehmlichem Schweigen zurück. Es war immer noch ungewohnt, mit dem Arzt, der in Emerdale Experimente und Untersuchungen an mir durchgeführt hatte, nun in einem Wagen in Los Angeles zu sitzen und um jeden Preis zu versuchen, etwas vorzutäuschen, was ich nicht war. Ein einfaches Mädchen, das ein College besuchte und von seinem Vater zur Vorlesung gefahren wurde. Wäre die Lage nicht so tragisch, hätte ich über die Absurdität darin gelacht.

Nur hing mein verdammtes Leben jetzt davon ab, eine gute Show abzuliefern, die mir jeder abkaufte. Nicht zum ersten

Mal fragte ich mich, wie lange ich das durchhalten würde, ehe ich einfach explodierte.

Das große Tor des Colleges tauchte vor uns auf, Teddy wies sich und mich mit unseren gefälschten Ausweisen aus und Sekunden später öffnete sich die Büchse der Pandora. Ein weiterer bedeutungsloser Tag in einer Reihe von bedeutungslosen Tagen.

»Ich habe heute ein Bewerbungsgespräch im örtlichen Krankenhaus«, sagte Teddy, als er direkt vor dem gepflasterten Weg hielt, der zum Haupteingang des Colleges führte. »Ist eine gute Stelle.«

Ich zog den Rock der Uniform über meine Knie und sah ihn von der Seite an. »Eine riskante noch dazu. Was ist, wenn sie deine Papiere sehen wollen? Deine Lizenzen und Zulassungen? Meinst du nicht, dass die Regierung dort zuerst nach dir suchen wird?«

»Umgekehrte Psychologie, Taylor. Niemand von denen wird vermuten, dass ich wieder als Arzt arbeiten werde. Außerdem sind meine Unterlagen wasserdicht.«

Skeptisch runzelte ich die Stirn und hob meine karierte Kuriertasche auf den Schoß. »Darauf würde ich mich nicht unbedingt verlassen.«

Teddy überging meine gemurmelte Antwort geflissentlich. »Hast du das Notfallhandy? Den *Deaktor*?«

»Ja, Teddy«, gab ich augenverdrehend zurück. Dann schnallte ich mich ab und öffnete die Beifahrertür. Warme, trockene Luft kam mir entgegen und ließ mich die dicke Uniform ein weiteres Mal verfluchen. Die steife weiße Bluse klebte mir sofort auf der Haut, der dunkelblaue Pullover darüber, der dicke gleichfarbige Faltenrock und die schweren schwarzen Lederschuhe taten ihr Übriges. Ganz zu schweigen von den weißen Kniestrümpfen und der dunkelgrünen Krawatte, die war wirklich der Abschuss.

Als mich Teddy das erste Mal so gesehen hatte, hatte er doch tatsächlich gesagt, dass ich *niedlich* darin aussehen würde. Er hatte zu einer ausgebildeten Elitesoldatin mit übernatürlichen Fähigkeiten gesagt, sie sei *niedlich*. Ich hatte ihm daraufhin nur mehrere Bücher an den Kopf geworfen. *Mit meiner übernatürlichen Fähigkeit.*

»Taylor?« Teddys Stimme, die wieder jenen besonderen, sanften Klang angenommen hatte, ließ mich an der Beifahrertür verharren. Dieser Tonfall machte jedes Mal etwas mit mir, das ich nicht in Worte zu fassen vermochte.

»Ja?«

Er beugte sich weiter vor, sodass er mich besser im Auge hatte. »Hab einen schönen Tag und stell keine Dummheiten an. Und such dir Freunde.«

Auf den letzten Satz ging ich erst gar nicht ein. Er wusste auch so, was ich davon hielt, und konnte es mir vermutlich nur zu genau an der Nasenspitze ablesen. »Dasselbe könnte ich dir auch raten«, murmelte ich bloß und schenkte ihm ein halbherziges Grinsen.

Mit einem Zwinkern startete er den Motor und rauschte, kaum dass ich die Tür hinter mir zugeschlagen hatte, aus der Parklücke.

Einige Atemzüge lang sah ich ihm nach, ehe ich mich abwandte und den Riemen meiner Tasche weiter über meine Schulter zog. Das moderne College funkelte im strahlenden Sonnenschein des neuen Morgens, der mich mit seinem absurd blauen Himmel geradezu zu verspotten schien.

Fabelhaft.

Seufzend beobachtete ich, wie Studenten von ihren schicken Sportwagen und blitzenden Cabrios in Richtung des Gebäudes schlenderten. Ihre ungezwungenen Gespräche, das leise Lachen und die aufgeregten Ausrufe wehten zu mir, während sie sich unterhakten und Freunde begrüßten. Ich sah sie an, folgte ihren sorglosen Bewegungen mit dem Blick und spürte, wie sich in mir etwas zusammenzog. Wir mochten auf dasselbe College gehen, in denselben Hörsälen sitzen, doch zwischen ihnen und mir lagen buchstäblich Welten. Ich war nicht wie sie und würde es vermutlich auch niemals sein. Dafür hatte ich zu viel erlebt, gesehen, getan. Dafür saß mir zu viel im Nacken. Ich war eine verdammte, tickende Zeitbombe. Und irgendwann würde ich hochgehen.

Die Lippen fest aufeinandergepresst, rang ich mich endlich dazu durch, dem Strom aus Studenten ins Gebäude zu folgen. Ich hätte nie geglaubt, dass man sich inmitten einer großen Menge so einsam fühlen konnte.

KAPITEL 2

JONATHAN

Shine A Little Light – The Black Keys

Die dröhnend laute Musik verstummte abrupt, als ich den Motor abstellte und den Schlüssel abzog. Die Stille im Inneren meines Wagens breitete sich aus und wurde zäh und dickflüssig, bis ich das Gefühl hatte, sie würde mir den Atem rauben. Ruckartig stieß ich die Tür auf, um Luft hereinzulassen, und hätte dabei beinahe eine Delle in Olivias Porsche gehauen.

Verdammt.

Die frische Brise Santa Monicas fuhr ins Auto und durch meine dunkelblonden Haare und holte mich zurück auf den Boden der Tatsachen. Ich *verzögerte*, zumindest würde das mein Psychologe Dr. Martin jetzt sagen, für den meine Eltern ein Vermögen hinblätterten. Etwas, das ich seit *jenem schicksalhaften Tag* ständig tat, um der Realität zu entfliehen und sei es auch nur für ein paar wertvolle Sekunden, die ich länger in meinem Schätzchen sitzen und mir vorstellen konnte, ich wäre auf dem Weg zu einem Filmset, anstatt auf ein beschissenes College zu gehen.

Aber auch diese wertvollen Sekunden fanden irgendwann ihr viel zu rasches Ende. In diesem Fall durch das durchdringende Läuten der Glocken, das mir nur allzu deutlich vor Augen führte, dass ich – wieder einmal – zu spät kommen würde.

Und dass ich ein feiger Versager war.

Ein Feigling, der sich davor fürchtete, sich seinem Leben zu stellen, oder dem, was davon noch übrig war.

Ich stieß einen Seufzer aus und zog dann meinen Rucksack und die Krücken vom Beifahrersitz. In meinem anderen Leben hatten dort Freunde, Bekannte oder meine Ex Mel gesessen. Er war nie leer gewesen. Meine Lippen verzogen sich ganz von selbst zu einem freudlosen Lächeln. Jetzt hockte dort nur noch ein kläglicher Rest, der mir jeden Tag aufs Neue vor Augen führte, was ich einmal gehabt hatte und wie wenig mir noch geblieben war. Wie leer so vieles geworden war.

Du hast solches Glück, dass du noch lebst. Das ist ein Wunder. Sei dankbar, Jonathan, du hättest tot sein können.

Die imaginäre Stimme meiner Mutter ließ mich die Zähne zusammenbeißen. Ja, ich hatte wirklich *wahnsinniges* Glück gehabt.

Mühsam wuchtete ich mich aus dem umgebauten Automatik-Wagen – einem Audi R8 – und richtete mich dann mithilfe meiner schwarzen Carbonkrücken auf. Mein Physiotherapeut hatte mir unzählige Male geraten, genauso wie Mum und der Rest der Welt, dass ich mir einen höhergelegten Wagen zulegen sollte – und einen Fahrer am besten gleich noch dazu –, aber glücklicherweise hatte ich da auch noch ein Wörtchen mitzureden.

Ich hatte so viel verloren. Meine Karriere, mein glorreiches, geniales Leben, ein halbes Bein. Da würde ich einen Teufel tun und auch noch meinen glänzenden R8 abgeben. Nur über meine verfluchte Leiche.

Schließlich stand ich wackelig auf meinem mir noch verbliebenen Bein und den beiden Krücken, hängte mir den

Rucksack über die Schultern und schlug die Tür hinter mir zu.

Der Parkplatz um mich herum war verlassen, alle anderen waren längst in ihren Kursen, lauschten den Vorlesungen, lernten für ihren Abschluss. Es war lächerlich. Vermutlich hatten Mum und Dr. Martin gehofft, durch einen Besuch des privaten St. James College würde ich wieder zu mir selbst finden, mein neues Leben akzeptieren lernen.

Was für ein Bullshit.

Eigentlich hatten sie genau das Gegenteil erreicht. Ich verabscheute mein Leben mehr denn je, nur hatte ich, dank eines richterlichen Beschlusses und meiner Mutter, keine andere Wahl. Ich stand wieder unter Mums – und Dads, wenn er sich denn mal blicken ließ – Fuchtel. Alles hörte auf ihr Kommando. Ende der Geschichte.

Grimmig zog ich mir die Kapuze meines dünnen, schwarzen Hoodies über den Kopf, den ich über der absurden einheitlichen Kleidung trug, und trat meinen entsetzlich langsamen Weg zu dem hochmodernen Gebäudekomplex an. Die Sonne brannte vom wolkenlosen, blauen Himmel und ließ mich nach kürzester Zeit schwitzen. Es war mir ein Rätsel, warum wir in Santa Monica lange dunkelblaue Hosen und langärmelige Hemden mit Krawatte und Jackett tragen mussten, während es über dreißig Grad waren. Ein weiterer Punkt auf meiner schier endlosen Liste, warum eigentlich *alles* zum Kotzen war.

Nach einer Ewigkeit erreichte ich die doppelflügelige Tür, die in eine riesige Glasfront eingelassen worden war. Dahinter lag das Foyer mit einer gewaltigen, scheinbar schwebenden Treppe, die sich helixförmig nach oben und unten schraubte. Helles Tageslicht fiel durch die gigantische Kuppel, zu der sich die hohe Decke oberhalb der Treppe wölbte und ließ das Metall der Stufen funkeln.

Ehrlich gesagt, so bewundernswert sie auch war, hatte ich gelernt, diese Treppe zu hassen. Für mich bedeutete sie jedes Mal einen Marathon, bei dem ich mich nur zum Narren machen konnte. Gerade jetzt, wo meine Prothese in der Reparatur war und mein Manko deutlicher denn je hervorstach. Resolut vermied ich einen Blick auf mein linkes Bein, das knapp unterhalb des Knies endete, und sah stattdessen links den Gang hinunter. Glücklicherweise fanden meine ersten Kurse heute im Erdgeschoss statt.

Zu beiden Seiten von mir führten zwei breite Gänge tiefer in den Komplex. Sie waren so etwas wie die Hauptschlagadern des Gebäudes und verbanden die verschiedenen Trakte und Bereiche miteinander. An ihren Enden lagen links die große Cafeteria, die eher einem Sternerestaurant glich, und rechts die überdimensionale Bibliothek des Colleges. Beides vermied ich nach Möglichkeit kategorisch. Zu viele Menschen, zu viele Blicke, zu viel Getuschel und Gemurmel darüber, wie und warum ich hier gelandet war. Dieses College war die reinste Tratschküche.

Und da tat ich es schon wieder: Ich *verzögerte*.

Mein Psychologe wäre stolz auf mich, da ich mir doch so bewusst war, was ich gerade machte.

Selbstreflexion, Jonathan, ist der erste Schritt zu einem bewussteren Leben.

»Mr Luxmore, gibt es ein Problem, oder warum sind Sie noch nicht in Ihrem Kurs?« Mr Pensley trat neben mich und schob seine Hornbrille auf seiner großen Nase nach oben, um einen Blick auf seine riesige Rolex zu werfen. Zweifellos, das Collegegeld war sehr gut investiert. »Wenn ich nicht irre, müssten Sie seit knapp zwanzig Minuten auf Ihrem Platz sitzen.«

»Absolut richtig. Nur stand ich im Stau. Aber ich mache mich jetzt direkt auf den Weg zu …«

»… Infinitesimalrechnung bei Professor Cassler«, beendete mein Biologieprofessor kopfschüttelnd.

Ich nickte und verlagerte mein Gewicht auf die rechte Krücke, als mein linker Arm zu jucken begann. »Genau, also wenn Sie mich bitte entschuldigen würden?«

»Sicher«, murmelte er und verschränkte die Arme vor der Brust, während ich die Flucht in die entgegengesetzte Richtung antrat.

Nach etwa fünf Metern – sie fühlten sich wie fünf Kilometer an – hörte ich seine knarrende Stimme ein weiteres Mal hinter mir: »Und vergessen Sie die Klausur am kommenden Donnerstag nicht. Sie können eine gute Note weiß Gott gebrauchen, Mr Luxmore.«

Darauf erwiderte ich nichts, verdrehte nur die Augen und schob mich stattdessen weiter stolpernd vorwärts, um noch in diesem Jahr an einem der Mathematikräume anzukommen. Ich hasste es, dass ich außer Atem war, als ich beim Hörsaal M1.001 ankam, dass mein Herz raste und mir das Blut lautstark in den Ohren rauschte.

Akzeptieren Sie es, Jonathan, so unfair es Ihnen auch vorkommen mag, das ist jetzt Ihr Leben.

Die Stimme meines Psychologen erklang unangenehm penetrant in meinem Kopf, als würde Dr. Martin direkt hinter mir stehen oder als winzige Version auf meiner Schulter hocken.

Oh Mann.

Die Augenbrauen zusammengezogen, atmete ich ein

paar Mal tief ein und aus und schob schließlich die weiße Holztür mit einem Arm auf. Professor Cassler unterbrach sich reichlich theatralisch, wie ich fand, und wandte sich in meine Richtung, so wie neunundneunzig Prozent der siebenundzwanzig anderen Studenten, die auf den stufenförmig angeordneten Sitzreihen saßen. Nur die Neue, eine kleine Blonde mit ernstem Blick, starrte weiter auf ihre Aufzeichnungen.

»Mr Luxmore, das ist selbst für Sie ein Rekord«, verkündete Cassler mit einem Blick auf die moderne Uhr über der Tür. »Sechsundzwanzig Minuten, das sollte ich auf jeden Fall notieren.«

Lautlos schloss ich die Tür und richtete mich so gut es ging auf, um dem Prof mit einem schiefen Grinsen, das Teil meiner täglichen Ritterrüstung geworden war, zu begegnen. »Tun Sie, was Sie nicht lassen können, aber ich bin mir sicher, ich bekomme das noch besser hin.«

Leises Kichern und Tuscheln ertönte. Es war wie in der Grundschule, und ich als gefallener Stern am ehemals strahlenden Himmel von Hollywood das gefundene Fressen.

Aus dem Augenwinkel sah ich, wie sich die Wangen des dicklichen Professors röteten, dabei müsste er es nach den fünf Monaten, die ich jetzt schon auf dieses renommierte Protz-College ging, eigentlich längst besser wissen. »Setzen Sie sich endlich, Luxmore. Und nehmen Sie um Himmels Willen die Kapuze ab.«

»Mit dem größten Vergnügen«, murmelte ich und humpelte durch den Mittelgang bis zur ersten Reihe, wo ich mich auf einen freien Platz fallen ließ.

Drei stinklangweilige Vorlesungen später betrat ich in der Mittagspause als einer der Letzten die Cafeteria. Das Summen der Gespräche lag in der Luft und mischte sich mit dem Essensgeruch. Die Blicke meiner Kommilitonen kribbelten auf meiner Haut, während ich durch den breiten Gang humpelte und die Augen stur geradeaus richtete, aber glücklicherweise war die Mehrheit längst in Gespräche vertieft oder weit über ihr Mittagessen gebeugt.

Als ich die letzten Tische erreichte, jene, die sozusagen direkt neben der Ausgabe standen, konnte ich es kaum erwarten, die Krücken für einen Moment zur Seite zu legen und mein noch vorhandenes Bein zu entlasten. Die Cafeteria lag quasi am anderen Ende des Komplexes, was für mich eine kleine Weltreise bedeutete. Ich warf meinen Rucksack auf einen Stuhl und stellte mich zwischen Tisch und Ausgabe, sodass ich mein Essen direkt abladen konnte, anstatt damit durch die Gegend laufen zu müssen. Denn das war mit Krücken schlichtweg unmöglich. Also musste ich mich meistens mit dem Essen begnügen, das sich auf dieser Seite des Büfetts befand, oder aber Penny, eine der Lunchladys, erbarmte sich und half mir. Heute jedoch fehlte jede Spur von Penny. Als wäre der Tag nicht schon beschissen genug.

Seufzend schnappte ich mir eine Schüssel Pudding, einen Salatteller und schaufelte dann Kräuterkartoffeln in eine Schale. Schien so, als würde mein Mittagessen aus Beilagen und einem Nachtisch bestehen, der an der falschen Position eingeordnet worden war.

Großartig.

Mit meiner mageren Ausbeute ließ ich mich schließlich

auf einen der schicken Holzstühle fallen und griff nach der Gabel, als mir auffiel, dass ich nicht wie üblich alleine an meinem Tisch saß, der normalerweise für Außenseiter wie mich reserviert war.

Das Mädchen aus Infinitesimalrechnung – die Neue – hatte sich am anderen Ende niedergelassen, einen Teller Pasta neben sich, den sie anscheinend kaum angerührt hatte, und die Nase in einem Buch vergraben, in das sie immer wieder etwas hineinschrieb. Einen Moment beobachtete ich sie wie der letzte Stalker und checkte sie so ab, wie ich es früher gemacht hatte. Sie trug ihre blonden Haare in einem strengen Pferdeschwanz, aus dem sich einige Strähnen gelöst hatten, die ihr nun in die Stirn fielen. Trotz der etwas unförmigen Collegekleidung konnte ich schmale, fast zierliche Schultern und ihre schlanke Gestalt erkennen. Ihre hellen Augen huschten immer wieder über das Papier vor sich, während sich ein angespannter Zug um ihren Mund legte. Die Neue – *Taylor Welsh*, erinnerte ich mich – war hübsch, keine Frage. Ich schätzte sie auf eins siebzig, und vermutlich würde sie niemand, der halbwegs bei Verstand war, von der Bettkante stoßen. Deshalb wunderte es mich umso mehr, warum sie nicht längst am Tisch des selbst ernannten Collegekings Victor und seinem Gefolge hockte. Wahrscheinlich würde sie sich super mit den Mädels dort verstehen, mit Olivia, Raina und all den anderen, die den ganzen Tag nur übers Shoppen, Kerle und neue, absurd teure Schuhe quatschten.

Stattdessen hatte sie sich möglichst weit von ihnen entfernt niedergelassen und sich damit entweder unbeabsichtigt oder aber im vollen Bewusstsein ins Aus gekickt.

Das war … interessant.

Ich lehnte mich weiter auf meinem Stuhl zurück, legte

die Gabel zur Seite und verfolgte, wie sie etwas Neues notierte. Unwillkürlich fragte ich mich, was sie da eigentlich schrieb.

Vielleicht war sie eines dieser Mädchen, die um jeden Preis einen perfekten Abschluss machen wollten? Die den ganzen Tag lernten, um dem Druck zu Hause gerecht zu werden? Das würde passen. Wir hatten mehrere Kurse gemeinsam und ich hatte längst bemerkt, dass sie etwas auf dem Kasten hatte.

Als hätte Taylor meine Gedanken gehört, schaute sie ruckartig in meine Richtung und strich sich die Strähnen aus der Stirn. Und weil es nicht meine Art war, einer Konfrontation aus dem Weg zu gehen, erwiderte ich ihren Blick und hob nur herausfordernd eine Augenbraue. Taylor tat es mir nach, sodass sich die weiße Narbe über ihrer Braue wölbte. Eine leise Stimme in mir fragte sich, woher jemand Elitäres wie sie – denn nichts anderes war sie, wenn sie auf dieses College ging –, so eine Narbe bekam.

Unsere Blicke verhakten sich für einige Sekunden ineinander, dann hob ich einen Mundwinkel und nickte auf das Notizbuch vor ihr. »Muss spannend sein, wenn du dafür die renommierte Pasta des Colleges links liegen lässt.«

Eine steile Falte bohrte sich in ihre Stirn, als sie von mir zu dem Teller und zurück schaute. »Oder sie ist einfach nicht so gut, wie sie behaupten.« Sie hatte eine erstaunlich feste Stimme, sprach jede einzelne Silbe mit Nachdruck aus, als wollte sie sichergehen, dass jedes ihrer Worte bei mir ankam.

Ookaay.

»Lass das nicht die Lunchladys hören.«

Taylor zuckte mit den Schultern und legte den Kugelschreiber, dessen oberes Ende Kauspuren aufwies, zur Seite. »Danke für den Tipp.«

Mein Lächeln wurde breiter. »Probier nächstes Mal lieber das Steak, das ist Weltklasse.«

»Ich esse kein Fleisch«, gab sie zurück, schob ihre Sachen in eine karierte Tasche und erhob sich dann so schnell, dass beinahe ihr Stuhl umgekippt wäre. Ihre Hand schoss blitzschnell vor und hielt ihn an Ort und Stelle, ehe sie sich hastig abwandte und davonrauschte.

Ich runzelte die Stirn und schaute ihr nach, während ich mir übers Kinn fuhr. Taylors schlanke Gestalt war längst aus meinem Blickfeld verschwunden, als hätte es diese schräge Unterhaltung nie gegeben. Hatte ihr überstürzter Aufbruch etwas damit zu tun, dass ich das Steak erwähnt hatte? Vielleicht war sie ja eine dieser hochsensiblen Vegetarier oder Veganer.

Womöglich war ich ihr aber auch einfach auf die Nerven gegangen. Verdenken konnte ich es ihr nicht, wäre ich an ihrer Stelle, würde ich auch keine Zeit mit mir verbringen wollen.

Kopfschüttelnd griff ich erneut nach der Gabel und begann damit, die längst kalt gewordenen Kartoffeln in mich hineinzuschaufeln.

Ich war kein gefeierter Schauspieler mehr. Kein Prominenter, nach dem sich jeder die Finger leckte, bei dem die Jungs und Mädchen gleichermaßen Schlange standen, von dem jeder ein Stück abhaben wollte.

Aber wenn ich in meinem Wagen saß, durch L.A. raste und mir dabei der Wind um die Nase wehte, vergaß ich beinahe, dass ich so gut wie alles verloren hatte. Dass es diesen Unfall jemals gegeben hatte. Dann wurde ich wieder zu meinem alten Ich. Zu Johnny Luxmore, dem die ganze, verfluchte Welt offenstand. Zumindest für einige kostbare Sekunden.

Schneller als mir lieb war, erreichte ich Beverly Hills, fuhr die getönten Fensterscheiben nach oben und drehte die dröhnend laute Musik leiser. Ohne zu blinken bog ich nach rechts ab, schnitt einen feuerroten Porsche, der daraufhin wild zu hupen begann, und raste dann mit quietschenden Reifen den Hügel hoch, auf dessen Spitze mein trautes Heim über L.A. und den restlichen Anwesen thronte.

Die Villa war nicht annähernd so groß wie die der anderen Schauspieler, die schon länger im Business waren, und dennoch hatte ich schon Unmengen von Kaufanfragen bekommen, denn mein Schätzchen hatte mit Abstand den besten Platz von allen. Und genau aus diesem Grund würde ich nicht verkaufen, egal wie sehr der Preis auch in die Höhe schnellen würde (mittlerweile standen die Angebote bei knapp fünfundzwanzig Millionen Dollar).

Die kurvige Straße, auf der überwiegend Geländewagen irgendwelcher Securityfirmen vor meterhohen Sicherheitsmauern parkten, näherte sich dem Ende und schloss dann in einem Wendehammer, in dessen Zenit das funkelnde Tor zu meinem Anwesen aufragte. Überwachungskameras richteten sich sofort auf mich, als ich meinen R8 vor das Tor lenkte und den entsprechenden Knopf auf meiner Fernbedienung drückte. Lautlos schwangen die riesigen Flügel auf und gaben den Blick auf einen hellen Kiesweg frei, der von Palmen gesäumt war. Die Lücke zwischen den Torflügeln war kaum breit genug, da beschleunigte ich auch schon und jagte meinen Wagen die lange Auffahrt entlang, die direkt vor die Garage führte, die beinahe das gesamte Erdgeschoss der Villa einnahm. Das Garagentor war bereits hochgefahren, sodass meine anderen Wagen, ein SUV von Mercedes, ein Porsche Macan und ein AMG GT S in dem einfallenden Sonnenlicht glänzten.

Es war wirklich kein Klischee, dass sich reiche Mistkerle wie ich mehrere Autos kauften, einfach, weil sie es konnten – aber hey, mit meinen vier Exemplaren war ich noch weit unter dem Durchschnitt.

Mit einem gemurmelten Fluch hievte ich mich aus dem Sportwagen, knallte die Tür hinter mir zu und humpelte dann zwischen meinen Wagen hindurch in Richtung Treppe. Die Aussicht, mich die breite, freischwingende Treppe in den ersten Stock hochzukämpfen, sorgte dafür, dass sich meine Stimmung gefährlich nah an den Gefrierpunkt schob. Ein weiteres Mal verfluchte ich meinen Stolz dafür, dass er es mir verboten hatte, einen Fahrstuhl einzubauen. Das wäre jedenfalls mal eine sinnvolle Investition gewesen.

Grimmig kämpfte ich mich Glasstufe für Glasstufe hoch und spürte förmlich, wie mich die vielen Auszeichnungen an den Wänden des Treppenhauses wie Geister eines vergangenen Lebens verspotteten. So in etwa musste sich Scrooge an Weihnachten gefühlt haben.

»Johnny? Bist du das?« Das grinsende Gesicht meines ehemaligen Bodyguards und besten Freundes Vincent erschien am Ende der Treppe. »Dachte ich's mir doch. Dieses Schnaufen würde ich überall wiedererkennen.«

»Idiot«, brummte ich, brachte die letzten Stufen hinter mich und kam dann schwer atmend vor Vin zum Stehen.

Überschwänglich legte er mir einen Arm um die schmerzenden Schultern und zog mich an seine Seite. Er war gut einen Kopf größer – und ich war schon mit meinen eins fünfundachtzig ziemlich groß – und beinahe doppelt so breit wie ich. Seine dunkelblonden Haare waren raspelkurz geschnitten und entblößten die ein oder andere Narbe aus seiner Cage-Fight-Zeit und dem Dienst bei der Army. Ein beinahe unheimliches Funkeln lag in seinen braunen Augen.

Ich kannte dieses Funkeln und ich wusste, dass es nichts Gutes bedeutete.

»Was zur Hölle hast du vor?«

»Die Frage ist nicht, was *ich* heute Abend vorhabe, sondern du, mein lieber Freund.«

Ich verdrehte die Augen und löste mich von ihm, während ich mich von meinem Rucksack befreite.

Vincent griff kurzerhand danach und schwang ihn sich über eine Schulter. »Mel hat angerufen.«

Mir kam ein Fluch über die Lippen, dann presste ich die Lider aufeinander und lehnte mich an die kühle Wand in meinem Rücken. Das hatte mir gerade noch gefehlt.

Mel. Melissa Houghberg. Meine Ex, eines der wenigen Mädchen, das ich nicht nach einer Nacht abserviert hatte – und das auch nur, weil mein Manager es für eine gute PR-Masche hielt, etwas mit einer Schauspielkollegin anzufangen.

Wenn man mich fragte, war es eine absolute Scheißidee gewesen. Mel war ein selbstsüchtiges, egoistisches Miststück, das keinen, wirklich *gar keinen* Gedanken an jemand anderen als an sich selbst verschwendete.

Nach meinem *Zwischenfall* hatte sie sich medienwirksam von mir getrennt, mich als völliges Arschloch dastehen lassen und war dann nach ein paar Wochen wieder angekrochen gekommen, um mich für irgendein Charity-Programm zu ködern. Weil ich ja jetzt *behindert* war. Ein bedauernswerter

Krüppel, den sie dazu nutzen wollte, ihr Image aufzupolieren. Mit dieser Aktion hatte sie sich schließlich selbst übertroffen. Mel hatte private Bilder, die ich ihr aus dem Krankenhaus geschickt hatte, an die Presse weitergeleitet und meinen Unfall in die Welt hinausgetragen, mit allen ätzenden und pikanten Details.

»Ist mir scheißegal, was sie will oder mir anbietet. Ich will dieses Miststück nicht mehr in meinem Leben haben.« Vincents raues Lachen ließ mich die Augen öffnen.

»Alter, ich bin da ganz deiner Meinung. Diese Frau ist der Hölle persönlich entsprungen, aber ich fürchte, das wirst du ihr von Angesicht zu Angesicht sagen müssen. Sie kommt heute Abend vorbei, hat Evelyn angeleiert.«

Betont langsam atmete ich ein und aus. »Das ist ein schlechter Scherz, oder?« Dabei kannte ich die Antwort längst. Ich würde meine Mutter umbringen.

»Oh, ich kenne diesen Zynismus in deinen Zügen. Komm schon, Mann. Wir gönnen uns jetzt erst mal einen Grünkohl-Ingwer-Smoothie mit einem extra Schuss Kurkuma und überlegen dann, wie wir die beiden Ungeheuer vertreiben können.« Vin genoss das hier viel zu sehr. »Vielleicht spendiere ich auch noch eine Stange Sellerie, was meinst du?«

»Leck mich.« Die Sache mit den widerlichen Smoothies, die Mom mir bei jedem Besuch anzudrehen versuchte, würde ich wohl niemals wieder loswerden.

Grinsend steckte er die Hände in die Taschen seiner olivgrünen Cargohose, die er noch immer trug, obwohl er längst nicht mehr für meinen Schutz verantwortlich war. Ich hatte ihn nach dem Unfall gefeuert, aber im Gegensatz zu so gut wie jedem anderen in meinem alten Leben, war

Vincent als Einziger geblieben. Nicht als Bodyguard, sondern als Freund.

Freudlos erwiderte ich sein Grinsen und fuhr mir übers Gesicht. »Das Leben, oder wer auch immer die Fäden da oben in den Händen hält, hasst mich, oder?«

»Darauf werde ich dir keine Antwort geben, Johnny. Komm schon, das wird sicher witzig.«

KAPITEL 3

TAYLOR

*Flames (with ZAYN) –
R3HAB, ZAYN, Jungleboi*

»Hast du den Job bekommen?«, fragte ich, als Teddy den Geländewagen vom Coast Highway One durch das strahlend weiße Sicherheitstor auf unser Grundstück in Malibu lenkte. »Oder haben sie dich erwischt und die Regierung wird jeden Moment unser Haus stürmen?«

Teddy warf mir einen schnellen Seitenblick zu und fuhr den Jeep vor die geschlossene Doppelgarage. »Ich habe einen Folgetermin bekommen, werde ihn aber verschieben müssen, weil ich dich vorher noch zum College fahren muss.«

Der Motor erstarb und mit ihm auch das leise Radio, das bisher im Hintergrund gedudelt hatte. »Das müsstest du nicht, wenn du mir endlich ein Auto kaufen würdest.«

Mit einem Seufzen schüttelte Teddy den Kopf. »Das Thema hatten wir schon, Taylor. Du besitzt keinen Führerschein.«

In Emerdale hatte ich gelernt, so ziemlich jedes Fahrzeug zu fahren, das war Teil der Grundausbildung gewesen und das wusste Teddy. Ich vermutete, dass er sich so vehement dagegen sträubte, weil er fürchtete, ich könnte abhauen. Als könnte ich das nicht auch ohne eigenen Wagen.

»Wäre nicht das erste Dokument, das wir fälschen, oder?« Ich hob herausfordernd eine Augenbraue und öffnete die Tür.

»Mit jeder Fälschung, jeder Behörde, bei der wir uns mit

falschem Namen melden, steigt das Risiko, dass wir auffliegen«, hielt er dagegen und stieg aus. »Meine Antwort bleibt vorerst Nein«

Ich warf ihm ein chinesisches Schimpfwort an den Kopf, das ihn grinsend zurückschauen ließ, und zog die Unterlippe zwischen die Zähne. »Irgendwann gehst du morgens aus dem Haus und wirst feststellen, dass ich mir deinen Wagen unter den Nagel gerissen habe.« Wie zum Beweis ließ ich den Autoschlüssel aus seinen Fingern direkt in meine Hand fliegen und klimperte damit.

Teddy nickte unbeeindruckt zu unserem hellen Strandhaus, das mit seinem weiß lackierten Holz, dem vielen Glas und dem dunklen Flachdach direkt aus einer Immobilienzeitschrift hätte entsprungen sein können. »Können wir dann?«

Achselzuckend folgte ich ihm. Kurz sah ich zu dem gepflegten Garten, ehe ich mich dem schier endlosen Meer zuwandte, das sich rechts von uns erstreckte. Meine Schritte verlangsamten sich ganz von selbst, bis ich schließlich stehen blieb, unfähig, mich von dem Anblick loszureißen.

Auf unserer Flucht hatte mich Teddy nach dem zweiten Autowechsel irgendwo kurz nach Las Vegas gefragt, worauf ich mich am meisten freute. Es hatte beinahe zwei Tage gedauert, bis ich eine Antwort für ihn gehabt hatte. Bis ich mir sicher gewesen war, dass unsere Flucht und seine Behauptung, dass das Programm stillgelegt worden sei, keine Falle gewesen waren, keiner der kranken Psychotests, denen sie uns ständig unterzogen hatten, sondern die Realität.

Das Meer, hatte ich schließlich gesagt, als wir die Wüste längst hinter uns gelassen hatten. Meine Stimme war von den vielen ungeweinten Tränen und dem Schweigen ganz rau gewesen.

Bei der Erinnerung daran bekam ich eine Gänsehaut und schlang meine Arme um mich, obwohl mich die Sonnenstrahlen wärmten.

»Taylor?«

Teddys Stimme brachte mich dazu, mich vom Meer abzuwenden und aufzublicken. Er hatte die Haustür aufgeschlossen und stand nun wartend im Rahmen, die Stirn beinahe sorgenvoll gerunzelt. Manchmal glaubte ich, dass er besser wusste, was in mir vorging, als er es mich sehen ließ.

»Komme schon«, murmelte ich und folgte ihm ins Haus.

Während ich die Treppe nach oben ansteuerte, schlüpfte Teddy aus seinem Sakko und ging dann zielstrebig in die Küche. »Hast du Hunger? Ich kann uns etwas machen.«

Eine Hand am Geländer verharrte ich und schaute zu ihm. »Brauchst du nicht, ich bin satt.« Was eine Lüge war, wenn man bedachte, dass ich das Essen am College kaum angerührt hatte, weil mir alleine vom Geruch schlecht geworden war. Ganz zu schweigen davon, dass ich die Cafeteria nur wenige Minuten später wieder fluchtartig verlassen hatte, um mich in der nächsten Toilette zu übergeben. Eigentlich sollte ich Hunger haben, mein genmanipulierter Organismus benötigte mehr Kalorien als der eines durchschnittlichen Menschen, und doch ... wurde mir schlecht, wenn ich Essen nur sah.

Die Falten auf Teddys Stirn wurden tiefer. »Du musst etwas essen, Taylor. Bei der letzten Untersuchung waren deine Werte auffallend schlecht und dein Gewicht –«

»Ich komm schon klar. Wir sind nicht mehr in Emerdale und ich brauche niemanden, der mir sagt, was ich wie und wann zu tun habe. Das ist vorbei. Ich lasse mir nichts mehr vorschreiben.«

Ein resignierter Ausdruck huschte über seine Züge. »Das

weiß ich und ich werde dich nicht bevormunden oder übergehen, das habe ich dir versprochen. Du bist alt genug, um eigene Entscheidungen zu treffen, aber das ändert nichts daran, dass ich dich beschützen möchte.«

Meine Finger schlossen sich fester um das kühle Metall des Geländers. »Und trotzdem tust du es. Die Untersuchungen, die Tests, das College – selbst das Essen. Du lenkst mein Leben und es fällt dir noch nicht einmal auf. Falls es dir nicht klar ist: Ich kann gut auf mich alleine aufpassen.« Meine Stimme klang schärfer als beabsichtigt, normalerweise hatte ich mich besser unter Kontrolle. Hielt meine Emotionen besser unter Verschluss. Doch seit ein paar Tagen bekamen meine sorgsam gezogenen Mauern immer mehr Risse. Ich war so verdammt wütend. So traurig. So zerrissen.

»Rede mit mir«, bat Teddy leise und suchte meinen Blick. »Ich kann mir deinen Schmerz nicht ansatzweise vorstellen, aber ich möchte dir helfen.«

Ein dicker Kloß bildete sich in meinem Hals und drohte mir die Luft abzuschnüren. Meine Schultern sackten in sich zusammen und die Wut, die bis eben noch durch meinen erhitzten Körper geschossen war, ebbte ab. »Ich bekomme sie einfach nicht aus meinen Gedanken, Teddy. Sie sind die ganze Zeit da.«

Er neigte langsam den Kopf und kam behutsam – als hätte er Angst, mich zu verscheuchen –, um die Kochinsel herum in meine Richtung. »Es ist nicht deine Schuld. Nichts davon. Emerdale ist schuld. Die skrupellose Regierung. Die fehlgeschlagene Forschung. Das alles, nur nicht du.« Mit einem sanften Lächeln hielt er inne und legte seine schwieligen Finger auf meine.

Nicht meine Schuld? Warum fühlte es sich dann so an?

Hastig zog ich meine Hand unter seiner hervor und stieg eine Stufe höher, um Abstand zwischen uns zu bringen. »Ich gehe hoch, es war ein langer Tag.«

»Sicher«, gab Teddy zurück und ich konnte nur zu deutlich in seinen braunen Augen lesen, dass ihn mein Rückzug verletzte. »Überleg es dir noch mal – das mit dem Abendessen.«

Ich nickte, dabei wussten wir es beide besser. Ich hatte keinen Appetit. Keinen Hunger. Das, was ich brauchte, war etwas völlig anderes. Ich musste nur einen Weg finden, es mir zu beschaffen.

Und ich wusste auch schon, wo ich anfangen würde.

Es hatte mich keine zehn Minuten gekostet, etwas zu überprüfen, das mir seit gestern Nacht nicht mehr aus dem Kopf ging. Etwas, das dieser Kerl mit den raspelkurzen Haaren gesagt hatte, kurz bevor ich gegangen war.

Er hatte mir geraten, mir einen Verein zu suchen, wenn ich unbedingt Dampf ablassen wollte – einen Verein oder das Zenit. Es war nicht ganz einfach gewesen, an brauchbare Informationen über das Zenit zu kommen, aber schließlich hatte ich alles Wichtige gefunden.

Es schien perfekt. Perfekt, um ein paar Stunden aus der Realität zu flüchten und das zu tun, was ich am allerbesten konnte. Ein paar Stunden, in denen ich ich selbst sein konnte und mich nicht ununterbrochen mit dem auseinandersetzen musste, was mich auf Schritt und Tritt verfolgte.

Ich brauchte dringend Ablenkung, irgendetwas, das mich von meinen dunklen Gedanken, dem Druck und Teddy abbrachte und mir etwas Luft zum Atmen verschaffte.

Und als ich um kurz vor dreiundzwanzig Uhr in schwarzer Kleidung in einem Taxi in Richtung Venice saß, hatte ich das Gefühl, das erste Mal seit einer kleinen Ewigkeit wieder etwas freier atmen zu können. Ich öffnete und schloss meine Fäuste immer wieder, während die nächtliche Stadt an mir vorbeizog. Adrenalin rauschte, gepaart mit Vorfreude, durch meinen Körper und erinnerte mich an etwas, das Teddy, der jede einzelne Zelle meines Körpers in- und auswendig kannte, niemals verstehen würde: den Drang, meine Fähigkeiten, meine Kraft zu nutzen.

In Emerdale war sie Teil meines Alltags gewesen. In Tests und dem Training hatte ich immer wieder auf meine Telekinese zugegriffen, sie genutzt, gekämpft. Weil ich dafür erschaffen worden war. Jetzt plötzlich ohne sie zu leben, das alles zu unterdrücken, sorgte dafür, dass ich langsam, aber sicher durchdrehte. Als würde ich ersticken, weil ich diesen Teil von mir wegsperrte, der für mich instinktiv und essenziell war. Ich brauchte es ganz einfach. Den Rausch, das Adrenalin, die Gefahr.

Und deswegen saß ich hier.

»Ist 'ne schlimme Gegend da.« Die kratzige Stimme des Fahrers riss mich aus meinen Gedanken. Ich tippte darauf, dass er am Tag mindestens eine Schachtel Zigaretten rauchte. Zumindest roch es hier drinnen danach.

»Hm?« Ich hob den Kopf und wandte mich von der nächtlichen Stadt ab.

Der Taxifahrer gab ein missbilligendes Schnauben von sich. »Da wo du hinwillst. Venice East. Es geht mich zwar nichts an, aber du siehst nicht wie jemand aus, der da etwas um diese Uhrzeit verloren hat.« Er bedachte mich mit einem kurzen Blick im Rückspiegel.

Richtig, es geht Sie nichts an, hätte ich am liebsten erwidert, nachdem er diese Diskussion bereits zum zweiten Mal, seit ich in das versiffte Taxi gestiegen war, aufrollte.

»Nach allem, was hier in den letzten Monaten stattgefunden hat«, fuhr er fort, als ich nichts erwiderte. »Tagsüber das reine Touristenparadies, aber nachts … würde ich meine Tochter jedenfalls nicht alleine dort rumlaufen lassen.«

Ich ballte die Hände zu Fäusten und sah aus dem Fenster. »Machen Sie sich keine Gedanken. Ich komme schon klar.«

Die blinkenden Lichter des Santa Monica Piers und die vielen Menschen dort tauchten rechts von mir auf und ich fragte mich, wie es wohl sein würde, eine von ihnen zu sein. Das, was Teddy von mir verlangte. Ein gewöhnliches Mädchen mit gewöhnlichen Interessen, Freunden und einem einfachen, glücklichen Leben. Ich würde mit den Fahrgeschäften fahren, mir übertreuerte Zuckerwatte kaufen und dann abends am Strand rumhängen. Meine Hände krallten sich in den Stoff der dunklen Sporthose, bis ich die Nägel auf der Haut meiner Oberschenkel spürte.

Lächerlich. Diese Gedanken waren lächerlich.

Hatte ich nicht genau das Teddy unzählige Male an den Kopf geworfen? War die Tatsache, dass mein Ziel des Abends das Zenit war, nicht Beweis genug dafür, dass buchstäblich Welten zwischen diesen Menschen dort und mir lagen?

Der Pier verschwand aus meinem Blickfeld und ich entspannte mich ein kleines bisschen.

»Jedes Mal, wenn mir jemand sagt, dass er klarkommt, ist das Gegenteil der Fall, weißt du?«

Ich ging erst gar nicht darauf ein.

Die Häuser rechts und links wurden bunter, schräger und der Charakter der Stadt änderte sich merklich. Es gab vermehrt schmale Gassen, die im Dunkeln lagen, weniger Menschen, die noch auf der Straße unterwegs waren, und ich entdeckte immer wieder Polizeiwagen, die am Straßenrand parkten. Mein Nacken begann zu kribbeln. Das war dann wohl die *schlimme Gegend*.

»Letzte Chance umzudrehen.«

»Sie können mich hier rauslassen«, antwortete ich nur, löste meine Finger vom weichen Stoff der Jogginghose und schnallte mich ab.

»Deine Entscheidung. Willkommen in Venice East«, verkündete der Taxifahrer beinahe unheilvoll und wandte sich mit ausgestreckter Hand in meine Richtung.

Ohne ihn anzusehen, legte ich ihm einen Fünfzigdollarschein in die Hand und verließ das Taxi. Dem Tempo nach, mit dem er davonrauschte, konnte er es wohl kaum erwarten, von hier zu verschwinden.

Ich blieb auf dem Fußgängerweg stehen, die Arme vor der Brust verschränkt und sah mich um. Die Straße war schmal, schlecht beleuchtet und es stank nach Gras. Sämtliche Wände um mich herum waren mit wilden, bunten Graffitis besprüht, eine Mülltonne war umgeschmissen worden und ich hatte das Gefühl, von mehreren Augenpaaren beobachtet zu werden.

Ich hatte keine Angst. Weder vor der Dunkelheit noch vor Idioten, die hier auftauchen und eine Szene machen könnten. Dafür hatte Emerdale gesorgt, meine Angst vor der Welt war mir da im wahrsten Sinne des Wortes aus dem Leib geprügelt worden und durch das Bewusstsein für *wirklich* gefährliche Dinge ersetzt worden. Ich setzte mich, die Hände in den Hosentaschen, in Bewegung. Den Weg in Form einer imaginären Karte in meinem Kopf verfiel ich in einen leichten Laufschritt, wobei ich mich resolut von den in sich zusammengesunkenen Gestalten in den dunklen Hauseingängen fernhielt. Fehlte mir gerade noch, dass ich durch mein Herumschleichen ungewollte Aufmerksamkeit erregte oder gleich die Polizei auf den Plan rief.

Immer wieder fielen mir sich bewegende Gardinen auf, irgendwo bellte ein Hund und Angst hin oder her, war ich doch froh, als ich endlich mein Ziel erreichte.

Die Wohnhäuser waren einem alten, heruntergekommenen Industriegebiet aus vergangener Zeit gewichen, längst nicht mehr genutzte Schienen verliefen über die rissige Straße, die großen Fenster waren entweder eingeschlagen oder notdürftig mit Brettern verrammelt.

»Gemütlich«, murmelte ich und trat eine Coladose zur Seite. Dann wandte ich mich nach links, dorthin, wo ich die erwähnte Markierung entdeckte. Fünf krakelige Buchstaben waren mit weißer Kreide auf einen porösen Backstein, der Teil einer hohen Mauer war, geschrieben worden.

Zenit.

Leicht zu übersehen und doch wie ein Leuchtfeuer für mich, das mich wie magisch anzog. Ich grinste schief und betrat die dunkle Gasse, die neben der Markierung nach rechts führte. Das Zenit war laut Website ein zwielichtiger Hinterhof, auf dem illegale Kämpfe ausgetragen wurden. Inklusive Wettbüro, Bar und Verzichtserklärung. Illegal bedeutete, dass hier keine Behörden im Spiel waren. Keine Polizei, keine Kameras. Mit anderen Worten, hier war ich vermutlich sicherer als irgendwo sonst in Los Angeles.

Mit angespannten Schultern schob ich mich durch die Gasse, versuchte mein Umfeld so gut es ging im Blick zu behalten und kam vor einer verwitterten, rostigen Metalltür zum Stehen. Ohne zu zögern hob ich die Hand und hämmerte gegen das kalte Metall, von dem sich der dunkelgrüne Lack schälte. Ein Quietschen erklang, dann schwang die Tür ein winziges Stück auf, sodass ein schmaler Streifen Licht auf mein Gesicht fiel. Ich blinzelte.

»Was willst du, Kleine?«

Ich verkniff mir ein Schnauben und zog stattdessen das Bündel Bargeld, das ich aus Teddys Reserve hatte, hervor, um es der körperlosen Stimme zu präsentieren. »Das, was alle wollen.«

Ein tiefes Brummen erklang. »Wir übernehmen keine Haftung. Hier wird Vollkontakt gekämpft, keine Aufpasser, keine Regeln. Ist dein eigenes Risiko.«

»Habe ich nach Haftung oder Regeln gefragt?«

Wieder ein Brummen, dann wurde eine Kette zurückgeschoben. Ich atmete aus und verstaute das Geld in meiner Hosentasche.

Die Tür öffnete sich und gab den Blick auf das Innere einer gewaltigen, heruntergekommenen Lagerhalle frei, deren Dach beinahe nur noch aus alten Stahlstreben und einzelnen Scheiben bestand. Der Mond schien durch die unzähligen Löcher in der Decke und überall wucherten Unkraut und andere Pflanzen. Tonnen, in denen Feuer brannten, erleuchteten die Halle und schwängerten die Luft mit schwerem Rauch, der nach Kiefer roch. Die Schatten der Flammen tanzten durch die Halle und wurden von den maroden Wänden zurückgeworfen. Und mittendrin unzählige Männer und einige wenige Frauen in so gut wie jedem Alter. Ihre Stimmen summten in der Nachtluft, viele von ihnen hielten Drinks in den Händen oder rauchten, die meisten trugen legere, dunkle Kleidung, ähnlich wie ich.

Ein vernehmliches Räuspern lenkte meine Aufmerksamkeit auf einen breiten Typ, der sich vor mir aufgebaut hatte – augenscheinlich der Türsteher. »Gezahlt wird da drüben«, sagte er harsch und nickte nach links, wo in einer winzigen Nische ein Tisch aufgebaut worden war, hinter dem eine dunkle Gestalt hockte.

»Und wo melde ich mich für den Kampf an?«

Der Gorilla vor mir verzog die rissigen Lippen. Auf seinem Kopf befand sich kein einziges Haar, stattdessen bunte Tattoos, die sich über seinen Schädel und Hals wanden und dann unter dem dünnen, schwarzen Shirt verschwanden. Seine Ohren waren mehrfach durchstochen und über seine rechte Augenbraue waren die Worte *Fuck Off* tätowiert worden.

Reizend.

Ich erwiderte das halbe Lächeln und zog eine Braue hoch. »Anmeldung. Kämpfen«, wiederholte ich und trat näher an ihn heran.

»Lern erst mal laufen, bevor du zu sprinten anfängst, Kleine.«

»Danke für den Tipp«, gab ich in demselben verächtlichen Tonfall zurück und versenkte die Hände in der Bauchtasche meines schwarzen Hoodies.

Sein Grinsen wurde noch ein Stück breiter. »Willkommen im Zenit.«

Mit zusammengepressten Lippen warf ich ihm einen letzten Blick zu, bevor ich mich an ihm vorbeischob. Hinter dem windschiefen Tisch in der Nische saß ein schlaksiger Kerl mit dunkler Haut und blau gefärbten Haaren. Als ich vor ihn trat, schaute er auf und ließ eine Kaugummiblase platzen.

»Eintritt kostet fünfzehn Dollar. Wetten kannst du hinten links bei der Anmeldung abgeben«, ratterte er gelangweilt herunter und leckte sich über das Lippenpiercing. Ich legte ihm das Geld auf den Tisch und verfolgte, wie er einen unscheinbaren, runden Stempel auf die Innenseite meines Handgelenks drückte. »Nettes Tattoo«, murmelte er und nickte auf den Code an meinem linken Handgelenk.

Ruckartig zog ich meinen Arm zurück und presste die rechte Hand über das Tattoo – den hexadezimalen Code, die Nummer, die mir Emerdale verpasst und unter die Haut gestochen hatte.

»Viel Spaß, Süße.«

Ohne etwas zu erwidern, ließ ich die Nische hinter mir und begab mich stattdessen in die Welt des Zenits. Ein wenig fühlte es sich an, als würde man einen anderen Planeten betreten. Eine zweite, dystopische Realität.

In der Hallenmitte gab es eine abgesteckte, runde Fläche aus festgetretener Erde – die Kampffläche, nahm ich an. Die Zuschauer standen entweder am Rand oder hatten sich auf den Palettenbergen, die rechts und links an den Wänden der Lagerhalle aufgeschichtet worden waren, niedergelassen, um einen besseren Blick zu haben. Andere standen in den Ecken zusammen, hockten auf ähnlichen Palettenhaufen oder lungerten an der Bar rum. Um einige der Stützen waren Lichterketten gewickelt worden, bunte LEDs erleuchteten Stehtische. Die Luft war wie elektrisch aufgeladen von den Rufen, den Kampfgeräuschen und dem Knacken der Feuertonnen. Ich war schon jetzt völlig davon eingenommen.

Ein Stück links von mir entdeckte ich einen Stand, willkürlich zusammengeschustert aus verschiedenen Hölzern und mit einer großen Tafel versehen: das Büro des Zenits. Davor hatten sich zwei kurze Schlangen gebildet. Eine für die Wetten, wenn ich die Blicke der Wartenden auf die Rangliste, die gerade aktualisiert wurde, richtig deutete, und die zweite für die Kämpfer, die sich anmelden wollten.

Ich zögerte. Womöglich hatte der Gorilla recht und ich sollte mir erst einmal einen Überblick verschaffen, bevor ich mich kopfüber in den erstbesten Kampf warf. Hayden, der mir immer vorgeworfen hatte, dass ich erst handelte, bevor ich nachdachte, wäre stolz auf mich. Mit einem resoluten Gedanken brachte ich jede Erinnerung an Hayden und Emerdale zum Schweigen und trat an den Rand der Kampffläche.

Im Augenblick waren zwei junge Typen, keiner von ihnen älter als achtzehn, ineinander verkeilt. Dem schwarzhaarigen lief bereits Blut von der Schläfe, der andere hatte übles Nasenbluten. Sie prügelten stur und ohne jede Taktik aufeinander ein, achteten weder auf ihre Schrittfolgen noch auf Haltung und die Sauberkeit ihrer Technik.

Kein besonders interessanter Kampf, beschloss ich nach wenigen Sekunden und wandte mich ab, um einen Blick auf die Rangliste zu werfen, als ich gegen eine harte Brust prallte. Starke Arme schossen vor und packten mich an den Schultern, als ich nach hinten zu kippen drohte.

»Ganz langsam, wir haben Zeit«, sagte eine tiefe Stimme, die mich aufblicken ließ. Eine mir erstaunlich bekannte Stimme. Vor mir stand der breitschultrige Typ mit den kurz geschorenen, dunkelblonden Haaren aus dem Nachtclub. Der, der mich überhaupt erst auf die Idee mit dem Zenit gebracht hatte. Er schien mich im selben Moment wiederzuerkennen, denn seine braunen Augen, die hier beinahe schwarz wirkten, weiteten sich kurz, ehe ein schiefes Grinsen auf seine Lippen trat. »Na, sieh mal einer an, wen wir hier haben. Du bist also wirklich irre, was?«

Ich rümpfte die Nase und machte mich von ihm los. »Nicht weniger als du, wie es scheint.«

Sein Grinsen wurde breiter, dann versenkte er die Hände in den Taschen seiner schwarzen Jogginghose, die ihm tief auf der schmalen Hüfte saß. Dazu trug er ein weißes Tanktop, das bereits hoffnungslos verdreckt war. Anscheinend hatte er schon gekämpft.

»Hätte nicht gedacht, dass du wirklich auftauchst. Du wirkst nicht wie ... Weißt du was, vergiss es. Also, was hast du jetzt vor?«

Ich runzelte die Stirn und betrachtete ihn einen Moment lang. Er wirkte ehrlich erstaunt, mich im Zenit zu sehen und die Neugierde in seinem Blick war ebenso echt. Ich entschied, dass es von Vorteil sein konnte, von einem *Einheimischen* mehr über diesen Schuppen zu erfahren. »Ich wollte mir ein Bild von dem Klima hier machen.«

»Ach«, eine Augenbraue wanderte nach oben, »und du bist schon fertig? Hast du dir ein Bild von dem *Klima* gemacht?«

Achselzuckend deutete ich hinter mich. »Nicht besonders beeindruckend.«

Ihm kam ein leises Lachen über die Lippen. »Das kann ich mir nicht vorstellen. Vermutlich hast du die richtig guten Kämpfer noch nicht gesehen.«

»Sprichst du von dir?«

Ein belustigtes Funkeln trat in seine braunen Augen, dann hielt er mir die Hand hin. »Ich bin Vincent, aber hier nennt mich jeder Vin.«

Einen Moment lang schaute ich auf seine schwieligen Finger, ehe ich seine Hand ergriff und schüttelte. »Tay.«

»Freut mich, Tay. Okay, ich mache dir einen Vorschlag: Was hältst du davon, wenn wir uns die nächsten ein, zwei

Kämpfe gemeinsam anschauen, und du dein vernichtendes Urteil erst dann fällst? Wäre doch schade um die fünfzehn Dollar Eintritt. Gib dem Schuppen noch eine Chance.« Vin lachte wieder. Es klang aufrichtig und war irgendwie ansteckend.

Ich hob die Mundwinkel. »Einverstanden. Und wenn mich der *Schuppen* überzeugt, dann verschaffst du mir einen Kampf. Einen guten.«

Ein überraschter Ausdruck flog über seine Züge, dann wanderte sein musternder Blick ziemlich offensichtlich über meine Gestalt. Mit einem vernehmlichen Räuspern legte er den Kopf schief. »Nichts für ungut, Tay, aber wir lassen hier so gut wie jeden antreten und es gibt keine Regelung für die Gegnerbildung. Das wird nach dem Zufallsprinzip ausgelost ...«

Herausfordernd schob ich das Kinn nach vorne. »Keine Sorge, ich werde es nicht übertreiben und niemanden ins Krankenhaus befördern. Aber versprechen kann ich natürlich nichts.«

Sein schallendes Lachen ließ einige der Umstehenden zu uns schauen. »Du gefällst mir, Tay.«

Dann legte er einen Arm um meine Schultern und führte mich entschlossen zur Kampfarena, wo gerade ein rothaariger Muskelprotz und ein glatzköpfiger, deutlich kleinerer Mann Aufstellung nahmen. Die Kämpfer hätten nicht unterschiedlicher sein können. Die Auslosung wirkte auf den ersten Blick mehr als ungerecht, der Ausgang des Kampfes schien eindeutig. Nur war die Realität nicht immer so, wie sie auf den ersten Blick schien.

Ich verzog die Lippen zu einem schmalen Lächeln, als ich ihre Bewegungen studierte.

Der Supervisor bezog zwischen ihnen Stellung und klärte die Details, während um mich herum Geld den Besitzer wechselte und aufgeregtes Gemurmel die Luft erfüllte.

Vin beugte sich zu mir, sodass sein warmer Atem meine Haut kitzelte. »Ich kenne beide schon eine geraume Zeit. Aber was meinst du? Wer macht das Rennen?«

Ohne ihn anzusehen, sagte ich leise: »Die Glatze.«

Als ich Vin meinen Tipp verkündete, nickte er lächelnd. »Jim, also der mit der Glatze, ist nicht schlecht. Klein und nicht besonders kräftig, aber sehr schnell.« Er fuhr sich über die Unterlippe, ohne mich aus den Augen zu lassen. »Was ist mit dir? Bist du auch so eine?«

»Finde es heraus.«

Kopfschüttelnd seufzte er. »Ich seh schon. Das kann ich dir nicht mehr ausreden, was? Du hast dieses Funkeln in den Augen – etwas, das ich selbst nur zu gut kenne.« Mein grimmiges Lächeln war ihm Antwort genug. »Was soll's? Dann stelle ich dich mal Phineas vor, er kümmert sich um die Anmeldung.« Vin legte mir eine Hand auf die Schulter und schob mich durch die Menge. »Und sag am Ende nicht, ich hätte dich nicht gewarnt, Tay. Ich will dich eigentlich nicht im nächsten Krankenwagen sehen.«

Du hast ja keine Ahnung.

Ich brummte etwas Unverständliches und begegnete ungerührt seinem resignierten Gesichtsausdruck. »Sag das lieber meinem Gegner.«

Vin bedachte mich mit einem langen Blick, der auf mir prickelte wie eine kleine, heiße Flamme. Einen unangenehmen Moment lang fühlte es sich an, als könnte er direkt in mich hineinsehen. »Ich weiß nicht genau, was es ist, aber du bist anders, Tay. Irgendetwas sagt mir, dass wir mit dir noch sehr viel Spaß haben werden.«

Ich konnte nicht träumen. Es war nicht wie bei Menschen, die sich schlichtweg nur nicht an das erinnern konnten, was sie geträumt hatten. Ich war ganz einfach nicht dazu in der Lage.

Teddy hatte uns, als wir noch sehr jung gewesen waren, erklärt, dass es eine Folge der an uns vorgenommenen DNA-Manipulation war. Wir alle hatten eine Fähigkeit bekommen, die uns besonders machte und von anderen unterschied, doch dafür hatten wir das Träumen aufgeben müssen. Ich mochte meine Telekinese, die Stärke, die sie mir verlieh, aber manchmal fragte ich mich, ob es das wert war.

Nachts, wenn man träumte, konnte man alles und jeder sein. Träume waren grenzenlos, unterlagen keinerlei Regeln und niemand konnte sie manipulieren. In seinen Träumen war man frei. Hayden würde diese Ansicht als hoffnungslos romantisch bezeichnen, etwas, das eigentlich nicht zu meiner logischen, rationalen Art passte.

Mit gerunzelter Stirn drehte ich mich auf die linke Seite und sah aus dem gekippten Fenster. Die Vorhänge bewegten sich träge im Wind, der vom Ozean über das Land strich. Ich konnte Gegenstände mit meinen Gedanken bewegen, ohne einen Finger zu rühren, sie durch die Luft schleudern und darüber hinaus wie ein verfluchter Superheld kämpfen. Vermutlich würden viele Menschen einiges aufgeben, um dazu in der Lage zu sein, das zu tun, was ich ganz instinktiv tat. Weil es außergewöhnlich war. Doch in diesem Moment hätte ich alles Außergewöhnliche gegen das gewöhnliche Träumen eingetauscht.

Um sie noch einmal außerhalb von fadenscheinigen Erinnerungen zu sehen und sei es nur im Traum.

Um meine Freunde – meine Familie noch einmal bei mir zu haben. Ihre Stimmen zu hören, ihre Gesichter zu sehen, sie zu spüren.

Ich fühlte, wie sich etwas in mir zusammenzog, das ich seit Tagen verleugnete und verdrängte. Meine Finger krallten sich in den kühlen Stoff der Bettdecke und schlugen sie zur Seite. Die Matratze war zu weich. Das Kissen zu hoch. Das fremde Haus zu still. So ganz anders als der unterirdische Komplex von Emerdale mit den kleinen, hochmodernen Räumen, in denen wir gewohnt hatten.

Mein Blick glitt zu dem Wecker neben mir. Es war kurz vor drei Uhr morgens. Seufzend fuhr ich mir über das Gesicht und klemmte mir die Decke unter den Arm, ehe ich aufstand. Auf nackten Füßen tapste ich zum Seitenfenster und ließ mich auf dem Holzfußboden nieder, eingewickelt in die Bettdecke und mit meinen Armen als Kopfkissen.

Eine frische Brise fuhr über mich hinweg, die nach Salz schmeckte. Langsam schloss ich die Augen und griff nach der ersten Erinnerung, die mir in den Sinn kam. Meine Art des Träumens.

»Warum bist du noch wach?« Die sanfte, vertraute Stimme von Hayden lässt mich einen Moment innehalten, ehe ich wieder damit beginne, den Boxsack vor mir zu malträtieren. »Du weißt, dass sie dich dafür bestrafen werden.«

Ich höre, wie er näher kommt, dann steht er hinter dem Sack und hält dagegen, während ich die nächsten Schläge abfeuere.

»Warum bist du dann hier?«, frage ich zwischen zwei Kombinationen und wische mir den Schweiß aus dem Gesicht. »Sie werden dich genauso drankriegen. Es ist Sperrstunde.«

Hayden lächelt dünn. »Damit sind wir schon zu zweit, hm?«

Kopfschüttelnd gehe ich wieder in Stellung.

»Ich habe gehört, wie du aus deinem Zimmer geschlichen bist«, sagt er und sucht meinen Blick, ich weiche ihm aus und konzentriere mich stattdessen auf das schwarze Leder des Boxsacks. Dort, wo ich ihn seit einer guten Weile treffe, klebt mittlerweile das Blut meiner aufgeschlagenen Knöchel. »Tay«, setzt Hayden erneut an, als ich nichts erwidere. »Tay, sieh mich an.« Mühelos wuchtet er den Boxsack aus meiner Reichweite und greift nach meinen Handgelenken.

Langsam sehe ich zu ihm auf, blicke in seine Augen, die in dem dämmrigen Licht der Trainingshalle wie dunkler, flüssiger Honig wirken. »Ich kann nicht, Hayden, ich kann es nicht vergessen.«

»Ich weiß«, gibt er leise zurück. »Aber dich selbst zu verletzen, wird dir nicht helfen, Tay.«

Tränen steigen in mir auf und ich schaue schnell zur Seite, obwohl mich Hayden schon unzählige Male hat weinen sehen. Er ist es jedes Mal, der mich tröstet und beruhigt, wenn ich kurz davor bin, den Verstand zu verlieren.

»Wie können sie das verlangen?«, bringe ich hervor. »Wie können sie verlangen, dass wir einfach weitermachen?«

Sanft, aber bestimmt, zieht mich Hayden tiefer in den Trainingsraum hinein, bis wir bei den Bänken ankommen, die hinter einer Trennwand stehen und vom Eingang nicht einsehbar sind.

»Es ist nicht für immer«, flüstert er und schlingt seine starken Arme um mich.

Ich drücke mich an seine Brust und schließe die Augen.
»*Doch, es ist für immer. Und sie werden weitermachen. Immer mehr verlangen. Verflucht, Hayden, ich ... ich habe ihn umgebracht.*«

»Nein«, gibt er heftig zurück. »Das warst nicht du. Das waren sie. Sie und ihre manipulativen Spiele und kranken Forderungen.«

Ein kleiner Teil von mir weiß, dass er recht hat. Dass ich keine andere Wahl gehabt habe. Aber der weitaus größere Teil führt mir seit dem Training heute Morgen wieder und wieder das Bild von Rons verdrehtem Körper vor Augen. Von seinem leblosen Blick, mit dem er mich direkt angestarrt hat.

Mörderin.

Monster.

Haydens Hand streichelt beruhigend über meinen angespannten Rücken. »Hättest du es nicht getan, wäre es Tiger gewesen. Oder Ron hätte dich erledigt. Du kennst die Regeln, Tay.«

Ja, das tue ich. Ich verabscheue sie.

Und akzeptiere sie, weil sie das Einzige sind, was ich kenne.

Langsam löse ich mich von Hayden und hebe den Kopf, sodass ich ihm wieder ins Gesicht sehen kann. Sein ruhiger Blick trifft mich, doch ich erkenne das Brodeln dahinter. Hayden hat sich schon immer besser im Griff gehabt als ich. Er kann seine Gefühle besser unter Verschluss halten, hat ein beinahe unheimliches Pokerface, während ich wie ein Vulkan bin, der ständig brodelt und kurz vorm Ausbruch steht. Dr. Kellish, der Arzt, der für unsere Generation verantwortlich ist, sagt, dass daher meine Stärke kommt. Ich lasse meine Emotionen direkt in meine Handlungen fließen. Sie wirken wie ein Katalysator. Und eben dieser Katalysator hat heute einen Jungen aus der vierten Generation das Leben gekostet. Wie kann Kellish da von Stärke sprechen?

»Hey«, *murmelt Hayden und legt eine Hand an meine Wange.* »Tu dir das nicht an, Tay. Gib dir nicht die Schuld für etwas, über das du keine Macht besitzt.«

»Ich habe Angst, Hayden. Ich weiß nicht, wie lange ich das noch aushalte, ich habe keine Kontrolle darüber. Ich verliere den Verstand.«

Sein Blick wird eindringlich, genau wie seine Stimme. »Doch, du hast Kontrolle darüber. Du bist stärker als wir alle zusammen, Tay, und ich verspreche dir, dass es einen Weg geben wird. Für dich, für mich und für all die anderen.«

Seine Worte jagen eine Gänsehaut über meinen Körper, weil sie gefährlich sind. Gefährliche Gedanken und gefährliche Worte, die ihn und mich das Leben kosten können, wenn sie an die falschen Ohren gelangen. Ich greife nach seinen Händen und drücke sie. »Versprich mir, dass du nichts Dummes tust, Hayden. Das ist es nicht wert.« *Denn egal, wie sehr er sich auch anstrengt, er wird keine Lösung finden. Er würde nur sein Leben dabei riskieren.*

Es gibt keinen Weg aus Emerdale heraus.

Er nickt langsam und fährt mit dem Daumen über meinen Handrücken. »Du hast mein Wort. Ich lasse dich nicht alleine, Tay. Niemals, das schwöre ich dir.«

»Und doch bin ich jetzt ganz allein«, murmelte ich, bevor ich endlich in die traumlose Finsternis glitt.

KAPITEL 4

JONATHAN

I Believe – Foreign Air

Ich hatte einen sitzen. Aus dem grünen Smoothie waren letztlich doch zwei Gläser Gin geworden, nicht annähernd so viel, wie ich früher in so einer Situation getrunken hätte, aber doch genug, um Schwierigkeiten dabei zu haben, zu erkennen, welches der drei Gesichter meiner Mom das echte war. Die Missbilligung, die mir aus allen dreien entgegenschlug, war allerdings dieselbe, vermutlich spielte es deshalb auch keine Rolle, welche meiner Einbildung entsprangen und welche nicht.

Neben ihr saß Mel in einem hautengen, grellgelben Kleid, das ihre olivfarbene Haut und die dunkelbraunen, fast schwarzen Locken perfekt hervorhob. Wie immer.

Und als wäre das an sich nicht schon genug, hatte sich Vincent zu allem Überfluss irgendwo verkrochen und mich alleine gelassen. Feigling.

»Jonathan, ich habe mit deinem Vater gesprochen. Er hält es für eine gute Idee, wenn du nach deinem Abschluss zurück nach Washington ziehst und dort die Universität besuchst.«

Ich entschied mich für die mittlere Mom und stützte meinen Kopf in eine Hand. »Washington?«

Angesichts des Alkoholgeruchs, der ihr entgegenschlug, zog meine Mutter die Nase kraus. »Ja, Liebling. Dort liegt die

Zentrale unserer Firma. Du könntest während deines Studiums bei uns wohnen, bei Green Corps. arbeiten und später ganz dort einsteigen. Was meinst du?«

Ich runzelte angestrengt die Stirn und versuchte den abfälligen Blick, den Melissa in meine Richtung warf, geflissentlich zu ignorieren, aber meine Selbstbeherrschung hatte durch den Drink – oder besser gesagt, *die* Drinks – einen jähen Dämpfer erlitten. Ganz zu schweigen von meinem beschissenen Tag, der gerade noch ein Stückchen beschissener wurde.

»Wie wunderbar«, gab ich zurück und ließ mich weiter in die Polster meiner weichen Couch sinken. Draußen vor der Fensterfront breitete sich der dunkelblaue Abendhimmel aus, direkt darunter funkelten die vielen Lichter L.A.'s. »Nur habe ich noch nie Interesse an Dads Geschäften gehabt.«

Oder an Dad selbst.

Das beruhte auf Gegenseitigkeit. Der Arsch hatte sich noch nie um mich geschert und nachdem ich dreizehn Jahre lang mit jeder Faser meines verkorksten Ichs versucht hatte, ihm zu gefallen und ihn stolz zu machen, hatte ich es irgendwann aufgegeben. Mit meiner Entscheidung, eine Schauspielkarriere anzustreben, hatte ich schließlich alle Brücken eingerissen und nichts als ein trostloses Brachland zwischen uns hinterlassen. Und bisher war ich ganz gut damit klargekommen.

Meine Mutter strich sich ihre kinnlangen Haare zurück und wirkte dabei beinahe aristokratisch.

Alles an ihr hatte schon immer so gewirkt. Sie war nicht die Mutter gewesen, die ihr Kind in den Arm genommen und getröstet hatte, nachdem es auf die Knie gefallen war, sondern hatte sich eher darum gekümmert, dass ihr teures Kleid keinen Schaden davontrug. Keine Frage, Evelyn war eine gute Mom gewesen, ich liebte sie, aber ich hatte mich immer gefragt, ob die Liebe zwischen Sohn und Mutter nicht bedingungsloser sein sollte, als sie es bei uns war.

»Melissa, Liebes, warum erzählst du Jonathan nicht von deinen Plänen?«

Ja, unbedingt.

Mel setzte diese strahlende, falsche Maske auf, die sie normalerweise nur vor der Kamera trug. »Sicher, Mrs Luxmore.« Ihr Lächeln verrutschte nur ein kleines Stück, als ihr Blick für einen winzigen Moment zu meinem Beinstumpf flog. Kaum zu glauben, dass ich tatsächlich mal so etwas wie Gefühle für sie gehabt hatte. »Johnny, weißt du noch, als wir davon gesprochen haben, eine Fantour durch Amerika zu machen? Von Messe zu Messe? Treffen und Signierstunden? Dieser Plan nimmt langsam Gestalt an und Neal möchte dich dabeihaben. Dich und mich.«

Mir wäre beinahe der Gin wieder hochgekommen, was ein Jammer gewesen wäre bei dem Flaschenpreis.

Neal? Welchen Scheiß hatte sich mein Ex-Manager jetzt wieder ausgedacht, um Geld zu scheffeln?

Meine Mutter legte mir beschwichtigend eine Hand aufs Knie und strich unbeholfen darüber. »Lass dir das Ganze doch erst mal durch den Kopf gehen. Lehn es nicht gleich kategorisch ab. Das ist eine riesige Chance.«

»Worauf?«, fragte ich bitter und schüttelte den Kopf, sodass mir schwindelig wurde.

»Neal meint, es war eine schlechte Idee, dich aus dem Vertrag zu lassen. Du hast viele Fans und nach den Erfolgen von *Loveless* und *Dark Magic* verlangen viele nach einem Lebenszeichen von dir.« Mels zuckersüße Stimme ließ meine Mutter entzückt seufzen. Mir wurde davon eher schlecht.

»Wirklich? Kann mir nicht vorstellen, wie sie aus einem Krüppel wie mir wieder den dunklen, mächtigen Zauberer machen wollen. Oder einen angesagten Surfer, der Frauen in Not rettet.« Der Sarkasmus und die Härte in meinen Worten ließen meine Mom zusammenzucken und dann beschämt zur Seite blicken.

Wusste ich es doch.

Aber Mel hatte noch nicht aufgegeben und das würde sie ganz sicher auch nicht, bis ich dieser dämlichen Tour zugestimmt hatte – schließlich ging es hierbei um ihre Karriere und ohne mich würde es erst gar keine Fantour geben. »Die Technik ist weit fortgeschritten und es gibt unzählige Prothesenhersteller, die –«

»Halt endlich die Klappe, Mel!«, fuhr ich sie an und erhob mich, wobei ich für einen Moment vergaß, das ich a) betrunken und b) mit nur noch einem Bein ausgestattet war, sodass ich wenig elegant zurück in die Kissen plumpste.

Mom schlug sich die Hand vor den Mund.

»Lasst es einfach sein, okay? Hat sich erledigt«, sagte ich noch einmal, ruhiger dieses Mal und beinahe resigniert.

Und ich meinte es auch so. Ich hatte keine Lust mehr, keine Kraft.

In der Zeit direkt nach meinem Unfall war ich von Arzt zu Arzt gehetzt, von Spezialist zu Spezialist, mit dem ernüchternden Ergebnis, dass nichts zu machen war. Zwar besaß ich mittlerweile einige Prothesen, aber die meisten schmerzten schon nach wenigen Minuten und rieben die Haut an meinem Stumpf auf, die noch immer hypersensibel war. Mein Körper stieß den Fremdkörper ganz einfach ab, boykottierte jede Art der Zusammenarbeit. Deswegen verzichtete ich so oft es ging darauf.

»Jonathan. Wir wollen dir nur helfen«, begann meine Mutter langsam und traf dabei einen Ton, der mich zusammenfahren ließ. Ich *verabscheute* diese Stimmlage. Diese Heuchelei, die sie auch vorgetragen hatte, als sie sich die Verfügung über mein Leben und mich unter den Nagel gerissen hatte. »Du liegst mir sehr am Herzen. *Uns.* Mel hat sich sofort an mich gewandt, als Neal ihr den Vorschlag gemacht hat, weil sie dich nicht erreichen konnte. Schatz, ich sage es nur ungern, aber du ziehst dich aus allem zurück, was dir früher einmal wichtig war. Das ist nicht gut.«

Jep, sie sprach mit mir, als wäre ich ein labiler, minderbemittelter Fünfjähriger, der den IQ eines Goldfischs besaß. Ich zog die Augenbrauen zusammen und verschränkte die Arme vor der Brust.

»Ich komme gut klar, Mom. Ohne Neal. Ohne Dad und ganz sicher ohne Mel.«

»Jonathan!«

Schulterzuckend griff ich nach meinen Krücken und stemmte mich dann wie durch ein Wunder hoch – und blieb sogar wacklig auf einem Bein stehen. »Nein, Mom. Ich meine das ernst. Ich komme klar. Und ich wäre euch sehr verbunden, wenn ihr jetzt gehen würdet. Diese Diskussion ist ohnehin beendet. Außerdem kommt mein Physiotherapeut gleich.« Den letzten Satz betonte ich besonders.

Jegliche Farbe war aus dem Gesicht meiner Mutter gewichen und ich konnte bereits sehen, wie es in ihr arbeitete. »Du weißt nicht mehr, was gut für dich ist. Dass du dich hier verkriechst und nur für das College nach draußen gehst, wird dir jedenfalls nicht wieder auf die Beine helfen.«

Das Bein, Mom. Einzahl.

Anmutig erhob sie sich und fuhr sich über die Haare. »Du bist nicht mehr zurechnungsfähig oder dazu imstande, selbstständig Entscheidungen zu treffen.«

Unbeeindruckt von ihrer Rede, die sie vermutlich vor dem Spiegel geübt hatte, pustete ich mir eine Strähne aus der Stirn. »Wenn es dir damit besser geht, bitte.«

Melissa stand ebenfalls auf und sah zwischen Evelyn und mir hin und her, augenscheinlich unsicher, wo mehr für sie zu holen war.

»Ich werde mit Dr. Martin sprechen. Offensichtlich zahle ich einem inkompetenten Quacksalber bei Weitem zu viel Geld.«

Eigentlich war es das Geld meines Vaters, das jeden Monat auf das Konto meines Psychologen Dr. Martin floss, aber gut. Oder mein eigenes, nachdem Mom es mir weggenommen und die Konten gesperrt hatte. Zumindest die, von denen sie wusste. Gut, dass ich immer mit so etwas gerechnet hatte und meine geheimen Quellen besaß. Man lernte schnell, dass man sich im Hollywood-Business gleich mehrere Hintertüren offen halten sollte.

»Tu, was du nicht lassen kannst. Und jetzt«, ich deutete schwungvoll in Richtung Haustür, »kommt gut nach Hause und grüß Neal von mir, Mel.« Hinter dem Rücken meiner Mutter warf sie mir einen vernichtenden Blick zu, den meiner Meinung nach niemand so gut beherrschte wie dieses Biest.

Ich schenkte ihr ein träges Lächeln. Diese Runde ging definitiv an mich.

Mit Sonderpunkten.

Später am Abend lag ich im Bett, starrte an die hohe Decke und genoss den frischen salzigen Wind, der durch die offene Terrassentür hereinwehte. Aus irgendeinem Grund war ich hellwach, dabei sollte ich eigentlich hundemüde sein. Erst die Drinks mit Vincent, dann Mom und Mel und als Krönung eineinhalb Stunden Quälerei mit Phil und seiner Physiotherapie, die eher einem Bootcamp glich.

Doch meine Gedanken sprangen unaufhörlich von einem Thema zum nächsten. Ohne Reihenfolge, ohne Plan. Bilder meiner letzten Drehtage vor dem Unfall zogen an mir vorbei, dann prasselten Erinnerungen von meiner Zeit im Krankenhaus auf mich ein, der Reha, der Missbilligung – oder noch schlimmer das Mitleid –, das mir aus so vielen Augen entgegensprang.

Mit trägen Fingern fuhr ich mir durch die noch feuchten Haare und senkte die Lider. Und plötzlich tauchten die ernsten, grauen Augen der Neuen in meinem Kopf auf.

Taylor.

Ihr eindringlicher Blick, als sie mich bemerkt hatte, ihre aufrechte Haltung. Die Art, wie ihre Hand hektisch, beinahe ungeordnet über das Papier gefahren war. Zu gerne hätte ich gewusst, was sie sich notiert hatte. Ob sie es mir erzählen würde, wenn ich sie danach fragte? Und ihr plötzlicher Abgang? Was hatte es damit auf sich?

Vielleicht war das ein Zeichen, dass du dich lieber mit deinem eigenen Scheiß beschäftigen solltest, Johnny.

Grummelnd rollte ich mich auf die Seite und schaute in die sternenklare Nacht hinaus.

Sie liefen alle davon. Meine ehemaligen sogenannten

Freunde, meine Familie, weil sie nicht mehr mit mir klarkamen, sogar ein wildfremdes Mädchen, das rein gar nichts über mich wusste.

Seufzend fuhr ich mir über das Gesicht, horchte auf meinen Atem und spürte, wie ich letztlich doch vom Schlaf mitgerissen wurde. Er hatte die Gestalt eines blonden Mädchens mit grauen Augen angenommen und zog mich in einen Abgrund aus Dunkelheit.

KAPITEL 5

JONATHAN

WHAT YOU GONNA DO –
Bastille, Graham Coxon

Wie erwartet – oder vielmehr erhofft – saß Taylor am nächsten Tag in der Frühstückspause an exakt demselben Platz wie gestern. Wieder über ihr Notizbuch gebeugt und dabei scheinbar vollkommen versunken. Es war offensichtlich, dass sie ihre Ruhe haben wollte, ich beschloss trotzdem, ihr einen Strich durch die Rechnung zu machen. Schwer zu sagen, ob es daran lag, dass Taylor es aus irgendeinem Grund in meinen Traum geschafft hatte, oder mir einfach langweilig war, aber als ich den Entschluss gefasst hatte, verspürte ich fast so etwas wie Vorfreude.

Vielleicht, weil Taylors Auftauchen an der St. James und unsere winzige Unterhaltung gestern das Interessanteste in den letzten Monaten gewesen waren.

Oh Mann.

In der Luft lag der penetrante Geruch von Trüffeln und aufgrund der dunklen Wolken, die einen Sturm ankündigten, waren die großen Kristallleuchter an der Decke eingeschaltet worden. Dank der Lunchlady Penny hatte ich heute ein Frühstück vor mir, das nicht nur aus zusammengewürfelten Beilagen bestand, als ich mich ans andere Ende von Taylors Tisch setzte und meine Ausbeute vor mir ausbreitete.

Während ich aß, ließ ich den Blick immer mal wieder zu

Taylor schweifen, die ihr Gekritzel nur einmal kurz unterbrach, um einen Schluck Kaffee zu nehmen. Ich wettete, dass er längst kalt war.

Sie trug ihre Haare heute offen und hatte nur die vorderen Strähnen zurückgesteckt. An ihrem Kinn entdeckte ich die Reste eines verheilenden Blutergusses, den sie augenscheinlich mit Make-up übermalt hatte, und ein weiterer ähnlicher Fleck saß knapp oberhalb ihrer rechten Augenbraue. Die Knöchel ihrer linken und rechten Hand waren mit kleinen Abschürfungen bedeckt, an denen Taylor immer wieder herumpulte. Ich runzelte die Stirn und strich geistesabwesend über die Stelle an meinem Unterschenkel, an der der Stumpf auf die Ersatzprothese traf, die mir Phil gestern vorbeigebracht hatte.

Die offensichtlichen Kampfspuren wollten nicht so recht an dieses elitäre College passen, egal, wie ich es drehte und wendete. Ich griff nach meinem Orangensaft und wollte gerade einen Schluck nehmen, als sie abrupt den Kopf hob und sich unsere Blicke trafen. Ein beinahe herausforderndes Funkeln lag in ihren grauen Augen, als sie sich aufrichtete und den Stift beiseitelegte.

»Was möchtest du?«

»Äh«, begann ich, ein wenig überrumpelt und stellte den Saft ab. So viel zu meinem Plan, sie einfach anzusprechen.

Taylor seufzte und klappte das Buch zu, ehe sie ihr beinahe unangetastetes Müsli zur Seite schob. »Ich weiß nicht, wie das hier so abläuft, ich war noch nie an einem Protz-College wie diesem, aber da, wo ich herkomme, fällt *anstarren* in die Kategorie *unhöflich*. Man fragt, wenn man etwas wissen möchte.«

Mir kam ein überraschter Laut über die Lippen, der halb Schnauben, halb Lachen war. »Protz-College?«

Langsam nickte Taylor und legte die Arme, ähnlich wie ich, vor sich auf den Tisch. Die Ärmel der hellblauen Bluse hatte sie aufgekrempelt, sodass ich eine Zahlen-Buchstaben-Kombination auf ihrem linken Unterarm und eine Buchstabenreihe auf ihrem rechten erkennen konnte. Ein Tattoo vermutlich. »Ich hätte auch noch andere treffende Namen.«

Meine Mundwinkel wanderten unwillkürlich nach oben. »Warum setzt du dich nicht neben mich und zählst mir ein paar davon auf?«

Ein winziges Grinsen blitzte in ihrem sonst so ernsten Gesicht auf, es ließ ihre Augen leuchten. »Hat dieser Spruch jemals funktioniert?«

Mein Lächeln wurde breiter. Langsam fand ich zu meiner alten Form zurück. »Du wärst überrascht.«

Taylors Stirn legte sich in Falten, während sie mich musterte, als versuchte sie einzuschätzen, wie hoch die Wahrscheinlichkeit war, dass ich ihr an die Gurgel gehen würde. Dann packte sie tatsächlich ihre Sachen und rutschte auf den freien Platz neben mir.

»Nur fürs Protokoll, es lag nicht an dem Spruch. Der ist echt mies.«

»Ist notiert.«

»Ich bin Taylor – oder Lory«, sagte sie und reichte mir eine ihrer kleinen Hände. Ihr skeptischer Ausdruck war einem Schmunzeln gewichen.

Kurz starrte ich auf die verkrusteten Knöchel, ehe ich ihre Finger ergriff und langsam schüttelte. Ihre Haut fühlte sich erstaunlich rau an, ihr Griff war fester als erwartet. Dieses Mädchen schien voller Gegensätze. »Jonathan, oder Jo, was dir besser gefällt. Also, was schreibst du da die ganze Zeit?«

»Das scheint dich ja brennend zu interessieren«, stellte sie fest und drehte einen schlichten, silberfarbenen Ring an ihrem Daumen hin und her.

»Und wenn es so ist?«

Sie zuckte mit einer ihrer schmalen Schultern. »Dann würde ich dir sagen, dass es etwas sehr Privates ist. Und da ich dich nicht kenne, wirst du auch nicht mehr darüber erfahren.«

»Autsch«, ich fasste mir gespielt verletzt an die Brust. »Dabei tauschen wir doch seit beinahe zwei Tagen schon sehnsüchtige Blicke aus und teilen den Tisch miteinander.«

Taylor hob eine Augenbraue. »Nichts für ungut, Jo, aber du bist irgendwie schräg.«

Ich beugte mich näher zu ihr, als wollte ich ihr ein Geheimnis anvertrauen. »Meine liebenswürdigste Eigenschaft.«

Zu meiner Überraschung lachte sie leise. Ein helles, glockenklares Geräusch. »Und ich dachte, es wäre das Anstarren.«

Schmunzelnd griff ich nach meinem Saft. »Du bist neu hier, oder? Wo kommst du her?«

Als hätte sich in ihr ein Schalter umgelegt, verschloss sich ihre Miene von der einen auf die andere Sekunde, sodass die Wärme aus ihren Augen verschwand. »Nicht aus L.A.«

»Okaaay.« Ich zog das Wort in die Länge und fuhr mir übers Kinn.

Taylor sah zur Seite. »Ich … Mein Vater Teddy und ich sind wegen seiner Arbeit hierhergezogen. Ihm ist es wichtig, dass ich unter Menschen komme und einen *normalen* Abschluss mache«, sagte sie dann leise und zupfte an einer der Krusten herum. »Tut mir leid. Es war kein freiwilliger Umzug, wenn man das so sagen kann.«

Das begründete ihren plötzlichen Stimmungswechsel.

Wenn ich eines nachvollziehen konnte, dann, wie ätzend es war, wenn andere plötzlich die Kontrolle über dein Leben übernahmen. Auch, wenn das nicht erklärte, was sie mit einem *normalen Abschluss* meinte, aber ich entschied mich, nicht weiter nachzuhaken. Das Thema schien ihr schon unangenehm genug.

»Das kenne ich. Ich würde auch nicht gerade sagen, dass ich aus freien Stücken hier bin.«

Als die Sprache wieder auf mich fiel, entspannte sich Taylor sichtlich. Anscheinend redete sie nicht allzu gerne über sich selbst. »Was hat dich hergebracht?«

»Ist das nicht offensichtlich?« Mit einem schiefen Grinsen klopfte ich auf meine Prothese und zuckte dann mit den Achseln. »Kleine Planänderung meines Lebens.«

Lory ließ den Blick für einen Sekundenbruchteil zu meinem offensichtlichen Defizit wandern, ehe sie wieder mich ansah. Anders als Mel oder meine Mom wirkte sie nicht im Geringsten abgeschreckt oder verunsichert. Ganz im Gegenteil. Das war … irgendwie erfrischend. »Wann gibt es schon mal einen festen Plan? Die Dinge ändern sich ständig, oder nicht? Wichtig ist nur, wie man damit umgeht.« Erneut fuhren ihre Finger über die aufgeschürften Knöchel. »Auch wenn es oft leichter gesagt ist als getan.«

Ich musterte ihr Profil und dachte über ihre Worte und den seltsam ruhigen Tonfall nach. Sprach sie aus eigener Erfahrung?

»Und manchmal sind es andere, die dir einen Weg aufzeigen oder dir vorschreiben, wie du damit umzugehen hast. Ob es einem passt oder nicht«, fügte sie seltsam bitter hinzu, als ich nichts erwiderte.

Mir kam ein freudloses Lachen über die Lippen. »Kann

man wohl so sagen. Ich wurde hergeschickt, weil so gut wie jeder in meinem Umfeld meint, ich würde zu einem Einsiedler ohne Freunde mutieren.«

»Immerhin sprechen sie bei dir von *Freunden* – Mehrzahl.« Taylor schenkte mir ein kurzes Lächeln. »Teddy traut mir nicht mal *einen einzigen* Freund zu.«

Ich verzog das Gesicht und begann meine Gabel wie einen Drumstick zwischen den Fingern zu drehen, das hatte ich für eine meiner Filmrollen lernen müssen und war diesen Tick irgendwie nie wieder so richtig losgeworden. »Oh, okay, das ist hart. Woher kommt das geringe Vertrauen in deine Networking-Fähigkeiten?«

Lory pustete sich eine lose Strähne aus der Stirn. »Erfahrungswerte? Teddy kennt mich gut und das hier ist eine neue Situation für mich. Ich war noch nie … neu irgendwo.«

Es klang, als hätte Lory ursprünglich etwas anderes sagen wollen, aber ich hakte nicht weiter nach.

»Allein deswegen sollten wir ihnen doppelt und dreifach beweisen, dass sie falschliegen, oder nicht? Vielleicht kennen sie uns ja doch nicht so gut, wie sie alle glauben mögen.«

Über uns erklang der Gong, der erstaunliche Ähnlichkeit mit dem Bimmeln des Big Ben hatte. Als wäre man auf einem der schnöseligen Internate in England. Die Architekten dieses Colleges hatten aber auch wirklich an alles gedacht.

Taylor seufzte und zog ihre Tasche auf den Schoß. »Ich muss los, praktische Chemieprüfung.«

»Bei Keesland?«

Nickend stand sie auf. »Wo musst du hin?«

Ein dümmliches Grinsen, gegen das ich nicht das Geringste unternehmen konnte, schlich sich auf meine Züge. »Ich fürchte, wir haben beide das Vergnügen, die letzten

Stunden vor dem Wochenende in dem stickigen Chemiehörsaal zu vergeuden.«

Gut möglich, dass es nur Einbildung war, aber als ich mit Taylor an meiner Seite durch die Cafeteria ging, fiel mir das Gehen deutlich leichter. Es machte mir weniger aus, dass ich humpelte und mich mit der Geschwindigkeit eines Opas mit Rollator fortbewegte. Die Blicke der anderen prallten an mir ab, während ich mich den Weg über nur auf das hübsche Mädchen neben mir konzentrierte. Sie erzählte mir irgendetwas über ihr Wochenende, das Haus in Malibu, in dem sie mit ihrem Vater wohnte, und andere Dinge, die ich nicht richtig mitbekam, weil ich viel zu sehr damit beschäftigt war, Taylor anzuschauen. Als Schauspieler hatte ich eigentlich in jeder freien Minute die schönsten Frauen der Welt um mich gehabt: Models, Schauspielerinnen, Sängerinnen, doch Taylor … faszinierte mich auf eine ganz andere Art und Weise. Vielleicht weil sie seit langer Zeit der erste Mensch war, einmal abgesehen von Vincent, der nicht das sah, was mir seit dem Unfall fehlte, sondern das, was noch immer existierte. Sie sah *mich*.

Die Tür zum Chemiehörsaal stand offen, als wir dort ankamen. Vor der Tafel stand Professor Keesland und pinselte einige Formeln auf den dunklen Schiefer. Ohne zu zögern, steuerte Taylor gezielt einen freien Platz in der zweiten Reihe an und zog mich mehr oder weniger mit sich. Mit einem Lächeln ließ ich mich auf dem Hocker neben ihr nieder und lehnte meinen Gehstock an die Tischkante.

»Bist du gut in dem Kram?« Ich nickte in Richtung Tafel.

Ein schiefes Lächeln zupfte an ihren Mundwinkeln, während sie das passende Skript aus der Tasche kramte. »Könnte man so sagen. Chemie ist wie Mathematik, es gibt für alles eine Lösung, eine festgelegte Formel, nach der Stoffe miteinander reagieren. Es ist vorhersehbar.«

Während ich sie mit gehobenen Augenbrauen von der Seite betrachtete, wandte sich Keesland der Klasse zu.

»Meine Damen und Herren, ich weiß, Sie können es gar nicht erwarten, endlich ins Wochenende zu gehen. Trotzdem möchte ich Sie daran erinnern, dass diese praktische Übung genauso in Ihre Abschlussnote eingehen wird wie die Prüfung am Ende des Semesters. Also nehmen Sie sie ernst.« Sein aufmerksamer Blick glitt einmal über uns hinweg. Professor Keesland war ein schlaksiger, großer Kerl mit hellbraunen Haaren und randloser Brille. Bisher hatte ich ihn noch nicht einen Tag ohne einen perfekt sitzenden Anzug gesehen und ich vermutete, dass er sich, genauso wie der Großteil der Individuen an diesem Ort, für deutlich wichtiger hielt, als er eigentlich war. »Sie haben zweieinhalb Stunden Zeit. Vor Ihnen liegend finden Sie die Versuchsanleitung und die Aufgaben, die in Partnerarbeit durchgeführt werden müssen.« Dann stellte er einen altmodischen Wecker auf seine Tischplatte. »Viel Erfolg. Die Zeit läuft ab jetzt.«

Lory zog die Anleitung zu sich heran, bevor ich überhaupt den kleinen Finger rühren konnte und blätterte durch die Seiten, während ihre Augen über das Papier flogen und sie mit raschen Bewegungen etwas daraufkritzelte. Anschließend legte sie die Blätter zur Seite und murmelte etwas in einer Sprache, die ich nicht sofort zuordnen konnte. Russisch vielleicht? Eine meiner Visagistinnen war Russin gewesen.

»Was ist?«, fragte ich leise und beugte mich näher zu ihr.

Lory drehte den Kopf in meine Richtung und schien erschrocken darüber, wie nah ich ihr gekommen war. »Nichts, das ist nur ... einfacher als ich gedacht habe«, gab sie zurück. Sie sah von meiner gerunzelten Stirn zu meinem Mund und zurück.

Meine Lippen zuckten. »Ach ja?«

Ihre Finger wanderten unbewusst zu dem Tattoo an ihrem linken Unterarm – der Buchstaben-Nummer-Kombination – und dann zu dem ersten Pulvergläschen. »Eine simple exotherme Reaktion – falls man das richtige Mischverhältnis findet, das erst durch Rechnung bestimmt werden muss. Ich bin mir sicher, dass das die größte Schwierigkeit an der ganzen Aufgabe sein soll.«

»Und die Rechnung?«, hakte ich nach, belustigt darüber, wie ernst sie diese Übung nahm.

Papier raschelte, als sie mir die Blätter rüberschob. »Schon fertig.«

Die beiden Kerle vor uns – Victor und Till, die beide zusammen ungefähr den IQ einer Stehlampe besaßen – stießen sich prustend an und drehten sich immer mal wieder kurz zu uns um, ehe sie erneut die Köpfe zusammensteckten. Die beiden hatten seit meinem Aufkreuzen am St. James eine ungesunde Vorliebe dafür entwickelt, den einst so berühmten Schauspieler Johnny Luxmore niederzumachen, um sich selbst besser zu fühlen.

»Von der heißen Melissa Houghberg zur Klassenstreberin. Krasser Abstieg, Johnny.«

Ich seufzte nur und konzentrierte mich weiter auf Lorys krakelige Schrift und die ziemlich komplizierte Rechnung, ohne wirklich etwas davon zu sehen. In der Zeit nach meinem Unfall hatten mich unzählige dumme Sprüche erreicht.

Negative Artikel, die meine Geschichte ausgeschlachtet hatten, Schlagzeilen, ungefilterter, billiger Mist aus der untersten Schublade. Normalerweise ließ ich das alles an mir abprallen, denn als Teil von Hollywood lernte man schnell, dass das der einzige Weg war, um in dem Becken voller Haie überleben zu können. Doch jetzt, wo der Spruch auf Lory abzielte, fiel es mir nicht mehr so leicht, die Idioten zu ignorieren.

Als würde Lory spüren, was in mir vorging, lächelte sie kurz in meine Richtung, ehe sie selbstvergessen Pülverchen mischte, Chemikalien abwog und diese mit ein paar Tropfen Wasser mischte.

»Wundert es dich?«, fragte Victor gerade Till, laut genug, dass wir es hören konnten. »Niemand will etwas mit einem Typen zu tun haben, der es nicht mehr bringt. Vermutlich bezahlt er –«

»Fick dich, Victor«, stieß ich zwischen zusammengebissenen Zähnen hervor.

Victor grinste schief und öffnete den Mund, vermutlich um die nächste Ladung Mist abzuladen, doch Lory kam ihm zuvor. »Euer Versuch«, sagte sie ruhig, woraufhin er sein Gesicht zu einer fragenden Grimasse verzog.

»Was?«

Seelenruhig deutete Lory auf den Tisch hinter Victor und Till. »Euer Versuch geht hoch – das Mischverhältnis war falsch.«

Ich runzelte die Stirn und zuckte im nächsten Moment zurück, die Hände schützend vor mich gehalten, als das Glas vor ihnen mit einem lauten Knall in einer schleimigen Explosion zersprang. Irgendjemand schrie auf. Eine Substanz, die mich an Erbrochenes erinnerte, landete mit einem Schmatzen auf Victor und Till und lief ihnen über die verdutzten Gesichter. Mir kam ein überraschtes Lachen über die Lippen, das ich rasch mit einem Hüsteln überdeckte, als sich der Professor näherte.

»Martins, Kennick, gehen Sie in den Waschraum und ziehen Sie sich um, danach kommen Sie sofort wieder und machen hier sauber«, wandte sich Keesland mit säuerlicher Miene an Victor und Till, dann nahm er Lory und mich ins Visier. »Luxmore und Welsh … Ich werde ein Auge auf Sie haben. Was den Rest anbelangt: Machen Sie weiter, die Zeit läuft.«

Die Studenten um uns herum tuschelten noch eine Weile, ehe wieder geschäftige Ruhe einkehrte – vermutlich hatte die Erinnerung an die tickende Uhr gereicht, um den Zwischenfall zumindest vorübergehend zu vergessen. Denn ich war mir ziemlich sicher, dass Victor und Till noch eine ganze Weile daran zu knabbern hätten.

Grinsend sah ich zu Lory, die bereits in die Übung vertieft schien, als hätte es die letzten fünf Minuten nie gegeben. »Was für ein wunderbarer Zufall«, sagte ich leise und klopfte mit dem Bleistift auf den Tisch.

Sie blickte nicht hoch, doch ihre Mundwinkel zuckten verräterisch. »Wohl eher eine sehr vorteilhafte Fügung der Geschehnisse.«

Auch wenn es schlichtweg unmöglich war, dass Taylor für die kleine Explosion verantwortlich war – die ging definitiv ganz alleine auf die Kappe der beiden minderbemittelten Schwachmaten –, gefiel mir die Vorstellung, dass sie für mich einstand.

Vielleicht gefiel mir auch das ganze Mädchen hinter dieser Vorstellung.

KAPITEL 6

TAYLOR

Horns – Bryce Fox

Das erste Mal seit unserer Flucht aus Emerdale, ich nannte diesen Zeitpunkt liebevoll *Tag X*, war das Lächeln auf meinen Lippen echt. Es juckte nicht und fühlte sich auch nicht an, als hätte es mir irgendjemand befohlen. Und es ging mir gut damit.

Was mit Sicherheit zu großen Teilen an Jo lag. An seinem offenen Grinsen, an der Art, wie er sich selbst nicht zu ernst nahm, obwohl ihm nur allzu deutlich anzusehen war, dass er unter der Situation litt, und seiner Sicht der Dinge, die sich grundlegend von meiner unterschied. Er machte mich neugierig auf die Art und Weise, wie er lebte, und die ich selbst nie kennenlernen durfte.

Ich konnte ganz einfach nicht anders, Jo hatte diese Wirkung auf mich.

Mit jeder Sekunde, die ich heute mit ihm verbracht hatte, war die Taylor aus Emerdale weiter in den Hintergrund gerückt, ganz einfach, weil Jo sich davorgeschoben hatte. Vielleicht lag es daran, dass ich zum ersten Mal in meinem Leben meine Telekinese eingesetzt hatte, um jemandem zu helfen, statt ihm zu schaden.

Auf dem Weg ins Chemielabor hatte ich ihm einen Teil seines Gewichts abgenommen, sodass er leichter gehen konnte, und beim Test danach … Beim Gedanken daran blickte ich mit einem schiefen Grinsen auf. Besser, ich ließ diesen Vorfall Teddy gegenüber unerwähnt.

Die Hände in den Taschen meines Rocks vergraben, folgte ich dem gepflasterten Weg vom Hauptgebäude zum hinteren Ende des Parkplatzes, wo mich Teddy jeden Tag nach der letzten Vorlesung einsammelte. Die meisten Studenten waren längst weg, die weitläufige Asphaltfläche leer und ich, weil ich noch ein Buch aus der Bibliothek hatte holen müssen, eine der Letzten auf dem Gelände.

Warmer Wind, der nach Salz und Sand schmeckte, raschelte in den hohen Palmen über meinem Kopf und jagte einige Blätter über den penibel gepflegten Rasen. Mit einem leisen Fluch strich ich mir einige Strähnen zurück, als die nächste, deutlich stärkere Böe über den Rasen fegte. Den Kopf in den Nacken gelegt, sah ich zu den gefährlich knarrenden Palmen auf und hielt hastig den flatternden Blazer fest, den ich nur locker über die Tasche gelegt hatte, ehe der Wind ihn fortreißen konnte.

Was zum …?

Wieder erklang ein gefährlich lautes Knacken – nur einen Sekundenbruchteil später raste ein gigantischer Palmwedel von oben auf mich zu.

Instinktiv sprang ich nach hinten und streckte eine Hand aus, um im Notfall eingreifen zu können, als der Wedel auch schon mit einem dumpfen Krachen dort aufschlug, wo ich einen Atemzug zuvor noch gestanden hatte. Das war verdammt knapp gewesen.

Mit rasendem Herzschlag starrte ich auf die großen Blätter, ballte die Hände zu Fäusten und stieß die angehaltene Luft aus. Der Wind zog an meiner Kleidung und pfiff in den Bäumen. Beinahe wie gewisperte Flüche. Unwillkürlich rieb ich mir über die Arme, auf denen sich eine Gänsehaut gebildet hatte.

Woher kam diese plötzliche Kälte?

Ein weiteres Knarren hinter mir ließ mich zusammenzucken. Mit wehenden Haaren und erhobenen Händen fuhr ich herum, doch alles, was ich sah, war eine schemenhafte, dunkle Gestalt, die im nächsten Augenblick auch schon verschwunden war. Ich verengte die Augen und machte unwillkürlich einen Schritt in Richtung der Person, als ein durchdringendes Hupen hinter mir erklang. Teddy.

Meine Stirn legte sich in Falten. Vermutlich war es nur einer der Gärtner gewesen, und der Palmwedel war dem Wind geschuldet. Kein Grund, die Nerven zu verlieren. Und doch vertrieb keiner dieser Gedanken das warnende Gefühl in meiner Magengegend, dem ich sonst blind vertraute. Oder das stechende Prickeln in meinem Nacken.

Teddy hupte ein zweites Mal und scheuchte damit eine Möwe auf. Mit einem protestierenden Schrei erhob sie sich in den Himmel. Einen Atemzug lang musterte ich noch die Ecke, hinter der ich die Gestalt als Letztes gesehen hatte, dann wandte ich mich um und lief auf Teddys Jeep zu.

»Ich verstehe immer noch nicht, wo hierbei der Sinn liegt.« Die Arme vor der Brust verschränkt, pustete ich mir eine verschwitzte Strähne aus der Stirn und legte den Kopf schief. »Meine Werte waren beim letzten Mal einwandfrei und sie werden es auch heute sein. Oder in drei Monaten.« Teddy blickte nicht einmal auf. »Wie passt all das hier mit deinem Vorwand zusammen, Emerdale hinter uns zu lassen? Das hier ist doch exakt das, was wir dort jeden verdammten Tag gemacht haben.«

Dieses Mal sah er hoch und schüttelte den Kopf. »Nein, Taylor. Das hier dient einzig deiner Gesundheit und Sicherheit. Wir wissen nicht, wie gut sich dein Körper ohne die Routinen der letzten Jahre entwickelt und verhält. Außerdem wären wir schon bedeutend weiter, wenn du nicht alle zwei Minuten mit mir diskutieren würdest.«

Ich brummte etwas Unverständliches und ließ den Tennisball, an dem ich seit geschlagenen dreißig Minuten übte, auf und ab schweben. »Mein Körper entwickelt sich ganz prächtig, Teddy.«

Unbeeindruckt von meiner Ironie notierte er etwas auf seinem Klemmbrett. »Wie würdest du den aktuellen Grad deiner Erschöpfung beschreiben?«

Mit einem leisen Seufzen ließ ich zur Antwort einen Stapel Unterlagen von seinem Schreibtisch einmal quer durch das Labor, das er sich im Keller unseres Hauses eingerichtet hatte, fliegen und hob herausfordernd eine Braue. Es ging mir so leicht von der Hand wie Atmen oder Blinzeln. Ich musste nicht einen Gedanken daran verschwenden, wenn ich nach meiner besonderen Fähigkeit griff und sie einsetzte. Das hatte mich schon immer von den anderen Dales unterschieden.

»Taylor«, mahnte Teddy.

Ich wusste nicht, warum ich war, wie ich war. Wie es möglich war, dass die anderen Dales und ich in der Lage waren, Dinge zu tun, zu denen ein Mensch unter normalen Voraussetzungen nicht imstande war. Niemand von uns Dales hatte viel über die Vergangenheit sagen können oder darüber, wie wir zu dem geworden waren, was nun in uns brodelte. Man hatte mir gesagt, dass ich im Alter von fünf Jahren an Leukämie im Endstadium gelitten hatte. Dazu war ein schwerer Herzfehler diagnostiziert worden, der meinen kleinen Körper so weit geschwächt hatte, dass der Krebs beinahe jede Zelle zerfressen und nichts mehr übrig gelassen hatte. Meine leiblichen Eltern hatten zugestimmt, mich einer streng geheimen Studie zu überlassen, um in Zukunft anderen Kindern in meiner Lage helfen zu können. Zumindest hatten sie mir das erzählt, als ich ein halbes Jahr später kerngesund, mit neuem Namen und übernatürlichen Fähigkeiten in Emerdale erwacht war. Genauso, wie all die anderen Kinder, die zu Dales geworden waren.

Bis heute wusste ich nicht, ob das die ganze Wahrheit war. Ob darin überhaupt ein Funken Wahrheit steckte ... Aber es erklärte zumindest die lange Narbe, die parallel zu meiner Wirbelsäule verlief und die Tatsache, dass sich meine Gene so stark von denen anderer Menschen unterschieden. Emerdale hatte daran herumgeschraubt, und was auch immer sie getan hatten, hatte dazu geführt, dass ich nun in der Lage war, Dinge alleine mittels Gedankenkraft bewegen zu können. In all den Jahren in Emerdales Gewahrsam hatte ich nie mehr darüber erfahren und irgendwann ganz aufgehört Fragen zu stellen. Warum auch? Das Mädchen von damals, das dem Krebs zum Opfer gefallen war, war gestorben. Existierte nicht länger.

»Okay, ein letzter Check noch, dann sind wird durch«, sagte Teddy und riss mich damit aus meinen Gedanken.

Ich fing den Tennisball und verschränkte die Arme locker vor meinem viel zu großen Supernatural-Shirt. In der Zeit seit Tag X hatte ich eine echte Faszination für Sam und Dean entwickelt, auch wenn ich mich oft fragte, ob sie mich auch jagen würden, weil sie mich für ein Monster hielten. Für etwas, das eben *Supernatural* war.

Kaum merklich schüttelte ich den Kopf, trat aber trotzdem brav auf das Laufband, ehe ich Teddy abwartend ansah. »Das ist einfach lächerlich.«

»Ganz im Gegenteil. Es ist sehr aufschlussreich, wie sich deine Belastungsgrenze verschiebt. Heute vermutlich nach unten, nachdem du so viel Gewicht verloren hast.«

Ich bedachte ihn mit einem finsteren Blick. »Liegt vielleicht an deinen mangelnden Kochkünsten.«

Was eine glatte Lüge war, Theodore war ein begnadeter Wissenschaftler und Chirurg, doch seine wahre Leidenschaft hatte er erst hier im Kochen gefunden. Nur half die beste Pasta nicht, wenn einem beim bloßen Gedanken an Essen schlecht wurde. Teddy vermutete, dass es daran lag, dass unsere Flucht aus Emerdale während des Frühstücks stattgefunden hatte und ich die negativen Erinnerungen und den Schmerz nun mit der Nahrungsaufnahme verknüpfte. Gut möglich, dass das die psychologische Erklärung war, doch der Grund, der lag woanders. Dort, wo Hayden, wo meine Freunde gestorben waren.

Weil mich Teddy gut kannte, überging er die Spitze und stellte sich stattdessen mit seinem Klemmbrett neben einen hohen Tisch, auf dem zwölf Tennisbälle lagen. »Schalte stufenlos in den höchsten Gang.«

Ich nickte knapp und lief los. Zuerst locker, dann immer schneller, bis mir der Schweiß über das Gesicht lief und meine Füße nur so über das Laufband flogen. Mein Herz schlug kräftig und gleichmäßig, mein Atem ging langsam und tief.

Teddy warf einen zufriedenen Blick auf den Monitor des

EKG-Messgeräts und trug etwas in seine Liste ein. »Einseitige Belastung: Puls von dreiundsechzig. Sehr gut – der Wert ist im grünen Bereich.«

Reichlich untertrieben, wenn man bedachte, dass jeder andere Mensch wohl längst zusammengeklappt wäre und mit rasendem Puls in der Ecke liegen würde. Aber wir Dales funktionierten einfach anders. Ähnlich einem superleistungsfähigen und extrem effizienten Elektromotor, während andere mit einem alten Modell aus der Zeit der Industrialisierung auf Sparflamme liefen.

Als das Laufband die höchste Stufe erreicht hatte, verfiel ich in einen schnellen Sprint und verfolgte aus dem Augenwinkel, wie meine Herzfrequenz langsam stieg. Supermotor hin oder her – auch ich hatte Grenzen.

»Okay, versuche deinen Puls an diesem Punkt zu halten«, kommentierte Teddy, legte das Klemmbrett zur Seite und griff nach dem ersten Tennisball. Insgeheim glaubte ich, dass das hier sein Lieblingstest war und Theodore ihn deutlich öfter durchführte, als eigentlich notwendig war.

»Mal sehen, ob du noch genauso viele schaffst wie letzte Woche.« Mit diesen Worten schleuderte er den ersten Ball in meine Richtung, dann den zweiten gleich hinterher.

Der Grundgedanke des Tests bestand darin, die Beständigkeit meiner Telekinese an meiner persönlichen Belastungsgrenze zu testen. An den dabei entstehenden Werten konnte Teddy ablesen, wie es um die Stabilität meiner veränderten Gene stand. In der Vergangenheit hatten schon viele Dales den Eindruck von Stabilität erweckt und waren dann doch unter zu hohem Druck ausgetickt. Eine absolut tödliche Angelegenheit und das nicht nur für den Dale selbst.

Ich schauderte und fixierte dann Ball eins und zwei mühelos, sodass sie vor mir in der Luft hingen, während ich mit unveränderter Geschwindigkeit über das Laufband raste.

Zufrieden nickte Teddy und warf Nummer drei und vier. Mit zusammengebissenen Zähnen stoppte ich auch sie und hielt sie an Ort und Stelle. Letzte Woche hatte ich es geschafft, acht dieser blöden gelben Tennisbälle unter Kontrolle zu halten, ehe sie zu zittern begonnen hatten und mir entglitten waren. Dabei hatte es nicht an den Tennisbällen gelegen – ich konnte mühelos ein Auto von A nach B werfen, ohne einen Finger zu rühren –, problematisch war eher die Anzahl. Ein bisschen so, als müssten sich meine Telekinese und Konzentration aufteilen, sodass für jeden einzelnen Gegenstand nur noch eine limitierte Menge an Kraft übrig blieb. Ich fuhr mir über die verschwitzte Stirn und schaffte auch die nächsten drei Bälle.

»Komm schon, Taylor«, murmelte Teddy mehr zu sich als zu mir und schaute zum Monitor. Meine Herzfrequenz schoss immer wieder in die Höhe und vollführte einen spitzen Ausschlag, der bei normalen Menschen vermutlich zum Tod geführt hätte. Im nächsten Moment schleuderte Theodore den achten Ball direkt in mein Gesicht. Mit einem Keuchen brachte ich ihn wenige Zoll vor meiner Nase zum Stehen und stieß einen unsauberen Fluch aus. Dann folgte der neunte. Mein Herzschlag begann in meiner Brust zu poltern und ich spürte, wie ich die Kontrolle über die vermaledeiten Tennisbälle verlor. Sie zitterten vor mir in der Luft, als würde jemand an ihnen reißen und zerren.

»Halt sie genau an dieser Grenze, Taylor, und achte auf deinen Puls.«

Er hatte leicht reden, doch für eine spitze Bemerkung in seine Richtung hatte ich schlichtweg nicht mehr genug Konzentration. Das EGK schlug wie ein Geigerzähler in Tschernobyl aus, drei der Lämpchen begannen hektisch zu blinken und ein durchdringendes Piepsen setzte ein.

»Teddy«, presste ich hervor und ballte meine zittrigen Hände zu Fäusten. Mein Kopf pochte, als würde jemand mit einem Vorschlaghammer darauf einschlagen. Kleine bunte Punkte tanzten vor meinen Augen.

Er notierte etwas auf dem verdammten Klemmbrett, drückte einen Knopf am EKG und seufzte leise. »Du kannst aufhören.«

Die Worte hatten kaum seinen Mund verlassen, da flogen die Tennisbälle auch schon unkontrolliert durch das Labor. Mit einer gemurmelten Verwünschung schaltete ich das Laufband ab, sprang runter und stützte mich vornübergebeugt auf die Knie. »Eine Sekunde länger und ich wäre explodiert«, brachte ich hervor und fuhr mir über das schweißnasse Gesicht.

Teddy übertrug einige Werte des EKG in seine Liste. Die Falte zwischen seinen Augenbrauen schien sich mit jeder Sekunde, die verging, tiefer in seine Haut zu bohren.

Ich kannte diesen Ausdruck. Die Arme vor der Brust verschränkt, trat ich zu ihm. »Was ist los, Teddy?«

Er sah mich nicht direkt an, sondern strich sich nur über das Kinn und ließ das Klemmbrett sinken. »Das waren fünfzehn Sekunden weniger als letzte Woche, Taylor. Du wirst schwächer.«

Ich schluckte und starrte auf einen Punkt neben seinem Kopf. »Spielt das eine Rolle? Emerdale ist Geschichte und hier ... soll ich doch ohnehin nur ein gewöhnliches Mädchen sein, oder nicht?«

Seine braunen Augen richteten sich auf mich und das, was

darin stand, ließ mich die Zähne zusammenbeißen. Furcht. Enttäuschung. Sorge. Und etwas ganz anderes, das er augenscheinlich vor mir verbarg. Dann wandte er sich ruckartig ab und nickte. »Sicher. Es ist irrelevant. Wir sollten nur zusehen, dass du wieder etwas zulegst und beobachten, ob du weiter an Stärke verlierst, das ist alles.« Seine Antwort kam zu schnell.

Ich rümpfte misstrauisch die Nase und trat neben ihn, als er mit raschen Handbewegungen begann, seine Unterlagen zu ordnen. »Du verschweigst mir doch etwas.«

»Taylor …« Ein schrilles Telefonklingeln unterbrach ihn und ließ uns beide aufblicken. »Da muss ich rangehen.«

»Teddy!«, rief ich ihm hinterher, doch er war bereits mit wehendem Kittel aus dem Labor die Treppe rauf verschwunden.

Seufzend lehnte ich mich an seinen Schreibtisch und strich mir die Haare zurück. Was hatte das zu bedeuten? Was stimmte nicht mit meinen Werten? Ich presste die Lippen aufeinander, während mir prickelnde Hitze die Wirbelsäule hinabrann. Angst. Eine genauso schneidende Furcht, wie sie in Teddys Blick gelegen hatte.

Das Meer schlug rauschend auf den Strand, schob kleine Schaumwalzen vor sich her und zog sich mit einem Flüstern wieder zurück. Die Wellen hatten etwas seltsam Beruhigendes an sich, ihre rhythmischen Bewegungen, die Gewissheit, mit der das Wasser immer wieder kam.

Ich blieb an der Kante zwischen trockenem und feuchtem Sand stehen und ließ den Blick über den Ozean schweifen, der sich vor mir ausbreitete. Außer mir war niemand hier, die nächsten Häuser bestimmt eine halbe Meile entfernt – einer der Gründe, warum sich Teddy für diese Immobilie entschieden hatte.

Am Horizont sank die Sonne mit jeder Sekunde, die verging, weiter in Richtung Wasser, ihr rötlich-oranges Licht tauchte den Himmel und das Meer in ein Feuerwerk aus Farben, salziger Wind verwehte meine Haare und zupfte an meinem dunkelgrünen Trägerkleid. Ganz unabhängig davon, wie oft ich dieses Naturschauspiel auch verfolgte, es zog mich jedes Mal wieder voll und ganz in seinen Bann. Die Farben und dieser winzige Moment, in dem die letzten Strahlen die Welt erhellten, ehe die Sonne ganz versank. Die Arme um mich geschlungen, ließ ich mich im Sand nieder und zog die Beine an.

Teddy war nach dem Telefonat sofort aus dem Haus gestürmt, ohne ein weiteres Wort, ohne auf eine meiner unzähligen Fragen einzugehen. Und aus seinen Unterlagen war ich ebenfalls nicht schlau geworden. Genau aus diesem Grund war ich hier. Wegen des Sonnenuntergangs und der Tatsache, dass ich im Haus langsam, aber sicher durchdrehte. Als ich ein leichtes Vibrieren an meiner Hüfte spürte, zog ich mein Handy hervor und konnte nicht verhindern, dass sich ein kleines Lächeln auf meine Lippen stahl. Die Nachricht war von Jo, der sich selbst als *Sir Jonathan, der Dunkelmagier* eingespeichert hatte.

> Jo
> Was machst du gerade?

Unwillkürlich kam mir das Gedankenkarussell in den Sinn, mit dem ich mich seit Stunden beschäftigte, dann sah ich wieder zum Sonnenuntergang. *Das* war definitiv die bessere Antwort. Meine Finger flogen über die virtuelle Tastatur, doch Jonathan war schneller.

> **Jo**
> Ich bin schon ein bisschen enttäuscht. Ich habe nicht mal deinen zweiten Vornamen erfahren, wohingegen du quasi alles von mir weißt.

Das Lächeln wurde breiter. Jo hatte sich, als er mir am Freitag seine Nummer gegeben hatte, in meiner Kontaktliste ausgetobt, während ich nur das Nötigste eingetragen hatte – reine Vorsichtsmaßnahme.

> **Lory**
> Vielleicht habe ich ja gar keinen?

> **Jo**
> Erwischt! Wusste ich doch, dass du online bist.

> **Lory**
> ☺

> **Jo**
> Und du hast nicht mal ein Profilbild? Woher soll ich wissen, dass ich nicht mit irgendeinem alten Typen schreibe?

> **Lory**
> Du bist immer noch schräg.

Meine Augen wanderten unwillkürlich zu dem grauen Kreis mit der Silhouette, der als Platzhalter für ein Profilbild diente. Kurzerhand wechselte ich in die Kamera-App und schoss ein Foto von meinen Beinen vor dem Sonnenuntergang und dem Meer.

> **Lory**
> Zufrieden?

Kleine tanzende Punkte kündigten an, dass Jonathan eine Antwort verfasste. Einen Augenblick lang starrte ich die Punkte an, dann tippte ich auf sein Foto. Es zeigte ihn im Profil, während sein Blick in die Ferne glitt. Seine dunkelblonden Haare fielen ihm in die Stirn, die er mit einer Hand zurückzustreichen versuchte. Er sah nachdenklich aus, ernst. Und ziemlich gut. Eine neue Nachricht ploppte auf.

> **Jo**
> Ist ein Anfang. Wenn du mir jetzt noch deinen zweiten Vornamen verrätst, bin ich vorerst glücklich.

Grinsend schüttelte ich den Kopf und tippte rasch eine Antwort.

> **Lory**
> Ich habe keinen. Einfach nur Taylor. Ende.

> **Jo**
> Pff. Das würde ich an deiner Stelle auch sagen. Wohnst du direkt am Meer?

> **Lory**
> Direkter geht es nicht. Noch näher und ich würde im Ozean leben.

Ich blickte lächelnd auf und bemerkte, dass die Sonne längst untergangen war und statt den orangeroten Strahlen nun vereinzelt Sterne am Himmel prangten. Wie oft hatte ich mir mit Hayden und Sam ausgemalt, an einem Ort wie diesem zu sitzen? Ohne Sorgen, ohne Tests, ohne das Training, in dem wir uns immer wieder gegenseitig verletzt hatten. Sie würden es lieben. Vielleicht würden sie sich ja genauso gut mit Jo verstehen wie ich.

Ich spürte, wie mein Hals rau wurde und meine Augen zu brennen begannen. Rasch fuhr ich mir übers Gesicht und schluckte gegen den Kloß in meiner Kehle an. Eine Böe fegte über den Strand und ließ mich frösteln. Es wurde langsam kalt und womöglich sollte ich reingehen. Vielleicht war Teddy ja wieder da und ich könnte ihm endlich Antworten entlocken.

Mit einem Seufzen kam ich auf die Beine, klopfte mir den Sand ab und erstarrte im nächsten Atemzug.

Ich war nicht alleine.

Keine zwanzig Meter von mir entfernt stand eine regungslose Person und auch wenn ich ihr Gesicht nicht erkennen konnte, so brannte ihr Blick förmlich auf meiner Haut. Ich spürte, wie sich mein Herzschlag unwillkürlich beschleunigte. Das Blut schneller durch meinen Körper trieb, bis es in meinen Ohren rauschte und jedes meiner Nervenenden in Flammen stand.

Als hätte die Person nur darauf gewartet, dass ich sie bemerkte, setzte sie sich im nächsten Moment pfeilartig in Bewegung. Nicht in die entgegengesetzte Richtung, zurück zum öffentlichen Parkplatz, sondern direkt auf mich zu.

Ihr Ziel war ich.

KAPITEL 7

JONATHAN

Oh My Dear Lord –
The Unlikely Candidates

Montage waren ätzend. Man hatte die ganze beschissene Woche noch vor sich, bevor man sich wieder im Wochenende vergraben konnte. Fünf Tage am College, drei Physiotermine und unzählige Gespräche mit Mom, die mir den letzten Nerv raubten.

Doch heute war es tatsächlich leichter gewesen, aufzustehen. Ich war früher aus dem Bett gekommen, hatte mein Training in Rekordzeit absolviert und war dann deutlich vor meiner Zeit am College angekommen – ganz ohne Verspätung. Vincent hatte mich damit aufgezogen, dass dahinter definitiv ein Mädchen stecken musste, und auch wenn ich ihm darauf keine Antwort gegeben hatte, so lag er doch richtig.

Der Gedanke daran, Lory wiederzusehen, hatte mich regelrecht beflügelt. Dieses interessante Mädchen schaffte es, dass ich mich normal fühlte. Dass ich all den Scheiß, der mich sonst behinderte und zurückhielt, vergaß und einfach Jo sein konnte. Sie war ungewöhnlich, in vielerlei Hinsicht und das machte mich neugierig. Mehr als das. Vielleicht konnte ich es deshalb auch gar nicht erwarten, endlich in der dämlichen Vorlesung zu sitzen, um sie zu fragen, warum sie mir am Samstag nicht mehr geantwortet hatte. Oder am Sonntag. Doch als ich mich in der Englische-Literatur-Vorlesung auf meinen Platz fallen ließ, fehlte von Taylor jede Spur. Sie tauchte nicht nach dem Klingeln auf und auch in der Frühstückspause blieb ihr Stuhl leer.

Ich schrieb ihr mehrmals, erhielt jedoch keine Antwort. Ein paar Mal überlegte ich, ob ich sie nicht einfach anrufen sollte – deutlich effektiver als Nachrichten, die man einfach übergehen konnte –, allerdings war ich mir nicht sicher, ob ich damit nicht zu weit gehen würde. Was wäre, wenn Taylor sich ganz bewusst zurückzog, weil ich ihr zu aufdringlich geworden war?

Womöglich hatte Lory auch – Gott bewahre – irgendwelche Artikel im Internet über mich gelesen, die zwar erstunken und erlogen waren, mich aber trotzdem in kein besonders gutes Licht rückten. Nicht gerade die Art von beruhigenden Gedanken, die ich mir erhofft hatte.

Also hielt ich mich davon ab, weiter nachzuhaken und beschloss, abzuwarten. Etwas, das mir noch nie leichtgefallen war. Vermutlich war Ungeduld sogar meine größte Schwäche. Und als auch am Dienstag jede Spur von Lory fehlte, wurde meine Geduld wirklich auf eine harte Probe gestellt.

Während ich in der Mittagspause auf ihren leeren Platz starrte und gedankenverloren in meiner Suppe rührte, kam ich nicht umhin, mir Sorgen zu machen. Es war gut möglich, dass sie nur krank war oder sich einfach nicht gut fühlte … Aber was war mit all den anderen Optionen?

Ein weiteres Mal zog ich mein Handy heraus, starrte auf die ungelesenen Nachrichten, die ich ihr geschrieben hatte, und steckte es dann seufzend weg.

Vielleicht machte ich mich auch einfach wegen eines Mädchens, mit dem ich gerade einmal zwei Dutzend Sätze gewechselt hatte, zum Idioten.

»Hey, Johnny.« Vincent betrat den Trainingsraum im Untergeschoss meiner Villa und schaltete die ohrenbetäubend laute Musik aus. »Wie lange willst du dich noch hier unten verkriechen?«

Ich ließ die Klimmzugstange los und landete wackelig auf meinem verbliebenen Bein, eine Hand am Rahmen des Gerüsts abgestützt. Schweiß lief mir über das Gesicht und meinen nackten Oberkörper und mein Herzschlag trommelte hart und schnell in meiner Brust.

»Hast du mich vermisst?«

Vin verschränkte die massigen Arme vor der Brust und lehnte sich in den Türrahmen. »Immer doch, mein Großer. Ich habe dich in den letzten Tagen kaum zu Gesicht bekommen, dabei ist die Couch doch sonst dein zweites Zuhause.«

Ich schnappte mir ein Handtuch und fuhr mir damit übers Gesicht. »Und?«

»Wow, du hast ja gute Laune«, kommentierte er, stieß sich von der Tür ab und kam weiter in den Raum. »Spuck's aus. Welche Laus ist dir über die Leber gelaufen?«

»Nerv wen anders«, brummte ich und schleuderte das Handtuch nach ihm.

Vin lachte freudlos und fing es aus der Luft. »Hab ich versucht. Aber Paul und Violett sind beide im Urlaub, nachdem du deine Angestellten letzte Woche rausgeworfen hast.« Nicht mein klügster Schachzug, dabei konnte ich meinen Gärtner Paul und seine Frau Violett, die sich um alles mögliche im Haus kümmerten, eigentlich echt gut leiden. »Also bleibst nur du, Johnny.«

Seufzend ließ ich mich auf der Bank nieder und nahm einen Schluck Wasser.

»So schlimm? Hat es zufälligerweise etwas mit dem Mädchen zu tun, das dir am Freitag dieses dümmliche Grinsen ins Gesicht gezaubert hat?«

Prompt verschluckte ich mich und hustete wie ein Irrer, um meine Luftröhre wieder freizubekommen.

»Ah, da haben wir es. Und sie hat dich versetzt?«

»Sie ist erst gar nicht wieder aufgetaucht«, berichtigte ich säuerlich. »Spielt letztlich keine Rolle. Wir kennen uns kaum und warum sollte sie auch an mir interessiert sein. Lory ist klug, hübsch und irgendwie *besonders*. Sobald das die anderen ebenfalls bemerken, wird sie ohnehin über alle Berge sein. Falls sie das nicht längst ist.«

Vincent ließ sich neben mir nieder und betrachtete mich nachdenklich. Das Grinsen war von seinen Lippen verschwunden. »Diese Lory kann nicht halb so klug sein, wie du denkst, wenn sie nicht erkennt, was für ein guter Freund du bist. Vergiss sie und auch die anderen Idioten am College. Wenn der Beschluss durch ist, musst du da eh nicht mehr hin.«

Das ließ mich aufhorchen. »Hast du mit Dr. Martin gesprochen?«

»Allerdings, und er wird das Gutachten erstellen. Dann bist du wieder frei, Mann.« Er stieß mich in die Seite und stand auf.

Das waren verdammt gute Nachrichten. Seit sich meine Eltern in einem ziemlich undurchsichtigen Verfahren die Kontrolle über mein Leben unter den Nagel gerissen hatten, suchten Vincent und ich nach einem Ausweg. Mit der Unterstützung meines Psychologen, dessen Sitzungen mir zwar gegen den Strich gingen, der aber an sich ein guter Kerl war, standen unsere Chancen das erste Mal gar nicht mehr so schlecht.

»Du bist ein Genie«, gab ich zurück. »Wie lange wird das dauern, bis es ganz durch ist?«

»Gib mir drei Wochen, vielleicht einen Monat, dann haben wir unsere Antwort, Johnny.« Er deutete hinter sich. »Was meinst du? Sollen wir den kleinen Sieg mit einer Runde Burger feiern?«

Ich schob jeden Gedanken an Lory resolut beiseite und nickte. »Klar, ich gehe nur noch kurz duschen, dann bin ich da.«

Vincent hatte recht: Wenn sie kein Interesse an mir hatte, dann sollte ich sie abhaken, egal, wie gut es sich auch anfühlte, in ihrer Nähe zu sein. Es gab jetzt weitaus wichtigere Dinge, um die ich mich kümmern musste. Angefangen mit meinem eigenen verkorksten Leben.

Ich sah sie am Mittwoch. So viel zum Thema abhaken.

Lory saß in einer der Freistunden im College-Café an einem kleinen Tisch und war augenscheinlich in ihr Notizbuch vertieft. Ihr Kugelschreiber flog über das Papier, ihre Stirn lag in Falten und die Tasse Kaffee neben ihr war längst vergessen.

Ich blieb an der angelehnten Tür stehen, halb im Café, halb draußen, und spielte mit dem Gedanken, mich einfach umzudrehen und zu verschwinden. Sie hatte sich nicht mehr bei mir gemeldet und keine einzige meiner Nachrichten gelesen. Die Message war also eigentlich eindeutig und trotzdem ... einen Augenblick lang betrachtete ich sie: ihre hellen

Haare, von denen sie die vorderen Strähnen zurückgeflochten hatte, ihr rechtes Bein, das unruhig wippte. Lory wirkte nervös, beinahe rastlos und schien blasser, als ich sie in Erinnerung gehabt hatte.

Nicht dein Business, Jo. Geh einfach wieder.

Ein Typ stieß gegen mich, als er sich an mir vorbei ins Café schob und sorgte dafür, dass die Tür gegen die Wand knallte. Mehrere der Studenten, die sich hierher zurückgezogen hatten, blickten auf – genau wie Taylor. Ihr Blick fand mich zielsicher, als hätte sie die ganze Zeit über gewusst, dass ich hier stand. Sie beobachtete. Schatten lagen unter ihren grauen Augen, denen ihr üblicher Glanz fehlte. Vielleicht war das der ausschlaggebende Grund, jedenfalls setzte ich mich in Bewegung, kämpfte mich mit Krücken durch das enge Café und blieb schließlich an ihrem Tisch stehen.

»Du bist wieder da.« Sie nickte langsam und klappte ihr Buch zu. »Warum hast du dich nicht mehr gemeldet?«, stellte ich die erste Frage, die mir durch den Kopf rauschte und hätte mir am liebsten selbst gegen das Bein getreten. So viel zu dem Plan, sie zu vergessen.

»Vermutlich klingt es wie eine schlechte Ausrede …«

Irgendetwas sagte mir, dass Lory sich aus einem guten Grund nicht mehr gemeldet hatte, dass es keine billige Ausrede war. Sie wirkte erschöpft, ausgelaugt. Was zum Teufel war in den letzten Tagen bei ihr los gewesen?

»Ich war gerade am Strand, als ich mit dir geschrieben habe und als ich aufgestanden bin, ist mir das Handy runtergefallen. Eine Welle kam und … na ja, mein Telefon und das Salzwasser haben sich nicht gut vertragen.« Lory versuchte sich an einem schiefen Grinsen, doch es misslang ihr kläglich. »Wäre es nicht der See zum Opfer gefallen, hätte ich dir zurückgeschrieben und auch erklärt, warum ich die letzten beiden Tage nicht da war.«

Skeptisch hob ich die Augenbrauen. Dann stieß ich hörbar den Atem aus und ließ mich schließlich auf dem Platz ihr gegenüber nieder. »Erklär es mir jetzt. Ich ... ich habe mir Sorgen gemacht.«

Sie blickte ruckartig auf. Ihre Finger schlangen sich haltsuchend um den Becher und es schien beinahe so, als müsste Lory erst nach den richtigen Worten suchen. »Das hättest du nicht tun müssen. Es geht mir gut.« Den Blick in den Kaffee gerichtet, leckte sie sich einmal über die Unterlippe. »Als ich klein gewesen bin, war ich sehr krank und am Sonntag fiel meinem Dad Teddy – er ist Arzt – eine kleine Abweichung bei einem meiner Werte auf. Es war keine große Sache, wirklich nicht, aber Teddy wollte mich erst wieder aus dem Haus lassen, nachdem das geklärt war.«

Ich sah sie an und presste die Lippen zu einer schmalen Linie zusammen. Lory war als Kind krank gewesen? Und was für eine Abweichung?

»Wie –«, begann ich, doch sie kam mir zuvor.

»Bitte, es ist nicht der Rede wert, okay?« Wieder lächelte sie, dieses Mal erreichte es beinahe ihre Augen. »Die Werte sind in Ordnung, es lag an der Messung. Es tut mir leid, dass ich dich versetzt habe.«

Mein Atem entwich mit einem leisen Seufzen, aus dem Erleichterung und Anspannung gleichermaßen sprachen. Erleichterung, weil ich mich nicht in Taylor getäuscht hatte und sie ganz offensichtlich einen sehr guten Grund gehabt hatte, sich nicht zu melden. Anspannung, weil mir diese neue Enthüllung über sie Magenschmerzen bereitete. »Schon gut. Und du ... bist wieder gesund?«

Lory nickte und zog ein nagelneues Handy aus ihrer Rocktasche. »Kerngesund. Das ist schon Jahre her und die Untersuchungen sind bloß reine Routine. Außerdem habe ich jetzt ein neues Handy. Meinst du, ich bekomme die Nummer von *Sir Jonathan, dem Dunkelmagier* noch einmal?«

Meine Mundwinkel zuckten, dann nahm ich ihr das Handy aus der Hand, tippte meine Kontaktdaten ein zweites Mal ein und speicherte ihre neue Nummer auch bei mir. »Hast du den Film je gesehen?«

Ihre Stirn legte sich fragend in Falten. »Film?«

Grinsend lehnte ich mich über den Tisch in ihre Richtung. »Ich verrate dir ein Geheimnis: Bevor ich hier gelandet bin, war ich ein berühmter Schauspieler. Jeder kennt meine Filme – und mich.«

»Du nimmst mich auf den Arm, oder?«

Einen Moment lang überlegte ich, ob sie das ernst meinte, oder bloß ein Spielchen mit mir trieb. Ohne eingebildet klingen zu wollen, aber vor meinem Unfall war es schlicht unmöglich gewesen, mir *nicht* irgendwo zu begegnen. Reklame, Fernsehspots, Serien, Filme, Netflix. Ich war so gut wie überall gewesen. Ganz zu schweigen von den Zeitungen und Klatschblättern und Talkshows. Wo hatte sie die letzten Jahre gelebt?

Ich schüttelte den Kopf. »Mein voller Ernst. Super-megaberühmt. Berühmter als Zac Efron, Chris Hemsworth und die Jonas Brothers zusammen.« Nun wirkte sie endgültig verwirrt. Mit einem Schmunzeln winkte ich ab und lehnte mich zurück. »Vergiss es. Auf jeden Fall habe ich jetzt etwas bei dir gut.«

»Ach ja?«, wollte sie mit gehobener Augenbraue wissen und nahm einen Schluck ihres Kaffees. »Kann mich nicht daran erinnern, dass wir eine Vereinbarung getroffen hätten.«

»Oh, das haben wir auch nicht, aber du hast gegen den Freundschaftskodex verstoßen, als du dich nicht gemeldet hast – auch wenn du dafür nichts konntest –, deswegen stehst du jetzt in meiner Schuld.« Ich zwinkerte ihr zu.

»Sind wir das denn? Freunde?«

»Finden wir es heraus.«

Taylors Antwort bestand aus einem kleinen, halben Lächeln. Und dieses Lächeln stellte irgendetwas mit mir an, das ich nicht in Worte zu fassen vermochte. So etwas hatte ich noch nie gespürt. Es war neu und einzigartig und interessant, so wie das Mädchen selbst, das es auslöste. Es fühlte sich wie eine kleine Flamme an, die mich mit jeder Sekunde, die ich mit Taylor verbrachte, mehr in Brand setzte. Ich war unfähig, mich von diesem Gefühl zu befreien.

Und vielleicht wollte ich das auch gar nicht.

»Einverstanden«, sagte sie und sah mich aufmerksam an.

Ich nickte langsam und legte die Hände flach auf den Tisch vor mir. »Gib mir die Möglichkeit, dich kennenzulernen, Taylor Welsh.«

KAPITEL 8

TAYLOR

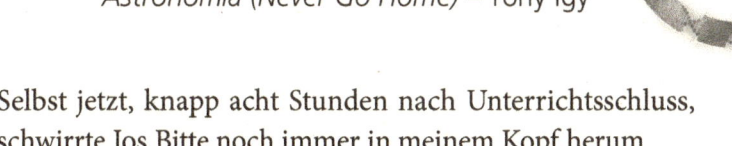

Astronomia (Never Go Home) – Tony Igy

Selbst jetzt, knapp acht Stunden nach Unterrichtsschluss, schwirrte Jos Bitte noch immer in meinem Kopf herum.

Gib mir die Möglichkeit, dich kennenzulernen, Taylor Welsh.

Es war lächerlich, denn eigentlich gab es unzählige andere Dinge, über die ich mir Gedanken machen musste: Teddy, der mir bis auf eine fadenscheinige Beteuerung, dass er sich bei der Untersuchung geirrt hätte und alles in Ordnung sei, nichts weiter verraten hatte. Dabei war ich mir ziemlich sicher, dass er deutlich mehr wusste, als er mich glauben ließ. Und der Fremde, der am Samstag plötzlich am Strand aufgetaucht war.

Selbst jetzt lief mir ein Schauer über den Rücken, wenn ich nur daran dachte, und normalerweise fürchtete ich mich vor so gut wie gar nichts. Doch das ... das hatte mir eine verdammte Angst eingejagt. Deswegen war ich zwei Tage untergetaucht, hatte mich im College krankgemeldet und war Teddy so gut es ging aus dem Weg gegangen.

Ich hatte das Gefühl, den Verstand zu verlieren. Das, was ich am Strand gesehen hatte, war schlichtweg unmöglich. Menschen tauchten nicht einfach aus dem Nichts auf, rannten wie wilde Furien auf einen zu und waren im nächsten Augenblick spurlos verschwunden. Die Gestalt hätte mich rammen und zu Boden reißen müssen, doch alles, was ich gespürt hatte, war ein Lufthauch gewesen, der dafür gesorgt hatte, dass ich mich im nächsten Moment hatte übergeben müssen. Wirre Bilder waren durch meinen Kopf geschossen, hatten mich zurück in den Sand befördert, wo ich mich zu einer kleinen Kugel zusammengerollt hatte. So lange, bis die Übelkeit nachgelassen hatte und die Bilder endlich verschwunden waren.

Bilder von Hayden.

Die einzige Person, die dazu in der Lage gewesen war, sich binnen Sekundenbruchteilen in Luft aufzulösen. Doch Hayden war tot. Es gab keinen Grund, daran zu zweifeln. Nicht den geringsten. Teddy gegenüber hatte ich die Scheinbegegnung unerwähnt gelassen, genauso wie die schemenhafte Gestalt auf dem Campus. Ich wollte ihm nicht noch einen weiteren Vorwand liefern, an meiner physischen und mentalen Stabilität zu zweifeln und schließlich ging keinerlei Gefahr von meinen Hirngespinsten aus – wenn man von der Gefahr für meinen geistigen Zustand einmal absah.

Jap, ich drehte wirklich durch.

Und Jo ... seine Gegenwart war Fluch und Segen zugleich. Mit ihm verschwand mein übermenschlicher Teil und er brachte mich in den unmöglichsten Situationen ganz mühelos zum Lachen. Gleichzeitig beschwor er die Erinnerungen an all die geheimen und verbotenen Momente herauf, die ich mir mit Hayden gestohlen hatte. In einem anderen Leben.

Hayden verfolgte mich wie ein Geist, er ließ mich nicht los und ich war schlichtweg nicht in der Lage, mich von ihm loszusagen. Dafür hatten wir zu viel erlebt, zu viel gelitten, zu viel geteilt.

Dafür gehörte ihm zu viel von mir. Und jetzt begann ich, ihn mir einzubilden. Wann immer ich einen seltenen Moment des Glücks verspürte, tauchte seine dunkle Gestalt auf, ganz so, als wollte er mich daran erinnern, dass es all die anderen nicht geschafft hatten. Dass sie in dem Komplex von Emerdale gestorben waren, während ich leben durfte.

Als bräuchte ich eine Erinnerung daran. Die Schuld verfolgte mich auch so Tag für Tag. Die Gesichter meiner Freunde waren das Erste, was ich morgens nach dem Aufwachen sah, und begleiteten mich in meinen traumlosen Schlaf. Jede verdammte Nacht.

»Tay!«

Ich blickte ruckartig auf und schob mir ein knappes Lächeln auf die Lippen, als zwei Typen, die zur Mannschaft des Zenits gehörten, auf mich zukamen und mir im Vorbeigehen auf die Schulter klopften. In den vergangenen Tagen war ich zweimal hier gewesen. Ich hatte gekämpft, ausnahmslos jede Auseinandersetzung gewonnen und mir einen Namen gemacht. Die Kämpfe und die Stimmung im Zenit hatten mir einige kostbare Stunden beschert, in denen mein sich unaufhörlich drehender Gedankenstrudel endlich mal zur Ruhe gekommen war.

Hier stellte niemand Fragen, niemand bohrte in der Vergangenheit und niemanden interessierte es, woher man kam, solange man sich an die Regeln hielt und keinen Ärger machte.

Vermutlich war ich genau aus diesem Grund hier.

Seit meinen letzten gewonnenen Kämpfen verlangte keiner mehr, dass ich Eintritt zahlte. Ich wurde einfach so durchgewunken. Keine langen Erklärungen, versteckte Wahrheiten oder Bedingungen – eine angenehme Abwechslung zum Rest meines verkorksten Lebens.

An diesem Mittwochabend war es rappelvoll. Die alte

Industriehalle war kurz vorm Platzen, unzählige Stimmen hingen in der Luft, die vom Rauch der Feuer geschwängert war. Keine Ahnung, woran das lag, aber mir sollte es recht sein. So gab es definitiv genügend Gegner für mich.

»Tay. Wir sollten dir langsam ein Zimmer anbieten, so oft, wie du hier auftauchst«, begrüßte mich Phineas lispelnd und präsentierte grinsend die Zahnlücke zwischen seinen Schneidezähnen.

Ich legte die Unterarme auf den Tresen. »Würde mir auf jeden Fall die Parkplatzsuche ersparen.«

Carissa, die gemeinsam mit Phineas die Stellung hielt, tippte auf ihrer Tastatur herum. »Soll uns recht sein, du bringst uns jedes Mal eine schöne Summe ein. Jeder Neuling fällt auf dein süßes, unschuldiges Gesicht herein, wettet gegen dich und wird dann eines Besseren belehrt, wenn du deinen Gegner mit nur einem Schlag vernichtest.«

»Unsere Wunderwaffe. Wir sollten uns einen Namen für dich ausdenken«, grinste Phineas und hielt mir die Hand zum Einschlagen hin. »So was wie Knock-Out-Angel.«

Schmunzelnd tat ich ihm den Gefallen und tippte dann auf die Liste. »Setzt du mich für zwei Kämpfe drauf?«

»Aber sicher.«

Die Menge hatte sich mittlerweile rund um den Kampfplatz verdichtet, ein sicheres Zeichen dafür, dass es in Kürze losgehen würde. Geld wechselte unter der Hand den Besitzer und es roch nach Gras, obwohl Drogen hier streng verboten waren, wie ich mittlerweile erfahren hatte.

Unter Einsatz meiner Ellbogen schob ich mich durch das Gedrängel, versuchte den neugierigen Fragen, die mir immer wieder begegneten, auszuweichen und hielt den Kopf gesenkt, als mich eine bekannte Stimme innehalten ließ.

»Habe ich doch richtig gesehen!« Kräftige Hände packten meine Schultern und wirbelten mich herum, sodass ich mich gegenüber von Vins schiefem Grinsen wiederfand.

»Freut mich auch«, begrüßte ich ihn und zupfte mein schwarzes Longsleeve zurecht.

Vins Auftauchen sorgte dafür, dass man uns Platz machte und ich nicht länger Gefahr lief, niedergetrampelt zu werden. Es ging hier heute wirklich wie im Irrenhaus zu.

»Du bist schon wieder hier? Scheint, als könntest du nicht genug von diesem Schuppen bekommen.«

Achselzuckend strich ich eine verirrte Haarsträhne zurück. »Und wenn es so wäre?«

Kopfschüttelnd legte Vin seinen Arm um meine Schultern und führte mich näher an die Kampffläche, bis wir in der ersten Reihe standen. Normalerweise konnte ich es nicht leiden, wenn mich Menschen einfach so anfassten, doch bei Vin machte es mir seltsamerweise nichts aus. Ich hatte ein gutes Gefühl bei ihm. Er schien schwer in Ordnung und schließlich hatte ich es mehr oder weniger seiner Stellung im Zenit zu verdanken, dass ich hier so schnell Fuß gefasst hatte. Ihm und meinen Fähigkeiten, die ich von Zeit zu Zeit verdeckt einsetzte, um nicht aus der Übung zu kommen.

»Und heute willst du weitere Kerben in den Pfosten schlagen?«

Ich riss mich von dem Supervisor los, der gerade zwei Kontrahenten einwies, und schaute zu Vin, der mich neugierig musterte. Unwillkürlich wanderte mein Blick für einen kurzen Moment zu dem alten Stahlträger rechts von uns. Ich hatte mir angewöhnt, nach jedem gewonnenen Kampf eine Kerbe dort zu hinterlassen. Dann sah ich wieder zu ihm und runzelte die Stirn.

»Was? Hast du gedacht, ich bemerke nicht, wie du nach jedem Kampf eine weitere Schramme in den armen Pfeiler jagst?«

Ich überspielte das unangenehme Gefühl, das mich erfasste, mit einem trockenen Lachen. »Und wenn schon.«

»Warum machst du das? Ein altes Ritual?«

Die Antwort darauf war gleichermaßen einfach wie schmerzhaft: Ich tat es, weil Hayden es getan hatte. Nach jedem verdammten Trainingskampf in Emerdale.

»Puh«, machte Vin und stützte sich auf die Umrandung der Kampffläche. »Lass mich raten, heute ist wieder nicht der Tag, an dem du mir mehr über dich verraten wirst, was?« Er stupste mich in die Seite. »Dir gefällt dieses Image der einsamen und geheimnisvollen Schlächterin, nicht wahr?«

Nicht wirklich.

Eine Augenbraue gehoben, taxierte ich ihn. »Was bringt dich dazu zu glauben, ich wäre einsam?«

Seine braunen Augen bekamen einen seltsamen, beinahe abwesenden Ausdruck. »Sind wir nicht alle ein bisschen einsam? Die einen mehr als die anderen. Und diejenigen, die herkommen, um einzustecken oder auszuteilen, sind die Schlimmsten.«

»Damit schließt du dich mit ein.«

Es war keine Frage, trotzdem nickte er. »Mich. Meinen besten Freund. Dich. Habe nie etwas anderes behauptet.«

Ich dachte einen Moment lang über seine Worte nach. »Du hast eine Frage frei.«

Vin wandte sich vom Kampf ab und steckte die Hände in die Taschen seiner schwarzen Cargohose. Ein schiefes Grinsen erschien auf seinen Lippen. »Wo hast du gelernt so zu kämpfen, Tay?«

Es wunderte mich nicht, dass er ausgerechnet diese Frage ausgewählt hatte. Vin hatte sie mir in den vergangenen Tagen immer wieder gestellt. »Glaubst du mir, wenn ich sage, ich habe es in einem Hinterhof gelernt? Mit anderen in meinem Alter, die die gleiche Wut auf das Leben haben wie ich?«

Er musterte mich einige Atemzüge lang, dann nickte er. »Ja, das glaube ich dir.«

»Gut«, bemerkte ich und richtete mein Augenmerk wieder auf den schlechten, aber heftigen Kampf, der zwischen den zwei Kerlen ausgebrochen war. Bereits jetzt floss viel Blut – ein Zeichen für einen miserablen Kampf. Ich schaltete meine Gegner sauber aus, ohne einen einzigen Tropfen zu vergießen.

»Muss ein ziemlich krasser Hinterhof gewesen sein, Tay.«

Merkwürdigerweise entlockte mir diese Bemerkung ein Lachen. »Wenn du wüsstest. Was ist mit dir? Wo hast du das Kämpfen gelernt? Nicht, dass ich schon besonders viel davon zu sehen bekommen hätte. Aber irgendetwas musst du ja auch auf dem Kasten haben, so wie dich die Leute anschauen.«

Kopfschüttelnd verschränkte er die Arme vor der Brust. »Ich war ... ich bin im Personenschutz tätig. Davor war ich bei der Army – unter anderem als Nahkampfausbilder.«

»Dann sollte ich es wohl nie auf deinen Schützling absehen. Du wärst ihn und damit deinen Job schneller los, als du mich verfluchen könntest.«

»Du legst es wirklich drauf an, was? Irgendwann stehen wir uns da drin gegenüber und dann werden wir schon sehen, was wirklich hinter deiner großen Klappe steckt.« Er deutete auf den Kampfring.

»Große Klappe? Mutige Töne für jemanden, den ich noch

nie habe kämpfen sehen.« Ich stellte mich auf die Zehenspitzen, um ihm ins Ohr zu flüstern: »Vielleicht sollten wir das lieber früher als später klären.«

Unbeeindruckt neigte er den Kopf, sodass sein warmer Atem meinen Haaransatz streifte. »Oder du zeigst mir bei Gelegenheit mal deinen geheimen Hinterhof.«

Hitze stieg mir in die Wangen und ich federte ruckartig zurück auf meine Füße, als ich das anzügliche Schimmern in seinen Augen bemerkte. »Oh Mann, ernsthaft? Flirtest du etwa mit mir?«

Sein Grinsen wurde zu einem trockenen Lachen.

»Du bist wirklich köstlich, weißt du das eigentlich? Nichts für ungut, Tay, aber ich habe nichts für Frauen übrig – zumindest nicht in *dieser* Hinsicht.«

Das Glühen meiner Wangen wurde noch heißer und intensiver. »Dann bist du …?«

»Schwul? Ja.«

Meine Lippen verzogen sich zu einem Lächeln. »Ein wahrhaftiger Verlust für uns Mädels.«

Der Kampf endete mit einem Unentschieden. Beide lagen mehr oder weniger stöhnend am Boden, hielten sich gebrochene Nasen, aufgeplatzte Lippen und ihre Bäuche. Schwer zu sagen, wer letztlich gewonnen hatte.

»Was für eine Zeitverschwendung«, kommentierte Vin und winkte ab. »Ich sage Cole immer wieder, er soll die Regeln strikter machen und nicht jeden Idioten kämpfen lassen. Man sieht ja, was dabei herauskommt. Lust auf etwas zu trinken?«

Ich folgte ihm nur allzu bereitwillig von dem Gedränge weg zu den Palettenbergen, wo wir uns wenig später mit einer Cola beinahe ganz oben niederließen. Von hier aus hatte man einen guten Blick über die Halle, die Kämpfe und nicht länger das Gefühl, zerquetscht zu werden.

Vin nahm einen Schluck und legte einen Arm locker um sein angezogenes Knie. »Und jetzt, Tay, erzähl mir doch mal, was du wirklich hier machst.«

Mir kam ein Stöhnen über die Lippen. »Was habt ihr nur alle mit euren Fragen? Ich bin hier, um zu kämpfen. Dampf abzulassen. So wie jeder andere.«

Sein aufmerksamer Blick kribbelte unangenehm auf meiner Haut, dann wanderte er weiter zu meinem nackten Unterarm – dorthin, wo die Nummer von Emerdale in meine Haut gestochen worden war. Unter seiner Musterung begann sie förmlich zu brennen und zu jucken. Rasch zog ich den Ärmel darüber und hielt mich dann an meiner Flasche fest.

»Und wenn du nicht kämpfst? Was tust du dann?«

»Woher deine plötzliche Neugier?«, entgegnete ich harsch.

Vin begegnete meinem herausfordernden Blick ungerührt und ließ mich nicht aus den Augen, als er seine Flasche gegen meine stieß. »Ich weiß gerne, was hier abgeht. Wer hier sein Unwesen treibt. Du bist neu und überdurchschnittlich talentiert. Normalerweise müsste über dich längst etwas in der Szene bekannt sein. Wir alle kennen wen, der jemanden kennt, der schon von jemandem gehört hat. Aber bei dir? Nichts. Niemand kennt dich. Niemand weiß, woher du gekommen bist. Du bist ein Phantom.«

Etwas Ähnliches hatte Jo auch bereits angedeutet. Vielleicht hatte ich gerade meinen neuen Kampfnamen gefunden. Phineas würde *Phantom* bestimmt gefallen.

»Das werte ich als Kompliment«, erwiderte ich trocken. »Lass mich raten: Der Typ, dem der Laden gehört – Cole – hat dich auf mich angesetzt.«

Vins Lächeln wurde undurchsichtig. »Vielleicht. Vielleicht weiß ich aber auch nur gerne Bescheid. Und du bist interessant. Nicht nur in meinen Augen. Man beobachtet dich, Tay. Pass auf, wem du vertraust.«

Seine Worte lösten ein nervöses Stechen in meiner Magengegend aus. »Ist das eine Drohung?«

Langsam schüttelte er den Kopf und richtete den Blick auf die Kampffläche. »Eine Warnung, nicht mehr. Das Zenit ist eine Schlangengrube und du bist bereits mittendrin.«

Eine knappe Viertelstunde später wurde ich aufgerufen. Mein erster Kampf für heute und ich war froh, endlich einen Vorwand zu haben, von Vin wegzukommen. Sosehr ich unser Geplänkel auch genoss, seine letzten Bemerkungen hatten mir nicht gefallen und mich daran erinnert, dass ich nicht jeden ohne weiteres so nah an mich heranlassen sollte.

Mit raschen Schritten lief ich durch die Menge, ehe ich an der Kampffläche ankam. Bevor ich in den Ring zu Garry, dem Supervisor und TJ, meinem ersten Gegner stieg, zog ich mir das Longsleeve über den Kopf und legte es an den Rand.

Garry sah mich ungeduldig an und tippte auf seine funkelnde Armbanduhr, die er sich garantiert aus zwielichtigen Geschäften finanziert hatte, als ich schließlich in aller Seelenruhe neben ihn trat. TJ, ein hochgewachsener, muskulöser Typ, in dessen dunkle Haut verschlungene, weiße Tätowierungen gestochen worden waren, musterte mich mit funkelnden Augen.

»Schön, dass du dich auch endlich dazu herabgelassen

hast, hier aufzutauchen«, bemerkte Garry säuerlich und verschränkte die Arme vor seinem dicken Bauch.

»Vielleicht hat sie ja Angst«, brummte TJ in seinem tiefen Bariton.

Ich schob das Kinn nach vorne und wischte meine Hände an der Hose ab. »Können wir dann anfangen, oder wird das hier ein *Poetry Slam*?«

Garry murmelte etwas Unverständliches in seinen feuerroten Bart, das verdächtig nach »Wo zum Teufel haben sie die bloß ausgegraben?« klang und sorgte dann lautstark für Ruhe.

Die Gespräche und Rufe um uns herum verstummten nach und nach, bis nur noch leise Musik zu hören war.

»Der fünfte Kampf an diesem Abend wird zwischen TJ und Tay ausgetragen. Beide sind seit acht Kämpfen ungeschlagen. Ich denke, wir können uns auf einen interessanten Kampf einstellen.« Das Publikum stimmte grölend zu, während ich TJ keinen Moment aus den Augen ließ, der sich, die breiten Arme in die Luft gerissen, in der Aufmerksamkeit suhlte.

Ich schob Vin, Teddy, Hayden und Jo aus meinem Bewusstsein, bis nichts anderes als TJ, seine Bewegungsabläufe, seine Haltung und die Art, wie er kämpfte, meinen Kopf beherrschten. Ich schaltete meinen fühlenden Teil aus, so wie sie es mir in Emerdale beigebracht hatten, bis nur noch der logische, rationale Teil übrig war – der, der meinen Gegnern keine Chance ließ.

Ich grinste finster und ließ die Schultern kreisen.

»Die Regel ist: Es gibt keine Regeln – aber das ist nichts Neues für euch. Okay, genug geredet. Fangen wir an.« Garry trat zurück, raus aus dem abgesteckten Kampfplatz, und hob die Hände.

Damit war der Kampf eröffnet.

TJ stürzte auf mich zu, da hatte Garry kaum den Start verkündet. Mit einem irren Brüllen und funkelnden Augen riss er die Arme in meine Richtung, um mich zu packen und bleckte dabei die Zähne, als wollte er mich beißen. Er sah ein bisschen aus wie eine irre Kreuzung aus Vampir und Werwolf.

Mit einem Satz sprang ich aus seiner Reichweite und ballte die Hände zu Fäusten, um im nächsten Moment unter einem Schlag, der meine Nase hätte treffen sollen, hinwegzutauchen.

Die Menge brüllte auf.

Meine Güte war dieser Kerl hektisch.

TJ nahm sich keine Sekunde, meinen Stil und mich zu analysieren, sondern verließ sich einzig und alleine darauf, dass er größer, kräftiger und breiter war als ich. Das würde ihm so was von das Genick brechen.

Sein massiges Bein schoss einen Roundhouse-Kick in meine Richtung – kräftig, aber nicht schnell genug. Ich nutzte den Drall seiner Bewegung, um mich an ihm vorbeizuschieben, bis ich in seinem Rücken stand. Mit gekrümmten Fingern versetzte ich ihm drei schnelle Schläge in die Nieren und den unteren Wirbel, ehe ich mich wieder aus seiner Reichweite zurückzog. Einfache, aber effektive Blockschläge, die ihn teilweise bewegungsunfähig machten.

Mit einem schmerzerfüllten Brummen beugte sich TJ vor und griff nach seinem Rücken. Ein weiterer Fehler. Das hier war fast zu einfach.

Ich griff nach meiner Fähigkeit, bis sie summend durch meinen Körper rauschte und versetzte seinen Kniekehlen einen Tritt mit der Wucht meiner Telekinese. Mit derselben Kraft hatte ich schon Pick-ups durch die Gegend geschleudert.

TJ stieß ein Grunzen aus, krachte auf die Knie wie eine gefällte Tanne und landete im Staub. Würde mich nicht wundern, wenn er eine ganze Weile nicht mehr aufstehen könnte.

Grimmig starrte ich auf ihn herab, sah die pochende Ader auf seiner Stirn, seinen rasenden Herzschlag und schüttelte den Kopf. Von irgendwoher erklang die Kampfglocke. Ich hatte gewonnen.

»Zu einfach«, murmelte ich, fuhr mir über die schweißnasse Stirn und blickte auf – geradewegs in ein paar goldbrauner Augen. *Seine* goldbraunen Augen. Ich stieß einen Fluch aus und ballte die Hände zu Fäusten.

Mein Herz setzte einen Schlag aus, nur um dann in der nächsten Sekunde mit hundertfacher Geschwindigkeit loszurasen.

Das ist nicht real! Das ist verdammt noch mal nicht real!

Als hätte er meine Gedanken gehört, verzogen sich seine Lippen zu einem kaum merklichen Lächeln, während die Welt um mich herum verschwand. Die Rufe und Glückwünsche, die Stimme des Supervisors. Alles, bis es nur ihn gab.

Hayden.

Ich sollte mich abwenden, ihn ausblenden, stattdessen machte ich unwillkürlich einen Schritt nach vorne. In *seine* Richtung. Meine zitternden Finger schlossen und öffneten sich, mein Blickfeld schrumpfte, bis ich nichts mehr sah außer ihn. Sein eindringlicher Blick, seine gewellten, dunklen Haare, seine breite Brust, die sich unter dem schwarzen Shirt stetig hob und senkte.

Er ist tot, flüsterte eine Stimme in meinem Kopf, doch sie war nicht laut genug, um mich davon abzuhalten, einen weiteren Schritt auf ihn zuzumachen. Wie das Licht die Motte anzog, schien mich das vertraute Funkeln in seinen Augen anzulocken. Ich war unfähig, mich davon loszureißen.

Hallo, Tay, sagte seine Stimme in meinem Kopf.

Hallo, Hayden, gab ich zurück. Mein Verstand wusste, dass er nichts als eine Erscheinung war. Eine Ausgeburt meiner Nerven und ein Produkt all des seelischen Stresses, den ich in den vergangenen Wochen erlebt hatte und doch ... Selbst wenn das nur eine Erscheinung war, wollte ich jede einzelne Sekunde davon genießen, auch wenn es mich umbrachte. Wollte Haydens Anblick, jedes noch so kleine Detail in mich aufnehmen.

Er streckte eine Hand in meine Richtung, so wie er es schon unzählige Male während unserer Zeit in Emerdale getan hatte. Ich hob den Arm –

»*Stopp, verdammt!*«

Eine scharfe Stimme zerriss die falsche Wirklichkeit, die sich über alles gelegt hatte und zerrte mich erbarmungslos zurück auf den staubigen Platz im Hinterhof des Zenits. Lärm brandete über mich, ebenso wie der Geruch der Feuerschalen und der brummende Bass. Unzählige Blicke waren auf mich gerichtet, irgendjemand schrie meinen Namen.

Doch es war zu spät. Ich war zu langsam. Dieses eine Mal war ich zu langsam.

Nur einen Sekundenbruchteil später traf mich etwas hart am Kopf, löschte alle Lichter aus, riss mich erbarmungslos zu Boden. Ein weiterer Tritt schlug in meiner Seite ein. Ich keuchte.

Haydens Gestalt lächelte kalt. Die Welt zog schmerzhafte Schlieren, als ich aufschlug.

Und dann wurde mit einem Schlag alles schwarz.

KAPITEL 9

JONATHAN

*High Road (feat. John Legend) –
Fort Minor, John Legend*

»Bringen Sie mir einfach die Karte«, wimmelte ich die leicht untersetzte Bedienung ab, deren Oberweite jeden Moment aus dem lächerlich kleinen Tanktop fallen musste. Direkt in mein Gesicht, so nah wie mir ihre Brüste in diesem Moment waren. Möglichst unauffällig rutschte ich ein Stück zurück.

»Sind Sie sicher, Johnny? Ich darf doch Johnny sagen, oder?«

Genervt verdrehte ich die Augen und hatte dabei merkwürdigerweise die drängende Stimme meines Managers im Ohr. Absolut unnötig, wenn man bedachte, dass meine Karriere eigentlich beendet war.

Zeig niemals, wie du gerade wirklich drauf bist, Johnny. Immer freundlich, immer höflich. Du weißt nie, wo die nächsten Paparazzi auf dich warten.

Also zwang ich mich zu einem halbwegs freundlichen Gesichtsausdruck, der vermutlich wirkte, als würde ich mich gerade einer Wurzelbehandlung unterziehen, und nickte. Das musste reichen.

»Natürlich dürfen Sie«, ich schielte auf das goldene Namensschild, »Fiona. Und jetzt hätte ich gerne die Speisekarte.«

Fiona leuchtete, als hätte ich ihr gerade verkündet, sie hätte im Lotto gewonnen, und stöckelte davon. Seufzend lehnte ich mich zurück und ließ den Blick über den Strand und die rauschenden Wellen dahinter gleiten. Die letzten Sonnenstrahlen tanzten auf dem Wasser und verliehen der See jenen besonderen Schimmer, den ich so mochte. Das war schon immer meine liebste Tageszeit gewesen. Dieser Moment, wenn der Himmel in einem strahlenden Royalblau leuchtete, die Sonne das Meer glühen ließ und der Tag kurz vor der nahenden Dunkelheit stand.

Nach meinem Unfall hatte ich mich weitestgehend aus allem zurückgezogen, was bis dahin mein Leben bestimmt hatte. Ich mied kategorisch Plätze, an denen ich vorher einen Großteil meiner Zeit verbracht hatte. Aber diesen Platz hier, den hatte ich mir nicht verboten.

Das *Moe's Sunset* war, solange ich denken konnte, meine liebste Strandbar gewesen. Tagsüber bekam man hier das beste Eis zwischen perfekten Cookies, abends einzigartige Cocktails und dazu den uneingeschränkten Blick auf den Sonnenuntergang über dem Pazifik. Die Bar lag direkt am weitläufigen Strand in der Nähe des Skaterparks, die Tische standen im beinahe weißen Sand, umringt von hohen Palmen, wie sie für Venice so typisch waren. Das Gebäude war nicht viel mehr als ein hölzernes Strandhaus, das in einem hellen Blau gestrichen und mit alten Surfboards dekoriert worden war. Ein großes, schiefes Schild schrie den Namen der Bar in leuchtenden Neonbuchstaben in die Welt hinaus. Es gab sogar einen Ständer für Surfboards und eine Außendusche, die ich früher beinahe täglich genutzt hatte.

Vor meinem Unfall hatte ich so gut wie jede freie Minute auf dem Board verbracht. Ich hatte die Freiheit draußen im Meer, wo man ganz sich selbst und der Gewalt der See ausgeliefert war, geliebt. Das vermisste ich bei Weitem am meisten: die grenzenlose Freiheit da draußen. Dem Ozean war es egal, wie du heißt, wer du bist oder was du bereits erreicht hast. Da draußen waren wir alle gleich und es zählte nur der Moment. Die nächste große Welle, die die Macht besaß, dich entweder zu beflügeln oder zu zerlegen.

Mit einem resignierten Lächeln ließ ich mich weiter in den Clubsessel sinken und legte meine Beine – das gesunde und die Prothese – auf den passenden Hocker.

»So, hier ist die Karte, Johnny«, erklang der Singsang der Bedienung rechts von mir. Neben der Speisekarte, die sie mir hinlegte, fand ich auch noch einen kleinen Block mit Herzchen in der oberen Ecke. »Würde es Ihnen etwas ausmachen, mir ein Autogramm zu geben? Oder zwei? Dann hätte ich auch eines für meine Schwester«, brabbelte Fiona weiter, ohne auf eine Antwort von mir zu warten und drückte mir einen lilafarbenen Filzstift in die Hand. »Einmal *Für Fiona* und meine Schwester heißt Lilly. Oh Mann, die wird Augen machen.«

Ich stieß hörbar den Atem aus und schnappte mir den Block. So viel zum Thema Ruhe. Vielleicht würde sie endlich aufhören zu reden und verschwinden, wenn ich ihr einfach ihr dämliches Autogramm gab. Ehrlich gesagt verstand ich den Wirbel um Autogramme nicht. Warum war es den Menschen so wichtig, ein Stück Papier mit einer krakeligen Unterschrift zu besitzen, die eh keiner lesen konnte? Da ich von Fiona vermutlich keine ernst zu nehmende Antwort auf diese Fragen erhalten würde, schluckte ich sie einfach runter, kritzelte – meinen Manager als kleine, wütende Comicfigur vor Augen, die mich ständig ermahnte, höflich zu bleiben – meinen Namen auf den Block und reichte ihn ihr. »Bitte sehr und bringen Sie mir einen Gin Tonic, Fiona, ja?«

Ihre dunkelbraunen Augen blitzten hell auf, als ich ihren Namen sagte.

Verdammt, das würde mich wahrscheinlich ewig verfolgen.

»Aber sicher, Johnny. Danke ... also für das Autogramm ... und ähm, ja ...«, stotterte sie, während sich ihre Wangen immer weiter röteten. Dann wandte sie sich hastig ab und lief zurück in die Bar.

Ihr lautes Kichern, als sie auf ihre Kollegin traf, war bis zu meinem Platz zu hören. Wenn es sie denn glücklich machte, diesen Herzchenblock mit meiner hässlichen Unterschrift zu besitzen, bitte. Augenverdrehend, aber mit einem winzigen Lächeln auf den Lippen, zog ich mein Handy hervor und scrollte durch die Nachrichten.

Ich hatte unzählige Messages von Vin, Mom und meinem Manager Neal. Außerdem hatte mich Phil an unseren nächsten Termin erinnert und irgendwie waren ein paar kranke Stalker mal wieder an meine private Handynummer gekommen ... aber die Nachricht, auf die ich gehofft hatte, fehlte.

Ich hatte Taylor nach meiner letzten Vorlesung geschrieben und sie gefragt, ob sie sich mit mir treffen wollte. Zum Kennenlernen, Quatschen und Zeit miteinander verbringen. Kein Date in dem Sinne, aber ich hatte es ernst gemeint, als ich gesagt hatte, dass ich sie kennenlernen wollte. Lory hatte daraufhin geantwortet, dass sie sich heute Abend bei mir melden würde und dahinter eine Reihe Emojis gesetzt, von denen ich die Hälfte garantiert falsch interpretiert hatte.

Mittlerweile war es halb zehn.

Ich scrollte durch unseren spärlichen Verlauf und wollte das Handy grade wegstecken, als eine neue Nachricht von Vin auf meinem Bildschirm aufploppte.

Alte Nervensäge.

Ich verließ den Chat mit Lory und tippte auf Vins Namen, nur um festzustellen, dass er mir in der letzten halben Stunde unzählige Messages gesendet hatte.

> **Vin**
> Komm nach Hause. Brauche deine Hilfe!
>
> Wo steckst du?
>
> Mann, Johnny, liegst du irgendwo tot im Graben oder warum hängst du nicht an deinem Handy?
> ICH BRAUCHE DICH HIER!
>
> Wo ist unser Verbandskasten?

Ich las immer schneller, sprang von Nachricht zu Nachricht und spürte, wie sich mein Herzschlag beschleunigte. Nur einen Sekundenbruchteil später war ich auch schon aufgesprungen, legte ein paar Scheine auf den Tisch und humpelte, so schnell es mir möglich war, durch den Sand zu dem Platz, wo ich meinen Macan geparkt hatte. Erst als ich im Wagen saß und den Schaltknüppel in die Position *Drive* rammte, schaffte ich es, wieder einen zusammenhängenden Gedanken zustande zu bringen und wählte Vins Nummer.

Während es klingelte, raste ich wie ein Irrer aus der Parklücke und dann über die Straße, die parallel zum Strand verlief. Mehrere Menschen sprangen aus dem Weg, als ich über einen Zebrastreifen fuhr, ohne zu halten. Ich nahm es kaum wahr.

Vin war keiner der Typen, die besonders oft um Hilfe baten – eigentlich zog er sein Ding so gut wie immer alleine durch. Selbst dann, wenn es besser gewesen wäre, nach Unterstützung zu fragen. Dass er mir jetzt schrieb und mich zu Hause brauchte, sprach eine Sprache, die mir ganz und gar nicht gefiel. Unbewusst wurde ich immer schneller, während die Straße vor mir immer voller zu werden schien, als hätte sich ganz Los Angeles gerade jetzt auf diesem Boulevard versammelt, um mir auf den Geist zu gehen.

Angespannt krallte ich meine Finger in das Lenkrad und rief Vin erneut über die Sprachsteuerung an. *Teilnehmer nicht erreichbar*, verkündete die elektronische Stimme zum zweiten Mal unheilvoll und ließ mich das Gesicht verziehen.

»Verdammt Vin, was ist da los?«, murmelte ich und raste über die Ampel vor mir, die gerade auf Rot gesprungen war.

Ich ließ Venice mit seinen bunten Häusern und vielen Touristen hinter mir und folgte der Karte in meinem Kopf, um große Kreuzungen und Straßen, die so gut wie immer überfüllt waren, zu vermeiden. Besonders gut gelang mir das allerdings nicht. Immer wieder musste ich bremsen oder warten, bis der Weg frei war – als würde die Zeit gegen mich arbeiten. Langsam, aber sicher, wurde das ungute Gefühl in meinem Magen zu stechender Nervosität der üblen Sorte. Irgendetwas stimmte ganz und gar nicht.

Komm schon, komm schon, beschwor ich den Lkw vor mir und schoss dann an ihm vorbei, wobei ich beinahe in einen Landrover gerast wäre.

»Scheiße!«, stieß ich aus und bog ab.

Santa Monica empfing mich mit scheinbar noch volleren Straßen und einer Kakophonie aus unzähligem Hupen, als ich einen breiten Boulevard überquerte und dabei so gut wie jeden anderen Verkehrsteilnehmer schnitt. Heute würde ich definitiv meinen Führerschein verlieren. Ich fluchte und gab weiter Gas.

Und dann tauchte endlich, endlich Hollywood vor mir auf.

In den letzten Jahren hatte ich es noch nie so eilig gehabt, nach Hause zu kommen, doch nun konnte ich es gar nicht erwarten, dass meine Villa in Sicht kam. Vincents olivgrüne G-Klasse stand mitten in der Auffahrt – mit offener Heckklappe. Die Haustür war nur angelehnt.

Ich stieß keuchend den Atem aus, als ich mit quietschenden Reifen auf dem Kies neben Vins Wagen zum Stehen kam. Kleine Splittsteinchen flogen durch die Luft, der Bewegungsmelder registrierte mich und tauchte alles in helles Licht. Angespannt sprang ich aus dem Auto und lief zum Eingang.

Irgendwo im Haus rauschte Wasser und ich hörte gedämpft die monotone, elektrische Stimme meines Sicherheitssystems, die verkündete, dass die Tür nicht geschlossen worden war. Normalerweise deaktivierte Vin das System sofort, wenn einer von uns beiden in der Villa war.

Die Hände zu Fäusten geballt, trat ich vorsichtig über die Schwelle und machte einen ersten Schritt in den Flur, der in dämmriger Finsternis lag. Die einzige Lichtquelle schien aus einem der Gästezimmer zu kommen, das den Flur runter lag.

Ausgerechnet das Gästezimmer?, fragte der rationale Teil von mir, den ich bereits an meine wachsende Anspannung verloren geglaubt hatte.

Langsam tastete ich mich vor und verharrte, als ich in etwas Schmieriges trat. Ich verengte die Augen, ließ meinen Blick über den Flur wandern und bemerkte die dunklen Flecken auf den hellen Schieferfliesen. Blut.

»Vincent?«, hallte meine Stimme durch die dunkle Villa. »Vin, bist du hier?«

Furcht mischte sich in meine Stimme und ich fragte mich, ob es nicht schlauer gewesen wäre, direkt die Polizei zu rufen.

Das Rauschen des Wassers wurde lauter, mischte sich mit meinem polternden Herzschlag – und einer mir nur allzu bekannten, fluchenden Stimme. Ich stieß den Atem aus, von dem ich nicht einmal gewusst hatte, dass ich ihn angehalten hatte und trat entschlossen um die Biegung des Flurs. Neben Blutflecken entdeckte ich eine zersplitterte Vase auf dem Boden, ein schmaler Lichtspalt fiel aus dem Gästezimmer in den Gang.

»Vincent?«

Ohne noch länger zu zögern, stieß ich die Tür des Gästezimmers auf und blieb wie angewurzelt im Türrahmen stehen.

»Was zur Hölle?!«

Vin – blutverschmiert und oberkörperfrei – blickte ruckartig auf. Fast gleichzeitig fiel mir die blasse Gestalt auf, die regelrecht von dem riesigen Gästebett verschluckt wurde.

Taylor – eine bleiche, bewusstlose und verletzte Version von ihr.

Ich machte einen drohenden Schritt in Richtung meines besten Freundes. »Was zum Teufel ist hier los?«

»Halt die Klappe und hilf mir lieber!«, entgegnete Vin genauso aufgebracht und fuhr sich über das Gesicht. »Wo ist der verdammte Verbandskasten?«

»Ich ... der ...«, stotterte ich wenig hilfreich, unfähig, den Blick von Taylor zu nehmen.

Vincent stand auf und packte meine Schultern. »Der Kasten, Johnny!«

»Unter der Spüle«, hörte ich mich antworten, dann war

Vin auch schon aus dem Zimmer gerauscht, während ich an das Bett trat.

Taylors Brust hob und senkte sich ruhig und gleichmäßig, als würde sie schlafen, doch ihr Gesicht erzählte eine ganz andere Geschichte. Sie sah aus, als hätte sie Bekanntschaft mit einem Siebentonner gemacht. Taylors gesamte rechte Gesichtshälfte war lila-blau verfärbt. Wo die Haut nicht aufgeplatzt war, prangte ein langer Schnitt, der eigentlich genäht werden sollte. Ich setzte mich auf die Bettkante und starrte sie fassungslos an.

Wie war das hier passiert? Und noch viel interessanter: Warum war Taylor ausgerechnet in *meinem* Gästebett gelandet, anstatt in einem Krankenhaus zu liegen.

Vincent kam zurück, bewaffnet mit besagtem Verbandszeug und einem Eimer mit frischem Wasser und Handtüchern. »Schau mich nicht so an. Ich war das nicht«, brummte er in meine Richtung, ohne mich anzusehen, dann begann er mit vorsichtigen Handgriffen, Taylor ein klein wenig aufzurichten.

Ich stopfte einige Kissen unter ihren Nacken und Kopf. Sanft strich ich ihr die Haare aus dem Gesicht und verfolgte, wie Vin routiniert ihre Wunden zu säubern begann.

Ihre Lider flatterten immer wieder, öffneten sich aber nicht. Ich biss die Zähne zusammen.

»Wer war es?« Unterdrückte Wut brodelte in meinen Worten und überraschte mich selbst.

Mein bester Freund wies mich an, einige Dinge aus dem Verbandskasten zu holen und warf ein blutiges Handtuch auf den Boden.

»Da du nicht fragst, wer das ist, nehme ich an, du kennst Tay aus irgendeinem Grund?«

Verwirrt nickte ich und verschränkte die Arme vor der Brust. »Wir gehen zusammen aufs College. Sie ist eine Freundin«, murmelte ich. »Wie kommt sie hierher?«

Vincent schaute ruckartig auf und öffnete den Mund – vermutlich, um einen seiner typischen Sprüche loszulassen. Doch dann atmete er nur laut aus und wandte sich wieder Taylor zu. »Das soll sie dir lieber selbst erklären, ist nicht mein Job. Du würdest mir vermutlich sowieso nicht glauben, wenn ich dir sage, dass sie freiwillig dieses Risiko eingegangen ist.«

Ich presste die Lippen zu einer schmalen Linie zusammen und reichte ihm Heftpflaster und Desinfektionsmittel. Vincent hatte recht, ich glaubte ihm nicht.

Aber gleichzeitig passte es nur zu gut zu dem vielschichtigen, undurchschaubaren Mädchen, das ich kennengelernt hatte. Ich erinnerte mich an den überschminkten Bluterguss in ihrem Gesicht, die aufgeschlagenen Knöchel.

»Und du? Wie passt du in die ganze Sache?«

»Ich war dort.«

»Wo ist *dort*?«, hakte ich nach und konnte nicht verhindern, dass mein Tonfall drängender wurde. Herrgott noch mal, meine einzige Freundin, mal abgesehen von Vin, lag bewusstlos und verletzt in meinem Bett. Und direkt daneben saß mein blutverschmierter bester Freund.

»Im Zenit«, antwortete er schließlich und seufzte. »Ist es das, was du hören wolltest?«

Ich stieß ein Knurren aus und sprang auf – schneller, als ich es mir mit meinem echten und dem künstlichen Bein zugetraut hätte. »Verflucht noch mal! *Da* treibst du dich nachts rum? In diesem illegalen Prügelschuppen? Ich dachte, damit hättest du aufgehört?!«

Vincent hielt in seiner Bewegung inne, die Gaze verharrte über einer Schürfwunde an Lorys Kinn, und sah zu mir. Seine braunen Augen blitzten warnend. »Ich denke, es geht dich nichts an, wie und wo ich meine freie Zeit verbringe, Jonathan.«

Meine Kiefermuskeln arbeiteten, als ich ihn finster anstarrte. »Oh doch, es geht mich sehr wohl etwas an, weil ich es nämlich bin, der die Scheißkaution zahlt, wenn die Bullen den Schuppen mal wieder hochnehmen und dich verhaften. Jedes verdammte Mal.«

Unbeeindruckt wandte sich Vincent wieder ab und fuhr damit fort, Taylor zu versorgen. »Ich habe dich nie darum gebeten.«

»*Ernsthaft?!*«

Vin verarztete den letzten Schnitt, erst dann begegnete er meinem funkelnden Blick. »Lass uns das wann anders besprechen, okay?«

Seine erschöpfte Stimme nahm mir augenblicklich den Wind aus den Segeln. So wütend ich auf ihn war, so sehr hasste ich es auch, wenn wir stritten. Außerdem hatten wir im Augenblick wirklich Wichtigeres, um das wir uns kümmern mussten.

Langsam nickte ich. »Vielleicht sollten wir sie zu einem Arzt bringen.«

»Nicht nötig, Johnny. Tay wird wieder«, gab er leise zurück und warf die gebrauchte Gaze zur Seite. Das getrocknete Blut war aus ihrem Gesicht gewaschen, sodass die dunklen Blutergüsse umso mehr hervorstachen.

Ich fuhr mir über die Lippen und sah auf ihre schmale Gestalt herab.

Lory, wer bist du wirklich?

»Hol noch ein paar Schmerztabletten, sie wird definitiv welche brauchen, wenn sie aufwacht. Und vielleicht ein Shirt von dir. Dann kannst du ruhig ins Bett, Johnny. Ich passe auf.«

Ich schüttelte kaum merklich den Kopf und massierte mir die Schläfen, hinter denen sich langsam, aber sicher ein pochender Schmerz einnistete. Diese ganze Situation war doch einfach vollkommen abgedreht.

»Du schuldest mir einige Erklärungen. Nur damit wir uns verstehen, Vin.«

KAPITEL 10

TAYLOR

Paris – Sabrina Carpenter

Als ich blinzelnd aufwachte, gab es gefühlt keinen einzigen Teil in meinem Körper, der nicht in Flammen stand.

Stöhnend fuhr ich mir über das Gesicht und zuckte zusammen, als ich über die raue Oberfläche einiger Pflaster strich. Mein gesamter Schädel fühlte sich an, als hätte er Bekanntschaft mit einer Wand aus massivem Beton gemacht. Mir war unsagbar schlecht und viel zu warm.

Vorsichtig richtete ich mich ein Stück auf und –
Scheiße!
Das war definitiv *nicht* mein Zimmer in Malibu. Ich spürte, wie sich mein Herzschlag unwillkürlich beschleunigte.

Durch die großen Fenster zu meiner rechten fiel das spärliche Licht eines sehr frühen Morgens, graue Schleierwolken verdeckten einen Großteil des Himmels und Palmen wiegten sich im leichten Wind.

Verwirrt ließ ich den Blick durch den Raum wandern, während ich krampfhaft versuchte, die Bruchstücke der letzten Stunden zu einem schlüssigen Bild zusammenzusetzen.

Das Zenit.
Vin.
Unser Gespräch auf den Paletten.
Mein Kampf mit TJ.
Mein Kopf ruckte hoch und stieß gegen das Kopfteil des

gigantischen Betts. Mir kam ein schmerzerfülltes Stöhnen über die Lippen. Mit einem Schlag war ich hellwach.

Hayden.

Ich hatte ihn gesehen, ein berechnendes, kaltes Lächeln auf den Lippen …

Und dann – dann war alles schwarz geworden.

Aber wo verdammt noch mal *war* ich?

Ich krallte die Hände in die Bettdecke und stellte fest, dass ich außer meiner Unterhose und einem riesigen, dunkelgrauen Shirt nichts trug. Tja und dieses T-Shirt gehörte nicht mal mir. Was war bloß in dieser Cola gewesen? Es musste die Cola gewesen sein, denn wenn ich mich richtig erinnerte, dann hatte ich den letzten Kampf gewonnen.

Oder nicht?

Furcht raste mir eiskalt den Rücken herunter und brachte meine sorgsam gezogene Selbstkontrolle bedenklich zum Wanken.

Beruhig dich, Taylor.

Das Licht der kleinen Lampe neben mir flackerte unter meiner brodelnden Telekinese und lenkte meine Aufmerksamkeit auf ein Glas Wasser, zwei Tabletten und einen Zettel, der daneben lag. Ich kniff die Augen zusammen.

> Nimm die Tabletten und mach dich frisch. Saubere Sachen liegen im Bad. Vin

Mein Atem entwich mit einem leisen Seufzen. Das hier war Vins Zuhause? Ich strich mir einige verschwitzte Strähnen aus der Stirn und schloss die Augen. Teddy würde durchdrehen. Anscheinend war ich die ganze Nacht hier gewesen und vermutlich ging er längst von dem Schlimmsten aus. Ich musste los.

Hastig sprang ich aus dem Bett – und fiel prompt zurück auf die weiche Matratze. Vor meinen Augen drehte sich alles und mein Kopf pochte schmerzhaft im Takt meines viel zu schnell schlagenden Herzens. Das Flackern der kleinen Lampe nahm wieder zu.

Okay, Taylor, komm runter. Das hört sowieso gleich auf – sobald deine Selbstheilungskräfte wieder angelaufen sind, bist du die Kopfschmerzen los. Kein Grund durchzudrehen.

Als ich das nächste Mal aufstand, schaffte ich es ohne Zwischenfälle ins Bad. Das Licht sprang an und ließ mich blinzelnd zurückweichen, bis mein Rücken gegen die kühlen Fliesen knallte. Stöhnend legte ich den Kopf in den Nacken.

Was war mit mir los? Wie war ich hierhergekommen? Und wie passte Vin in die Geschichte rein?

Mein Blick fiel auf die riesige Wasserfalldusche. Vielleicht würde ein Schwall kaltes Wasser ja dabei helfen, meine Gedanken zu sortieren. Schräg gegenüber von der Dusche ragte eine freistehende Badewanne aus dem Boden. Alles war in Schwarz und Weiß gehalten und schrie förmlich, dass der Besitzer Geld besaß. Unwillkürlich fragte ich mich, wie das mit dem Vin aus dem Zenit zusammenpasste.

Auf dem Badewannenrand entdeckte ich tatsächlich Handtücher und frische Kleidung, daneben standen einige Flaschen Duschgel und Shampoo – und die wenigen persönlichen Dinge, die ich bei mir getragen hatte.

Kurzerhand schnappte ich mir das Kokosnussshampoo und -duschgel und verschwand in der Dusche, die hinter Milchglas und Bambusholz verborgen war. Als das Wasser auf meine geschundene Haut traf, musste ich mir fest auf die Lippe beißen, um keinen Schwall an Flüchen auszustoßen. Es brannte wie flüssiges Feuer in jeder einzelnen Wunde. Mit geschlossenen Augen lehnte ich den Kopf an die kühlen Kacheln, blendete den Schmerz aus und versuchte, mich ganz auf die wohltuende Wärme zu konzentrieren, die meine verspannten Muskeln nach und nach lockerte. Mir kam ein leises Seufzen über die Lippen, als der pochende Druck hinter meinen Schläfen endlich ein wenig nachließ.

»*Tay?*«

Ich fuhr zusammen und stieß den Atem, den ich unbewusst angehalten hatte, aus. Vin, das war nur Vin. »Ich bin unter der Dusche«, gab ich verzögert zurück und stellte das Wasser ab, um ihn besser zu verstehen.

»Sehr gut. Das heißt, du lebst noch.«

Mir kam ein Schnauben über die Lippen. »Kann man so sagen. Und du schuldest mir einige Erklärungen.«

Vins raues Lachen wehte durch das Bad zu mir. Durch die milchige Glasscheibe verfolgte ich, wie er sich auf dem Rand der Badewanne niederließ. »Das habe ich schon mal gehört.«

Zögerlich schaltete ich das Wasser wieder an und wusch den duftenden Kokosschaum aus meinen dunkelblonden Haaren, die mir bis knapp über die Schultern reichten.

»Und ich könnte das Gleiche von dir fordern, Tay«, fuhr er nach einem Moment fort. Etwas an Vins Tonfall hatte sich verändert und ließ mich, eine Hand am Wasserhebel, verharren.

»Sprichst du über meine Gründe, warum ich regelmäßig anderen Kerlen den Hintern versohle? Denn das geht dich nichts an.«

Seine Silhouette fuhr sich über die raspelkurzen Haare und stützte dann die Hände auf den Knien ab. »Nein, Tay, ich spreche über die verdammte Nummer auf deinem Arm.«

Mit einem Schlag wich alles Blut aus meinem Kopf und brachte den Schwindel mit beängstigender Wucht zurück. Gleichzeitig breitete sich ein gefährliches Kribbeln in mir aus, das meinen Puls binnen Sekundenbruchteilen in die Höhe trieb. Ich biss die Zähne zusammen und kämpfte das Prickeln nieder. Hier und jetzt war definitiv nicht der richtige Ort, um die Kontrolle zu verlieren.

»Keine Ahnung, wovon du sprichst, Vin«, begann ich möglichst ruhig, während meine Fingerknöchel weiß hervortraten. Der Wasserhahn würde jeden Moment unter meiner Kraft brechen. »Aber ich würde jetzt sehr gerne in Ruhe fertig duschen.«

»Verkauf mich nicht für dumm, dafür bist du zu schlau. Ich will wissen, *warum* du hier bist und was du hier zu suchen hast, *C8*.«

Meine Emerdale-Kennung aus seinem Mund und an diesem Ort zu hören, wirkte wie ein Messerstich direkt in den Bauch. Ich biss die Zähne so fest aufeinander, dass das Knirschen als Echo in meinem Kopf widerhallte, und trat mit geballten Fäusten näher an das Milchglas.

Wenn dieser Vin zu den Mistkerlen aus Emerdale gehörte, die nicht nur meine Freunde umgebracht, sondern uns jahrelang wieder und wieder menschenverachtenden Experimenten unterzogen hatten, dann würde ich ihm entgegentreten. Im Notfall auch splitterfasernackt.

»Wer *bist* du?«, entgegnete ich gefährlich leise und stellte mich darauf ein, ihn durch das ganze verdammte Badezimmer zu schleudern, sollte er mir zu nahe kommen.

Vin richtete sich langsam auf. »Jemand, der dir heute Nacht deinen süßen Hintern gerettet hat, als du einen Totalausfall hattest.«

Verwirrt runzelte ich die Stirn.

Das passte nicht zusammen. Meine Gedanken rasten und versuchten das Bild, das ich bisher von Vin hatte, zu einem plausiblen Ergebnis zusammenzufügen. Es gelang mir nicht.

»Nicht besonders klug für jemanden in deiner Position«, fügte Vin an und fuhr sich über die Oberschenkel, als müsste er sich die Hände abwischen. »Ich bin neugierig. Wie kommt jemand wie du ausgerechnet hierher?«

»Was weißt du?«, stellte ich sofort die Gegenfrage und schob das Kinn vor.

Wieder lachte er, als wäre das alles hier ein einziger großer Scherz, als ginge es nicht um so viel mehr. »Jetzt kommen wir der Sache näher, oder nicht? Aber ich kann dich beruhigen. Ich bin keiner der Typen, die an deiner DNA herumgeschraubt haben, wenn es das ist, was du befürchtest.«

Schwer zu sagen, ob es an seinem verächtlichen Tonfall oder der Selbstverständlichkeit lag, mit der er über mein größtes Geheimnis sprach, aber seine Worte reichten aus, um eine winzige Sicherung in mir durchbrennen zu lassen. Eine Welle meiner Telekinese jagte ungebremst durch mich hindurch und ließ die unzähligen eingebauten Deckenlämpchen hell aufleuchten.

»Ah … ich liege also richtig. Ich habe eine *Dale* vor mir.«

Das war's.

Mehrere Lämpchen über uns zersprangen mit einem Scheppern und unter Funkenregen. So viel zum Thema Kontrolle …

»Heilige Scheiße!«, rief Vin aus und stand ruckartig auf.

»Und was für eine Dale. Vielleicht sollten wir dieses Gespräch auf einen anderen Zeitpunkt verschieben, der nicht ganz so ... unpassend ist. Bevor du noch das Haus in die Luft jagst.«

Unpassend, weil ich nackt und mit Schaum in den Haaren in der Dusche eines fremden Badezimmers stand oder unpassend, weil ich dabei war, besagtes Badezimmer in seine Einzelteile zu zerlegen?

Ich setzte zu einer wütenden Bemerkung an, doch Vin kam mir zuvor. »Wir reden später weiter, es gibt eine Menge zu besprechen, Tay, und ich bin mehr als neugierig auf deine Geschichte.«

Mit diesen Worten wandte er sich ab. Als wäre damit alles gesagt. Von wegen.

»Vin!«, hielt ich ihn zurück und starrte auf seine verzerrte Silhouette, die im Türrahmen verharrte. »Nenn mir einen Grund, warum ich dich nicht hier und jetzt aus dem Weg schaffen und verschwinden sollte? Du weißt offensichtlich, dass ich dazu imstande bin.«

Er schnaubte nur und schüttelte den Kopf. »Vielleicht, aber du kennst den Grund dafür längst selbst, Tay. Schalte dein hochintelligentes Köpfchen ein, hm?« Er klopfte auf den Türrahmen. »Komm in die Küche, wenn du so weit bist.« Dann verschwand er aus dem Bad und schloss die Tür hinter sich.

Mein Kopf landete mit einem dumpfen Poltern auf den kalten Fliesen. Vin lag richtig, ich würde ihn nicht einfach auseinandernehmen und dann verschwinden. Weil er Informationen besaß. Über Emerdale. Über meine Vergangenheit und über mich.

Und ich würde herausfinden, was genau er wusste.

Eine knappe halbe Stunde später tippte ich eine rasche Nachricht an Teddy, in der ich ihm klarmachte, dass ich nicht tot in irgendeinem Graben lag, sondern bei einem Freund übernachtet hatte. Dass ich ganz augenscheinlich endlich Anschluss gefunden hatte, stimmte ihn jedoch nicht im Geringsten milde. Teddy war, gelinde gesagt, stinksauer.

Damit würde ich mich später auseinandersetzen müssen. Im Augenblick stand Vin und sein Wissen über Emerdale deutlich höher auf meiner Prioritäten-Liste. Es machte mich nervös, dass er offensichtlich Bescheid wusste, gleichzeitig war ich neugierig auf die Andeutungen, die er gemacht hatte. Vermutlich wäre es sinnvoller gewesen, sich zuerst Teddy anzuvertrauen – doch irgendetwas hielt mich zurück. Vielleicht die Tatsache, dass er mich seit ein paar Tagen ausschloss und mir augenscheinlich etwas verschwieg.

Nein, ich würde das hier alleine klären. Und sollte sich Vin doch als Gefahr herausstellen, dann würde ich dieses Problem beseitigen. Auf eigene Faust, schließlich hatte ich mich auch alleine in diese Situation gebracht.

Entschlossen ließ ich das Handy in die abgeschnittene Jeansshort, die mir überraschenderweise perfekt passte, gleiten und verließ das Gästezimmer. Mittlerweile hatten meine verbesserten Selbstheilungskräfte, ein Geschenk von Emerdale, übernommen und ich fühlte mich nicht länger, als würde ich jeden Moment umkippen.

Ich schnitt meiner Reflexion in einem Spiegel im Flur eine schiefe Grimasse und setzte dann möglichst lautlos einen Fuß vor den anderen. In regelmäßigen Abständen waren bodentiefe Fenster in die Wand links von mir eingelassen, sodass warmes Tageslicht parallele Streifen auf die Schieferfliesen unter meinen nackten Füßen malte.

Irgendwo lief leise ein Radio und der Geruch von frischem Kaffee wurde intensiver, je näher ich dem breiten Durchgang vor mir kam. Dahinter ging der Flur nahtlos in ein wunderschönes, lichtdurchflutetes Wohnzimmer der Kategorie *atemberaubend und verflucht teuer* über, welches einen uneingeschränkten Blick über die Dächer Hollywoods und die See dahinter bot.

Hollywood?

Was zum Teufel machte Vin in einer Villa in Hollywood?

Ich legte die Stirn in Falten. Links von mir lag eine weitläufige, offene Küche mit großer Kochinsel, ähnlich wie wir sie in Malibu hatten. Glatter Marmor glänzte in der Sonne und ich zählte mehr als zwölf sündhaft teure Küchengeräte.

Eine große Gestalt machte sich gerade in dem offenen Kühlschrank zu schaffen, während dahinter duftender Kaffee blubbernd durch ein Monstrum von Maschine lief.

Ich verschränkte die Arme vor der Brust und lehnte mich an den Tresen. »Okay, du hast mich so weit, Vin, hier bin ich. Lass uns reden.«

Statt kurzen blonden Haaren tauchte ein dunkelblonder, fast brauner Schopf hinter der schimmernden Kühlschranktür auf und sah mich mindestens genauso überrascht an wie ich ihn. Und das lag nicht nur an seinem durchtrainierten nackten Oberkörper, der sich direkt auf meiner Augenhöhe befand.

»Jo?«

Jonathan verzog die Lippen zu einem vorsichtigen Lächeln und schloss den Kühlschrank. »Guten Morgen, Lory. Wie geht's dir?«

Perplex blinzelte ich ihn an. »Gut. Ähm, auf die Gefahr hin, dass das jetzt bescheuert klingt, aber was machst du hier?«

Sein Lächeln wurde sofort breiter. »Ich wohne hier.« Etwas schwerfällig ließ er sich auf einem der Hocker, die an der Kücheninsel standen, nieder und lud mich ein, es ihm gleichzutun. »Hunger?«, fragte er, als wäre es ganz normal, dass ich verprügelt und in fremden Klamotten hier auftauchte.

Zögerlich nickend setzte ich mich, wobei ich es kategorisch vermied, seine nackte Brust anzustarren, und nahm dankend den Smoothie, den er mir hinhielt. »Was ist mit Vin? Ihr kennt euch?«

Jo lachte leise. »Kann man so sagen. Vincent ist irgendwann bei mir eingezogen, nachdem er jahrelang gebettelt hat.«

»Rede dir das nur weiter ein. Wenn ich mich richtig erinnere, warst du derjenige, der gebettelt hat«, gab Vin zurück, der – glücklicherweise – nach wie vor vollständig bekleidet war, als er die Küche betrat, zur Kaffeemaschine lief und drei Tassen füllte. »Und dann bin ich geblieben.«

Jo verdrehte die Augen. »Wenn es dir damit besser geht, bitte. Aber du schuldest mir immer noch einen Haufen Erklärungen. Ihr beide«, verbesserte er sich. Das Lächeln war von seinen Zügen verschwunden.

Vin warf mir einen bedeutungsschwangeren Blick zu, der mir ein unangenehmes Prickeln im Nacken bescherte, und setzte sich auf den dritten Hocker. »Meine Freundin – und offensichtlich auch eine Freundin von dir – hat Hilfe nach einem schiefgelaufenen Kampf gebraucht. Ende.«

»Ernsthaft?«, fragte Jonathan und fuhr sich durch die feuchten Haare. »Warum frage ich eigentlich?«

Ich schloss meine Hände um die warme Kaffeetasse. Augenscheinlich wusste Jo nichts von Emerdale und dem Blick nach, mit dem mich Vin gerade bedacht hatte, sollte das auch so bleiben.

Ich richtete mich auf und straffte die Schultern. »In meiner alten Stadt habe ich Kampfsport betrieben und öfter an solchen Kämpfen teilgenommen. Ist ein Hobby von mir.« Achselzuckend drehte ich die Tasse in meinen Händen. »Durch Zufall bin ich auf das Zenit gestoßen. Dort habe ich auch vor ein paar Tagen Vin getroffen und er hat mich rumgeführt. Gestern ist es allerdings etwas aus dem Ruder gelaufen.« Zwei Augenpaare richteten sich auf mich. Ein Spöttisches, ein Ungläubiges.

»So kann man es natürlich auch ausdrücken. Der Mistkerl TJ hat gegen die Regeln verstoßen und Tay angegriffen, nachdem der Kampf längst vorbei war und sie gewonnen hatte. Ein ziemlich fieser Tritt hat sie im Magen erwischt und mehrere Fäuste im Gesicht, ehe wir ihn von ihr runterholen konnten.« Vin fuhr sich übers Kinn. »So ein Feigling. TJ hat ausgenutzt, dass du einen Augenblick abwesend warst, und zugeschlagen. Ist wohl nicht damit klargekommen, dass ihn ein toughes Mädchen erledigt hat.«

Abwesend. Weil ich mir eingebildet hatte, Hayden gesehen zu haben – und deswegen wäre ich beinahe aufgeflogen. Was wäre passiert, wenn man mich in ein normales Krankenhaus gebracht und dort meine Blutwerte gecheckt hätte? Oder ich durch einen Kurzschluss die Kontrolle verloren und TJ umgebracht hätte? Der Griff um den Kaffeebecher wurde fester.

Vin hatte mir wirklich den Hintern gerettet. Mehr, als er vielleicht ahnte.

Ich blickte auf, direkt in seine braunen, eindringlichen Augen. »Danke«, sagte ich.

Er nickte knapp, dann verschwand der ernste Ausdruck aus seinen Zügen. »Wobei man sagen muss, dass du diesen Mistkerl zwar zuerst erledigt hast, er aber den bleibenderen Eindruck hinterlassen hat.«

»Das ist ...« Jo verstummte und schüttelte den Kopf. »Ich weiß gar nicht, was ich sagen soll. Und dieser Idiot?«

»Hat Hausverbot«, antwortete Vin und leerte seinen Kaffee.

Langsam nickte Jo. Eine Hand fuhr abwesend über die Stelle, an der sein Stumpf in die Prothese überging. Etwas, das ich schon häufiger bei ihm beobachtet hatte, wenn ihn irgendetwas beschäftigte. Dabei hatte ich ihn doch von dieser Seite meines Lebens fernhalten wollen.

»Es tut mir leid, dass wir hier so reingeplatzt sind«, sagte ich schließlich und kam nicht umhin festzustellen, dass ich mich in letzter Zeit ziemlich häufig entschuldigte. Aber was hatte ich erwartet? Wie sollte eine Freundschaft zwischen Jo und mir funktionieren, wenn ich all diese Geheimnisse mit mir herumschleppte und mehr schlecht als recht vor ihm verbarg?

Seine Hand hielt inne und ein Lächeln trat auf seine Lippen. »Das muss es nicht, ich bin froh, dass Vin dir geholfen hat.« Das Lächeln wurde breiter und erreichte seine blauen Augen, sodass sie förmlich zu leuchten begannen. »Du überraschst mich immer wieder, Taylor.«

Seine Worte trieben mir die Hitze in die Wangen und ließen mich zur Seite schauen.

Vin räusperte sich vernehmlich, stand auf und klopfte auf den Tisch. »Ich weiß ja nicht, was ihr noch so vorhabt, aber ich werde mich jetzt erst mal in den Trainingsraum zurückziehen. Man sieht sich.«

Ich zog die Augenbrauen zusammen und sah ihm einige Momente nachdenklich hinterher, dann sprang ich hastig vom Hocker. »Bin gleich wieder da«, sagte ich an Jo gewandt und folgte Vin. Im Kellerflur holte ich ihn schließlich ein und drückte ihn kurzerhand mit meinen Fähigkeiten gegen die Wand. So einfach würde ich ihn nicht vom Haken lassen und er sollte nicht vergessen, wen er sich ins Haus geholt hatte.

»Du hast meine Fragen nicht beantwortet«, sagte ich mit gedämpfter Stimme und sah ihm direkt in die Augen, während ich ihn an Ort und Stelle hielt.

»Vielleicht liegt das daran, dass du keine gestellt hast, kleine Dale.« Er versuchte probehalber seine Hand zu bewegen, doch meine Telekinese war zu stark.

»Spiel keine Spielchen mit mir.«

»Ich denke, dass wir dieses Gespräch an einem anderen Ort führen sollten, Tay. Und nicht jetzt.«

Ich verschränkte die Arme und positionierte mich ihm gegenüber. »Vin …«, begann ich gefährlich leise und trat näher an ihn heran. »Ich bin noch nie besonders geduldig gewesen.«

Ungerührt erwiderte er meinen Blick. »Dann wirst du lernen müssen, dich zu gedulden. Das hier ist nicht der richtige Ort. Ich will Johnny nicht mit reinziehen, okay? Das geht ihn nichts an.«

Jos Name nahm mir augenblicklich den Wind aus den Segeln. Hastig brach ich den Kontakt zu meiner Kraft ab und ließ Vin los.

Vincent fuhr sich über den Hals und atmete hörbar aus. Dann legte er mir eine Hand auf die Schulter und suchte meinen Blick. »Hör zu. Du hast mein Wort, dass ich keiner von den Bösen bin. Ganz im Gegenteil, ich möchte dir helfen und ich werde dir all deine Fragen beantworten, aber nicht jetzt. Das muss dir im Augenblick reichen.«

Ich biss die Zähne zusammen. »Lass mich raten, du bestimmst, wann ich meine Antworten bekomme?«

»Wir sehen uns, Tay«, meinte er nur und drückte meine Schulter. »Pass auf dich auf, ich habe es ernst gemeint, als ich gesagt habe, du solltest genau abwägen, wem du vertraust. Dieses Spiel ist komplexer, als es auf den ersten Blick scheint.«

KAPITEL 11

JONATHAN

Wherever You Are – Kodaline

»Ich sollte nach Hause«, sagte Taylor, als sie zurück in die Küche kam und fasste ihre noch feuchten Haare zu einem Knoten zusammen. Sie wirkte erschöpfter als noch Augenblicke zuvor und ich begann mich zu fragen, was Vincent mit ihr besprochen hatte. Noch eine Sache, die ich mit meinem besten Freund klären musste.

Ich stellte meinen Kaffeebecher zur Seite und nickte langsam. »Bist du sicher, dass du nicht doch einen Arzt aufsuchen solltest? Du hast ganz schön was abbekommen.«

Lory winkte ab und setzte sich auf den Hocker neben mir. »Ganz sicher, ich bin nur müde.«

»Dann lass mich dich zumindest fahren.«

Ein kleines Lächeln trat auf ihre Züge, dann nickte sie. »Gerne. Also heute keine Vorlesungen für dich?«

Mir kam ein trockenes Lachen über die Lippen. Das College war gerade die letzte Sache, über die ich nachdachte. Vielmehr kreisten meine Gedanken unaufhörlich um dieses außergewöhnliche Mädchen, das so zahlreiche Facetten besaß.

»Nicht wirklich. Was ist mit dir?«

Nun erreichte das Lächeln endlich wieder ihre Augen. »Mit dem Veilchen? Ganz sicher nicht. Außerdem reicht es schon, wenn ich es Teddy erklären muss, das wird unangenehm genug.«

»Ich ziehe mir schnell etwas über, dann bringe ich dich heim.« Mit einem Zwinkern in ihre Richtung schnappte ich mir meinen Gehstock und verließ den Wohnbereich, auch wenn es mir widerstrebte, sie alleine zu lassen. Sie gestern Nacht so zu sehen, hatte mir eine Scheißangst eingejagt – mehr, als ich erwartet hätte – und ich fürchtete, dass sie mir nicht die ganze Wahrheit erzählte. Dass da noch mehr war. Ich sah es an dem Ausdruck in ihren Augen, der sich merklich verändert hatte. An der Abwesenheit und der Härte, die sich in ihren Blick geschlichen hatten. Kopfschüttelnd kämpfte ich mich die letzten Stufen hoch, lief in mein Ankleidezimmer und riss wahllos irgendein Shirt aus dem Schrank, das ich mir überzog.

Im angrenzenden Badezimmer verteilte ich noch etwas Gel in meinen Haaren, ehe ich wieder zu Taylor zurückkehrte. Sie hatte sich keinen Deut von ihrem Platz bewegt und drehte eine Orange in ihren Händen, während sie gedankenverloren aus der großen Glasfront schaute.

Die Blutergüsse in ihrem Gesicht hatten glücklicherweise erst gar nicht jenen typischen dunklen Blauton angenommen, sondern waren schon dabei zu verblassen. Vin hatte anscheinend gute Arbeit geleistet. Einige Strähnen hatten sich aus ihrem Knoten gelöst, genauso wie die kürzeren Haare im Nacken, die sich in der leichten Brise, die durch die offene Terrassentür hereinzog, bewegten. Selbst in dem zu großen Shirt und mit geklammertem Schnitt auf dem Wangenknochen war sie wunderschön.

Ich blieb im Türrahmen stehen und fuhr mir über den Nacken. Wann war ich an diesem Punkt angekommen? Wir kannten uns doch kaum und wenn ich noch einen Beweis dafür gebraucht hatte, dass Taylor nicht nur interessant, sondern auch kompliziert war, so hatte ich ihn doch spätestens letzte Nacht bekommen, oder nicht?

Scheiße.

»Jo?« Mein Kopf ruckte hoch, sodass sich unsere Blicke kreuzten. Ich räusperte mich vernehmlich und betrat den Wohnbereich.

»Alles gut?«

Leichtfüßig sprang sie vom Hocker, legte die Orange zur Seite und kam mir entgegen. »Ich habe es ernst gemeint, es tut mir leid. Ich wollte hier nicht einfach auftauchen – schon gar nicht so und mit meinem ganzen Mist.«

»Die illegalen Kämpfe?« Ich runzelte die Stirn.

Sie nickte zögerlich. »Genau.«

»Schon gut. Dafür sind Freunde doch da.«

Ein warmes Lächeln brachte Lorys Wangen zum Glühen und vertrieb die letzten Reste dieser unheimlichen Blässe. Ich spürte, wie es sich automatisch auf mich übertrug, ohne dass ich mich dagegen hätte wehren können.

»Wie bist du zum Kämpfen gekommen?«, fragte ich Lory, als wir Hollywood verließen und in Richtung Santa Monica abbogen.

Ihr Blick war nach draußen gerichtet, folgte den vielen Läden, an denen wir vorbeikamen, den Touristen und unzähligen Fahrzeugen, die die Straßen selbst an einem Donnerstagmorgen um kurz nach acht schon hoffnungslos verstopften.

»Ein Freund von mir hat mich dazu gebracht«, erwiderte sie schließlich, als wir an einer Ampel zum Stehen kamen. »Was ist mit dir? Was hast du so für geheime Hobbys?«

»Vor dem Unfall war es das Surfen. Ich bin durch meinen ersten Film, in dem ich bloß eine winzige Rolle gespielt habe, richtig süchtig nach den Wellen und dem Ozean geworden. Danach habe ich so gut wie jede freie Sekunde auf dem Board verbracht.« Ich tippte auf das Lenkrad und beschleunigte, als die Ampel endlich umsprang und sich der Sattelschlepper von meiner Spur verzogen hatte.

»Vielleicht sollte ich mir deine Filme mal anschauen. Damit ich mitreden kann.«

Mir kam ein trockenes Lachen über die Lippen. »Tu, was du nicht lassen kannst, aber zwing mich nicht dazu, meine Anfänge mitansehen zu müssen. Die sind grauenvoll.«

Zu meiner Überraschung schnaubte sie belustigt. »Sind Schauspieler nicht eigentlich total von sich selbst eingenommen und schwärmen den ganzen lieben langen Tag von ihrer großartigen Arbeit?«

»Dann hast du noch nicht viele Schauspieler getroffen, was?«

»Nope, du bist der Erste.«

Wir wechselten einen kurzen Blick, dann konzentrierte ich mich wieder auf die Straße vor mir. Palmen säumten den Boulevard und wiegten sich langsam im warmen Wind. »Du kommst nicht von hier, oder? Aus L.A. meine ich.«

Taylor schüttelte abwesend den Kopf. »Nicht ganz.«

Am liebsten hätte ich sie gefragt, woher sie wirklich kam, sie gebeten, mir etwas von sich zu erzählen, doch ich wusste, dass sie nicht gerne über ihre Vergangenheit sprach. Dass Lory sofort dichtmachte, sobald man ihr zu nahe kam. Ich musste warten, bis sie von sich aus anfing, mehr über sich preiszugeben, auch wenn das mit meiner Ungeduld schier unmöglich schien.

Also schluckte ich meine tausend Fragen runter und deutete auf den Santa Monica Pier, der gerade in Sicht kam. Die bunten Fahrgeschäfte des kleinen Freizeitparks funkelten in der Sonne.

»Dann solltest du dir unbedingt den Pacific Park anschauen. Er ist echt witzig, außerdem hat man während jeder Fahrt dort uneingeschränkten Blick aufs Meer.«

Sie folgte meinem ausgestreckten Finger und bekam große Augen. »Ich war tatsächlich noch nie in einem Freizeitpark.«

Ich hätte mich beinahe an meiner eigenen Spucke verschluckt. Keine Filme, keine Freizeitparks? Was kam als Nächstes? Keine Schokolade? Woher zum Teufel kam Taylor eigentlich? Dann erinnerte ich mich an etwas, das sie mir über sich verraten hatte. Daran, dass sie als Kind sehr krank gewesen war. Vielleicht hatte sie deswegen all diese Dinge verpasst.

»Lass uns hinfahren.«

»Jetzt?«, fragte sie und ihre Stimme hüpfte eine Oktave höher.

»Der Park macht in einer Stunde auf. Wir könnten irgendwo etwas frühstücken und danach wieder herkommen.«

Lory blinzelte und musterte mich, als würde sie überlegen, ob ich den Verstand verloren hatte. Ihr war förmlich anzusehen, wie sich die kleinen Rädchen in ihrem Kopf drehten.

Also traf ich eine Entscheidung: »Es war mein voller Ernst, als ich gesagt habe, dass ich dich kennenlernen möchte, Lory. Du bist das interessanteste Mädchen, das ich je getroffen habe. Wie eine Wundertüte voller Überraschungen.« Ich schluckte und heftete meinen Blick auf den Wagen vor mir. »Und ich habe das Gefühl, dass da noch viel mehr Überraschungen warten.«

»Nicht alle Überraschungen sind gut«, gab sie leise zurück, ein dunkler Tonfall schwang in ihren Worten mit.

Ich umfasste das Lenkrad fester und warf ihr einen kurzen Seitenblick zu. »Sollte ich das nicht selbst entscheiden können?«

»Jo, ich ...« Lory unterbrach sich selbst und lehnte den Kopf gegen die Stütze. Ein undeutbares Lächeln zupfte an ihren Mundwinkeln. »Du gehst gerne Risiken ein, was?«

»Würdest du mir glauben, wenn ich sage, das ist Teil meines Jobs? Ich lasse es drauf ankommen. Außerdem weiß ich jetzt ja schon von deiner verbotenen Leidenschaft zu Hinterhofkämpfen. Was soll da schon noch groß kommen?«

»Wenn du wüsstest«, murmelte sie und ihr Lächeln wurde breiter, als sie zu mir schaute.

»Und?« Ich fing ihren Blick ein und hob eine Augenbraue. »Darf ich dich kennenlernen?«

Aus besseren Zeiten kannte ich so gut wie jeden exklusiven Laden in ganz Los Angeles. Die Rooftopbars, Sternerestaurants, angesagtesten Cafés, wo man nur reinkam, wenn das Jahresgehalt mindestens im siebenstelligen Bereich lag. Oder man den richtigen Namen und die passenden Beziehungen hatte ...

Doch statt irgendwo meinen Namen spielen zu lassen, der selbst nach meinem Unfall noch Berge versetzen konnte, brachte ich Lory zu einem kleinen Strandcafé, das unweit des Santa Monica Piers in einer Seitenstraße lag. Ich wusste nicht viel über das Mädchen neben mir, aber sie schien mir nicht eines dieser Girlies zu sein, die es liebten, im Rampenlicht zu stehen und Teil der Crème de la Crème zu sein.

Ich parkte meinen R8 in einer Lücke unweit des Cafés und führte sie dann zum Eingang des *Paradise on Earth*. Die beiden Ladenbesitzer, ein junges Paar aus Japan, waren schwer in Ordnung. Sie hatten sich nie darum geschert, wer ich war und machten mit Abstand die besten Bowls und Smoothies.

Die kleinen Tischchen auf der von Topfpflanzen bevölkerten Veranda waren bereits ausnahmslos besetzt, aber ich hatte ohnehin auf meinen Stammplatz gepokert.

»Das sieht interessant aus«, bemerkte Taylor mit einem Schmunzeln und ließ sich von mir die Tür aufhalten. Eine kleine helle Glocke kündigte unser Kommen an.

Innen war es genauso bunt und grün und durcheinander wie draußen. Sämtliche Tische und Stühle schienen wahllos zusammengewürfelt, die Theke bestand aus bemalten Paletten und alten Surfboards und mitten im Raum führte eine gewundene Treppe mit Lichterketten auf die Dachterrasse.

»*Konnichi wa*, Johnny!« Lee Kashi kam mit ausgestreckten Armen hinter der Theke hervor und verbeugte sich leicht. Von seiner Frau Mei fehlte jede Spur, vermutlich war sie in der Küche.

Ich erwiderte den Gruß und deutete auf Taylor. »Das ist Taylor, eine Freundin von mir.«

»Es freut mich sehr.« Lees Blick huschte zu Taylor, die ihm ein offenes Lächeln schenkte, dann zurück zu mir. »Ich habe dich lange nicht mehr gesehen, Johnny. Dachte schon, dich hätte ein *Kappa* gefressen.«

»Nein, keine Wasserdämonen. War einfach viel los in

letzter Zeit«, erwiderte ich und hob wie zur Bestätigung den Gehstock hoch. »Hast du noch einen Platz für uns?«

Lee murmelte einige Worte auf Japanisch. Im Augenwinkel bemerkte ich, wie Taylor interessiert den Kopf zur Seite neigte. »Natürlich, kommt mit.«

Wir wurden auf das Dach geführt und dort war, wie erhofft, noch ein Platz frei, von dem man einen wundervollen Blick auf den Pier und die See dahinter hatte.

»Es ist schön hier.« Lory lehnte sich auf dem Holzstuhl zurück und blinzelte gegen das Sonnenlicht. »Teddy wird mich umbringen, aber ich denke, das ist es wert.«

»Warte ab, bis du erst die Smoothies probiert hast. Dann wird das hier ganz automatisch zu deinem zweiten Zuhause«, erwiderte ich und drehte die Vase, eine alte Limoflasche, zwischen meinen Händen hin und her.

Ihr Blick richtete sich wieder auf mich. »Ich habe über deine Frage nachgedacht – über das Kennenlernen.« Unwillkürlich kräuselten sich meine Lippen belustigt. Mir war gar nicht klar gewesen, dass man so lange über so etwas Banales grübeln konnte. »Eine Frage für eine Frage.«

»Hm?«, machte ich und beugte mich weiter über den Tisch.

»So lernen wir uns besser kennen. Du beantwortest mir eine Frage, dann mache ich dasselbe und so weiter. Ein fairer Austausch von Informationen.«

Jetzt konnte ich das Lachen nicht mehr zurückhalten und kam erst wieder zu Atem, als Lee mit den Speisekarten zurückkehrte. Dieser Vorschlag war genauso schräg und außergewöhnlich wie das Mädchen, das ihn machte.

»Okay, das klingt ... wirklich fair«, sagte ich, als er wieder gegangen war und nickte. »Deal, aber ich darf anfangen.«

Lory lächelte zufrieden und nickte. »Meinetwegen, schieß los.«

Ich musterte sie, die hellen Sprenkel in ihren grauen Augen, die in der Morgensonne funkelten, die kurzen Strähnen, die sich aus ihren Haaren gelöst hatten. »Eine einfache Frage für den Anfang. Verrate mir etwas über dich, das ich noch nicht weiß.«

Sie runzelte die Stirn. »Das ist keine Frage, Jo. Du schummelst.«

Schulterzuckend klappte ich die Speisekarte zu. Ich wusste ohnehin längst, was ich wollte.

Lory seufzte leise, wandte sich Lee zu, der wieder an unseren Tisch getreten war, und gab unsere Bestellung auf.

In fließendem Japanisch.

Schwer zu sagen, wer in diesem Moment verdutzter aussah, Lee oder ich. Vermutlich ich, denn während Lee Lory ungerührt in seiner Muttersprache antwortete und sich alles notierte, konnte ich sie nur wortlos anstarren. Dieses Mädchen war wirklich die reinste Wundertüte.

»Zufrieden?«, fragte mich Taylor und hob die Augenbrauen.

Ich schüttelte grinsend den Kopf. »Japanisch? Was hast du noch so auf Lager? Chinesisch? Suaheli? Oder vielleicht doch lieber Indisch?«

»Lass dich überraschen«, antwortete sie nur. »Ich bin an der Reihe. Hast du Geschwister?«

Ich nickte. »Ja. Eine Schwester, Catrice. Sie ist nur ein Jahr älter und früher waren Cat und ich unzertrennlich. Wir sind unseren Eltern ziemlich auf der Nase herumgetanzt und einmal sogar mit Dads Wagen für ein ganzes Wochenende nach Nevada abgehauen.« Doch dann hatte Dad sie mit seinen

Ideen und Ansichten vergiftet, sodass sie zu einem echten Miststück geworden war. Cat fehlte mir, gerade in der Zeit nach meinem Unfall hätte ich meine große Schwester gebraucht.

Eine Berührung ließ mich aufblicken. Taylor hatte ihre Hand auf meinen Unterarm gelegt und drückte ihn leicht. »Klingt nach schönen Erinnerungen.«

»Das sind sie.«

Wir unterbrachen unser Eine-Frage-für-eine-Frage-Spiel kurz, als eine Bedienung unsere Bestellung brachte, und machten uns einen Moment lang schweigend über die Bowls und Smoothies her. Erst jetzt wurde mir wieder bewusst, was für einen Hunger ich hatte und ich schaffte es erst, die Gabel zur Seite zu legen, als über die Hälfte vertilgt war.

»Und? Gut, oder?«

»Ist das deine nächste Frage?«, gab Lory mit einem Grinsen zurück, und meinte dann: »Vielleicht solltest du dich mit deiner Schwester aussprechen.«

Mit gerunzelter Stirn hielt ich inne. »Ich weiß nicht, ob das so eine gute Idee ist.«

»Ich kenne Catrice nicht, ich weiß nicht, was bei euch vorgefallen ist, aber ich weiß, dass Menschen viel zu schnell gehen. Und wenn sie einmal weg sind, dann beginnt man all die Dinge zu bereuen, die man nie getan hat, obwohl sie so einfach gewesen wären.« Ich fuhr mir übers Kinn. Das hier war wieder eine ganz andere Seite an Taylor. Sprach sie aus Erfahrung? »Denk einfach mal drüber nach, Jo.« Taylors Finger lösten sich von mir, dann griff sie nach ihrem Smoothie. »Was ist deine nächste Frage?«

Wir spielten das Spiel noch eine ganze Weile. Stellten einander unverfängliche Fragen, lernten all die unwichtigen Dinge über den anderen kennen und umschifften dabei gekonnt die heiklen Themen, die wie ein bunter Elefant zwischen uns standen.

Es juckte mich mehrmals in den Fingern, diese unsichtbare Grenze zu überschreiten, sie die Sachen zu fragen, die seit dem ersten Moment, in dem ich sie gesehen hatte, in meinem Kopf umhergeisterten. Doch die Wahrheit war, dass ich mich vor ihren Antworten und Reaktionen fürchtete. Ich wollte nicht, dass sie sich erneut verschloss oder verschwand, jetzt, da sie endlich ein wenig von sich preisgab.

In diesen kostbaren Momenten waren wir einander seltsam nah, beinahe wie in unserer eigenen kleinen Blase. Es ging einfach um zwei junge Menschen, die sich kennenlernten, ohne all den Ballast, den sie sonst mit sich herumschleppten, und ich genoss diese Momente. Sie waren leicht und unbelastet, denn alles, was kommen würde oder bereits geschehen war, hielten wir raus. Beinahe so, als gäbe es unsere Vergangenheit gar nicht. Nur das Hier und Jetzt. Unsere Freundschaft war eine Momentaufnahme und wenn das alles war, was ich bekommen konnte, dann akzeptierte ich das. Es war besser als nichts.

Wir frühstückten lange und ausgiebig. Lory brachte mir einige Worte auf Japanisch bei, die ich jedoch sofort wieder vergaß, und verriet mir, dass sie eine Schwäche für Oreo-Kekse hatte. Ich kaufte uns eine große Packung auf dem Weg zum Santa Monica Pier und führte sie danach in den Mythos Freizeitpark ein.

Wir fuhren die größte Achterbahn fünfzehnmal hintereinander, weil Taylor das Kribbeln in ihrem Bauch so liebte. Sie lachte, ihre Augen leuchteten und ich stellte fest, dass ich sie noch nie so befreit gesehen hatte. Ihr Lachen war wunderschön, hell und klar und absolut ansteckend. Ich erwischte mich dabei, dass mich dieselbe Euphorie packte, die auch Lory fest im Griff hatte, als wir wieder und wieder über die Schienen rasten. Dabei hatte ich sonst wenig für Achterbahnen übrig.

Doch Taylor hatte diese Wirkung auf mich und mit jeder Sekunde, die wir miteinander verbrachten, wurde sie stärker.

Wir schlenderten durch den Pacific Park, probierten Zuckerwatte, die viel zu süß war, und ich fühlte mich ein wenig, als wäre ich in einer alternativen Wirklichkeit gelandet. Als hätte man die Realität gefiltert und nur die unwahrscheinlichsten und gleichzeitig simpelsten Dinge übrig gelassen. Wie beispielsweise Zuckerwatte in einem Freizeitpark mit einem Mädchen essen, das plötzlich in mein Leben getreten war und mich auf unsagbare Art und Weise faszinierte.

Einvernehmlich ließen wir den Park hinter uns, folgten dem Pier bis an sein Ende, dorthin, wo sich nichts als der grenzenlose Ozean vor uns ausbreitete, und ließen uns auf dem ausgetretenen Holz nieder. Taylors Beine baumelten neben meinen über dem unruhigen Wasser, während ihr Blick über den Horizont glitt.

»Danke für den Tag. Ich glaube nach allem, was gerade so los ist, habe ich genau das gebraucht«, sagte sie dann und stützte sich nach hinten lehnend auf ihre Unterarme.

»Nicht dafür«, erwiderte ich und legte den Gehstock quer über meine Oberschenkel. »Danke, dass du mir die Möglichkeit gegeben hast, dich kennenzulernen.«

Einer ihrer Mundwinkel zuckte. »Vermutlich habe ich nicht einmal einen Bruchteil deiner Fragen beantwortet.«

»Erwischt.«

Lorys leises Lachen wehte zu mir, dann legte sie den Kopf in den Nacken und schaute in den blauen Himmel des Nachmittags. »Nun, ich hoffe, du stehst auf Rätsel.«

Du bist mein liebstes Rätsel, flüsterte ich in Gedanken und schloss die Augen. Das war mein ganz persönliches Geheimnis.

»Warst du schon mal auf der anderen Seite des Ozeans? Ich meine, ich weiß, dass er nicht unendlich weit reicht. Dass das Wasser irgendwann aufhört und Japan und Russland Platz macht, aber wenn man hier sitzt, kommt es einem so vor, als wäre er das: unendlich.«

Ich musterte ihr Profil von der Seite. Die feinen, hellen Haare, die der Wind in ihre Stirn wehte, der nachdenkliche Blick in ihren ernsten Augen, die immer zwischen grau und blau wanderten. Wie der Ozean, von dem sie sprach.

Langsam nickte ich. »Vor ein paar Jahren war ich in Tokio, dort hatte ich eine Pressekonferenz auf einer Convention. In dem Sommer danach habe ich Peking besucht, weil mein Ex-Manager meinte, ich solle da Inspiration für meine neue Rolle suchen.« Meine Stimme war leise und obwohl ich ihre Frage beantwortete, hatte ich das Gefühl, dass es nicht die richtige Antwort war. Dass Lory von etwas ganz anderem sprach. »Was ist mir dir?«

Lory schüttelte den Kopf. »Ich habe dieses Land noch nie verlassen.«

»Aber du sprichst Japanisch«, erwiderte ich bemüht leicht, um diesen schwermütigen Ausdruck in ihrem Gesicht zu vertreiben und um sie wieder strahlen zu sehen. In meinen

Augen lächelte dieses wunderschöne Mädchen viel zu wenig. »Hast du gesehen, wie Lee geschaut hat? Dein Japanisch muss wirklich gut sein – nicht, dass ich es beurteilen könnte.«

Taylors Mundwinkel zuckten, dann zog sie ein Knie an ihre Brust und schlang die Arme darum. »Er hat gesagt, dass er froh ist, dich wiederzusehen, nicht länger alleine und mit deinem alten Leuchten in den Augen«, murmelte sie und ich konnte ein leises Lächeln aus ihren Worten heraushören.

»Ich bin auch froh«, sagte ich schlicht und meinte es auch so.

Es waren beschissene Monate gewesen, die ich am liebsten aus meinem Gedächtnis getilgt hätte, aber sie alle hatten schließlich hierhergeführt, oder nicht? Zu Taylor, unserem gemeinsamen Tag – dieser neuen Freundschaft. Und damit konnte ich leben.

Schweigend beobachteten wir die dunklen Wellen mit ihren weißen Kronen und lauschten den unzähligen verschiedenen Geräuschen aus dem Pacific Park hinter uns, den Möwen über unseren Köpfen, den Stimmen, die vom Strand zu uns drangen.

Ich hätte eine Ewigkeit hier sitzen können, mit Taylor an meiner Seite, der Wärme ihres Körpers direkt neben mir und den vielen unausgesprochenen Gedanken zwischen uns. Meiner Meinung nach war es genauso schwierig, jemanden zu finden, mit dem man schweigen konnte, wie einen guten Gesprächspartner – und mit Lory war das Schweigen angenehm. Auch wenn das nicht das Geringste daran änderte, dass ich die Stille sofort gegen ihre Worte und Geschichten eingetauscht hätte. Irgendwann, ich war nicht in der Lage zu sagen, ob Minuten oder Stunden vergangen waren, brach sie das Schweigen und löste sich daraus.

»Ich sollte langsam wirklich nach Hause. Mein Handy hat mindestens dreißigmal geklingelt. Teddy ist am Durchdrehen.«

Ich atmete aus und neigte den Kopf. »Beantwortest du mir eine letzte Frage?«

Ihr Blick landete auf mir, ich spürte ihn wie eine kleine Flamme kribbelnd auf meinem Gesicht, gefolgt von ihrem Nicken.

»Verrätst du mir jetzt, was du in dein Heft geschrieben hast? In den Mittagspausen?« Ich öffnete die Augen und sah sie an, bemerkte, wie sie sich im ersten Moment verschließen wollte und sich ihre Haltung im zweiten Augenblick entspannte. Als Lory zu sprechen begann, nahm ihre Stimme einen ruhigen Tonfall an, in dem doch unterschwellig unzählige Emotionen lagen.

»Wir glauben, dass wir ewig Zeit für alles haben. Dass sich die Dinge nicht einfach von der einen Sekunde auf die andere verändern. Wir halten fest an der Vorstellung, dass wir in der Lage sind, unseren Weg zu bestimmen, dass wir eine Wahl haben.« Eine einzelne Strähne wurde vom Wind in ihre Stirn gewirbelt. Am liebsten hätte ich sie ihr hinters Ohr geschoben, ihre Hand genommen, weil sie so traurig wirkte, so einsam. Doch ich wagte es nicht. »Wir wollen es so sehr glauben, Jo, aber die Wahrheit ist, wir haben nicht annähernd so viel Zeit, wie wir denken. Eigentlich haben wir nicht viel mehr als kurze Momente, winzige Zeitsplitter in der großen Unendlichkeit. Wir vergehen so schnell.« Ihr Atem entwich mit einem leisen Seufzen. »Und wir vergessen so schnell. Jede Sekunde, jeden dieser kurzen Zeitsplitter. Ich möchte nichts davon verlieren, deswegen halte ich meine Gedanken fest. Jeden einzelnen davon.«

Ich betrachtete Taylor, den Glanz in ihren Augen und griff nach ihrer Hand, um meine Finger mit ihren zu verschränken. Wortlos sahen wir auf die unendliche See hinaus und hielten uns aneinander fest.

Die Sonne war längst untergegangen, als ich auf eine der Terrassen meiner Villa trat. Mit einem Drink in der Hand setzte ich mich auf einen der Loungesessel, der dem Geländer am nächsten war, und legte die Beine hoch. Hollywoods Lichter breiteten sich unter mir aus und in der Ferne hörte ich das Rauschen des Meeres.

Noch immer hatte ich Taylors letzte Antwort im Kopf, spürte ihre Berührung auf meiner Haut. Sie hatte mich nachdenklich gemacht und dazu gebracht, Dinge aus einem anderen Winkel zu betrachten. Ich wünschte, ich hätte Taylor fragen können, woher diese Gedanken kamen. Wo ihr Drang, nichts vergessen zu wollen, seinen Ursprung hatte. Doch ich fürchtete, dass ich darauf nie eine ehrliche Antwort bekommen würde.

Das Soundsystem, das bis eben für leise Musik im Hintergrund gesorgt hatte, verstummte und kündigte einen eingehenden Anruf an. Mit einem Blick auf das Display verschwand jeder Gedanke an Taylor.

Was zum Teufel wollte ausgerechnet *er* um diese Uhrzeit von mir?

»Womit habe ich die Ehre verdient?«, fragte ich und klemmte das Handy zwischen Schulter und Ohr, um mein Glas abzustellen.

»Johnny, alter Freund, wir haben lange nicht gesprochen.«

Sein nervtötender, schleimiger Tonfall war noch derselbe wie vor einem halben Jahr, das bedeutete wiederum, dass mein Ex-Manager Neal etwas von mir wollte.

Ich verzog das Gesicht. »Ob du es glaubst oder nicht, ich war beschäftigt.«

Neal lachte trocken. »Was treibst du so? Habe gehört, du lässt dich jetzt ab und zu unter den Normalsterblichen blicken.«

Normalsterbliche?

Meine Güte, hatte ich genauso geklungen, als ich noch von Set zu Set gejettet war und mir Nacht für Nacht die Kante gegeben hatte? Wenn ja, dann war ich definitiv ein absolutes Arschloch gewesen.

»Hör zu Johnny, ich habe etwas für dich. Auch wenn du *viel beschäftigt* bist. Mel hat schon mit dir gesprochen, oder?«, fuhr er fort, als ich keine Antwort gab.

»Ja, es war ganz reizend. Ich hoffe, sie hat dich lieb von mir gegrüßt.«

Neal überging meinen Sarkasmus und kam zu seinem Lieblingsthema: dem Geschäft. »Bestens. Wir haben schließlich viel zu tun. Du und ich und Mel. Sie wollen einen zweiten *Loveless* drehen. Mit dir und Mel als Hauptdarsteller. Inklusive einer riesengroßen Tour quer durchs Land. Und internationalen Stopps on top!« Seine Stimme wurde immer lauter und schneller. »*Loveless 2*! Warum höre ich dich noch nicht feiern?«

Machte der Witze?

Er hatte mich nach meinem schweren Unfall hochkant aus der Agentur geworfen – im wahrsten Sinne des Wortes auf die Straße gesetzt, nachdem er genug Geld über die Mitleidsschiene gescheffelt hatte, und sich dann einen Dreck um mich geschert. Wie kam er auf die hirnverbrannte Idee, ich würde noch einmal mit ihm zusammenarbeiten wollen?

»Johnny!?«

»Ich bin noch dran«, gab ich gelassen zurück und fuhr mir übers Gesicht. »Warum, Neal?«

»Warum?! Weil es nur einen *Ian Ryder* gibt – dich! Wir wollen dich zurück in deiner Rolle.« Als ich keine Reaktion zeigte, hörte ich ihn seufzen. »Johnny, wir wissen beide, dass du nicht länger in der Lage bist, jeden Job anzunehmen, den du gerne hättest. Du solltest froh und glücklich, *verdammt* glücklich sein, dass sie dir diese Chance geben.«

Beinahe hätte ich gelacht. Hörte er sich eigentlich selbst zu? »Denen ist aber schon aufgefallen, dass mir ein Bein fehlt und Ian Ryder ein begnadeter Surfer ist, oder?«

»Die Leute haben sich eine Story überlegt. Eine verflucht gute Story. Viel Herzschmerz, Leid, tiefe Emotionen – eine Liebesgeschichte, die die ganze Welt erobern wird. Du und Mel. Mehr braucht es nicht, Johnny.«

Neal schenkte sich am anderen Ende der Leitung etwas ein. Ich konnte ihn mir im Moment gut vorstellen, wie er in einem der schicken Ledersessel in seinem Büro im Sky Tower mit Blick über L.A. saß und seinen teuren Gin schwenkte. Wie ein König sah er von dort oben auf die ganzen *Normalsterblichen* herab und plante insgeheim schon seinen nächsten Schachzug.

»Neal, es ist vorbei«, antwortete ich und massierte mir die Schläfen. Ein hässlicher Kopfschmerz hatte sich dahinter eingenistet.

»Scheint mir, als hättest du nicht nur ein Bein, sondern auch deinen Biss verloren, Jonathan.« Sein einschmeichelnder Tonfall war wie weggeblasen. »Machen wir uns nichts vor, du vergeudest dein Leben. Machst nichts, außer dich selbst zu bemitleiden und die Schulbank zu drücken. Das kann nicht das sein, was du wirklich willst. Du warst ganz oben, Junge! Du kannst diese Chance nicht einfach ausschlagen. Das wäre Irrsinn!«

Hatte er mit meiner Mom gesprochen? Wut kochte in mir hoch. »Und wenn es so wäre?«

»Dann würde ich dir sagen, dass es eine Klausel im Vertrag gibt, die dich bei einer Fortsetzung dazu verpflichtet, wieder ins Boot zu springen.« Seine Worte waren kühl.

Meine Finger verkrampften sich um das Handy und mir wäre beinahe der Saft hochgekommen. Eine Bewegung im Augenwinkel ließ mich den Kopf drehen.

Vincent trat auf die Terrasse, die Arme vor der Brust verschränkt und hob fragend die Augenbrauen. Ich schüttelte nur den Kopf.

»Johnny, hast du mich verstanden?«, fragte Neal eindringlich am Telefon.

»Ja, habe ich. Klar und deutlich. Ich werde darüber nachdenken.«

Sein abgehacktes Lachen ließ mich das Gesicht verziehen. »Wir wissen beide, dass du das gar nicht brauchst. Du hast keine andere Wahl, mein Lieber. Ich lasse dir in Kürze die Details zukommen.« Dann legte er auf.

Mir kam ein Fluch über die Lippen, ehe ich das Telefon senkte und die Augen schloss.

»Schlechte Neuigkeiten?«, fragte Vin und ließ sich mir gegenüber nieder.

Ich öffnete ein Auge und begegnete seinem Blick. »Eher alte Geister, um die ich nie gebeten habe.«

KAPITEL 12

TAYLOR

Control – Zoe Wees

Ich hatte mich geirrt. Teddy war nicht stinkwütend, er tobte förmlich, als ich am Freitagmittag auf ihn traf. Normalerweise war er immer recht gefasst, ging zielorientiert an Konflikte heran, doch heute spie er geradezu Flammen. Vielleicht weil er während seiner langen Schicht im Krankenhaus genug Zeit gehabt hatte, sich in seine Wut hineinzusteigern.

»Was zum Teufel hast du dir dabei gedacht?« Teddy funkelte mich an.

Ich hatte ihm die gesamte Geschichte erzählt – einmal abgesehen von dem Umstand, dass Vin über Emerdale und mich Bescheid wusste. Vins Warnung hallte noch immer viel zu laut in meinem Kopf nach.

»Es war nicht einfach, dich aus Emerdale rauszuholen, Taylor. Ich habe sehr viel riskiert und das habe ich ganz sicher nicht getan, damit du in irgendeinem Hinterhof alles zunichtemachst.«

»Dann hättet ihr mich dort nicht trainieren sollen. Du weißt besser als jeder andere, dass es einer meiner Instinkte ist, meine Kraft zu nutzen. Du hast es schließlich in meine verdammte DNA geschrieben, oder nicht?«, spuckte ich ihm entgegen und tippte auf die vermaledeite Nummer, die mich immer an Emerdale erinnern würde. Knapp darunter war die kleine Narbe, wo einst der Tracker unter meiner Haut gesessen hatte. »Außerdem habe ich alles im Griff, okay? Es ist nichts passiert.«

Teddy stieß hörbar den Atem aus. »Wenn das hier funktionieren soll, dann müssen wir zusammenarbeiten. Du kannst nicht einfach verschwinden, das College schwänzen und irgendwo für mehrere Tage abtauchen. So läuft das nicht, Taylor.«

Ich ging um ihn herum und schnappte mir ein Glas, das ich mit Wasser aus einer geschwungenen Karaffe füllte. »Du wolltest doch, dass ich mir Freunde suche. Mich wie ein ganz normales Mädchen verhalte.« Bitterkeit sprach aus meinen Worten.

»Ich habe mit keiner Silbe erwähnt, dass du dich kopfüber in illegale Kämpfe stürzen sollst. Mir ist bewusst, dass du deine Fähigkeiten nutzen willst, aber dafür haben wir unsere eigenen Übungsstunden. Unten im Keller, in Sicherheit.« Er suchte meinen Blick und verschränkte die Arme vor der Brust. »Emerdale mag nicht mehr existieren, aber die Leute, die es gegründet haben, sehr wohl. Sie werden nicht vergessen haben, dass wir ihnen durch die Lappen gegangen sind.«

Ich nahm einen Schluck Wasser und zuckte mit den Schultern. »Du wiederholst dich, Teddy.«

Resigniert schüttelte er den Kopf und lehnte sich gegen die Küchenanrichte. »Ich weiß, dass das alles neu für dich ist. Ein neues Leben, neue Eindrücke, neue Herausforderungen, aber vielleicht sollten wir die Regeln etwas anpassen, denn anscheinend ist dir trotz allem nicht bewusst, wie riskant die Lage wirklich ist.« Die Knöchel seiner Finger traten weiß hervor, so fest umfasste er die Kante des Tresens. »Oder womöglich sollte ich dir erneut ins Gedächtnis rufen, was sie getan haben und was sie noch tun werden. Ganz offensichtlich hast du gar nichts verstanden, Taylor.«

»Oh doch, ob du es glaubst oder nicht, ich habe es verdammt noch mal kapiert. Alle meine Freunde sind tot! Mein Zuhause gibt es nicht mehr und diejenigen, die jahrelang an mir herumexperimentiert haben, machen jetzt Jagd auf mich, um mich ebenfalls umzubringen. Ich denke, ich habe es begriffen, Teddy!« Meine Stimme war mit jedem Wort lauter und eindringlicher geworden, mein Herz pochte heftig und schnell in meiner Brust. »Nachricht angekommen.«

Ich spürte, wie die Telekinese an ihren Fesseln zog und genutzt werden wollte. Das Obst auf dem Tresen begann bedenklich zu beben, genauso wie die Klingen im Messerblock.

Weil ich meine Gefühle nicht länger im Griff hatte. Gefühle, die ich seit Wochen zurückdrängte. Angst, Furcht, Panik und Theodore legte den Finger in die schlimmste aller Wunden.

Teddy sah sich besorgt um und runzelte die Stirn. Ein Muskel trat an seinem Kiefer hervor. »Beruhige dich, Taylor.«

Kopfschüttelnd machte ich einen Schritt auf ihn zu. »Ich brauche keine neuen Regeln und ich brauche ganz sicher niemanden, der mir irgendetwas vorschreibt.«

»Nein, aber du brauchst jemanden, der auf dich aufpasst«, gab Teddy zurück und kam mir entgegen. Seine Hände landeten auf meinen Schultern. »Ich werde nicht zulassen, dass sie dich bekommen, in Ordnung? Ich werde dich schützen, aber dafür müssen wir zusammenarbeiten.«

Ich biss die Zähne aufeinander, so fest, dass sich ein dumpfer Schmerz in meinem Kopf festsetzte. Eine der Orangen platzte, zwei der Messer flogen durch die Luft und blieben in der Wand knapp oberhalb eines Gemäldes hängen.

»Taylor!« Teddy rüttelte an mir, so wie er es im Komplex von Emerdale getan hatte, bevor wir davongelaufen waren.

Eine weitere Orange fiel meiner Wut zum Opfer. Das war es: Wut. Wut auf mein Leben. Wut auf alles, was ich verloren hatte. Wut darüber, dass ich Jo nicht die Wahrheit sagen konnte. Wut auf Vin, der noch mehr Fragen aufwarf. Wut darüber, dass ich nicht einfach irgendein stinklangweiliges Mädchen sein konnte. Und Wut auf Teddy, der die Vergangenheit nicht ruhen lassen konnte.

Ich war so *verflucht* wütend.

»Taylor.«

Mein Blick richtete sich auf Teddy, eine einzelne Träne rann mir über die Wange. Dann senkte ich erschöpft den Kopf. Die noch schwebenden Messer und Früchte landeten um uns herum auf dem Boden, ein Apfel rollte an meinen Fußspitzen vorbei.

Hörbar erleichtert stieß Teddy den Atem aus, dann zog er mich in eine Umarmung und drückte mich an sich. Ich spürte seinen schnellen Herzschlag unter meinem Ohr.

Seine ganz eigene Angst.

»Es tut mir leid, Teddy.«

»Ich weiß, Kleines. Ich weiß.« Langsam löste er sich von mir und fuhr sich übers Gesicht. »Was für eine Sauerei.«

Merkwürdigerweise ließ mich diese Bemerkung leise lachen. Ein erschöpftes, leicht hysterisches Lachen. Die Küche und ein großer Teil von Teddys hellblauem Hemd waren mit dem Saft der Früchte verschmiert, die meinen Emotionen zum Opfer gefallen waren. Mehrere Messer steckten um uns herum in Mobiliar und Wänden und zitterten noch immer.

»Ich helfe dir aufräumen«, murmelte ich und machte eine rasche Handbewegung, doch Teddy hielt mich auf.

»Nichts da. Das wirst du schön ohne deine Fähigkeiten sauber machen, Taylor. Ich verstehe deine Beweggründe, aber das heißt noch lange nicht, dass ich sie begrüße. Sieh es als Strafe für letzte Nacht.«

Zweifelnd sah ich ihn an und schüttelte den Kopf. »Ist das dein Ernst?«

Teddy nickte. »Mein voller Ernst. Und wenn du damit fertig bist, kannst du mir etwas über deinen neuen Freund erzählen.«

Es kostete mich fast zwei Stunden, das Chaos, das ich verursacht hatte, wieder zu beseitigen – trotz der Tatsache, dass ich immer mal wieder heimlich auf meine Fähigkeiten zurückgriff. Eines der Messer hatte ich ganz bewusst in dem hässlichen Bild über der Couch stecken gelassen. Ich fand, es war eine deutliche Verbesserung.

Als ich endlich fertig war, war es längst früher Abend und Jo, dem ich heute Morgen geschrieben hatte, dass ich die Vorlesungen sausen lassen würde, hatte mir fünf neue Nachrichten hinterlassen.

> **Jo**
> Wie geht es deinem Kopf? Was hast du den Tag so getrieben?
>
> Mal eine ernst gemeinte Frage, wie schaffst du es, diesen Chemie-Scheiß zu verstehen?
>
> Nächstes Mal schwänze ich auch. Übrigens haben diese beiden Idioten Victor und Till herumerzählt, dass du das Experiment manipuliert hast und nennen dich eine Hexe. Oder so ☺

Ich schüttelte lachend den Kopf und hatte prompt die verdutzten Gesichter der beiden vor Augen, als ihnen ihr Versuch um die Ohren geflogen war.

> **Jo**
> Ich soll dich übrigens von Vin grüßen.

Die letzte Nachricht war vor ein paar Minuten eingegangen.

> **Jo**
> Hast du heute Abend schon was vor?

Schmunzelnd wischte ich meine rechte Hand, an der noch immer etwas Orangensaft klebte, am Küchentuch ab und tippte eine rasche Antwort.

> **Lory**
> Warum? Ist dir langweilig?

Es dauerte keine zehn Sekunden, da hatte ich bereits die nächste Nachricht auf dem Display.

> **Jo**
> Niemals. Mir sind nur ein paar neue Fragen eingefallen und ich glaube, ich bin an der Reihe mit der nächsten.

> **Lory**
> Bist du nicht.

> **Jo**
> Erwischt.

Mit dem Handy in der Hand ging ich zur Treppe und lief dann mit raschen Schritten in mein Zimmer. Die Tür zum großen Balkon stand offen und ließ die Gardinen im frischen Wind fliegen.

> **Lory**
> Was hast du vor?

> **Jo**
> Lass dich überraschen. Bin in zehn Minuten bei dir.

Jonathan hielt sein Wort. Er ging kurz darauf offline, sodass ich keine Antwort mehr auf meine Fragen bekam, und wartete zehn Minuten später tatsächlich in seinem schwarzen Sportwagen vor unserem Eingangstor.

Teddy schrieb ich nur einen Zettel, auf dem ich ihm versicherte, dass ich nicht einfach verschwinden und ganz sicher nicht kämpfen gehen würde – für heute hatte ich genug gekämpft –, sondern mich mit Jo traf. Ich ließ das Stück Papier gemeinsam mit dem Gedankenballast in unserem Haus zurück und trat in den frühen Abend.

Jo begrüßte mich mit einem breiten Lächeln und einer kurzen Umarmung und bedeutete mir dann, einzusteigen.

»Verrätst du mir jetzt, wohin es geht?«, wandte ich mich an ihn, als er unverwandt dem Highway One nach Norden folgte. Das Radio lief leise im Hintergrund und die Fenster waren heruntergelassen, sodass uns frische Luft um die Nasen wehte.

»Dann wäre es ja keine Überraschung mehr, oder nicht? Gedulde dich ein bisschen, ich bin mir sicher, dass es dir gefallen wird«, gab er zurück und zwinkerte mir zu.

Ein schiefes Grinsen zupfte an meinen Mundwinkeln, dann streckte ich den Kopf aus dem Fenster und betrachtete die Welt, die in bunten Schlieren an uns vorbeizog. Je weiter ich mich von Teddy entfernte, desto mehr entspannte ich mich. Ich ließ C8, die rationale, ausgebildete Elitesoldatin, der die Regierung im Nacken saß, zurück und wurde neben Jo ganz zu Taylor.

Er zeigte mir in jedem Moment, den wir gemeinsam verbrachten, diese neue Art zu leben und ich war längst süchtig danach. Süchtig nach all den Dingen, die ich nicht gekannt hatte. Süchtig nach der Leichtigkeit, die mir Jo schenkte.

Und ich erwischte mich immer wieder dabei, wie ich mir wünschte, dass diese Version von mir die einzige wäre. Diese Taylor, die sich über zu viele Vorlesungen aufregte, mit einem Jungen am Meer entlangfuhr und nicht weiter als ein, zwei Stunden in die Zukunft dachte. Meinem rationalen Gegenstück war bewusst, dass diese Version eine naive Vorstellung war, eine sorglose Wunschidee, aber für den Moment reichte es mir voll und ganz, diese Idee zu sein. Solange ich die Möglichkeit dazu hatte.

Nur ein kleiner Zeitsplitter – mein ganz eigener Zeitsplitter.

Jo bremste den Wagen ab und fuhr links auf einen kleinen Parkplatz, der leer war und direkt in den Strand überging. Dann stellte er den Motor ab. »Überraschung.«

»Der Strand?«

»Ein ganz besonderer Strand«, hielt er lächelnd dagegen und öffnete die Tür. »Keine Menschenseele weit und breit und der feinste Sand der Westküste.«

Ich folgte ihm aus dem Wagen, nahm die karierte Decke, die er mir entgegenhielt und ließ den Blick über die Weite aus Sand und Wasser gleiten. Die Sonne war bereits am Untergehen und ließ das Meer wie eine Schatzkiste funkeln.

Galant bot mir Jo seinen Arm an und führte mich ein kurzes Stück über den Strand bis zu drei kleinen Felsbrocken. Ich bemerkte, dass ihm der Sand trotz der Krücke zu schaffen mache, und nahm ihm ein weiteres Mal mithilfe meiner Fähigkeiten einen Teil seines Gewichts ab.

Er entspannte sich sichtlich.

Was Emerdale wohl dazu sagen würde, wenn sie herausfänden, dass ich ihre millionenteuren Experimente nun nutzte, um einem jungen Mann das Gehen zu erleichtern? Der Gedanke ließ mich grinsen.

»Genau hier«, befand Jo, ließ mich los und deutete auf den Sand vor uns.

Ich breitete die Decke so aus, dass wir uns an die Felsen lehnen konnten, und zog dann, sobald ich saß, die Beine an und legte mein Kinn darauf. Langsam verstand ich, warum dieser Platz in Jos Augen ein besonderer Strand war: Wir waren mutterseelenalleine, weit und breit nur Felsen, Sand und die See. Es war friedlich, beinahe, als wäre man an einem ganz anderen Ort weit entfernt von dem glitzernden und pulsierenden Los Angeles gelandet.

»Ich höre deine Gedanken bis zu mir rüber«, murmelte Jo und ließ sich auf den Rücken fallen, den Blick in den dunkler werdenden Himmel gerichtet.

»Es ist schön hier, das ist alles.«

Er nickte langsam. »Ich komme oft her, wenn ich mal absolute Ruhe brauche und nachdenken muss.«

Sein Tonfall ließ mich die Stirn runzeln. »Ist alles in Ordnung?«

»Alte und neue Dinge. Ist viel los in letzter Zeit, aber ich habe dich nicht hergebracht, um darüber zu sprechen. Eigentlich wollte ich einfach nur etwas Abstand von meinen Problemen – und Zeit mit dir verbringen.«

Ich legte mich neben ihn. Wie selbstverständlich fanden sich unsere Finger und verschränkten sich miteinander.

»Wenn du reden magst, ich höre gerne zu.«

»Danke«, sagte er leise und drehte den Kopf in meine Richtung, sodass uns nur noch wenige Zoll voneinander trennten. »War dein Vater sehr wütend?«

»Allerdings. Aber im Prinzip macht er sich nur Sorgen. Denke ich. Ist kompliziert«, antwortete ich ausweichend und wünschte mir ein weiteres Mal, dass ich Jo einfach sagen konnte, was mir auf der Seele brannte. Was mich beschäftigte.

Wie würde er wohl reagieren, wenn ich ihm von Emerdale erzählen würde, von meinen Fähigkeiten, der Regierung, die hinter mir her war? Würde er abhauen, weil er sich vor mir fürchtete? Oder würde er meine Hand halten, genau wie in diesem Augenblick, und mich nicht mehr loslassen?

Leise atmete ich aus und sah in den Himmel. Eine Möwe kreiste über unseren Köpfen und stieß einen spitzen Schrei aus. Vermutlich würde ich darauf nie eine Antwort bekommen, denn Vin hatte recht gehabt, als er gesagt hatte, wir sollten Jo nicht mit in dieses Chaos ziehen. Dafür war er zu gut.

»Was macht dein Dad so?«

»Er ist Arzt in einem Krankenhaus.« Unwillkürlich musste ich an Teddys Grinsen denken, als er den Job bekommen hatte. »Aber in seiner Freizeit schlägt sein Herz fürs Kochen und er ist echt gut darin.«

»Damit ist er mir einen Schritt voraus. In dieser Hinsicht erfülle ich voll und ganz das Klischee des verwöhnten Schauspielers. Es hat immer irgendjemand für mich gekocht oder ich habe mir etwas bestellt.« Jo grinste und fuhr mit dem Daumen über meinen Handrücken. Diese winzig kleine Bewegung stellte irgendetwas mit mir an. »Ich habe übrigens über deinen Vorschlag nachgedacht, Catrice zu schreiben und habe ihr eine Nachricht auf der Mailbox hinterlassen.«

»Halte mich auf dem Laufenden, wenn sie antwortet.«

»Du bist die Erste, die es erfährt.«

Schweigend sahen wir in den Himmel, verfolgten, wie die Sonne als orangener Ball ins Meer sank und dabei nach und nach das ganze Tageslicht mit sich nahm.

Mein Blick wanderte zu Jo. Ich betrachtete sein Profil, das von den letzten Sonnenstrahlen beleuchtet wurde. Kaum zu glauben, dass wir uns erst seit etwas mehr als einer Woche kannten. Mit ihm zu reden, neben ihm zu liegen, fühlte sich so vertraut an. Als wäre es schon immer so gewesen. Als würden unsere Gedanken einfach zusammengehören.

Zumindest die, die du ihn sehen lässt, C8, sagte die hässliche Stimme in meinem Kopf, doch ich brachte sie resolut zum Verstummen. Sie hatte hier nichts verloren.

»Taylor?«

»Hm?«

»Ich bin froh, dass du dich in der Cafeteria zu mir an den hintersten Tisch gesetzt hast«, flüsterte er und ich hörte das Lächeln aus seinen Worten heraus.

Es schob sich unwillkürlich auch auf meine Lippen. »Ich bin auch froh, dass du mich tagelang angestarrt hast, vielleicht hätte ich dich sonst nie angesprochen.«

Er öffnete die Augen und drehte sich ruckartig zu mir, ehe er mir in die Seite pikte. »Ich habe dich nicht angestarrt!«

Lachend versuchte ich seine Hände abzuwehren und bekam dabei eine gute Ladung Sand ins Gesicht. »Hast du doch. Du warst der reinste Stalker.«

»Ich wollte nur mehr über dich erfahren.«

Seine Angriffe wurden tückischer, gingen in Kitzelattacken über, ehe er mich schließlich bei der Hüfte packte und über sich zog, sodass ich über ihm kniete und wir dieselbe Luft teilten.

Atemlos sahen wir einander in die Augen, unsere Nasen nur wenige Zentimeter voneinander entfernt. Mein Herz raste in meiner Brust, das Blut rauschte laut und heiß durch meine Ohren, während ich unfähig war, den Blick von seinen blauen Augen zu nehmen. Sie waren wie der Ozean: voller Versprechen, Zuneigung, tosender Wellen und sanfter Weite.

»Du bist mein Lieblingsrätsel, habe ich dir das eigentlich schon mal gesagt?«, sagte er kaum hörbar. Seine Worte sorgten dafür, dass sich eine Gänsehaut auf meinem Körper ausbreitete, trotz der Hitze, die sein Blick in mir entfachte.

»Jo, ich –«

Ein schrilles Piepen erklang und ließ mich herumfahren. Binnen Sekundenbruchteilen war ich auf den Beinen, die Hände zu Fäusten geballt.

»Lory?«, erklang Jo hinter mir und richtete sich langsam auf. »Das ist nur die Alarmanlage meines Wagens. Die spinnt manchmal«, führte er ruhiger an.

Mit rasendem Puls sah ich erst zu ihm und dann wieder zum Auto. »Der Wagen.«

Jo nickte seufzend und kam mühsam auf die Beine. »Ich schaue schnell, was da los ist, ja? Beweg dich nicht vom Fleck. Ich bin gleich wieder da.«

»Okay«, gab ich zurück und versuchte, meinen Herzschlag wieder unter Kontrolle zu bringen, bevor ich in den Emerdale-Modus schalten konnte. »Soll ich mitkommen?«

Kopfschüttelnd winkte er ab und schnappte sich seine Krücken. »Alles gut.«

Mit einem letzten Lächeln in meine Richtung lief er über den Sand und verschwand aus meinem Blickfeld.

Hörbar stieß ich den Atem aus und schloss für einen Moment die Augen. So viel zum Thema, dass ich mich voll und ganz unter Kontrolle hatte. In letzter Zeit schien meine Selbstbeherrschung im wahrsten Sinne am seidenen Faden zu hängen, sobald irgendetwas Unvorhergesehenes geschah.

»Komm runter, Tay, mach es nicht kaputt«, flüsterte ich und wollte mich gerade wieder auf die Decke setzen, als sich eine Hand auf meine Schulter legte.

»Das ging aber –«

Der Rest meines Satzes blieb mir im Hals stecken.

Starke Arme wirbelten mich unsanft herum und rissen mich an eine harte, unnachgiebige Brust, sodass mir der Atem wegblieb.

»Es tut mir leid«, wisperte eine raue Stimme.

Im nächsten Moment streckten sich dunkle, gierige Tentakel aus Rauch und Schatten nach mir, zerrten an meinem Bewusstsein, zerrissen die Wirklichkeit um mich herum in winzige Fetzen, bis nichts mehr übrig blieb als bodenlose Schwärze.

Und ich …

… ich stürzte kopfüber hinein.

KAPITEL 13

TAYLOR

*Wicked Game –
Ursine Vulpine, Annaca*

Es tut mir leid.
Blinzelnd öffnete ich die Augen und fuhr mir über die Stirn, hinter der sich ein stechender Kopfschmerz eingenistet hatte. Meine Haut fühlte sich eiskalt und klamm unter meinen Fingern an.

Langsam richtete ich mich ein Stück auf und kniff die Augen gegen den Schwindel zusammen, der mich überkam. Oben und unten tauschten Plätze, rechts und links sprangen wild hin und her und ich hatte das Gefühl, mich jeden Moment übergeben zu müssen.

Ich zwang mich dazu, kontrolliert zu atmen und zählte auf Chinesisch rückwärts von zwanzig bis null, ehe ich meine Augen ein weiteres Mal öffnete.

Und einen Fluch ausstieß.
Was in drei Teufelsnamen?!
Ich saß nicht länger bei Sonnenuntergang am Strand, hatte nicht länger den warmen Sand unter den Fingern und die salzige Luft der See auf der Zunge. Stattdessen hockte ich am Rand einer brüchigen Straße, umgeben von hohen Nadelbäumen auf feuchtem Waldboden, der meine Kleidung durchnässte. Tannennadeln bohrten sich in meine nackte Haut, mein Atem tanzte als kleine Wolke vor meinem Gesicht. Es

war unsagbar kalt und bis auf das leise Rauschen der Äste beinahe gespenstisch still.

Über mir spannte sich ein mitternachtsblauer Himmel, ein fast voller Mond zierte das Bild und ließ die gewaltigen Stämme um mich herum silbern funkeln. Leichter Nebel waberte zwischen den Bäumen knapp über dem Boden.

Ich war definitiv *nicht* mehr in Los Angeles.

Die Arme um mich geschlungen – das dünne Latzkleid, unter dem ich nur ein gestreiftes Shirt trug, war nicht ansatzweise warm genug – kam ich auf die Beine und stützte mich am nächsten Baumstamm ab, als eine neue Welle der Übelkeit über mich hereinbrach.

Himmel, Tay, reiß dich zusammen.

Ich stieß den Atem aus und wagte mich mit verschränkten Armen näher an die Straße. Erst einmal musste ich rausfinden, wo zum Teufel ich gelandet war und mir dann überlegen, wie ich wieder nach Los Angeles kommen würde.

Zu Jo.

Oh mein Gott, der drehte vermutlich gerade durch, weil ich ohne ein Wort verschwunden war.

Eins nach dem anderen.

Im schwachen Licht des Mondes war nicht besonders viel zu erkennen, aber es reichte aus, um festzustellen, dass es weder eine Straßenmarkierung noch Schilder oder ähnliche Hinweise gab. Wo auch immer ich gelandet war, ich war im wahrsten Sinne des Wortes am Arsch der Welt. Zitternd drehte ich mich einmal um meine eigene Achse und biss die Zähne zusammen, als sie zu klappern begannen.

Was für eine Scheiße. Wie war ich hier gelandet? Wie –

Mein Verstand kam mit einem Ruck zum Stillstand, als

sich ein einzelner Gedanke wie ein spitzer Pfeil in meinen Kopf bohrte.

Du weißt, wie du hierhergekommen bist, Taylor, fuhr mich meine rationale, innere Stimme an. *Du weißt es ganz genau.*

Das ist unmöglich!, antwortete ich ihr. »Unmöglich«, flüsterte ich noch einmal und trat auf den rissigen Asphalt der Straße. Er war eiskalt unter meinen nackten Füßen, kleine Steine pikten in meine Fußsohlen.

Ich versuchte mich an die letzten Sekunden am Strand zu erinnern. Die Nähe zwischen Jo und mir, die Alarmanlage, die Schatten …

Heilige Scheiße.

Die Auswirkungen, die ich gerade verspürte, der Schwindel, die Übelkeit – ich *kannte* diese Symptome. Und es gab nur eine einzige Person, die sie hervorrufen konnte.

»Du bist wach.«

Wie von der Tarantel gestochen fuhr ich mit rasendem Herzen herum und starrte geradewegs in hellbraune, funkelnde Augen.

Hayden.

Unwillkürlich hielt ich den Atem an und wich einige Schritte zurück. »Das … D-d-d-das ist ein verdammter Traum«, stotterte ich und hob abwehrend die Hände. »Ein verfluchter Traum.«

»Wir können nicht träumen, Tay«, antwortete Hayden und kam näher. »Bitte, wir haben nicht viel Zeit. Du musst mir zuhören.«

Er hatte recht, wir waren nicht dazu in der Lage zu träumen, Emerdales Manipulationen hatten diese Fähigkeit aus unserer DNA getilgt. Und doch …

Ich schüttelte den Kopf. Langsam zuerst, dann immer

schneller. »Du bist nicht real. Du … du bist gestorben. Sie haben dich und alle anderen umgebracht.«

Sie haben dich mir weggenommen! Das Wichtigste in meinem Leben!

Ein trauriger Ausdruck dämpfte das Funkeln in seinen Augen, die hier draußen beinahe wie flüssiger Bernstein wirkten. »Auf die eine oder andere Weise bin ich gestorben, aber nicht auf jede.«

Meine Stirn legte sich in Falten, dann senkte ich den Kopf, den Blick auf meine dreckigen Fußspitzen gerichtet, weil ich es nicht länger ertragen konnte, ihm in die Augen zu schauen.

Weil der Schmerz zu groß war.

Im nächsten Augenblick spürte ich eine federleichte Berührung an meinem Kinn. Warme Finger hoben es an, brachten mich dazu, direkt in Haydens vertrautes Gesicht zu sehen.

»Sieh mich an, schau mich ganz genau an und sag mir, dass ich nicht real bin«, flüsterte er. Sein warmer Atem fuhr über meinen Hals und verursachte mir eine Gänsehaut. Mehr, als es die Kälte jemals gekonnt hätte. Haydens Geruch umnebelte mich, hüllte mich ein. Der Kloß in meinem Hals wurde größer und drohte mir die Luft abzuschnüren. Stumme, heiße Tränen liefen mir über das Gesicht.

Hayden schloss seine starken Arme um mich, zog mich an seine Brust, hielt mich fest. Ich kniff die Augen zusammen, presste mich an ihn und krallte meine Finger in seinen schwarzen Hoodie. Sein Herz schlug schnell und kräftig unter meinem Ohr, beinahe so schnell wie mein eigenes.

»*Anata no machi wa watashi no michi desu*«, wisperte er an meinem Kopf und hauchte einen Kuss auf meine Haare.

Dein Weg ist mein Weg.

Hayden. Das war mein Hayden.

Das hier war real.

Ich löste mich zögerlich aus seiner Umarmung, blickte zu ihm hoch und legte Hayden eine Hand an die Wange. Mein Blick flog über seine Züge, seine dunklen Haare, die etwas länger geworden waren, die kleinen Bartstoppeln unter meinen Fingerspitzen. »Ich verstehe das nicht.«

Ein winziges Lächeln zupfte an seinen Mundwinkeln. »Und ich hätte nie gedacht, dass ich diesen Satz einmal aus deinem Mund hören würde. Du bist immer die Schlauste von uns allen gewesen.« Sanft wischte er mir eine Träne fort. »Ich wünschte, wir hätten eine Ewigkeit, Tay, aber uns läuft die Zeit davon.«

Kopfschüttelnd schlang ich wieder die Arme um mich, woraufhin mir Hayden seinen Hoodie reichte, sodass er selbst im T-Shirt in der Kälte stand. Er schien es nicht einmal zu bemerken.

»Was ist passiert? Wie kann es sein, dass du vor mir stehst? Sie haben Emerdale vernichtet – Emerdale ... und euch alle.«

Verwirrung spiegelte sich in Haydens Miene. »Wovon redest du? Sie suchen nach dir und Kellish. Sie wissen, dass ihr abgehauen seid, und machen Jagd auf euch. Kellish hat ihnen den Schlüssel gestohlen.«

»Hör auf, in verdammten Rätseln zu sprechen, Hayden!«, entgegnete ich und spürte, wie sich mein Puls beschleunigte. Irgendetwas lief hier gewaltig schief.

»Und sie haben alle verfügbaren Geschütze aufge-!« Ein Ruck ging durch Hayden, der ihn schmerzerfüllt das Gesicht verziehen ließ.

»Hayden!«, rief ich, doch er hielt mich davon ab, ihm näher zu kommen.

Mit einem leisen Fluch krümmte er sich und presste sich die Hände gegen den Magen. »Sie ... sie werden euch umbringen.« Wieder zuckte er zusammen. Schweiß trat ihm auf die Stirn.

»Hayden, was ist mit dir?«

»Das tut jetzt nichts zur Sache. Es geht hierbei um dich und darum, dass du am Leben bleiben musst. Um jeden Preis.«

Ich ballte hilflos die Hände zu Fäusten. Seine Worte machten mir Angst, die Tatsache, dass ich sie nicht verstand. »Du warst schon einmal da«, brachte ich hervor. Meine Worte kamen schnell und gepresst. »Im Zenit. Und am Strand.«

Hustend richtete er sich ein Stück auf, die Farbe war aus seinem Gesicht gewichen und ich konnte sehen, wie viel Anstrengung es ihn kostete, überhaupt auf den Beinen zu bleiben. »Ich habe einen Weg gesucht, dich zu kontaktieren, aber ich war nicht stark genug und auch jetzt reißen sie mich bereits zurück.«

»W-w-was heißt das?«

Seine Lippen verzogen sich zu einem freudlosen Lächeln. »Das heißt, dass ich ihnen in den Arsch getreten habe, aber es nicht gereicht hat.«

Ich hatte das Gefühl, jeden Moment durchzudrehen. »Hayden! Rede verdammt noch mal Klartext mit mir.«

Er fuhr sich mit bebenden Fingern über die schweißnasse Stirn. Ich entdeckte mehrere Abschürfungen an seinen Fingerknöcheln, daneben die kleineren Blutergüsse, die typisch für das Training in Emerdale waren.

»Sie haben mich in ihren Klauen – uns alle. Und haben uns scharfgestellt für ihren kranken Plan.« Sein Blick fand meinen, der Schmerz darin raubte mir den Atem. »Aber ich werde nicht zulassen, dass sie dich auch noch bekommen.«

Ich verstand kein Wort. Mein sonst hochintelligentes Gehirn war schlichtweg überfordert. Mit Haydens purer Existenz, seinem Auftauchen, den Informationsbrocken, die er mir hinwarf und die doch kein ganzes Bild ergaben. »Hayden, *bitte*.«

»Ich werde einen Weg finden, dir alles zu erklären und uns da rauszuholen. Wir sind nicht alleine.«

Ich überwand die Distanz zwischen uns und griff nach seinen Händen. Sie waren warm, viel zu warm. »Wie kann ich dir helfen? Sag mir, was ich tun soll!«

Ein gequälter Ausdruck trat auf seine Züge. »Du musst am Leben bleiben. Wir brauchen dich. Kellish hatte recht, du bist der Schlüssel.«

Mir kam ein gepresstes Lachen über die Lippen, in dem keine Spur von Freude lag. »Hör auf mit dem Scheiß, Hayden.«

Er zog die Augenbrauen zusammen und fasste mich bei den Oberarmen. »Das ist mein voller Ernst. Hör mir zu, Tay, und tu genau, was ich dir sage – versprich es mir!«

Überrumpelt von der Dringlichkeit seiner Worte nickte ich langsam.

Ein Muskel an seinem Kiefer zuckte. »Du musst die Füße stillhalten. Verhalte dich ruhig, bleib unauffällig und unter ihrem Radar. Ich werde sie, solange es geht, von dir fernhalten.« Hayden holte Luft und kniff kurz die Augen zusammen.

»Hayden«, flüsterte ich kaum hörbar. Was verursachte ihm solche Schmerzen?

»Und was auch immer geschieht, du darfst mir, sollte ich dir nach heute Nacht wieder begegnen, nicht vertrauen. Egal, was ich mache oder dir verspreche. Vertrau. Mir. Unter. Keinen. Umständen. Denn das bin nicht ich!« Der Griff seiner

Finger wurde fester, seine Nägel gruben sich in meine nackte Haut. »Wenn du mich siehst, dann lauf weg – wenn ich dich packe und festhalte, dann wehre dich mit allen Mitteln. Ich weiß, dass du das kannst. Lass nicht zu, dass ich dich in die Hände bekomme, Tay. Töte mich, wenn nötig. Nur bleib verdammt noch mal am Leben.«

Ich hielt die Luft an, unfähig auch nur ein Wort zu sagen. Das konnte nicht sein Ernst sein. Das war doch –

»Hast du mich verstanden?!« Stumm sah ich ihn an. Sein Blick wurde flehend, als er mich schüttelte. »Du musst es mir schwören. Wie verlockend es auch scheinen mag, du darfst nicht nachgeben. Ich werde aussehen wie ich, aber das werde nicht *ich* sein. Keiner von uns. Hast du das verstanden, Tay?«

Tränen traten mir in die Augen, doch ich nickte. Ich nickte, weil ich diese eine Sache verstanden hatte. Und sie zerriss mir die Brust.

»Gut.« Ein winziger Anflug von Erleichterung flog über seine Züge, dann lockerte sich sein Griff merklich. »Ich werde es dich wissen lassen, wenn sich die Lage ändert, aber bis dahin darfst du niemandem vertrauen, außer dir selbst. Niemandem aus Emerdale. Nicht einmal Professor Kellish.«

Teddy?

»Du bist klug, nutze deinen Verstand, spiele deine Rolle und tu um Himmels willen nichts Unüberlegtes. Um mehr bitte ich dich im Moment nicht.« Erschöpft ließ er den Kopf sinken, seine Arme glitten von meinen Armen. »Meine Zeit ist um, ich bringe dich zurück.«

»Nein«, entgegnete ich und wich nach hinten aus. Ich wusste, dass Hayden für seine Teleportation physikalischen Kontakt zu dem Element brauchte, das er mit sich nehmen wollte, also flüchtete ich ruckartig aus seiner Reichweite. »Du hast mir kaum eine Frage beantwortet. Ich kann dich jetzt nicht einfach gehen lassen, Hayden.«

»Du musst«, brachte er gepresst hervor. »Wir haben keine andere Wahl.«

Hilflos raufte ich mir die Haare. »E-e-es ist Emerdale, oder nicht? Sie sind noch da … Sie sind da draußen. Sie alle.«

»Es war schon immer Emerdale und das Ganze ist so viel größer, reicht so viel weiter, als wir bisher angenommen haben. Sie haben uns belogen«, murmelte er und machte einen Schritt in meine Richtung. »Tay, bitte, ich kann es nicht viel länger zurückhalten. Sie zerren mich zurück.«

Heiße Tränen liefen über meine Wangen, brannten auf meiner kalten Haut. »Ich habe Angst«, sagte ich dann kaum hörbar. »Ich habe so unglaubliche Angst, Hayden.«

»Wir werden einen Weg finden, Tay. Es gibt immer einen Weg, erinnerst du dich?« Seine Mundwinkel verzogen sich zu einem winzigen Lächeln. »Wir alle sind mächtig, jeder auf seine Art. Doch du, Tay, du bist eine verdammte Naturgewalt. Sie haben keine Chance, dich zu kontrollieren. Und gemeinsam werden wir über sie hinwegfegen und nichts übrig lassen, wenn es so weit ist.«

Als Hayden dieses Mal nach mir griff, ließ ich es zu. Ließ mich von ihm in die Arme ziehen, ließ zu, dass er mir einen bittersüßen Kuss auf die Stirn hauchte und meinen Namen wisperte.

»Vertrau auf deine Stärke und sei mutig«, hörte ich seine Stimme wie aus weiter Ferne. »Es hat gerade erst begonnen.«

KAPITEL 14

JONATHAN

Bad Liar (Stripped) – Imagine Dragons

> **Lory**
> Hey Jo, es tut mir leid, dass ich gestern einfach so verschwunden bin. Es gab einen Notfall. Danke für den schönen Abend. Wir sehen uns Montag.

Ich hatte Lorys Antwort mindestens schon dreißigmal gelesen und auch beim einunddreißigsten Mal verriet sie mir nicht mehr, als die vielen Male zuvor.

Stattdessen kam ich mir wie der größte Idiot vor.

Ein Notfall. Ja klar.

Beinahe das ganze Wochenende über hatte ich die Ereignisse am Freitagabend und unseren gemeinsamen Tag zuvor wieder und wieder durchgespielt, unsere Gespräche rekonstruiert, um herauszufinden, an welchem Punkt ich Lory dazu gebracht hatte, die Flucht zu ergreifen. Denn das hatte sie ganz offensichtlich getan. Als ich die Alarmanlage deaktiviert hatte – es war wirklich nur ein dämlicher Defekt gewesen –, war sie wie vom Erdboden verschluckt gewesen.

Was wiederum bedeutete, dass sie die ganzen fünfzehn Kilometer bis nach Malibu am Strand entlang nach Hause gelaufen war und wäre es wirklich ein Notfall gewesen, hätte sie mich definitiv gefragt, ob ich sie hätte fahren können.

Es war offiziell: Lory war abgehauen.

Und ich hatte die leise Vermutung, dass es mit meinem kleinen Geständnis zu tun hatte. Dass ich ihr zu schnell zu nah gekommen war.

Du bist mein Lieblingsrätsel, habe ich dir das eigentlich schon mal gesagt?

Fluchend trat ich auf die Bremse, sodass ich knapp vor dem Sicherheitstor des St. James College zum Stehen kam, wo ich mich auswies und dann auf den Parkplatz raste. Warum hatte ich das auch sagen müssen? Hätte ich nicht einfach den Moment genießen können? Lory hatte sich gerade einen Spaltbreit geöffnet, hatte den Abstand zwischen uns verringert und was tat ich Idiot? Ich zerrte sie mit aller Wucht immer näher an mich heran. Nicht unbedingt meine beste Leistung, und doch konnte ich die Wut auch nicht ganz abstellen. Wut und Frust. Wut darüber, dass sie einfach so abgehauen war, anstatt mir zu sagen, dass es ihr zu schnell ging. Ich hätte es verstanden, ich hätte ihr wieder mehr Freiraum gegeben, auch wenn es mich frustriert hätte.

Weil ich der außergewöhnlichen Taylor aus irgendeinem Grund innerhalb von Sekundenbruchteilen hoffnungslos verfallen war. Ich, der große Frauenheld, der sonst keine ein zweites Mal anschaute, war hoffnungslos den Launen eines Mädchens ausgesetzt, das mich vollends um den Finger gewickelt hatte und es vermutlich nicht einmal merkte.

Warum, verdammt noch mal, musste ich mir auch gerade das komplizierteste Mädchen aussuchen?

Das satte Brummen meines AMG GT S verstummte, als ich den Motor in der Parklücke abstellte. Mit einem Stöhnen legte ich den Kopf an die Stütze und fuhr mir übers Gesicht.

Wie sollte ich bei ihr noch durchsteigen? Lory brachte mich um den Verstand – in vielerlei Hinsicht. Am liebsten würde ich sie packen, schütteln und so lange zur Rede stellen, bis sie endlich mit der Sprache herausrückte. Gleichzeitig warnte mich eine Stimme davor und trieb mich an, möglichst viel Abstand zwischen Taylor und mich zu bringen. Solange ich noch konnte.

Wenn ich nur daran dachte, wie schnell sie aufgesprungen war, als die Sirene losgegangen war. Ihre geballten Fäuste ... der Ausdruck in ihren Augen. Lory hatte ausgesehen, als würde sie jemanden umbringen wollen. Als hätte sie mit einem Angriff gerechnet.

In anderen Momenten jedoch wirkte sie so zerbrechlich und alles in mir drängte danach, sie zu beschützen, für sie da zu sein.

»Himmel, Jo, hör dir mal selbst zu«, murmelte ich und schnappte mir die Krücken vom Beifahrersitz, ehe ich ausstieg und den Wagen hinter mir abschloss.

Der Himmel über Los Angeles war verhangen, was der Hitze jedoch keinen Abbruch tat. Bereits nach wenigen Metern schwitzte ich bestialisch in dieser völlig unnötigen Schulkleidung und die Tatsache, dass mein erster Kurs aufgrund einer Verschiebung im obersten Stockwerk stattfand, trug nicht gerade zur Besserung meiner Laune bei. Was für ein Scheißtag.

Ganz zu schweigen von der unbeantworteten Nachricht von Neal, die noch immer in meinem Postfach wartete.

Kopfschüttelnd betrat ich das moderne College und steuerte direkt die gigantische Helixtreppe an, um mich an den Aufstieg zu machen. Mehrere Studenten überholten mich, zwei rempelten mich sogar an, um noch schneller an ihr Ziel zu kommen. Am liebsten hätte ich ihnen meine verdammte Krücke an den Kopf geworfen.

Als ich eine Ewigkeit später am obersten Treppenabsatz ankam, rasselte mein Atem in meiner Lunge, als wäre ich einen Marathon gelaufen und ich war kurz davor, wieder auf dem Absatz kehrtzumachen. Einfach zu verschwinden und mir zu Hause die Decke über den Kopf zu ziehen.

Wen juckte es? Vin war an dem Gutachten, das mich aus Moms Klauen befreien würde, dran und Lory ... Vielleicht brauchte ich Abstand, um mir über einige Dinge klar zu werden.

Andererseits ... ich hatte den Gedanken nicht einmal zu Ende gedacht, da hatte ich mich auch schon in Bewegung gesetzt und den Hörsaal, in dem meine Infinitesimalrechnungs-Vorlesung stattfinden würde, betreten. So viel zum Thema Abstand.

Automatisch ließ ich die Augen über die stufenförmigen Reihen wandern, suchte nach dunkelblonden Haaren und grauen Augen, doch Taylor war nicht hier.

Was hatte ich eigentlich erwartet? Natürlich war sie nicht hier.

Missmutig schob ich mich auf einen freien Platz in der zweiten Reihe, legte den Kopf auf die verschränkten Arme und blickte erst wieder auf, als Professor Casslers stinklangweiliger Vortrag durch eine aufgehende Tür unterbrochen wurde.

Alle Augen richteten sich auf die Studentin, die hereinhuschte und dabei eine knappe Entschuldigung murmelte.

Taylor.

Unwillkürlich spannte ich mich an und verfolgte dann, wie sie zielstrebig auf den Stuhl neben mir zuhielt und sich schließlich setzte. Wortlos kramte sie ihre Sachen heraus, wobei ihre Bewegungen fahrig und unkontrolliert wirkten, und begann dann, ihren Ring am Daumen wieder und wieder zu drehen.

Lory machte mich gelinde gesagt, nervös.

»Hey«, begrüßte ich sie leise und stupste sie an.

»Hey.« Ihr Blick zuckte kurz in meine Richtung, dann schaute sie nach rechts, nach links und wieder geradeaus.

Eine Augenbraue gehoben, betrachtete ich sie von der Seite, registrierte, wie sie sich immer wieder über das Tattoo fuhr, umschaute, hektisch etwas auf das Papier vor sich kritzelte und auf ihrer Unterlippe herumkaute. Sie wirkte, als wäre sie auf der Flucht, als könnte jeden Moment ein Sondereinsatzkommando durch die Tür stürmen und sich auf sie werfen.

»Verflucht, Lory, ist alles okay?«

»Hm?«, machte sie und sah zu mir.

»Ob du okay bist?« Ehrlich gesagt machte mir ihr Verhalten Angst. Taylor war immer pünktlich, sie konnte Dinge, die nicht kalkulierbar waren – so hatte sie es genannt –, nicht ausstehen und verhielt sich immer gefasst. Doch in diesem Moment wirkte sie eher wie ein nervliches Wrack. Vielleicht war ich mit meinem Urteil zu vorschnell gewesen. Vielleicht steckte hinter ihrem plötzlichen Verschwinden doch mehr.

»Lory«, sagte ich kaum hörbar und legte eine Hand auf ihre unruhigen Finger. Sie waren eiskalt. Der dunkle Nagellack, den ich schon oft an ihr gesehen hatte, war abgekaut und ich entdeckte neue Abschürfungen an ihren Knöcheln. War sie wieder kämpfen gewesen und steckte nun in Schwierigkeiten? Aber davon hätte mir Vin doch erzählt, oder?

»Was ist los?«, fragte ich und ließ sie nicht aus den Augen. »Sprich mit mir.«

Lorys Blick zuckte zu unseren Händen, dann zu mir. Ihre

Pupillen waren ganz groß, sodass man das Grau kaum noch sehen konnte.

»Ich –«

»Miss Welsh? Vielleicht möchten Sie uns die Antwort verraten?« Professor Cassler hatte sich selbst unterbrochen und starrte nun zu Taylor und mir hoch.

Nicht gut.

Lory zog ihre Finger aus meinen und richtete sich auf. Der gehetzte Ausdruck verschwand aus ihrem Gesicht, als würde sie einen Schalter umlegen. »Entschuldigen Sie, aber könnten Sie die Frage vielleicht noch einmal wiederholen?«

Casslers Gesicht nahm eine ungesund rote Farbe an. »Sie wollen mich auf den Arm nehmen, oder? Das hier ist ein Einführungskurs und ich stelle Ihnen weiß Gott keine unlösbaren Aufgaben! Es ist ja nicht so, dass ich Sie die dritte Wurzel aus dreihundertsechsundachtzig Komma sechsundsechzig im Kopf berechnen lasse.«

»Sieben Komma zwei acht fünf zwei drei«, gab Lory wie aus der Pistole geschossen zurück.

Die Augen des Professors weiteten sich. »Wie war das?«

»Die Antwort auf die dritte Wurzel von dreihundertsechsundachtzig Komma sechsundsechzig: Sieben Komma zwei acht fünf zwei drei. Sie können es gerne überprüfen.«

Es wurde mucksmäuschenstill im Hörsaal, sämtliche Köpfe flogen zu Taylor, selbst von denjenigen, die bis eben am Handy gesessen hatten.

»Das ist richtig, Alter«, rief irgendein Idiot aus der letzten Reihe.

»Finden Sie das witzig, Miss Welsh?«, erkundigte sich Cassler, der wie ein Vulkan kurz vor dem Ausbruch brodelte.

»Sie kommen verspätet in meinen Kurs, unterhalten sich,

während ich die Vorlesung halte und führen mich dann vor allen anderen vor?«

Taylors Hände ballten sich zu Fäusten und ein Beben ging durch sie hindurch. Aus einem Impuls heraus legte ich eine Hand auf ihren Oberschenkel und drückte leicht. »Lory«, raunte ich kaum hörbar.

Für einen winzigen Moment kreuzten sich unsere Blicke, dann richtete sie ihr Augenmerk wieder auf den Professor und atmete leise aus.

»Es tut mir leid, Professor Cassler. Ich hatte nicht die Absicht Ihre Vorlesung zu stören«, gab sie ruhig zurück.

Der Professor murmelte einige unverständliche Worte, nickte jedoch und trat an die Tafel. Ich ließ meine Hand noch einen Augenblick länger auf Taylors Oberschenkel liegen, ehe ich sie zurückzog.

Lory rührte sich keinen Zentimeter und ich wagte es nicht, sie noch einmal anzusprechen. Irgendetwas war am Wochenende geschehen und es sorgte dafür, dass sie total durch den Wind war, doch hier und jetzt war definitiv nicht der richtige Zeitpunkt, Taylor darauf anzusprechen. Mit einem leisen Seufzen lehnte ich mich zurück.

»Lory, wo bist du nur mit deinen Gedanken?«, fragte ich leise, als ich eine Tasse Kaffee vor ihr abstellte und mich dann auf dem Stuhl ihr gegenüber niederließ. Um diese Zeit war das Studentencafé des Campus beinahe leer und ich hatte ganze fünf Vorlesungen gezögert, Taylor anzusprechen. Doch die Wahrheit war, es machte mich schier wahnsinnig, sie so zu sehen.

Ihre Finger schlossen sich um den Becher, dann blickte sie auf. »Hier. Ich bin hier.«

Ich warf ihr einen zweifelnden Blick zu und verschränkte die Arme. »Sicher, und vorhin bei Cassler? Was war das?«

Sie zuckte nur mit den Schultern.

Mir kam ein resigniertes Seufzen über die Lippen. »Ich mag vielleicht keine so komplizierten Zahlen im Kopf radizieren können, aber ich bin nicht blöd. Dir geht es nicht gut. Irgendetwas lässt dich nicht los und seit du Freitag sang- und klanglos verschwunden bist, bist du noch verschlossener als sonst. Ich möchte dir helfen, Lory, du bist meine Freundin und Freunde helfen sich. Aber dafür musst du mit mir sprechen.« Es fiel mir schwer, meine Stimme sanft und leise klingen zu lassen. Es tat weh, sie so zu sehen. So neben sich und erschöpft. Ich wollte ihr verdammt noch mal helfen. Nur wusste ich nicht wie. Wieder wanderten ihre Finger zu dem Tattoo, fuhren darüber und ich folgte ihrer Hand mit dem Blick. »Hat es etwas damit zu tun? Mit dieser Nummer auf deinem Arm?« Ich beugte mich weiter über den Tisch, griff vorsichtig, aber bestimmt, nach ihrem Unterarm. Zu meiner Überraschung ließ sie es geschehen und sah mir dabei direkt ins Gesicht.

Ich schluckte und strich nun selbst über die Zahlen-Buchstabenkombination. Sie spannte sich merklich unter meiner Berührung an und zuckte kurz zusammen, als meine Fingerspitzen die kleine, erhabene Narbe unter dem Tattoo erreichten.

Ich war kein Computergenie, aber diese Kombination musste irgendeine Art Code sein. Wahrscheinlich hexadezimal. Vielleicht ein Datum?

EF4 A0 XX C8

»Das ist ein Teil des Rätsels, das du um dich spinnst, nicht wahr?«

Ihre Stirn legte sich in Falten. »Nein. Es ist eine Erinnerung – eine Mahnung. Nicht mehr«, antwortete Lory, zog ihren Arm zurück und krempelte ihre Bluse runter.

»Verdammt, Lory«, seufzte ich. »Wenn ich dir zu nahe getreten bin, dir das am Freitag zu viel war ... es tut mir leid, okay? Aber lass mich dir helfen.«

Sie verengte die Augen und schüttelte den Kopf. »Warum kannst du es nicht einfach gut sein lassen?«

»Bitte?«, fragte ich verwirrt und lehnte mich über den Tisch. »Was meinst du?«

Lory wandte den Blick zur Seite. »Du hast gesagt, ich wäre dein Lieblingsrätsel. Warum hörst du nicht damit auf, es lösen zu wollen? Wieso kannst du nicht akzeptieren, dass es dafür keine Lösung gibt? Dass ich dir keine Antworten auf deine Fragen geben *kann*?«

Meine Augenbrauen schossen in die Höhe. Darum ging es hierbei? War das der Grund, warum sie heute so neben der Spur war?

»Was ist am Wochenende passiert? Was ist das für ein Notfall gewesen?«

Ihre grauen Augen richteten sich auf mich. »Du tust es schon wieder. Du stellst Fragen, ohne zu wissen, ob du mit den Antworten klarkommen würdest.« Röte trat auf ihre blassen Wangen.

Ich biss die Zähne zusammen und erwiderte ihren eindringlichen Blick. »Mag sein. Und weißt du auch warum? Weil ich mir Sorgen mache. Weil ich Angst um dich hatte, als du am Freitag einfach verschwunden bist und ich erst am Samstag wieder etwas von dir gehört habe! Weil du in der

Vorlesung heute Morgen gewirkt hast, als würdest du dich jeden Moment in den grünen Hulk verwandeln. Weil du mir wichtig bist, verdammt.« Meine Stimme war mit jedem Wort lauter geworden.

Ein gequälter Ausdruck trat auf ihre Züge, dann legte sie beide Hände an die Schläfen und senkte den Blick. »Das solltest du nicht, Jo«, murmelte sie kaum hörbar. »Du solltest dir keine Sorgen um mich machen.«

Im ersten Moment glaubte ich, ich hätte mich verhört. Deswegen fragte ich das Erstbeste, das mir durch den Kopf ging: »Liegt es an deinem Vater?«

Eine steile Falte bohrte sich zwischen ihre Augenbrauen. »Es liegt an *allem*, Jo. Verstehst du das denn nicht?«

»Nein. Ich verstehe gar nichts. Weil du mir nie etwas sagst und man dir jedes Wort aus der Nase ziehen muss. Wovor hast du solche Angst?!«, verlangte ich deutlich schärfer als beabsichtigt, zu erfahren.

Sie stand so ruckartig auf, dass ihr Stuhl nach hinten umfiel und etwas von dem Kaffee überschwappte.

»Lory ...«, setzte ich wieder sanfter an, doch sie hatte sich bereits ihre Tasche geschnappt und war aus dem Café gestürmt. Ich blieb alleine zurück, mit einem ganzen Haufen Fragen.

Wieder einmal.

»Vincent! Ich bin wieder da, wo steckst du?« Ich warf meine Tasche in eine Ecke und ging in die Küche, wo ich mir ein Glas Wasser holte. »Verkriechst du dich wieder?«

Irgendwo im Haus knallte eine Tür, dann hörte ich Schritte

auf der Treppe. Kurz darauf erschien Vins durchtrainierte Gestalt in meinem Blickfeld. »Vor dir sicher nicht, Johnny. Viel mehr vor dem Telefon, das in einer Tour nervt. Deine Mutter und deine Lieblingssex wechseln sich fröhlich damit ab, Sturm zu klingeln.«

Resigniert schüttelte ich den Kopf. »Und lass mich raten, Neal auch?«

»Jep, also nehme ich mal an, dass du die Sache immer noch nicht geklärt hast? Dein Anwalt hat den Vertrag und die Klausel doch geprüft. Sie ist nichtig.« Vin fuhr sich über die raspelkurzen Haare und stützte sich auf die Theke. »Was willst du also von diesen Mistkerlen?«

Gar nichts. Ich will gar nichts. Zumindest war das meine Antwort gewesen, als ich letzte Woche das Angebot erhalten hatte. Doch angesichts der Tatsache, dass ich gerade erfolgreich meine Freundschaft mit Taylor in den Sand gesetzt hatte – und damit das Einzige, das meinem Alltag etwas Farbe gegeben hatte, erschien es plötzlich deutlich attraktiver, sich wieder in dem hohlen Schauspielerleben zu vergraben.

Weg von dem beschissenen College.
Weg von Taylor und ihren komplizierten Rätseln.
Alles wieder auf Anfang.

»Das weißt du ganz genau«, sagte ich verzögert. »Neal bietet quasi an, mir mein altes Leben zurückzugeben.«

Vin verzog beinahe angeekelt das Gesicht, als würde ich ihn anwidern. »Hast du dir mal selbst zugehört? Was genau von deinem alten Leben wünschst du dir denn so sehnlich zurück, dass du wieder Neals Schuhsohlen ablecken würdest?«

Jetzt war es an mir, eine Grimasse zu schneiden. »Du bist widerlich, Vin.«

»Nein, ich bin der Idiot, der dich davor bewahrt, wieder

alles hinzuschmeißen, was du dir so hart erkämpft hast. Du bist unabhängig, endlich weg von diesen ganzen Haien. Du brauchst nichts von diesem Scheiß, Jo.«

Als wüsste ich das nicht selbst, doch im Moment war es der schnellste Ausweg. Der Weg des geringsten Widerstandes. Ich war schon immer ein Feigling gewesen.

»Du hast keine Ahnung davon, was ich will, Vin, also halt deine Klappe«, brummte ich und setzte mich auf einen der Hocker.

Unbeeindruckt goss Vincent uns beiden jeweils ein Glas mit bernsteinfarbener Flüssigkeit ein. »Scheint, als hättest du deine tägliche Medizin gegen das Arschlochsyndrom noch nicht genommen«, schnaubte er und reichte mir ein Kristallglas. »Was sagt Tay zu dem Angebot?«

Ruckartig hielt ich inne, das Glas nur Millimeter von meinen Lippen entfernt, sodass ich den scharfen Geschmack des Whiskeys schon auf der Zunge kribbeln spürte. »Taylor? Was hat sie damit zu tun?«

Lory war im Augenblick die Letzte, über die ich reden oder auch nur nachdenken wollte.

Vincent nahm einen Schluck und betrachtete mich eingehend. »Ich mag zwar nicht mehr dein Bodyguard sein, Jo, aber ich behalte dich trotzdem im Auge und neuerdings ist dieses Mädchen ziemlich oft an deiner Seite.«

Ich biss die Zähne zusammen und stellte das Glas ab. »Und damit hast du ein Problem?«

»Nein«, gab Vin erstaunlich ruhig zurück, »ich bin nur aufmerksam. Und seit Tay in dein Leben getreten ist, bist du noch gereizter als sonst. Das ganze Wochenende über hast du entweder den Trainingsraum zerlegt oder stundenlang schweigend auf der Terrasse gestanden und vor dich hingestarrt.«

»Und das kommt ausgerechnet von dir. Du hast sie doch hier angeschleppt, oder irre ich mich?« Meine Antwort war nicht besonders fair, aber mein Maß an Selbstbeherrschung war für heute voll. Langsam reichte es mir.

Vincent lehnte sich an den Tresen und nahm einen Schluck. »Was weißt du über sie?«

»Was wird das hier?«

»Wo kommt sie her? Wie ist ihre Familie so? Wann hat sie Geburtstag?«, fuhr er ungerührt fort und legte damit den Finger in die Wunde. »Hat sie dir überhaupt etwas über sich erzählt?«

»Vin …«, begann ich gefährlich leise.

»Hat sie also nicht«, stellte er das Offensichtliche fest und kippte den Rest seines Whiskeys hinunter. »Du hast nicht den blassesten Schimmer, wer diese Taylor Welsh eigentlich ist. Was sich hinter ihrer hübschen Fassade verbirgt.«

Ich runzelte die Stirn. »Woher kennst du ihren Nachnamen?«

Vincent verschränkte die Arme vor der Brust und trat näher. »Ich passe auf dich auf, Johnny.«

»Himmel, Vin, du hast sie doch nicht mehr alle. Sie ist eine Freundin, wir verbringen Zeit miteinander und sie tut mir gut, okay?«, platzte ich heraus und stand auf. »Wolltest du das hören?«

Langsam schüttelte er den Kopf. »Dieses Mädchen ist unberechenbar und du solltest dich von ihr fernhalten.«

Ich hätte mich beinahe an meiner eigenen Spucke verschluckt. Drehten jetzt alle durch? Erst Taylor, die nicht mehr sie selbst war und jetzt auch noch mein bester Freund?

»Meinst du ihre Kampfkünste? Oder die Tatsache, dass sie erschreckend intelligent ist? Dass sie keine Ahnung wie viele Sprachen fließend beherrscht oder die Spannung, die immerzu in ihrer Haltung liegt? Vin, ich komme damit klar, okay? Taylor mag viele Facetten haben, aber sie ist nicht gefährlich. Und nichts für ungut, aber es ist meine Sache, wen ich in mein Leben lasse und wen nicht.«

Vincents Miene verdüsterte sich merklich. »Du weißt nicht das Geringste, Johnny.«

»Ach ja?«, hielt ich dagegen. »Und du kennst sie natürlich bis ins kleinste Detail, richtig? Weil ihr euch zusammen in irgendeinem Prügelschuppen die Köpfe eingeschlagen habt?«

Langsam, aber sicher wurde ich richtig wütend. Ich wollte nicht mehr über Taylor sprechen, mich nicht länger vor Vincent für etwas rechtfertigen müssen, das vermutlich eh Geschichte war. Ich hatte die Nase voll davon, mich ständig zu verbiegen und doch nichts damit zu erreichen.

»Ich weiß mehr als du.«

»Na schön«, ich breitete herausfordernd die Arme aus. »Dann sag es mir! Lass mich an deinem grenzenlosen Wissen über dieses verfluchte Mädchen teilhaben!«

Resigniert fuhr er sich über das Gesicht. »Tay ist anders. Sie ist –«

Das schrille Klingeln meines Handys unterbrach Vincent und ich verdrehte die Augen. Einen Moment lang sahen wir uns an, das laute Klingeln zwischen uns, dann stieß ich einen knappen Fluch aus und griff nach dem Telefon.

»Neal«, begrüßte ich den Anrufer, ohne Vincent aus den Augen zu lassen. »Gut, dass du anrufst. Ich habe mich entschieden.«

KAPITEL 15

TAYLOR

Zombie (Acoustic Version) – The Cranberries

Noch nie in meinem Leben hatte ich mich so nutzlos gefühlt.

So zerrissen, so ruhelos, so rastlos.

Ich hatte das Gefühl zu ersticken. Die Lügen, die ich hervorbrachte, nahmen mir die Luft zum Atmen, wo ich doch eigentlich ganz andere Dinge herausschreien wollte. Ich fühlte mich gefesselt, gebunden und würde mich lieber kopfüber in den nächsten Kampf stürzen, als nur auch noch eine weitere Sekunde untätig herumsitzen zu müssen. Alles in mir drängte mich dazu, zu handeln, *irgendetwas* zu tun und diese lächerliche Rolle, die ich spielte, zum Teufel zu schicken.

Doch Haydens Worte, die wie ein Damoklesschwert über mir hingen, hielten mich zurück.

Vertrau niemandem.

Du bist der Schlüssel.

Bleib am Leben.

Es hat gerade erst begonnen.

Meine Zähne knirschten, so fest biss ich sie aufeinander. *Verdammt, Hayden!*

Ich verschränkte die Arme und grub die Nägel in meine Oberarme, um nicht aufzuspringen und Teddy, der seelenruhig Lasagne zubereitete, an die Kehle zu gehen.

Was wusste er über das alles? Wie passten seine Lügen in dieses Bild?

Ich zog die Unterlippe zwischen die Zähne und verengte die Augen. Warum hatte Teddy mich belogen und aus Emerdale entführt – und uns dabei beinahe umgebracht –, wenn es den Komplex und die Dales ganz offensichtlich nach wie vor gab? Schließlich war Haydens pure Existenz und die Tatsache, dass uns die Dales jetzt jagten, Beweis genug dafür, dass Emerdale keineswegs eingestampft worden war. Ganz im Gegenteil. Wieso also diese Lügen? Wieso diese Maskerade? Wie passte das alles zusammen?

Mein Kopf arbeitete ununterbrochen, schob einzelne Brocken hin und her, versuchte das große Ganze zu erkennen, doch es gelang mir nicht. Ich schaffte es nicht, mich richtig zu konzentrieren und auf meinen hoch entwickelten, abstrakten Verstand zurückzugreifen. Er versagte mir ganz einfach den Dienst, weil sich meine Emotionen davorschoben.

Immer wieder drifteten meine Gedanken zu Hayden ab, zu den Schmerzen, die er gehabt hatte, zu der Tatsache, dass er – dass Emerdale – noch existierte.

Zu Jo.

Ich fuhr mir über die Lippen und starrte auf das aufgeschlagene Skript vor mir. So lange, bis die Buchstaben vor meinen Augen verschwammen und ich gar nichts mehr sah.

Unser Streit am Montag lag mir jetzt, zwei Tage später, immer noch schwer im Magen, es hatte mir beinahe körperliche Schmerzen bereitet, ihn vor den Kopf zu stoßen und auszusperren, doch ich hatte keinen anderen Ausweg gesehen.

Ich musste ihn unter allen Umständen von Emerdale und dem, was sich zusammenbraute, fernhalten. Jo war klug, früher oder später würde er eins und eins zusammenzählen und damit alles nur noch komplizierter machen. Es war die beste Lösung gewesen, mich zu distanzieren. Und doch konnte ich den enttäuschten Ausdruck in seinen Augen nicht vergessen. Die Frustration in seinem Blick, seine Worte.

Du bist mir wichtig.

Ich schluckte und drückte fester zu. Er musste aus meinem Kopf verschwinden. Ich konnte keine Ablenkung gebrauchen – nicht jetzt, wo sich alles um hundertachtzig Grad zu drehen schien.

Und Jo war die ultimative Ablenkung.

Er schob sich mühelos in jeden meiner Gedanken, brachte mich dazu, mir Dinge zu wünschen, die für mich unerreichbar waren. Jo blockierte meine Objektivität mit subjektiven Eindrücken und Wünschen. Er sorgte dafür, dass ich vergaß, wer ich wirklich war, woher ich kam, wofür ich erschaffen worden war. Ich musste Jo auf Abstand halten und wieder auf Kurs kommen. Das oder es würde *wirklich* übel enden.

Und doch ...

»Geht es dir gut, Taylor?« Teddys Stimme ließ mich zusammenzucken. Früher war ich nie zusammengezuckt. Ich war immer aufmerksam gewesen, hatte stets alles im Blick gehabt, war vorbereitet gewesen.

Bis mich Teddy aus allem herausgerissen hatte.

Schluck es runter. Spiel deine Rolle, Tay.

»Ähm, sicher«, beeilte ich mich zu sagen und deutete auf die Unterlagen vor mir, die ich auf dem Küchentresen ausgebreitet hatte. »Sind nur ziemlich ätzende Aufgaben.«

Teddy hob die Augenbrauen und beugte sich über das Infinitesimalrechnungskript. »Sonst liegen dir Zahlen doch immer.«

Schulterzuckend löste ich meine Arme und strich mir einige Strähnen zurück. »Heute bin ich irgendwie nicht ganz bei der Sache.«

Was für eine Untertreibung!

Ich war seit Tagen nicht auf der Höhe. Am College versuchte ich Jo mit allen Mitteln aus dem Weg zu gehen und sobald ich zu Hause war, vermied ich es, zu viel Zeit mit Teddy zu verbringen, um nicht komplett den Verstand zu verlieren. Eine Gratwanderung, die in jeder einzelnen Sekunde an meiner Beherrschung zerrte.

Nur hatte er mich heute sozusagen dazu genötigt, bei ihm zu sitzen, während er kochte. Erneut abzulehnen war nicht drin. Sonst würde er Verdacht schöpfen.

»Wir können darüber sprechen, wenn du möchtest, Taylor. In den letzten Tagen hatten wir wenig Zeit füreinander. Ich möchte nicht, dass du das Gefühl hast, ich würde dich vernachlässigen oder dass du mir nicht vertrauen könntest.«

Beinahe hätte ich laut aufgelacht. *Vertrauen?* Im Augenblick wusste ich nicht einmal mehr genau, was das eigentlich war.

»Nicht so wichtig.« Kopfschüttelnd winkte ich ab und sah zu meinem Handy, das in diesem Moment vibrierte.

»Dein neuer Freund?«, erkundigte sich Teddy, der bereits wieder bei seiner Béchamel-Soße am Herd stand. »Du solltest ihn endlich mal hierher einladen. Ich würde ihn gerne kennenlernen.«

Es war tatsächlich eine Nachricht von Jo. Die erste seit unserem Streit und der darauffolgenden Funkstille. Als hätten ihn meine lauten, chaotischen Gedanken angelockt.

> Jo
> Es tut mir leid. Können wir reden?

Meine Stirn legte sich in Falten und ich musste meine Hände zu Fäusten ballen, um ihm nicht sofort zu antworten. Ja, ich wollte mit ihm sprechen. Gott, wie sehr ich mir wünschte, dass ich das könnte. Dass es so einfach wäre. Er fehlte mir, unsere Leichtigkeit, die kleine Blase, die wir uns erschaffen hatten.

Du weißt, dass das nur Theater war, oder C8? Nichts als Theater. Das hier ist deine Realität, also mach die Augen auf und halte dich selbst auf Spur.

Ich schob das Handy zur Seite, als die zweite Nachricht ankam.

> **Jo**
> Ich hätte einfach für dich da sein sollen, anstatt dich unter Druck zu setzen. Wenn du nicht darüber reden möchtest, ist das okay. Aber bitte sperr mich nicht aus.

Der trockene Kloß in meinem Hals kehrte zurück und sorgte dafür, dass ein Brennen in meinen Augen aufstieg. Ich wollte ihn nicht aussperren, aber ich konnte ihn auch nicht länger belügen und mit Halbwahrheiten abspeisen. Jede einzelne Lüge ihm gegenüber kam einem Messerstich gleich.

Du bist mir wichtig.

Das Handydisplay verschwamm vor meinen Augen. Dunkle Klauen rissen und zerrten an mir. Meine egoistischen, naiven Wünsche auf der einen, meine Pflicht und die scharfe Stimme in meinem Inneren auf der anderen Seite.

Am liebsten hätte ich geschrien.

> **Jo**
> Bitte antworte mir. Irgendetwas. Ich weiß, dass du meine Nachrichten gelesen hast.

Ich sollte seine Nummer sperren. Einen Strich ziehen. Es wurde zu heikel, er kam meinem Geheimnis und damit der

Gefahr zu nahe. Emerdale würde ihn umbringen, ohne mit der Wimper zu zucken, meine Pflichten, alles, was in meinem Rücken lauerte und …

… und doch entsperrte ich das Handy mit zittrigen Fingern und begann zu tippen.

> **Lory**
> Ich kann dir keine Erklärungen geben, Jo. Bitte mich nicht mehr darum. Meine Antwort wird immer dieselbe sein.

> **Jo**
> Dann lass uns einfach Zeit miteinander verbringen und ich rede. Ich habe eine ganze Menge Redebedarf.

Meine Finger verharrten über der virtuellen Tastatur.

> **Lory**
> Was soll ich darauf sagen?

Jos Erwiderung kam sofort.

> **Jo**
> Sag einfach Ja. Wir können einen Ausflug machen. Raus in die Nationalparks, weit weg von allen anderen und reden. Oder schweigen.

> Du fehlst mir, Lory.

Teddy wandte sich zu mir um, eine Packung Parmesan in den Händen. »Käse?«

Ich nickte nur und sah wieder auf unseren Chat. Die nächste Nachricht war schon aufgeploppt.

> **Jo**
> Ich werde mir etwas überlegen. Sag Ja.

Ein Ausflug. Weit weg von anderen Menschen und eine Möglichkeit, das zwischen Jo und mir ein für alle Mal zu beenden, bevor er zu Schaden kommen würde. Ich musste einen sauberen Strich ziehen, aber ihn so zurückzulassen, wie ich es am Montag getan hatte, hatte er nicht verdient. Er war einer von den Guten, mehr als das und niemand, den man einfach ohne ein weiteres Wort abservierte. Jo verdiente einen ordentlichen Schlussstrich. Eine Möglichkeit seinen eigenen Weg weiterzugehen, ohne zu mir zurückzuschauen. Dafür würde ich sorgen, auch wenn ich ihm dabei wehtun musste.

Meine Finger bebten, als ich die Antwort tippte und damit mein Vorhaben besiegelte.

> Lory
> Okay. Ein Ausflug.

Ich musste Jo aus der Schusslinie ziehen und dann wieder auf Kurs kommen. Zurück zu der berechnenden Soldatin, zu meinem übermenschlichen Verstand finden – zu *C8*.

Ohne Ablenkungen.

Denn eine Einschränkung meiner Fähigkeiten konnte ich mir nicht leisten, es stand zu viel auf dem Spiel und Jo sorgte für gefährliche Zerstreuung. Wenn Hayden mit seinen Befürchtungen richtiglag, dann würde ich jede einzelne genmanipulierte Zelle meines Körpers brauchen, um überhaupt eine Chance zu haben.

Ich klappte mein Skript zu und faltete die Hände unter meinem Kinn. Schritt eins waren Informationen. Ich musste mir einen Überblick über die Situation und meine Mitspieler verschaffen und ich wusste auch schon, wo ich beginnen würde.

Vincent.

»Ich werde vermutlich über Nacht im Krankenhaus bleiben. Wir starten einen Langzeitversuch, der ununterbrochen elf Stunden laufen muss, und ich bin als Überwachung eingeteilt«, ließ mich Teddy am Donnerstagabend wissen und schloss die Schnallen seines Arbeitskoffers. »Kommst du klar?«

Ich nickte und lehnte mich mit verschränkten Armen an den Türrahmen. Hoffentlich sah man mir nicht an, dass ich mehr als erleichtert darüber war, eine Atempause von Teddy zu bekommen. »Sicher, viel Spaß«, gab ich zurück und verfolgte kurz darauf, wie er in seinen Jeep stieg und vom Grundstück rollte. Mein Atem entwich mit einem leisen Seufzen.

Keine zehn Minuten später ließ ich Vin in unser Haus und führte ihn direkt in mein Zimmer und von dort aus auf die zugehörige Terrasse. Die Sonne war bereits untergegangen und über uns spannte sich ein dunkelblauer Himmel, an dem ein voller Mond stand. Einige wenige Sterne prangten daneben.

Mit vor der Brust überkreuzten Armen stellte ich mich ans Geländer und wartete, bis Vin neben mich getreten war.

»Lass uns reden«, brach ich das Schweigen zwischen uns und warf ihm einen kurzen Blick zu. Vin trug ein schwarzes Longsleeve, das keinen Hehl aus seinen Muskeln und der Kraft dahinter machte, dazu eine olivfarbene Cargohose und dunkle Boots. Er wirkte völlig fehl am Platz.

»Wird langsam knapp, was?«

Ich zog die Augenbrauen zusammen. »Wovon sprichst du?«

»Du treibst meinen lieben Johnny seit ein paar Tagen in

den Wahnsinn – mehr als sonst –, daher nehme ich an, dass sich etwas geändert hat. Außerdem warst du bisher zu beschäftigt mit deinen Turteleien, als dass du mich um Informationen gebeten hättest. Und plötzlich erhalte ich eine Nachricht von dir. Also, was ist passiert?«

Seine Andeutung trieb mir die Hitze in die Wangen. Er hatte recht. Durch Jo hatte ich den Fokus verloren. Erst das Auftauchen meines tot geglaubten Freundes hatte mich wieder wachgerüttelt. In Emerdale hatte ich nie das Ziel aus den Augen verloren.

»Lassen wir Jo da raus.«

»Lustig, er hat exakt dasselbe über dich gesagt.«

Mit einem Knurren fuhr ich zu ihm herum und nahm mit Genugtuung wahr, wie die Sitzgarnitur unter meiner brodelnden Kraft zu beben begann. »Er hat nichts damit zu tun und daran wird sich auch nichts ändern. Ich werde die Sache beenden, also mach dir darum mal keine Sorgen.«

Vin sah sich um und nickte langsam. »Gut. Er ist dir schon jetzt viel zu nah. Stellt Fragen, gräbt tiefer. Und er ist nicht dumm, früher oder später wird er auf etwas stoßen, das ihn umbringen wird. Johnny hat einen regelrechten Narren an dir und deinen verfluchten Geheimnissen gefressen. Schieb einen Riegel vor, solange du noch kannst.«

Als hätte ich eine Erinnerung daran gebraucht, wie verdammt gefährlich dieses Spielchen war, das ich hier trieb.

»Ich habe alles unter Kontrolle.«

Mit einem leisen Lachen lehnte er sich gegen das Geländer. »Berühmte letzte Worte.«

Ich überging seine Spitze geflissentlich und kam zu den wichtigen Themen. »Was weißt du über Emerdale, Vin? Wie steckst du da drin?«

Seine Lippen verzogen sich zu einem schiefen Grinsen, während der Wind an seinem schwarzen Shirt zerrte. »Im Augenblick? Gar nicht. Die haben mich abgezogen, bevor es wirklich interessant werden konnte.«

»*Interessant?*«, wiederholte ich ungläubig und umfasste die Brüstung fester. »Du findest es *interessant*, dass Emerdale menschenverachtende Experimente an todkranken Kindern durchgeführt und diesen ihr Leben gestohlen hat, indem sie sie für ihre eigenen Zwecke ausgebildet haben?«

»Sie haben diese Kinder – dich wohlgemerkt auch – vor dem Tod bewahrt und mit Superkräften ausgestattet, oder nicht?«

Mir kam ein freudloses Lachen über die Lippen. »Und zu welchem Preis?«

»Forschung und Fortschritt haben immer ihren Preis, Tay, und Emerdale hat wahre Wunder vollbracht. Sieh dich an, wozu du und die anderen imstande seid.«

Fassungslos sah ich ihn an und schüttelte wütend den Kopf. »Womit haben sie dir denn das Gehirn geröstet? Hast du dir mal selbst zugehört? Emerdale hat *getötet*, ohne mit der Wimper zu zucken. Jedes *Experiment*, das aus dem Ruder gelaufen ist, wurde ohne einen weiteren Gedanken eliminiert. Die Leute dort haben Menschen – Kinder – umgebracht, sind über Leichen gegangen, um an ihre Ziele zu kommen.«

»Schau dich um, Tay. Glaubst du wirklich, irgendeine Forschung auf dieser Welt läuft anders ab? Meinst du, Antibiotikum stand einfach morgens auf der Fußmatte, bereit genutzt zu werden?« Die Muskeln an seinen Armen spannten sich an, als er sich auf dem Geländer abstützte. »Fortschritt hat ihren Preis. Versteh mich nicht falsch, das, was vielen in Emerdale widerfahren ist, ist schrecklich. Ich begrüße es nicht, wenn Menschen leiden müssen, doch stell dir mal vor, was durch ihre Forschung erreicht werden kann: Krebs, Blindheit, Lähmungen, Organversagen – das alles kann geheilt werden. Jede unheilbare Krankheit besiegt werden. Ist es nicht annehmbar, ein paar Opfer in Kauf zu nehmen, wenn damit die gesamte Menschheit gerettet werden kann?«

Ich ballte die Hände zu Fäusten, spürte, wie eine Welle meiner Telekinese über den Balkon hinwegfegte und die Stühle gegen die Brüstung peitschte. »Du bist irre, wenn du glaubst, Emerdale hätte bei ihren kranken Experimenten den Weltfrieden im Sinn. Es geht um etwas gänzlich anderes. Um Krieg, Vin, darum, unbesiegbar zu werden. Wir wurden dort zu Soldaten ausgebildet, nicht, um Menschen zu heilen.«

Das erste Mal sah ich einen winzigen Anflug von Zweifel über seine Züge huschen. Dann nickte er langsam. »Ihre Forschungsergebnisse sind dennoch nicht vom Tisch zu weisen. Ihr medizinischer Ansatz ... damit könnte man ...«

Ich lockerte meine Haltung, als ich den Unterton in seiner Stimme erkannte. »Vin, worauf möchtest du eigentlich hinaus?«

Seine Augenbrauen zogen sich zusammen. »Ich war während meiner Zeit bei der Army ein halbes Jahr bei Emerdale als Wachsoldat stationiert. Auch wenn meine Aufgaben primär darin bestanden haben, das Gelände zu sichern, habe ich das eine oder andere mitbekommen. Soldaten tratschen und es gab unzählige Gerüchte. Ich hörte von den scheinbar unmöglichen Dingen, die sie dort durchzogen. Dass sterbenskranke Kinder plötzlich geheilt und zu wandelnden Waffen wurden. Von den Generationen an Dales, die gescheitert sind und instabil waren und den Fortschritten bis hin zur fünften Generation.«

Der stabilsten und erfolgreichsten Generation mit den stärksten und leistungsfähigsten Dales.

Ich trat näher und verschränkte die Arme auf der Brüstung. »Meine Generation.«

Vin neigte den Kopf. »Vor knapp eineinhalb Jahren wurde ich wieder abgezogen, kurz bevor ...«

Meine Augen verengten sich, als ich nachrechnete. »... kurz bevor die letzten Tests an meiner Generation abgeschlossen wurden«, beendete ich seinen Satz und schnaubte verächtlich. »Hast du mich deswegen in dieser dreckigen Gasse hinter dem Club angesprochen? Damit du deine krankhafte Faszination für Emerdale stillen kannst, nachdem sie dich rausgeworfen haben?«

»Nein«, antwortete Vin überraschend scharf und drehte den Kopf zu mir, sodass ich das Funkeln in seinen braunen Augen sehen konnte. »Ich wusste, wer du warst, als ich dich dort angesprochen habe, das stimmt. Es hat mich einige Zeit und Nerven gekostet, dich ausfindig zu machen und an den Punkt zu bringen, dass du mir genug vertraust, um mich nicht gleich umzulegen. Ich habe dir Zeit gegeben, von dir aus zu mir zu kommen – auch wenn mich jede Sekunde, die verstrichen ist, halb um den Verstand gebracht hat –, aber ich habe das nicht getan, um irgendeine Faszination zu füttern, Tay. Es geht hierbei um etwas ganz anderes.«

»Dann erklär es mir!«, forderte ich und schob das Kinn vor. »Woher wusstest du von mir? Wie hast du mich gefunden?«

»Ich fürchte, diese Frage kann ich dir noch nicht beantworten.«

Ich spürte, wie sich mein Herzschlag unwillkürlich wieder beschleunigte und heißes Blut durch meinen Körper pumpte. Langsam, aber sicher verlor ich die Geduld. Wieder klapperten die Stühle vernehmlich. »Warum? Warum bist du dann hier?«

Ein beinahe unheimliches Leuchten trat in Vins Augen. »Weil ich wissen muss, wie *das* funktioniert.« Er deutete auf die Stühle, die unter meiner Telekinese erzitterten.

Mit zusammengebissenen Zähnen schloss ich meine kalten Finger fester um das Geländer. »Das beantwortet meine Fragen nicht im Geringsten.«

»Ich muss herausfinden, wie sie aus einem Leukämiepatienten mit Herzfehler *dich* erschaffen haben, Tay.«

Meine Wangen wurden heiß. »Du hast meine Akte gelesen«, stellte ich mit gefährlich leiser Stimme fest. »Himmel, wie weit willst du noch gehen?«

Sein raues, freudloses Lachen verursachte mir eine Gänsehaut. »Ich würde bis ans Ende dieser verfluchten Welt und über Leichen gehen, wenn ich dadurch mein Ziel erreiche.«

Das konnte er unmöglich ernst meinen. »Du riskierst dein Leben, legst dich mit der wahrscheinlich gefährlichsten Organisation an, um diese *Superkraft*, wie du sie nennst, zu bekommen? Wenn du glaubst, dass es so einfach ist, dann bist du dämlicher, als ich gedacht habe. Diese Experimente sind tödlich. Kaum einer überlebt, Vin. Allein es zu versuchen, ist Selbstmord.«

Vins Ausdruck verhärtete sich, die Knöchel an seinen Händen traten weiß hervor. »Immer noch besser beim Versuch, etwas zu verändern, zu sterben, als gar nichts zu unternehmen. Außerdem … habe ich keine Wahl. Ich …«

Meine Augen weiteten sich, als sich einige der wenigen In-

formationen, die er mir hinwarf, an die richtige Stelle schob.
»Du brauchst diese Forschung für dich selbst. Weil du krank bist.«

»Nein, Tay«, murmelte Vin leise und fuhr sich über die kurzen Haare. »Nicht für mich, sondern für meine kleine Schwester.«

Ich atmete hörbar aus und zog die Unterlippe zwischen die Zähne. Sein Interesse an Emerdale erschien plötzlich in einem ganz anderen Licht. Ich verstand ihn. Verstand, dass ihm das, was er in mir und Emerdale sah, eine trügerische Hoffnung gab – doch es änderte nichts an den Tatsachen. Emerdale würde seine Forschung nicht rausgeben, um ein kleines Mädchen zu retten.

Emerdale war in dieser Geschichte nicht der Held. Ganz im Gegenteil.

»Ich weiß, was du denkst und du hast recht, Tay. Aber … mir bleibt keine andere Option. Ich brauche ein Wunder.« Ein Muskel an seinem Kiefer zuckte. »Die Ärzte geben Mara noch ein halbes Jahr und das ist die optimistische Einschätzung ihrer Lebenserwartung. Scheiße, sie ist erst zwölf und bereits jetzt hat irgendein beschissener Krebs ihren Körper zerfressen. Mir läuft die Zeit davon.«

»Vin«, begann ich leise und legte aus einem Impuls heraus eine Hand auf seinen Arm. »Das tut mir sehr leid. Ich wünsche so etwas niemandem, das musst du mir glauben, und wenn ich Mara helfen könnte, dann würde ich das, nur … das kann ich nicht. Verstehst du?«

»Doch das kannst du«, fuhr er mich gereizt an und machte sich los. »Glaub mir, wäre es anders, würde ich nicht hier stehen.«

»Ach ja? Und wie soll ich das bitte anstellen?!« Warum in

drei Teufels Namen konnte denn niemand Klartext reden? »Wovon sprichst du?«

Vincent lehnte sich mit dem Rücken an das Geländer. »Davon, dass es Menschen gibt, die von Emerdale und seinen Forschungen wissen. Die *mehr* wissen und mir dabei helfen werden, Mara zu retten. Aber dafür brauchen wir dich. Und die Forschungsergebnisse, die Theodore gestohlen hat.« Mir fielen beinahe die Augen aus dem Kopf und mein Mund klappte auf. »Hast du wirklich geglaubt, der gute Theodore hätte dich aus Nächstenliebe aus Emerdale herausgeschleust?«

Die Bitterkeit in seinen Worten ließ mich mit den Zähnen knirschen. Das, was er sagte, erinnerte mich unangenehm an das, was Hayden mir eröffnet hatte – dass ich Teddy nicht trauen durfte. Dass er in die ganze Sache verwickelt war und nicht der war, der er vorgab zu sein.

»Du bist anders, Tay. Anders als die anderen Dales. Mit den Forschungsergebnissen haben wir alles, was wir brauchen, um Emerdale auszuschalten und es besser zu machen. Um etwas zu bewirken.«

Ich hatte das Gefühl, dass sich die Welt um mich herum zu drehen begann. Mir wurde schwindelig von seinen Antworten, die ich in Rekordzeit mit Haydens wenigen Bruchstücken abglich und zusammenzusetzen versuchte. Das Bild, das dabei herauskam, war verschwommen, hatte keine klaren Linien und wies unzählige Lücken auf.

Langsam schaute ich auf und suchte seinen Blick. »Wer ist *wir*? Wer hat dir die Anweisung gegeben, mich zu suchen und mein Vertrauen zu gewinnen? Wer hat dir versprochen, dir mit deiner Schwester zu helfen, wenn du mich überzeugen kannst bei dem Ganzen mitzuspielen?«

Vin stellte sich so dicht vor mich, dass ich den Kopf heben

musste, um ihm in die Augen zu schauen. »Diejenigen, die verhindern werden, dass alles zusammenbricht. Sie sind die Guten. Das muss dir im Augenblick reichen.«

»Das soll ein verdammter Scherz sein, oder?«, rief ich.

Vin überging mich geflissentlich und sah sich um. »Mit eurem Verschwinden aus Emerdale habt ihr etwas Großes in Gang gesetzt, Tay, und uns das erste Mal einen Vorteil gegenüber der Organisation verschafft. Und der Schlüssel dazu bist du. Du kannst uns helfen, Emerdale aufzuhalten, wenn du dazu bereit bist.«

Warum sagte das nur andauernd jemand über mich? Schlüssel waren dazu bestimmt, Dinge zu öffnen, Zugänge zu schaffen, doch ich hatte eher das Gefühl, dass sich mir gegenüber alles immer mehr verschloss.

Entschlossen machte ich einen Schritt auf Vin zu und packte nach seinem Unterarm. »Ich werde gar nichts tun, wenn du mir nicht sagst, was hier läuft, Vincent.«

Vin stieß einen Fluch hervor, drehte mich einmal um meine Achse und presste mich dann an sich, sodass ich mit dem Rücken an seiner Brust stand. Einen Arm hatte er um meinen Hals gelegt, die andere fixierte meine Hände. Sein Atem fuhr über die feinen Härchen in meinem Nacken, als er sich vorbeugte und ich seinen schnellen Herzschlag an meinen Rippen spürte. »Emerdale ist nicht alleine da draußen, weißt du?«, wisperte er und jagte mir damit eine Gänsehaut über den Körper. »*Du* bist nicht alleine.«

Dann gab er mich frei und schnappte sich seine Lederjacke, die er achtlos auf die Brüstung geworfen hatte. »Ich muss jetzt los. Wenn wir uns das nächste Mal sehen, werde ich dir mehr erzählen, aber für den Moment hast du genug Wissen, über das du nachdenken solltest.«

Ich ballte die Hände an meinen Seiten zu Fäusten. »Vin …«, begann ich drohend, doch er winkte nur unbeeindruckt ab.

»Solange du nicht bereit bist, dich von deinen alten Ansichten zu verabschieden, kommen wir nicht weiter, Tay. Also tu mir den Gefallen und lass dir alles durch den Kopf gehen. Ich versuche noch mehr Informationen einzuholen und melde mich so schnell es geht wieder bei dir.«

Mit einem Wink meiner Kraft sorgte ich dafür, dass ihm die Terrassentür vor der Nase zuschlug. »Wage es nicht, jetzt einfach zu gehen.« Ich spürte, wie meine Augen zu brennen begannen. Aus Wut und so vielen anderen Gründen.

Vin blieb vor der Tür, mit dem Rücken zu mir, stehen. »Öffne die Tür, Tay.«

»Nein. Du sagst mir jetzt, wer hier die Fäden zieht«, forderte ich. »Und wie es verdammt noch mal sein kann, dass mein tot geglaubter Freund aus Emerdale und du mir exakt dieselben kryptischen Antworten gebt!«

Langsam wandte sich Vin zu mir um. Seine Lippen waren eine schmale, weiße Linie in seinem Gesicht. »Weil Hayden genauso Teil davon ist wie ich.«

»Wovon?«

»Von der Gegenbewegung zu Emerdale. Der *Fraktion*.«

KAPITEL 16

JONATHAN

Hangin' – Bastille

Taylor antwortete mir nicht mehr. Ihre letzte Nachricht war vier Tage her, sie war am Freitag nicht im College aufgetaucht und auch wenn sie mir für unseren Ausflug zugesagt hatte, fühlte es sich nicht wirklich wie eine Zusage an.

Vermutlich wunderte es mich deshalb auch nicht, dass sie mir am Montag und auch heute bei jeder nur erdenklichen Gelegenheit auf dem Campus aus dem Weg gegangen und förmlich geflüchtet war. Ich hatte versprochen, sie nicht mehr unter Druck zu setzen, ihr Zeit zu geben und ich stand zu meinem Wort. Was im Umkehrschluss allerdings nicht bedeutete, dass es mir leichtfiel, ihr diesen Freiraum zu geben. Ich machte mir Sorgen. Mehr als das, und bekam langsam, aber sicher das Gefühl, dass ich sie verlor.

Und als würden meine Probleme mit Taylor nicht schon reichen, sah und hörte ich auch von Vin seit ein paar Tagen kaum etwas. Er schien ständig auf dem Sprung zu sein, verließ das Haus früh und kam erst wieder, wenn ich längst schlief oder schon wieder am College war. Dabei hätte ich meinen besten Freund gerade gut gebrauchen können. Bei dem ganzen Scheiß, der mir durch den Kopf ging und mich nicht schlafen ließ.

Mit einem genervten Seufzen rutschte ich auf der schwarzen Ledercouch tiefer und blickte von der Bonbonschale auf, die ich über Minuten hinweg angestarrt hatte, in der Hoffnung, sie würde einfach in einem bunten Scherbenregen zerspringen.

Nur gab es so etwas wie mentale Kräfte ja leider nicht.

Wäre auch zu schön gewesen, diesem beschissenen Dienstagabend zumindest etwas Würze zu verpassen.

»Willst du über die steile Falte zwischen deinen Augenbrauen sprechen?« Mein Psychologe Dr. Graham Martin setzte sich die frisch geputzte Brille auf seine lange Nase.

»Nein«, gab ich zurück.

Graham lächelte und faltete die Hände vor der Brust. Ich musste ihn widerwillig dafür bewundern, dass er nach all den Monaten noch immer nicht die Geduld mit mir verloren hatte. Andererseits, wenn das Geld stimmte ... Und das schien es, angesichts der Tatsache, dass er eine dieser unglaublich hässlichen Rolex-Uhren trug, die über und über mit Diamanten besetzt war. Na ja, und schließlich war es sein Job, verkorkste Mistkerle wie mich irgendwie auf Kurs zu halten, oder nicht?

»Dann vielleicht über das Mädchen, von dem du mir letzte Woche erzählt hast? Taylor, richtig?«

Ihr Name ließ mich unwillkürlich schlucken. So viel zum Thema, ich würde einer Frau nie wieder so viel Macht über mich geben. Hatte ja wundervoll geklappt.

»Du könntest ja zur Abwechslung mal Taylor fragen, was *ihr* Problem ist, Graham«, antwortete ich mürrisch und zupfte einen Fussel von meinem weißen Shirt. »Und wenn sie dir eine brauchbare Antwort gibt, verrate sie mir doch auch gleich, ja? Ich würde nämlich zu gerne wissen, was bei ihr schiefläuft.«

Das brachte meinen Psychologen aus mir unerfindlichen

Gründen zum Lachen. Schön, dass ihn meine Probleme amüsierten.

»Das würde ich tatsächlich sehr gern. Sie scheint ein interessantes Mädchen zu sein, alleine schon, weil sie es schafft, dich aus deiner Komfortzone herauszulocken und wieder Bewegung in dein Leben bringt. Du kannst sie bei Gelegenheit gerne mal mitbringen, aber vorerst geht es heute um dich, Jonathan.«

Ich fixierte seine grauen Augen und runzelte die Stirn. »Ich werde in zwei Wochen wieder in Neals Agentur anfangen. Geht es darum?«

Graham ließ hörbar den Atem entweichen, dann zog er sein Klemmbrett hervor und notierte etwas mit seinem lächerlich teuren Kugelschreiber, in den sein Name graviert worden war. »Dann hast du dich entschieden. Ich bin immer wieder überrascht, wen du alles in dein Leben lässt.«

Was sollte das denn bitte heißen? War ja nicht so, als hätte mir Neal oder mein alter Vertrag da besonders viel Spielraum gelassen.

Das ist nur deine billige Ausrede für deine erbärmliche Feigheit, Johnny.

»Wie geht es dir mit der Aussicht, dass du wieder in das Business einsteigst? Warum gehst du diesen Schritt?«

Schulterzuckend senkte ich den Blick, weil ich darauf keine echte Antwort besaß. Ehrlich gesagt hatte ich in letzter Zeit nicht besonders viel über die Gründe hinter meinem Handeln nachgedacht. Ich hatte Neal in einem Anfall von Verwirrung angerufen, um meinem neuen Leben fernab von Ruhm den Mittelfinger zu zeigen, so wie es mir den Mittelfinger gezeigt hatte. Dabei war es eine Kurzschlussreaktion gewesen. Der erstbeste, feige Weg, um aus diesem Leben, das mich schlichtweg überforderte, auszusteigen. Weg vom College, meiner Mutter und Taylor, die mich frustrierte und faszinierte, wie nichts anderes bisher in meinem Leben. Die mich um den Verstand brachte.

In der Schauspielwelt wäre kein Platz mehr für sie oder meine ganzen kreisenden Gedanken. Dort müsste ich einfach nur funktionieren.

Es wäre alles wieder beim Alten.

Glaubst du das wirklich, Johnny?

Halt die Klappe!, fuhr ich meine innere Stimme dieses Mal an.

»Geht es um Geld?«, hakte Graham nach, dabei wusste er längst, dass das ganz sicher nicht der Grund war. Aber das war seine Masche: Eine scheinbar sinnfreie Frage nach der anderen stellen, um mich aus der Reserve zu locken und schließlich mit dem Kopf auf die Wahrheit zu stoßen.

Also schüttelte ich den Kopf.

»Den Ruhm?«

Zähneknirschend schüttelte ich wieder den Kopf. Früher hatte ich es genossen, dass ständig Leute auf mich zugerannt waren, um Fotos mit mir zu machen und Autogramme zu bekommen. Ich hatte es geliebt, im Mittelpunkt zu stehen, mich nur allzu gerne in der Anerkennung gesonnt. Aber es fehlte mir nicht. Nicht mehr. Andere Dinge waren in den Vordergrund gerückt. Ich wollte noch immer anerkannt und respektiert werden, doch auf eine andere Art und Weise.

Graham nickte langsam, obwohl ich nichts gesagt hatte und notierte sich etwas. »Ist es Angst?«

Ich schaute ruckartig auf und sah gerade noch das kurze Zucken seiner Mundwinkel, ehe seine Miene wieder professionell wurde.

»Wovor hast du Angst, Jonathan?«

Wir sahen einander direkt ins Gesicht. Plötzlich fühlte ich mich seltsam entblößt. »Ich habe keine Angst.« Ich ballte die Hände zu Fäusten.

Beinahe hätte ich selbst die Augen über meine viel zu schnelle und heuchlerische Erwiderung verdreht. Wem wollte ich hier eigentlich etwas vormachen? Dem Typen mit den drei Doktortiteln, der meinen Schädel längst wie einen Koffer am Flughafen durchleuchtet hatte?

Lächerlich.

Langsam neigte Graham den Kopf. »Ich verstehe.«

»Tust du das wirklich? Hast du eine Ahnung, was in meinem Leben abläuft? Was mich wirklich bewegt?«

»Wenn du offener darüber sprechen würdest, dann wüsste ich mehr, aber ich kann mir sehr gut vorstellen, worum es hierbei geht.«

Meine Wangen wurden heiß. »Na, da bin ich ganz Ohr! Dann leg mal los, Graham. Was glaubst du, raubt mir seit Tagen den Schlaf und lässt mich idiotische Entscheidungen treffen, weil ich nicht mehr klar denken kann?« Meine Stimme schraubte sich merklich in die Höhe.

Graham blieb, sehr zu meinem Bedauern, ruhig und gefasst. »Ich halte nicht viel von Konfrontation, Jonathan. Ich möchte, dass du von dir aus mit mir darüber sprichst.«

Ich schenkte ihm ein ironisches Lächeln. »Tu mir den Gefallen und wirf deine Prinzipien heute ausnahmsweise über Bord, ja?«

Kopfschüttelnd massierte sich Graham die Nasenwurzel, legte das Klemmbrett zur Seite und stand auf. Vor der großen Panoramaglaswand blieb er stehen. »Du hast Angst vor deinen Gefühlen für das Mädchen. Sie überfordern dich, weil du so etwas vorher noch nie erlebt hast. Weil du sie nicht verstehst und sie gänzlich neu für dich sind. Du keine Kontrolle darüber hast.«

»Ich bin keine Jungfrau, die keinen blassen Schimmer davon hat, wie es läuft, okay?«, unterbrach ich ihn wenig reif und biss die Zähne zusammen. Mir gefiel gar nicht, in welche Richtung sich dieses Gespräch entwickelte. Normalerweise waren die Sitzungen bei Dr. Martin langweilig, zogen sich unendlich in die Länge und ich machte nicht häufiger als ein- oder zweimal den Mund auf. Doch heute entwickelte sich die Therapie zu einem brodelnden Vulkan, der jeden Moment hochzugehen drohte.

»Sex und Liebe sind nicht ein und dasselbe, Jonathan. Mag sein, dass du schon viele Erfahrungen mit Frauen gemacht hast, aber Taylor ist keine dieser Frauen. Sie ist Teil deines neuen Lebens, etwas, in dem du dich erst noch zurechtfinden musst.« Graham gab mir kurz Zeit, seine Worte sacken zu lassen, dann fuhr er fort: »Du hast dir nach dem Unfall eine Rüstung aus Gleichgültigkeit zugelegt. Jeden glauben lassen, dir wäre das alles egal. Aber Taylor hat dahinter geblickt und dir diese Rüstung genommen. Jetzt fühlst du dich verletzlich und nackt, weil dieses Mädchen, das du nicht verstehst, dir so nahe gekommen ist. Du weißt nicht, wie du damit umgehen sollst. Also hast du nach dem ersten Halm, der dich in dein altes, vertrautes Leben ziehen kann, gegriffen, ohne auf die Konsequenzen zu achten.«

Hätte ich Superkräfte, wäre spätestens in diesem Moment nichts mehr von Graham übrig gewesen. Er wäre unter meinem Laserblick einfach in einer roten Staubwolke explodiert – und das nur, weil er voll und ganz ins Schwarze getroffen hatte.

»Du hast recht, Konfrontation ist scheiße«, sagte ich voller Bitterkeit zu seinem Rücken.

Grahams Schultern sackten ein Stück herab. »Hast du mit Taylor über deine Entscheidung gesprochen, wieder zum Schauspielern zurückzukehren?«

»Nein.«

»Warum nicht?«

Ich legte den Kopf in den Nacken und starrte an die hohe, helle Decke. »Sie spricht nicht mit mir. Schließt mich aus. Jedes Mal, wenn ich glaube, ich wäre ihr einen Schritt nähergekommen, schiebt mich Lory im nächsten Augenblick fünf oder sechs zurück.«

Mein Psychologe wandte sich langsam um und setzte sich zurück in seinen Sessel. »Kannst du dir vorstellen, warum?«

»Ganz ehrlich, keine Ahnung. Taylor verliert kein einziges Wort über ihre Vergangenheit oder sich selbst, das nicht absolut kalkuliert ist. Ich habe das Gefühl, sie legt jedes ihrer Worte stundenlang in die Waagschale, bevor sie es mir endlich präsentiert.«

»Dann gib Taylor einen Grund, dir zu vertrauen und von sich aus über sich zu sprechen. Gib ihr Luft zum Atmen und gleichzeitig die Möglichkeit, sich jederzeit an dich wenden zu können. Sei für sie da, ohne sie einzuengen. Ich kenne Taylor nicht persönlich, aber ich nehme an, dieses Mädchen hat bereits einiges durchgemacht. Sie muss erst wieder lernen, Menschen zu vertrauen.«

Die Nummer, die ihr unter die Haut gestochen war, tauchte vor meinem inneren Auge auf.

Es ist eine Erinnerung – eine Mahnung.

Ich richtete mich langsam auf und fuhr mir übers Kinn. »Wie kann ich das schaffen, Graham?«

Ein sanftes Lächeln, das so gar nicht zu seinem karierten Dreiteiler und den akkuraten, dunkelgrauen Haaren passte, trat auf seine Züge. »Ich fürchte, das musst du selbst herausfinden. Aber vielen Menschen fällt es leichter, zu vertrauen, wenn sich das Gegenüber zuerst öffnet. Zeige ihr, was in deinem Kopf und deinem Herzen vor sich geht, bevor du dasselbe von ihr einforderst.«

Ich atmete hörbar ein und aus und nickte dann. »Danke Graham.«

Und das erste Mal seit Beginn dieser Therapie, zu der mich meine Eltern verdonnert hatten, meinte ich es auch so.

Nach meiner Sitzung mit Dr. Martin fühlte ich mich ausgelaugt und erschöpft. Ich wollte nur noch nach Hause, ins Bett und mir die Decke über den Kopf ziehen, um eine Weile niemanden sehen zu müssen. Graham hatte eine ganze Menge aufgewirbelt.

Ich musste mir alles in Ruhe durch den Kopf gehen lassen, Dinge ordnen und mir überlegen, wie zum Teufel ich mich aus dieser festgefahrenen Lage herausmanövrieren konnte. Angefangen damit, dass ich darüber nachdenken sollte, wie ich die Sache mit Taylor angehen sollte. Denn mir war bewusst, dass ich es dieses Mal richtig machen musste. Dicht gefolgt von Neal und dem Vertrag. Es gab sicherlich einen Weg, wieder rauszukommen, eine Möglichkeit, meinen dämlichen Fehler rückgängig zu machen. Vielleicht würde mir Vincent helfen, wenn ich ihn fragte und bei der Gelegenheit könnte er mir auch gleich erzählen, was ihn in letzter Zeit umtrieb.

Und mich entschuldigen. Bei ihm. Bei Taylor.

Mit quietschenden Reifen fuhr ich vom Parkplatz und bog auf die Hauptstraße ab, als mein Telefon über die Freisprechanlage zu klingeln begann. »Eingehender Anruf von Mom. Wollen Sie das Gespräch entgegennehmen?«, verkündete die herrlich monotone Stimme meines R8, mit der ich mich regelmäßig über die Navigation stritt.

»Annehmen«, antwortete ich seufzend.

Beinahe im selben Moment erklang Moms schrilles Organ aus den Lautsprechern: »Hallo mein Schatz, ich bin froh, dass ich dich endlich erreiche.«

Wow, Vorwurf und Begrüßung im selben Satz, anscheinend hatte meine Mutter geübt. »Hi, Mom.«

»Telefonierst du schon wieder im Auto?«

»Über die Freisprechanlage, ja. Was gibt es?«

»Neal hat mich vor ein paar Tagen angerufen. Ich bin froh, dass du eine neue Chance bekommst, wieder auf die Beine zu kommen.«

Ich war mir ziemlich sicher, hätte sie vor mir gesessen, hätte sie eine Träne hervorgequetscht und elegant weggewischt. Mom war definitiv eine brillante Schauspielerin.

»Dein Vater und ich freuen uns sehr für dich, Johnny«, fuhr sie fort, als ich nichts sagte. Im Hintergrund konnte ich hören, wie ihre hohen Absätze über teuren Marmor klapperten. »Die liebe Melissa hat sogar persönlich bei uns vorbeigeschaut, um mir zu sagen, dass ihr erneut zusammen vor der Kamera stehen werdet. Die Medien werden ausflippen. Ihr wart schon immer ein wundervolles Paar, ich sehe eure Hochzeit quasi direkt vor mir.«

Ich drosselte das Tempo und kam an einer roten Ampel abrupt zum Stehen. Für ein solches Gespräch hatte ich definitiv zu wenig Alkohol intus.

»Jonathan, bist du noch dran?«

»Ja bin ich.«

»Gut. Das ist ja alles so spannend, nicht wahr? Wann unterschreibst du, Liebling?«

Die Ampel schaltete um und ich beschleunigte lautstark. Mein Motor heulte protestierend auf, als hätte er genauso die Nase voll von diesem Gespräch wie ich.

»Ich muss nichts unterschreiben, Mom, der alte Vertrag ist nie ausgelaufen. Es gibt eine Klausel für den Fall, dass eine Fortsetzung –«

»Okay, da bin ich ja froh«, fiel mir meine Mutter ins Wort, unfähig, mir länger zuzuhören, wenn es für sie keinen nennenswerten Vorteil dabei gab. »Was hältst du davon, wenn dich Mel am Wochenende besucht? Ihr seid ja ohnehin fast Nachbarn. Es wäre doch schön, wenn ihr euch wieder etwas näherkommt, bevor es ernst wird.«

Ja, ganz reizend.

»Das halte ich für keine gute Idee. Ich habe zu tun.«

Auch wenn ich sie nicht sehen konnte, ich wusste, dass meine Mutter in diesem Moment unzufrieden die Lippen schürzte und sich diese kleine Falte zwischen ihren perfekt gezupften Augenbrauen bildete, die sie so verabscheute. »Sei nicht albern, Jonathan. Ich habe das ohnehin schon längst arrangiert. Melissa wird am Freitag um achtzehn Uhr bei dir sein. Überleg dir etwas Schönes, mein Liebling. Ihr könntet romantisch Essen gehen, darauf steht die Presse so, oder –«

»Mom! Was ist mit der Presse, hast du ihnen …« Ich unterbrach mich selbst, um fluchend auf die Bremse zu treten, weil irgendein Arschloch mit seinem orangefarbenen Lamborghini in die Kreuzung raste. Hupen ertönte, Reifen quietschten.

»Du weißt, dass ich es nicht mag, wenn du fluchst, Johnny. Wie dem auch sei, Neal hat für übermorgen eine offizielle Pressemitteilung angekündigt.«

Jetzt rutschte mir gleich der nächste Fluch heraus. »Warum erfahre ich eigentlich nie etwas?«, stieß ich hervor und funkelte die Freisprechanlage finster an.

»Weil du dich nie ganz auf eine Sache konzentrieren kannst, Jonathan.«

Ohne es zu wissen, sprach meine Mom vermutlich das erste Mal seit langer Zeit etwas wirklich Wahres aus. Mein Fokus lag nicht länger nur auf einer Sache. Ich stand zwischen vielen Baustellen und es wurden von Tag zu Tag mehr, ohne dass ich dieser Flut an Problemen auch nur im Geringsten gewachsen wäre.

»Ich bin mir sicher, er wird sich noch mit dir in Verbindung setzen. Du wirst sehen, das wird großartig. Mel und du werdet aus diesem Film ein wahres Meisterwerk zaubern.«

Ich umfasste das Lenkrad fester und gab wieder Gas. »Ich muss Schluss machen, Mom.«

Meine Mutter überhörte mich geflissentlich, eine ihrer nervtötendsten Angewohnheiten. »Vergiss Melissa und eure Verabredung am Freitag nicht. Macht euch einen schönen Abend und vielleicht teilt ihr eure neue Zweisamkeit ja gleich mit euren Fans. Neal meinte, Mel hätte bereits mit dem Social-Media-Team gesprochen und das Okay bekommen.«

Zähneknirschend schüttelte ich den Kopf. »Wir sind nicht zusammen.«

»Schätzchen, wem willst du etwas vormachen?« Mom schnaubte leise. »Du gehörst nicht in dieses Leben, das du gerade lebst. Dein Platz ist nicht zwischen den gewöhnlichen Menschen oder neben irgendeinem dahergelaufenen Mädchen von der Straße. Du bist für die Leinwand gemacht, stehst über den ganzen Leuten, die bewundernd zu dir aufblicken. Gehörst an die Seite von Stars – von Mel. Vergiss, was du in den letzten Monaten erlebt hast, das ist Vergangenheit, Johnny. Dir steht eine schillernde Zukunft bevor. Du musst sie nur ergreifen.«

Die Maschine gab ein gurgelndes Geräusch von sich, dann ein hohes Piepen.

KAFFEESATZBEHÄLTER LEEREN.

Ich hob die Augenbrauen. »Ernsthaft? Ich will mir doch gar keinen verfluchten Kaffee machen, sondern bloß heißes Wasser haben«, brummte ich und stellte die *Iron-Man*-Tasse, die ich von Vin als Gag bekommen hatte, weil Tony sein körperliches Defizit in eine neue Stärke verwandelt hatte, zur Seite.

Ich hatte seinen dummen Spruch von damals noch immer in den Ohren, als er das erste Mal einen Blick auf meine Prothese geworfen hatte: *Cool, jetzt bauen wir dir noch einen kleinen Reaktor und den Rest der Rüstung und schon kannst du als Tony Starks Praktikant einsteigen.*

»Danke auch, Vin«, murmelte ich und drückte die Abbruchtaste.

Die Anzeige veränderte sich nicht. Diese Maschine wollte mich doch wirklich auf den Arm nehmen. Kurz überlegte ich, auf den beruhigenden Tee zu verzichten, nur würde ich dann vermutlich überhaupt keinen Schlaf mehr bekommen. Zu viele Gedanken, die mich wach hielten und wirkten, als hätte ich mehrere Espressos auf nüchternen Magen gekippt.

Unter anderen Umständen wäre mir das egal gewesen. ich hätte mir Vin geschnappt und so lange sinnfreie Serien geschaut, bis ich schließlich doch eingeschlafen wäre. Nur glänzte mein bester Freund mit Abwesenheit. Mal wieder. Vermutlich war er in diesem verdammten Prügelschuppen abgetaucht.

Keine gute Idee, sich jetzt darüber den Kopf zu zerbrechen, also doch der Lavendelblütentee von Graham.

Kurzerhand zog ich den Kaffeesatzbehälter aus der Maschine, entleerte ihn und baute alles wieder zusammen, was mich jedes Mal an eine besonders schwierige Version von Tetris erinnerte. Als die Maschine wieder zu arbeiten begann, holte ich mein Handy hervor. Es war kurz vor zwei Uhr morgens, keine neuen Nachrichten. Weder von Vincent noch von Taylor.

Warum sollte sie dir auch schreiben, Johnny?

Ich runzelte die Stirn und sah wieder zu dem Vollautomaten, als das nächste unheilvolle Piepen erklang.

MILCHDÜSE REINIGEN.

Die Kaffeemaschine lief gerade wirklich Gefahr, von mir in ihre Einzelteile zerlegt zu werden.

»Du willst mich verarschen, oder?«

Ich legte das Telefon zur Seite, stützte die Arme auf die Theke und funkelte das verfluchte Ding, das sich augenscheinlich mit Neal, Melissa und meiner Mom verschworen haben musste, todbringend an. Doch bevor ich meinen Plan in die Tat umsetzen und einen Laserblick entwickeln konnte, lenkte mich das Vibrieren meines Smartphones ab.

Als ich erkannte, wer mich anrief, riss ich ungläubig die

Augen auf und drückte dann zögerlich auf *Annehmen* und *Lautsprecher*.

»Brüderchen?«, fragte eine Stimme, die ich seit einer kleinen Ewigkeit nicht mehr gehört hatte.

Konnte dieser Tag noch verrückter werden?

Ich räusperte mich und nickte, obwohl sie das am anderen Ende der Leitung gar nicht sehen konnte. »Was gibt es, Cat?«

Im Hintergrund klapperten leise Absätze, dann hörte ich das unverkennbare Knarzen ihres Bürostuhls. Vermutlich hatte meine ältere Schwester Catrice bis jetzt gearbeitet, zutrauen würde ich es ihr auf jeden Fall. »Ich habe deine Nachricht erhalten. Die auf dem Anrufbeantworter. Sie hat mich ehrlich gesagt überrascht.«

Wie von selbst begannen meine Hände, die Milchdüse auszubauen und unter heißem Wasser auszuwaschen. »Hat sich irgendwie so ergeben.«

»Dann willst du nichts Bestimmtes von mir?«

Ich stieß ein freudloses Lachen aus. »Falls es dir nicht aufgefallen ist, ich komme mittlerweile ganz gut alleine klar.«

»Stimmt. Es ist schlichtweg unmöglich, es nicht mitzubekommen. Mom erzählt es jedem mindestens dreimal am Tag. *Ihr Goldsohn wird wieder ein aufgehender Stern am Hollywood-Himmel.*« Catrice schaffte es sogar, exakt den Tonfall unserer Mutter zu treffen.

Ich seufzte und baute die Düse wieder ein. »Eifersüchtig, Cat?«

»Nicht einmal in deinen kühnsten Träumen.« Es wurde einen Augenblick still, dann hörte ich meine Schwester leise einatmen. »Wie geht es dir, Jojo?«

Jojo, so nannte mich wirklich nur Catrice und es schien eine Ewigkeit her zu sein, dass ich den Spitznamen zuletzt zu hören bekommen hatte.

Ich lehnte mich gegen die Theke. »Es ist im Augenblick einiges los.«

»Du weißt, was ich meine.«

»Ich komme klar.«

Wieder schnaubte sie leise. »Wir mögen vielleicht nicht mehr in einem Haus wohnen und haben seit mehreren Monaten kein Wort mehr miteinander gewechselt, aber ich höre immer noch sofort, wenn du lügst.«

»Mom macht mich wahnsinnig. Neal macht mich wahnsinnig. Ich …« Ich unterbrach mich selbst und schaute zur Seite, wo noch immer die *Iron-Man*-Tasse stand. »Ich habe für das alles gerade keinen Kopf.«

Catrice wurde still, ihre Art, mir zu sagen, dass ich weitersprechen sollte, wann immer ich bereit dazu war. Ich hatte ganz vergessen, wie leicht es war, mit ihr zu reden. Wie gut es sich anfühlte.

Seltsamerweise hat Taylor es gewusst.

Der Gedanke ließ mich lächeln.

»Ich habe jemanden kennengelernt«, sagte ich nach einer Weile.

»Einen von Vincents Freunden?«, hakte sie nach und ich konnte ihre Grimasse förmlich vor mir sehen. Vin und sie waren nie auf einen gemeinsamen Nenner gekommen. Manchmal glaubte ich, dass es daran lag, dass sie sich zu ähnlich waren.

»Nein. Ein Mädchen, sie ist neu am College.«

»Oh, *so* jemanden. Ich bin ganz Ohr, Jojo.«

Kopfschüttelnd grinste ich und humpelte zu einem der

Hocker am Tresen. »Es gibt nicht viel zu erzählen. Sie ist ... kompliziert.«

»Nenne mir einen Menschen, der das nicht ist.« Cats Stimme wurde weich. »Du magst sie.«

Ja. Ja, ich mochte sie. Himmel, warum besprach ich das gerade mit meiner Schwester, mit der ich bis vor wenigen Minuten monatelang kein Wort gewechselt hatte?

»Das freut mich«, sagte Catrice, als ich nicht antwortete. »Du brauchst jemanden an deiner Seite. Jemanden, der den wirklichen Jonathan sieht.«

Ich entschied mich, das Thema zu wechseln. »Was ist mit dir, Cat? Warum bist du nicht im Bett? Es ist mitten in der Nacht.«

»Der Job«, gab sie schlicht zurück.

»Du arbeitest immer noch als Dads Sklavin?«

»Es können nicht alle zu berühmten, verwöhnten Schauspielern werden, weißt du?«, murmelte sie und klang dabei erschöpft. »Aber nein, ich arbeite nicht mehr für ihn. Ich habe einen neuen Job angenommen und der hält mich ganz schön auf Trab.«

»Was für einen Job?« Ich schnappte mir einen Apfel und begann ihn in den Händen hin und her zu drehen. »Hast du dein Studium abgebrochen?«

»Eher pausiert. Es ist eine gute Stelle in Seattle. Zu gut, um sie abzulehnen. Ich bin für eine Hightech-Firma als Organisatorin für die kommende Weltwirtschaftsausstellung – die WWA –, zuständig.«

Meine Stirn legte sich in Falten. »Nie davon gehört.«

»Wundert mich nicht, Jojo.« Nun klang sie beinahe wieder wie meine große Schwester, die alles besser wusste und tausendmal klüger war, als ich es jemals sein würde. Irgend-

etwas sagte mir, dass sie sich gut mit Taylor verstehen würde.
»Die WWA findet jährlich statt. Jedes Mal in einer anderen Weltmetropole. Dort stellt jede Nation Innovationen, Strategien und Lösungen für die großen Fragen unserer Zeit vor. Dieses Jahr findet sie in Tokio statt und ich darf dank meines Chefs Teil davon sein.«

Der Apfel verharrte in meinen Fingern. »Wow, das klingt großartig.«

»Danke«, murmelte Catrice, dann hörte ich sie gähnen. »Sorry, mein Flug ist erst vor ein paar Stunden angekommen und ich habe seit achtundzwanzig Stunden nicht geschlafen.«

»Du solltest ins Bett gehen, Cat.«

»Sagt mein kleiner Bruder, der zur Nachteule mutiert ist. Aber ja, du hast recht.« Wieder gähnte sie.

Wie von selbst hob sich mein Mundwinkel. »Brav.«

»Ich bin froh, dass du dich gemeldet hast, Jojo. Ehrlich gesagt habe ich oft darüber nachgedacht ... gerade nach deinem Unfall. Aber ich ... ich hatte Angst. Und irgendwie war es leichter, sich in der Arbeit zu vergraben.« Sie seufzte leise. »Ich würde mich freuen, wenn wir wieder öfter sprechen. Nach der WWA habe ich auch wieder mehr Zeit, vielleicht können wir uns mal treffen und du stellst mir dein geheimnisvolles Mädchen vor.«

Ich atmete aus und legte den Apfel zur Seite. »Ich würde mich auch freuen. Es tut gut, deine Stimme zu hören, Cat.«

»Gleichfalls, Brüderchen. Pass auf dich auf und tu nichts, das ich nicht auch tun würde, okay? Ich melde mich«, erwiderte sie und gähnte ein drittes Mal.

Mir kam ein leises Lachen über die Lippen, dann steckte mich ihr Gähnen prompt an, ganz ohne Lavendelblütentee.

»Jojo?«

Ich griff nach dem Handy und schaltete den Lautsprecher aus, um es mir ans Ohr zu halten. »Hm?«

»Wenn dieses Mädchen, von dem du gesprochen hast, klug ist, dann wird sie erkennen, dass du einer von den Guten bist. Denn das bist du wirklich. Sie könnte sich glücklich schätzen, dich als Freund zu haben.«

KAPITEL 17

JONATHAN

Cooler Than Me – Lucky Luke

Die Pressekonferenz am Donnerstag war die Hölle gewesen. Zwar war es der Presse verboten worden, Mel oder mir Fragen zu stellen – wir waren eher als schicke Anhängsel von Neal gedacht gewesen –, doch das hatte meine Ex-Freundin nicht davon abgehalten, jedem, der es hören wollte oder auch nicht, unter die Nase zu reiben, wie glücklich sie mit mir war.

Am liebsten hätte ich mich übergeben.

Ich musste dringend einen Weg finden, diesen Zirkus zu beenden, bevor das noch völlig aus dem Ruder lief. Schon jetzt graute es mir davor, was die Medien aus Mels Andeutungen machen würden.

Kopfschüttelnd lockerte ich meine Krawatte, riss sie mir vom Hals und krempelte meine Ärmel hoch, als ich endlich abends in meinem Wagen saß. Security-Männer hielten die aufdringlichsten Fans und Paparazzi von mir fern, doch noch immer konnte ich ihre Rufe hören.

Es machte mich krank.

Wie hatte ich auch nur einen Moment glauben können, ich würde als Johnny Luxmore wieder glücklich werden? Mit diesen Geiern, ihren falschen Visagen und der Giftschlange Melissa an meiner Seite? Vermutlich war ich das nie wirklich gewesen, *glücklich*. Nicht so, wie in den seltenen

Momenten mit Taylor oder den unbefangenen Abenden, die ich mit Vin verbrachte.

Was bist du doch für ein Idiot!

Meine Finger griffen wie von selbst nach meinem Handy, öffneten den Chat mit Lory, in dem ich ihr die ganze Situation erklärte. Es war eine lange Nachricht geworden, weil sie auf keinen meiner Anrufe reagiert hatte, doch die beiden blauen Häkchen zeigten mir, dass sie zumindest die Textnachricht gelesen hatte. Hoffentlich würde sie das mit Neal, dem Vertrag und der Pressekonferenz verstehen und mir beim Ausflug morgen die Chance geben, alles in Ruhe zu erklären.

Seufzend wollte ich das Smartphone gerade zur Seite legen, als unter ihrem Namen das Wort *online* erschien. Unwillkürlich hielt ich den Atem an, als es zu *schreibt ...* wechselte.

> **Lory**
> Du hast recht, es ist kompliziert und wir sollten darüber sprechen. Lass uns morgen früh fahren. Professor Keesland kommt auch einen Tag ohne uns aus.

Ich atmete hörbar aus und wählte kurzerhand ihre Nummer. Es klingelte lange, so lange, dass ich schon glaubte, sie würde mich wieder abweisen, doch dann erklang ihre Stimme am anderen Ende der Leitung. Leicht außer Atem und doch schmerzhaft vertraut.

»Hey, Lory«, begrüßte ich sie leise.

»Hey, Jo.«

Durch die Windschutzscheibe konnte ich verfolgen, wie sich die Paparazzi langsam zurückzogen. Endlich.

»Ich hole dich morgen bei dir zu Hause ab, ja?«

»Nein«, ihre Antwort kam zu schnell. »Wir treffen uns am College und fahren von dort aus.«

Meine Stirn legte sich in Falten, als ich hinter ihr ein leises Krachen hörte. »Sicher. Ist bei dir alles okay?«

»Es ... es geht mir gut. Hör zu, ich muss Schluss machen, Teddy ist gerade gekommen. Wir sprechen morgen. Dann erkläre ich dir alles, versprochen.«

Irgendetwas an ihrem Tonfall gefiel mir nicht. Das war nicht die Taylor, die ich in der Cafeteria kennengelernt hatte, aber ich wusste, dass hier und jetzt nicht der Moment war, das anzusprechen. Damit war ich schon zu oft auf die Nase gefallen und auch ich lernte dazu. »In Ordnung. Ich freue mich auf dich, Lory.«

»Ich mich auch, Jo«, sagte sie nach kurzem Zögern, dann legte sie auf.

Einen Augenblick lang starrte ich auf mein Handy, dessen Display langsam dunkel wurde, und legte es schließlich zur Seite, um den Motor zu starten.

Ohne groß darüber nachzudenken, hatte ich den Weg nach Venice Beach eingeschlagen und stellte meinen Wagen kurz darauf in unmittelbarer Nähe der Strandbar *Moe's Sunset* ab. Vin hatte mal gesagt, dass alle Wege hierherführen würden, ob man wollte oder nicht. Nun, von meinem besten Freund hatte während der Konferenz jede Spur gefehlt und auch jetzt schien er es nicht nötig zu haben, auf meine Anrufe zu reagieren. Das wurde langsam, aber sicher zu dem einzig Beständigem in meinem Leben: dass mir die Leute aus dem Weg gingen.

»Scheiß drauf«, murmelte ich, warf das Handy auf den Beifahrersitz und stieg mit Cap und Sonnenbrille bewaffnet aus. Ich würde mir jetzt einen guten Drink gönnen, den Sonnenuntergang genießen und dann in Ruhe darüber nachdenken, wie ich den Ausflug morgen angehen würde.

Sollte Vin doch bleiben, wo der Pfeffer wächst.

Mit diesem Entschluss ließ ich mich auf einen freien Platz, der dem Meer am nächsten war, nieder und legte mein schmerzendes Bein hoch. Der Strand war voller junger Menschen und Familien, die die letzten Sonnenstrahlen genossen. Kinderstimmen füllten neben dem Rauschen der See die Luft und ich spürte, wie ich mich merklich entspannte.

»Hallo, Johnny. Was darf es heute sein?«

Ich blickte auf und erkannte die quirlige Bedienung wieder. Heute schimmerten ihre Lippen in einem kräftigen Pink. »Hey, Fiona. Einen Gin Tonic bitte«

Sie lächelte und wurde rot. »Kommt sofort. Danke noch mal für die Autogramme, also falls Sie sich erinnern. Sie haben sie für meine Schwester Lilly und mich geschrieben. Ähm ... das war sehr lieb. Ich finde es übrigens super, dass Sie wieder durchstarten.«

Ich hielt mich gerade so davon ab, die Augen zu verdrehen.

Du hast ja keine Ahnung.

»Wir sind auf jeden Fall alle schon sehr gespannt auf Ihre neuen Filme, Johnny«, plapperte sie weiter und warf ihre Haare zurück.

»Danke«, gab ich knapp zurück und zog mir die Cap tiefer in die Stirn. »Und bitte sei so gut und häng es nicht an die große Glocke, dass ich hier bin, ja? Kannst du das für mich tun?«

»Oh, aber sicher. Klar, kein Problem.« Fiona tat so, als würde sie ihre Lippen mit einem imaginären Schlüssel verschließen und stakste dann davon.

Ich atmete auf und lehnte mich zurück. Meine Finger tippten unruhig auf den Tisch, während ich beobachtete, wie immer mehr Surfer aus den Wellen kamen und sich aus den

Neoprenanzügen schälten. Ich lauschte auf die Stimmen um mich herum, auf die belanglosen Gespräche und ließ zu, dass sie einen Moment lang meinen Kopf ausfüllten. Es tat seltsamerweise gut, mir für ein paar Atemzüge die Probleme anderer anzuhören, anstatt die ganze Zeit über nur auf meinen eigenen herumzukauen. Rechts von mir sprach ein Pärchen über ein neues Auto, links stritten sich zwei Mädels über irgendeinen Kerl und hinter mir –

»Ist da noch frei?«

Ich hob den Blick und zog die Augenbrauen zusammen. Vor mir stand ein Typ mit rotbraunen Haaren, eisblauen Augen und einem Hang zu schwarzen Klamotten. Vielsagend sah ich mich um, es gab noch genügend Tische, an denen niemand saß, also –?

»Du siehst aus, als ob du Gesellschaft bräuchtest«, schob der Kerl hinterher, als hätte er mir meine Frage vom Gesicht abgelesen und ließ sich unaufgefordert auf den Stuhl neben mir fallen.

»Tut mir leid, aber kennen wir uns?«

Der Fremde schüttelte den Kopf und hielt mir die Hand hin. »Nicht, dass ich wüsste. Ich bin Mate.«

Irritiert und deutlich überrumpelt griff ich nach seiner Hand. Mate hatte einen festen Griff und einen durchdringenden Blick, der mir aus irgendeinem Grund einen Schauer über den Rücken jagte. »Freut mich.«

Glaube ich.

In diesem Moment kam Fiona mit wehenden Haaren zurück und blieb fragend neben uns stehen. »Ein Freund von Ihnen, Johnny? Dann ist er natürlich willkommen. Hallo, kann ich Ihnen auch etwas bringen?«, sprudelte sie drauflos. Ihr strahlendes Lächeln richtete sich nun auf Mate.

»Ein Bier, danke.«

Fiona stellte meinen Drink ab und verschwand ein weiteres Mal.

»Johnny, also?«, begann Mate und hob eine dunkle Augenbraue. Zwei Ringe steckten darin und funkelten im Licht der untergehenden Sonne.

Ich zuckte die Schultern. Ehrlich gesagt wusste ich nicht, was ich von diesem Mate halten sollte. War er vielleicht einer dieser Aasgeier von der Presse? Aber mein Bauchgefühl glaubte nicht daran. Er wirkte nicht wie diese Idioten mit ihren beschissenen Kameras, die um jeden Preis an die aktuellste und brisanteste Neuigkeit herankommen wollten.

»Tja und mir hat man immer gesagt, Schauspieler wären charmant und an Gesprächen interessiert«, fuhr Mate fort und ein schiefes Grinsen zupfte an seinen Lippen, ohne dass es seine Augen erreichte.

Ich erwischte mich dabei, wie meine Mundwinkel zuckten. »Glaubst du immer alles, was sie in den Medien erzählen? Auch Schauspieler haben mal einen Scheißtag.«

»Das kannst du laut sagen«, antwortete Mate und richtete den Blick aufs Meer. Ein seltsamer Glanz trat dabei in seinen Blick.

Immer noch misstrauisch betrachtete ich Mate von der Seite und versuchte, mir einen Reim auf sein seltsames Verhalten zu machen. »Du schauspielerst auch?«

Das Grinsen wurde breiter, dann richteten sich seine außergewöhnlichen Augen auf mich. »Sind wir nicht alle Schauspieler in unserem eigenen Leben, Johnny? Jeder spielt seine Rolle, die einen besser, die anderen schlechter.«

»So, hier ist das Bier«, unterbrach uns Fiona abermals und lächelte kokett, als ihr Mate dankte und dabei zuzwinkerte.

Ich nahm einen Schluck meines herrlich kühlen Gins und beobachtete einen der Surfer. »Was machst du in Venice, Mate?«

Er stellte das Bier ab und fuhr sich über die Lippen. Dabei fiel mein Blick auf eine unebene, lange Narbe, die von seiner Kehle senkrecht den Hals hinablief und unter dem Kragen seines schwarzen Shirts verschwand. Unwillkürlich schluckte ich und zwang mich, wegzusehen.

»Ich habe hier einiges zu erledigen. Eine alte Freundin wohnt in der Stadt. Ich möchte ein paar Dinge mit ihr klären und hoffe, dass sie mir die Antworten geben kann, die ich suche.«

»Klingt nach Ärger«, befand ich und fuhr über die Stelle, wo mein Stumpf unter der dunklen Hose in die Prothese überging. Das lange Stehen auf der Pressekonferenz hatte definitiv Spuren hinterlassen.

»Kann man so sagen, Johnny. Sie hat mir vor einer Weile etwas sehr Wichtiges gestohlen und damit ein ziemliches Chaos verursacht. Ich hoffe, ich kann es von ihr zurückbekommen.« Irgendetwas an Mates Stimme irritierte mich. Er sprach beinahe emotionslos, monoton. Kalkuliert. Im nächsten Moment war dieses Gefühl auch schon wieder verschwunden. »Was ist mit dir? Warum sitzt jemand wie du alleine am Strand?«

»Da gibt es viele Gründe«, gab ich zurück und sah ihn wieder von der Seite an, bemerkte, wie sich seine Hände immer wieder öffneten und schlossen. Feine Narben zogen sich über Finger und Knöchel.

»Ich höre.« Mate griff nach seinem Bier.

Ich riss den Blick von seinen Fäusten und schluckte. »Ist 'ne lange Geschichte und nichts für einen so schönen Abend.«

Seine kalten Augen richteten sich ruckartig auf mich. »Steckt da vielleicht ein Mädchen dahinter? Es sind doch immer die Mädchen, oder nicht?« Dieses Mal wirkte sein Lächeln beinahe wie das Grinsen eines Hais in dem Sekundenbruchteil, bevor er sich auf dich stürzte.

Ich verkrampfte mich merklich und umfasste mein Glas fester. »Gut möglich.«

Seine Zähne blitzten auf, dann kippte er das Bier in einem Zug runter und leckte sich über die Lippen. »Manche sind komplizierter und gefährlicher als andere, was? Oft ist es besser, sich von Dingen, die man nicht versteht, fernzuhalten. Sich nicht in Angelegenheiten einzumischen, die einen nichts angehen. Sie brechen einem schneller das Genick, als man schauen kann.«

»Okay, ich –«, begann ich, doch Mate kam mir zuvor und beugte sich näher zu mir. So nah, dass ich eine weitere Narbe an seinem Haaransatz erkennen konnte, die sich bis weit über seinen Kopf hinwegzog.

»Auch wenn diese *Dinge* so unglaublich verführerisch und anziehend wirken. Wie eine schillernde Droge, die zu gut klingt, um wahr zu sein. Schönes Gesicht hin oder her, sie sind und bleiben absolut tödlich.« Mit diesen Worten stand er auf und reichte mir seine Hand.

Irritiert starrte ich darauf und sog im nächsten Moment scharf die Luft ein.

Mate hatte an seinem rechten Handgelenk ein ähnliches Tattoo wie Taylor. Eine hexadezimale Nummer, die mit schwarzer Tinte unter seine Haut gestochen worden war.

Das konnte kein Zufall sein.

Seine eisblauen Augen folgten meinem Blick, als ich keine Anstalten machte, seine Finger zu ergreifen, dann verzogen sich seine dünnen Lippen zu einem schmalen Lächeln. Mit einem leisen Lachen ließ er den Arm sinken und klopfte mir auf den Rücken. »Ich wünsche dir noch einen schönen Abend, Johnny.«

Fuck.

Bewegungsunfähig blieb ich sitzen, während sich Mates Schritte entfernten. Meine zitternden Hände ballten sich zu Fäusten in meinem Schoß, bis mir die Nägel in die Haut stachen.

Wo zum Teufel bist du da reingeraten, Johnny?

KAPITEL 18

TAYLOR

Play With Fire (feat. Yacht Money) –
Sam Tinnesz, Yacht Money

Ich lag auf dem Bauch in meinem Bett, die Füße angewinkelt. Vor mir in der Luft schwebte eines der Bücher, die ich mir zugelegt hatte, und im Hintergrund lief leise Musik. Frische Seeluft fuhr durch mein Zimmer und ließ die Gardinen sanft fliegen.

Auf einen mentalen Wink hin, blätterte ich eine Seite um, sodass ich keinen Finger rühren musste und in meiner gemütlichen Position liegen blieben konnte. Zumindest, bis es Zeit war, aufzubrechen.

Ich hatte in den vergangenen Tagen kein Wort von Vin gehört und hatte langsam, aber sicher, die Nase gestrichen voll. Deswegen würde ich dem Zenit heute Nacht einen Besuch abstatten und mir meine Antworten selbst von Vin besorgen. Ich musste nur warten, bis Teddy das Haus verlassen hatte.

Vin hatte vor einer Woche die Bombe platzen lassen, dass es irgendeine Gegenbewegung gäbe und hatte sich dann schlichtweg in Luft aufgelöst. Ich wollte endlich Erklärungen haben und hatte lange genug gewartet. Außerdem lief mir die Zeit davon.

Denn ich würde gehen. Ich würde Venice und Teddy nach dem Gespräch mit Jo verlassen, um etwas Abstand zu allem zu gewinnen und um wieder klarer denken zu können. Mir fiel hier die Decke auf den Kopf, ich kam nicht vorwärts, trat auf der Stelle und hatte das Gefühl, durchzudrehen.

Und außerdem, um Jo vor der drohenden Gefahr, die ich darstellte, zu schützen.

Ich *musste* weg.

Doch vorher brauchte ich noch ein paar mehr Informationen, mit denen ich arbeiten konnte. Auf die ich meinen Verstand loslassen konnte, sobald ich fokussiert genug war. Und Vin würde sie mir verdammt noch mal verschaffen.

Es klopfte an meiner Tür, dann trat Teddy ein. Sein missbilligender Blick blieb für einen Moment an dem schwebenden Buch hängen, dann richtete sich sein Blick auf mich. »Was machst du?«

»Lernen«, gab ich zurück und ließ das Buch auf die Bettdecke fliegen, wo es sich wie von selbst schloss. »Musst du los?«

Teddy hatte seit letztem Freitag so gut wie jeden Tag an seiner Forschung im Krankenhaus gearbeitet und mehr als einmal hatte ich mich gefragt, was er da wirklich trieb. Vin hatte davon gesprochen, dass die Ergebnisse von Emerdale gestohlen worden waren … Was war, wenn …?

»Leider ja. Wir stehen kurz vor einem Durchbruch.«

Es kostete mich ein gutes Stück Arbeit, nicht das Gesicht zu verziehen.

Arbeit, sicher.

»Aber Samstag und Sonntag werde ich den ganzen Tag zu Hause sein. Wir könnten gemeinsam an deinen Fähigkeiten arbeiten, was meinst du? Oder zusammen kochen.«

»Klar«, gab ich zurück und richtete mich auf, sodass ich im Schneidersitz vor ihm saß.

Teddys aufmerksamer Blick glitt über mich, dann zu meinem akribisch aufgeräumten Zimmer. Es gab kaum Anhaltspunkte, die etwas über die Bewohnerin aussagten. Keine persönlichen Gegenstände, keine Fotos, einmal abgesehen von meiner Tasche, ein paar Büchern und dem Laptop.

»Ich weiß, dass –«

Das Klingeln der Haustür unterbrach ihn und ließ uns beide beinahe synchron die Stirn runzeln.

»Hast du jemanden eingeladen?«, fragte mich Teddy und klang dabei merklich angespannt. Wir hatten ausgemacht, dass unsere Adresse weitestgehend geheim blieb. Ungebetenen Besuch konnten wir nicht gebrauchen.

Ich schüttelte knapp den Kopf und kam auf die Beine, um Teddy zu folgen, der bereits die Tür öffnete.

»Guten Abend, Sir. Ist Taylor da? Wir sind verabredet.«

Als ich die Stimme erkannte, nahm ich die letzten Stufen unwillkürlich schneller. Hatte er jetzt vollkommen den Verstand verloren?

Draußen stand Vincent, der statt seiner üblichen, dunklen Kleidung Hemd und Jeans trug und damit wirkte wie ein Kind, das sich zu Halloween verkleidet hatte.

»Und Sie sind?«, fragte Teddy und warf mir einen kurzen misstrauischen Blick zu, als ich neben ihn trat.

»Oh, das ist Vin. Ein Freund von mir. Ich habe völlig vergessen, dass wir heute etwas ausgemacht haben«, sagte ich und schob ein schiefes Lächeln hinterher. »Wir kennen uns vom College.«

Vin hob eine Augenbraue und nickte dann langsam. »Vincent de Morrano, Sir. Wir lernen zusammen für Chemie. Taylor ist wirklich außerordentlich klug.«

Beinahe hätte ich die Augen verdreht. Tarnung hin oder

her, Vin trug etwas zu dick auf und Teddy war kein Vollidiot.

Wieder sah Teddy zwischen Vin und mir hin und her und öffnete die Tür dann zögerlich etwas weiter, um Vincents ausgestreckte Hand zu ergreifen. »Freut mich, Sie kennenzulernen, Vincent.«

»Ganz meinerseits.« Vin betrat unseren Hausflur und sah sich um. »Schön ist es hier.«

»Ja, wir haben es uns gemütlich gemacht«, gab Teddy mit einem Zucken seiner Mundwinkel zurück und griff nach seinem Arbeitskoffer.

Hatten wir nicht. Das ganze Haus war kühl gehalten und noch genau so, wie wir es gekauft hatten: Steril, leer, minimalistisch. Wir hatten keine wirklichen Spuren hinterlassen.

Einmal abgesehen von dem Messer, das noch immer im Gemälde in der Wand steckte.

»Macht heute Abend nicht zu lange«, wandte er sich an mich und schloss die beiden Knöpfe seines dünnen Mantels. »Und wenn etwas ist, hast du meine Nummer. Ich bin jederzeit erreichbar.« Teddy musterte Vin einen Moment lang, dann nickte er kaum merklich.

»Wir kommen klar, Teddy«, murmelte ich und verschränkte die Arme vor der Brust.

Mein Ziehvater runzelte die Stirn und nickte. »Im Kühlschrank ist noch Spinattagliatelle von heute Mittag. Bedient euch einfach. Ich fürchte, ich muss los, aber vielleicht ergibt sich zu einem anderen Zeitpunkt ja noch einmal die Möglichkeit, sich länger zu unterhalten. Ich bin wirklich sehr gespannt auf Taylors Freunde.«

Für einen kurzen Augenblick verrutschte das höfliche

Lächeln auf Vins Zügen, dann hatte er sich wieder im Griff. »Sie hat auch viel von Ihnen erzählt.«

Zufrieden neigte Teddy den Kopf und nahm dann die Autoschlüssel vom Sideboard. »Hat mich gefreut, Vincent. Und wir sprechen später weiter, Taylor.«

»Ja, Teddy. Bis morgen«, erwiderte ich und konnte es nicht erwarten, die Rücklichter seines Wagens verschwinden zu sehen, um Vincent zur Rede zu stellen.

Was fiel ihm ein, einfach nach einer Woche Funkstille, in der er quasi nicht auffindbar gewesen war, ohne Ankündigung hier aufzutauchen? Was wäre gewesen, wenn Teddy ihn erkannt hätte?

»Hat mich gefreut«, sagte Vin, immer noch ganz in der Rolle des höflichen Freundes, die so gar nicht zu ihm passte und hob eine Hand zum Abschied.

Und dann war Teddy endlich zur Tür raus.

Ich zögerte keinen Moment und schleuderte Vin mit meiner Kraft gegen die nächstbeste Wand. Die Bilder erzitterten bei dem Aufprall.

»Bist du vollkommen irre?!«

»Diese Frage würde ich gerne zurückgeben«, brachte Vin hervor und fasste sich an die Kehle, wo ihn meine unsichtbare Faust festhielt.

Schnaubend trat ich näher. »Du hast mir einiges zu erklären, *de Morrano*, und dieses Mal stelle ich die Fragen.«

Vin massierte sich immer noch den Hals, als wir den Trainingsraum im Erdgeschoss betraten, ich die Lichter einschaltete und Kameras deaktivierte. Die Matten quietschten leise unter meinen nackten Füßen, während ich zum Fenster lief und dort die Jalousien herunterließ, ehe ich mich mit verschränkten Armen zu Vin umdrehte.

Vincent schlüpfte aus seinen Schuhen und knöpfte sein Hemd auf, worunter ein enges schwarzes Shirt zum Vorschein kam. Sein Blick wanderte einmal durch den Raum. Mehrere Boxsäcke hingen von der Decke herab, es gab eine Klimmzugstange, Medizinbälle und eine Bank zum Gewichtheben. In zwei großen Schränken aus poliertem Metall warteten noch weitere Geräte und Utensilien.

»Warum bist du hier, Vin?«

»Ich habe dir gesagt, dass ich mich bei dir melden werde.«

Eine meiner Augenbrauen wanderte nach oben. »Hat ja etwas gedauert. Und dann kommst du ausgerechnet zu mir nach Hause? Du hättest mich auch anrufen können.«

Schulterzuckend warf er sein Hemd in die Ecke und tippte einen der Boxsäcke an. Die Kette, die ihn hielt, klirrte leise, als er hin und her schwang. »Ich habe mich in Theodores Terminplan gehackt und wusste, dass wir den Abend für uns haben werden. Außerdem musste ich erst weitere Informationen einholen. Das habe ich dir aber gesagt.«

Er hat was?

Ich durchmaß den Raum und trat neben ihn. »Über die Fraktion.«

Er schüttelte den Kopf, packte den Boxsack und bedeutete mir, loszulegen. »Nein, über die Scheiße, in der wir knietief stecken. Komm schon, zeig mal, was du draufhast.«

»Was soll das?«

»Wir unterhalten uns, du bestimmst die Fragen und währenddessen trainieren wir ein bisschen, was meinst du?« Vin klopfte auffordernd auf das Leder.

Mit einem gemurmelten Fluch fuhr ich mir durch die Haare und ballte die Hände zu Fäusten. Dann schlug ich zu. Der erste Schlag brachte Vin zum Stolpern, sodass er sich neu positionieren musste.

Ich schlug wieder zu. »Von welcher Scheiße sprichst du?«, fragte ich zwischen zwei weiteren Hieben und spürte, wie die körperliche Anstrengung nach und nach dafür sorgte, dass ich mich zu entspannen begann.

Vincent stemmte sich fester gegen den Sack. »Ich habe mit der Fraktion Kontakt aufgenommen, ihnen von dir erzählt und neue Anweisungen bekommen. Es geht um die Jagd. Die Tatsache, dass Emerdale dir und Theodore vierzehn scharf geschaltete Dales auf den Hals gehetzt hat. Schon mal etwas vom Aktiven Modus gehört?«

Die gesamte fünfte Generation? Das war übel. Was hatten sie meinen Freunden, mit denen ich aufgewachsen war, erzählt, um sie dazu zu bringen, mich zu jagen und zu töten?

Ich ließ die Schultern kreisen, wischte mir einige Strähnen aus der Stirn und zog die Augenbrauen zusammen. »Nein«, war alles, was ich zurückgab und schlug wieder zu. Dieser Schlag war heftiger und sorgte dafür, dass die Haut an meinen Knöcheln mit einem Brennen aufplatzte.

Vin verzog das Gesicht. »Der Aktive Modus ist euer Schalter, Tay. Ein bestimmter elektrischer Impuls, der euch triggert. Sie haben es neben der Forschung als Backdoor bei euch eingebaut. Er legt eure Menschlichkeit lahm und macht euch zu Kampfmaschinen, die nur auf das Kommando des Befehlshabers gehorchen. Kein selbstständiges Denken mehr. Ihr *funktioniert* einfach nur.«

»Das ist ein Scherz, oder?« Meine Stimme klang seltsam atemlos.

Sein Ausdruck wurde finster. »Das Gen, das euch in diesen Modus versetzt, wird während des Eingriffs eingefügt. Es macht euch kontrollierbar und schaltet eure Persönlichkeit ab. Und nur durch den Befehlshaber kann der Modus wieder deaktiviert werden.«

Ich starrte auf meine blutenden Hände und schlug gleich darauf erneut zu. Das konnte nicht wahr sein. Das *durfte* nicht wahr sein.

Ich werde aussehen wie ich, aber das werde nicht ich sein. Keiner von uns.

Haydens Worte flogen durch mein Bewusstsein und ließen mich mit den Zähnen knirschen. Emerdale hatte meine Freunde nicht überzeugen müssen, mich zu jagen, sie hatten ganz einfach keine andere Wahl. Die Dales waren zu Bluthunden geworden, die auf eine einzige Person hörten und ohne nachzudenken, angriffen. Damit wurden sie absolut unberechenbar und tödlich, denn das Einzige, was unsere übernatürlichen Fähigkeiten in Schach hielt, war unser Bewusstsein. Kaum vorzustellen, was sie mit dieser Macht anrichten konnten.

Diese verdammten Mistkerle.

»Und das hat dir die Fraktion verraten?«

Vin nickte.

Meine Faust krachte gegen den Boxsack. Die Hiebe wurden immer schneller, heftiger. Blut klebte mittlerweile auf dem dunklen Leder, doch ich spürte keinen Schmerz. »Was ist mit mir? Was ist, wenn sie mich in den Aktiven Modus schalten?«

»Das können sie nicht.«

»Warum nicht?«, meine Stimme kam mittlerweile gepresst, die Worte zu harsch und abgehackt.

»Ich weiß es nicht, Tay. Die Fraktion hat mir vieles erzählt, aber nicht alles. Es reicht.« Vin zog den Boxsack aus meiner Reichweite. »Wie lange willst du noch auf dieses Ding eindreschen?«

Schweiß lief über meine Stirn und brannte in meinen Augen. Blinzelnd wischte ich mir über das Gesicht und fixierte das Sportgerät, sodass es Vincent aus den Händen gerissen wurde. Mit einem scharfen Fluch auf den Lippen taumelte er einen Schritt zurück.

»Genau *deswegen* frage ich.« Vin hob vielsagend die Brauen.

Ich ballte meine schmerzenden Hände zu Fäusten. »Meine Fähigkeiten sind meine wichtigste Waffe, aber Emerdale kennt genügend Methoden, sie temporär unbrauchbar zu machen. Ich muss mich genauso gut ohne verteidigen können.«

»Du sprichst von dem Deaktor, oder? Diese Substanz, die eure Superkräfte für einige Zeit lahmlegt.«

»Richtig.« Mein Blick fand den von Vin. »Also, wer kann mir meine Fragen beantworten, wenn du dazu nicht in der Lage bist?«

Mit verschränkten Armen machte Vin einige Schritte auf mich zu, bis uns nur noch eine Unterarmlänge trennte. »Die Fraktion selbst, aber du wirst sie nicht in Los Angeles finden.«

»Das trifft sich gut. Ich wollte die Stadt ohnehin verlassen.«

Überraschung zuckte über seine Züge. »Du gehst?«

Langsam nickte ich. »Ich … ich muss hier weg.«

Auch ohne dass ich es weiter ausführte, schien Vin zu verstehen und hakte nicht weiter nach. »Wo willst du hin?«

Gedankenverloren fuhr ich über die offenen Stellen an meinen Knöcheln, wo sich bereits eine feine Kruste zu bilden begann. In Kürze würde man davon schon nichts mehr sehen. Die Regenerierung und Neubildung unserer Zellen liefen schneller ab als bei gewöhnlichen Menschen.

»Ich habe über deine Worte nachgedacht, Vin, über diese Gegenbewegung. Du hast kaum etwas darüber verloren und das wenige, das du mir erzählt hat, reicht nicht, um ihnen zu vertrauen.« Vins Miene verfinsterte sich, doch noch bevor er den Mund aufmachen konnte, fuhr ich fort. »Aber was auch immer diese Fraktion ist – wer auch immer seine Finger da im Spiel hat –, Hayden vertraut dem Ganzen. Und ich«, ich sah auf und biss die Zähne zusammen, »ich vertraue Hayden. Mit meinem Leben.«

Ein winziger Anflug von Erleichterung flog über Vins Züge. »Dann hast du dich entschieden.«

»Nein«, ich schüttelte den Kopf. »Aber ich will mir ein eigenes Bild machen. Meine Freunde sind noch in Emerdale, sie leben, und das bedeutet, dass ich sie da irgendwie rausholen muss. Und dafür brauche ich Hilfe. Du hast gesagt, dass diese Fraktion Informationen hat, mithilfe derer man Emerdale ein Ende bereiten könnte. Es ist logisch, dass ich dieses Angebot zumindest in Betracht ziehe. Kannst du den Kontakt herstellen?«

Ein Muskel zuckte an seinem Kiefer. »So kann man es natürlich auch ausdrücken. Du weißt, dass das ein zweigleisiger Weg ist, oder? Die Fraktion erwartet eine Zusammenarbeit und Loyalität bei ihrem Vorhaben. Sobald Emerdale unter Kontrolle ist, werden sie mit der Forschung beginnen und dafür brauchen sie dich, Tay. Und die Unterlagen von Theodore Kellish. Das werden sie einfordern.«

Ich sah zur Seite und ließ eine der Wasserflaschen zu mir fliegen. »War das nicht das, was du von Anfang an erreichen wolltest?«

Vin kam noch näher und legte seine Hände auf meine Schultern. »Ich möchte erreichen, dass dir bewusst wird, dass, so übel Emerdales Ambitionen auch sein mögen, der Kern ihrer Forschung richtig eingesetzt etwas Gutes hervorbringen kann.« Eine Hand griff nach meinen Fingern, fuhr knapp unterhalb der zerstörten Knöchel entlang. Die Haut begann sich bereits zu schließen, man konnte förmlich dabei zusehen. »Das ist ein Wunder, Tay. Und diese verkorkste Welt braucht Wunder.«

Ich machte mich von ihm los und brachte etwas Abstand zwischen uns. Dafür hatte ich jetzt keinen Kopf, es gab auch so schon genügend Dinge, die ich durchdenken musste und die mir jeden Nerv raubten. Die Dales im Aktiven Modus, die Tatsache, dass ich aus irgendeinem Grund immun dagegen war, Jo, die Fraktion, über die ich kaum etwas wusste, Hayden.

»Ich werde dich zu ihnen bringen und alles Nötige in die Wege leiten. Wann willst du verschwinden?«

»Morgen, nachdem ich alles mit Jo geklärt habe. Er verdient einen ordentlichen Abschluss.« Meine Stirn legte sich in Falten, meine Stimme wurde leise. »Es wird ihn umbringen, wenn du auch noch abhaust.«

Vin ging nicht darauf ein. Vielleicht weil es ihn genauso schmerzte wie mich, zu viel über Jo nachzudenken. »Wir werden uns irgendwo treffen müssen. Ich brauche etwas Zeit, um die Dinge in die Wege zu leiten. Es wird eine längere Reise. Sobald ich alles zusammenhabe, werde ich einen Weg finden, dich zu kontaktieren. Komm, bevor du Los Angeles den Rücken kehrst, noch mal im Zenit vorbei.«

»Gut.« Ich verfolgte, wie Vin durch den Trainingsraum zu den Schränken ging und die erste Tür öffnete. Darin befanden sich Springseile, Übungswurfmesser, Wurfsterne. Seine Hände glitten über die Regalböden und blieben an einem Fach hängen – im nächsten Moment fuhr er herum und schleuderte drei Messer in meine Richtung. Zwei der Wurfmesser stoppten nur Millimeter vor meinem Gesicht, das dritte zischte an mir vorbei und schlitzte die obere Hautschicht meines Arms auf.

»*Hölle*«, stieß ich hervor, löste meine Telekinese von den Messern, sodass sie zu Boden fielen und fasste mir an den Arm. »Was soll der Scheiß?«

Vin hatte die Nerven, nur mit den Schultern zu zucken, während er bereits den nächsten Wurfstern in seinen Fingern drehte. »Ich will wissen, worauf ich mich einlasse. Die Fraktion hat mir einiges über dich erzählt.«

Als ich meine Finger von dem Schnitt nahm, waren sie rot und klebrig von meinem Blut. Ohne Vin aus den Augen zu lassen, band ich die Messer wieder an mich und ließ sie vor mir schweben, wo ich eines aus der Luft pflückte und in meinen Fingern zu drehen begann. Klingen hatten mich schon immer fasziniert.

Dann schickte ich die beiden anderen Wurfmesser zu Vin, wo eines knapp vor seiner Kehle verharrte, während das andere auf seine Milz zielte. Langsam schlenderte ich auf ihn zu, die wirbelnde dritte Klinge noch immer in den Fingern, und hob einen Mundwinkel.

»Was haben dir diese mysteriösen Leute denn so erzählt?«

Seine Pupillen wurden merklich größer, als das Messer an seiner Kehle in einer grotesk sanften Berührung über seine Haut glitt, doch es war zu stumpf, um Schaden anzurichten.

»Dass du dieses Spielzeug nicht brauchst, um zu töten«, gab Vin zurück. »Dass du die Gefährlichste und Tödlichste von ihnen allen bist. Sie haben mir von den Dingen berichtet, die du in Emerdale getan hast, von eurer Flucht aus dem Komplex und dass du den Soldaten das Genick mit nur einem Gedanken gebrochen hast.« Seine Antwort ließ mich das Wurfmesser fester umfassen. »Und dass du unkontrollierbar bist, Tay.«

Ich blinzelte nicht, als ich mich zu ihm beugte und fragte: »Glaubst du es?«

Vin griff vorsichtig nach den beiden Klingen, die sein Leben bedrohten und schob sie von sich fort. Ich ließ es zu, ohne ihn aus den Augen zu lassen. Das Messer in meinen Händen kam zum Stillstand.

»Ich glaube, dass du unsere einzige wirkliche Chance bist«, sagte Vin dann. »Wenn auch nur ein Bruchteil von dem stimmt, was mir die Fraktion verraten hat, dann steht dieser Welt ein blutiger Krieg bevor. Und du, Tay, bist das Einzige, was noch zwischen uns und dieser Katastrophe steht.«

KAPITEL 19

JONATHAN

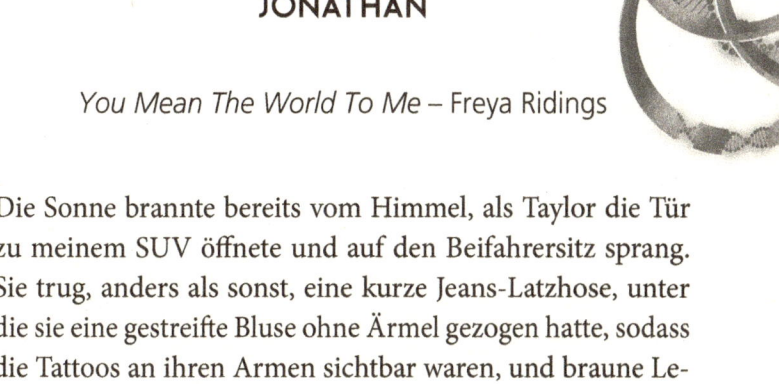

You Mean The World To Me – Freya Ridings

Die Sonne brannte bereits vom Himmel, als Taylor die Tür zu meinem SUV öffnete und auf den Beifahrersitz sprang. Sie trug, anders als sonst, eine kurze Jeans-Latzhose, unter die sie eine gestreifte Bluse ohne Ärmel gezogen hatte, sodass die Tattoos an ihren Armen sichtbar waren, und braune Lederboots. Ihre Haare hatte sie zu einem Pferdeschwanz zusammengebunden und statt ihrer karierten Tasche zog Lory nun einen kleinen braunen Rucksack auf ihre nackten, gebräunten Beine. Sie war schön, auf natürliche, atemberaubende Art und Weise.

Einen Moment lang konnte ich Lory nur ansehen und nicht recht glauben, dass sie wirklich neben mir saß, ohne Anstalten zu machen, wieder zu verschwinden – dass ich sie den ganzen Tag für mich haben würde. Und mir wurde bewusst, wie sehr ich sie vermisst hatte.

Ich räusperte mich und startete den Motor. »Hey, Lory.«

Kurz drehte sie den Kopf in meine Richtung und ein kleines Lächeln erschien auf ihren Lippen. »Hi, Jo.«

Einen Augenblick lang begegneten sich unsere Blicke und blieben aneinander hängen, dann schaute Taylor wieder nach draußen, während ich mich darauf konzentrierte, nicht gleich auf dem Parkplatz den ersten Unfall zu bauen. Das wäre kein besonders guter Start.

Ohne auf die fragenden Gesichter der Campussecurity zu achten, lenkte ich meinen Wagen vom Gelände und dann durch Santa Monica in Richtung Highway. Die Fahrt in die Mojave-Wüste würde etwas mehr als drei Stunden dauern, genügend Zeit, um in Ruhe miteinander zu sprechen und diese unübersehbare Kluft zwischen uns zu schließen.

Nur wusste ich nicht, wie ich anfangen sollte. Oder wo.

Es gab unzählige Dinge, die ich loswerden wollte. So viele Worte und Gedanken, die ich mit Taylor teilen und ihr erklären wollte, und doch kam nicht ein verdammter Ton über meine Lippen. Ich hätte mich verfluchen können.

Lory starrte mehr oder weniger angespannt aus dem Fenster, als wäre sie meilenweit entfernt und nicht länger wirklich anwesend. Im Hintergrund dudelte das Radio leise vor sich hin und ansonsten begleitete uns nur das monotone Surren der Reifen auf dem Asphalt.

Meine Augen wanderten immer wieder von der Straße zu ihr, zu der Tätowierung an ihrem Unterarm. Lory hatte ein Bein angezogen, wirkte seltsam zerbrechlich und seit dem unheimlichen Treffen mit diesem Mate, fragte ich mich immer wieder, ob ihre Vorsicht und Zurückhaltung nicht doch einen triftigeren Grund als bloße Schüchternheit besaß. Meine Gedanken kreisten unaufhörlich um die Frage, ob sie nicht vielleicht in Gefahr war. Ob es Menschen gab, die ihr Angst machten und sie dazu trieben, allem und jedem mit Misstrauen zu begegnen. Am liebsten hätte ich sie sofort darauf angesprochen, sie angefleht mir zu verraten, was ihr so eine Angst einjagte, doch die Stimme meines Psychologen hielt mich zurück.

Ich fürchte, das musst du selbst herausfinden. Aber vielen Menschen fällt es leichter, zu vertrauen, wenn sich das Gegen-

über zuerst öffnet. Zeige ihr, was in deinem Kopf und deinem Herzen vor sich geht, bevor du dasselbe von ihr einforderst.

Nur war Geduld noch nie meine Stärke gewesen. Oder über meine Gefühle zu sprechen.

Als wir L.A. schon ein Stück hinter uns gelassen hatten, stellte ich schließlich das Radio ab und seufzte leise. Ich spürte, wie sich Taylors graue Augen auf mich richteten, zwang mich aber dazu, mich auf die Straße zu konzentrieren.

Und dann öffnete ich mich.

»Es war an einem Dienstag vor etwas weniger als einem Jahr. Wir hatten von der Produktionsfirma aus ein großes Event in New York. Quasi ein *Meet-and-Greet* mit allem, was Rang und Namen im Showbusiness hat. Und es war absolutes Scheißwetter. Schneechaos, Eis, das volle Programm.« Ich umfasste das Lenkrad fester, als die Erinnerungen, die ich über Monate zurückgedrängt und noch nie jemandem anvertraut hatte, aus mir herausbrachen. »Ich schwöre dir, Lory, ich habe den gesamten Abend über kein Glas Alkohol angerührt und anderes Zeug habe ich sowieso noch nie angefasst, dafür war mir das Schauspielern und Surfen zu wichtig. Nur hat mir meine Enthaltsamkeit an diesem Abend auch nichts gebracht.«

Taylors kühle Hand legte sich auf meine verkrampften Finger. Die plötzliche Berührung ließ mich zusammenzucken. »Du musst es mir nicht erzählen, Jo.«

»Doch«, hielt ich dagegen. »Doch, ich möchte es mit dir teilen, Lory.«

Unsere Blicke fanden sich für einige Momente, in denen ich die alte Taylor unter ihrer Maske aus Gleichgültigkeit erkannte. Beinahe wie ein Glühen, das sich durch eine scheinbar undurchdringliche Schicht aus Dunkelheit kämpfte. Sie war noch da. Ihr Lächeln. Das besondere Gefühl, das mir ihre Nähe vermittelte.

Ich schluckte und leckte mir über die Unterlippe. »Nach dem Event, es war fast Mitternacht, hatten Melissa und ich noch vorgehabt, einige Tage in meinem Haus an der kanadischen Grenze zu verbringen. Es ist wunderschön dort. Einsame, ungezähmte Natur und himmlische Ruhe.« Ich verstummte und stellte mir vor, gemeinsam mit Lory auf der Veranda zu sitzen und in die grenzenlose Weite zu schauen. Es würde ihr dort gefallen, doch aus irgendeinem Grund, fühlte es sich nicht so an, als würde das jemals geschehen. Als wäre Taylors und meine Zeit begrenzt und würde kontinuierlich verstreichen. Als hätten wir nur noch Wochen, vielleicht sogar Tage miteinander.

Kaum merklich schüttelte ich den Kopf und fand zurück zu den Geschehnissen am Abend meines Unfalls. »Aufgrund des schlechten Wetters bat ich Melissa um Verständnis, dass ich nicht mit ihr hochfahren würde. Ich hatte keine Lust auf verschneite Straßen und die stundenlange Fahrt, die daraus resultieren würde. Außerdem war mein damaliger Wagen nicht dafür ausgelegt. Mel hat das allerdings nicht so gut aufgefasst und ist ausgetickt – keine Ahnung, warum mir nicht schon vorher aufgefallen ist, dass das keine Ausnahme, sondern ihre normale Verhaltensweise ist.«

Taylor gab ein leises Schnauben von sich. »Scheint sympathisch zu sein, diese Melissa.«

Nachdenklich runzelte ich die Stirn. »Mel ist kein einfacher Charakter und sie ist mir öfter, als ich zählen kann, auf die Nerven gegangen. Mehr als das, aber sie hat es nicht immer leicht gehabt. Melissa musste durch viel Scheiße hindurch und hat keine rosarote Vergangenheit. Ich schätze mal, daher kommt ihre biestige Seite.«

Wir hielten an einer Ampel, dann lenkte ich den Wagen auf den Highway in Richtung *Mojave National Preserve*. Die USA hatten unzählige atemberaubend schöne Landschaften, aber von allen war mir die Mojave am liebsten. Ich konnte mich an den unendlichen Weiten nicht sattsehen. Mich faszinierten die Pflanzen, die es trotz aller Widrigkeiten schafften, dort zu leben, und die Vielfalt, die an diesem scheinbar leblosen Ort herrschte. Früher, bevor das mit dem Schauspielern und dem Ruhm angefangen hatte, hatte mich mein Onkel Tom oft mit in die Wüste genommen, mir die Augen für das geöffnet, was den meisten Menschen entging. Ich hoffte, dass ich nun dasselbe für Lory tun konnte.

Die Ampel sprang um und ich fuhr an.

»Wie ging es weiter?«, fragte Taylor dann leise und zog auch das zweite Bein an, ihre Schuhe hatte sie längst ausgezogen.

»Unser Streit ist eskaliert«, begann ich. »Ich bin von der Party abgehauen, in meinen Wagen gestiegen und mit lauter Musik und quietschenden Reifen davongerast. Abgehauen, ohne mich noch einmal umzuschauen. Wie ein Vollidiot. Ich bin keine fünf Blocks weit gekommen.« Ich hörte das Krachen von damals als Echo in meinem Kopf, spürte den Aufprall noch einmal in meinen Gliedern und biss die Zähne zusammen. Als ich weitersprach, war meine Stimme heiser. »Der … der Bus hatte Rot, wollte bremsen, konnte es aber aufgrund der Eisglätte nicht. Er hat meinen Wagen mit voller Wucht erwischt. Der Zusammenstoß war heftig und hat fast nichts von meinem Auto übrig gelassen.« Ich tippte auf dem Lenkrad herum. »Die ersten fünf Wochen nach dem Unfall sind gewissermaßen aus meinem Kopf verschwunden. Da war dieser ohrenbetäubende Knall und dann ist alles schwarz. Wahrscheinlich ist es gut, dass mir die Erinnerungen daran fehlen.«

Dafür erinnerte ich mich nur zu genau an die Kälte, als ich im Krankenhaus in Los Angeles aufgewacht bin. An die Gewissheit, dass mir etwas fehlte und den Augenblick, in dem ich das erste Mal meinen Stumpf zu sehen bekommen hatte.

»Ich kann mir gar nicht vorstellen, wie hart das gewesen sein muss«, hörte ich Taylor wie aus weiter Ferne sagen.

»Das war es«, sagte ich schließlich. »Vom einen Moment auf den anderen war alles anders. Alles neu. Mein altes Leben lag in Trümmern vor mir und ich wusste nur, dass es nie wieder so werden würde wie davor – bevor ich so dumm gewesen und bei Eis und Schnee in mein Auto gestiegen bin. Es ist schwer zu begreifen, wenn man es nicht selbst erlebt hat.«

Taylor wandte den Blick ab und starrte aus dem Fenster. Die Landschaft um uns herum veränderte sich, machte nach und nach der Mojave-Wüste Platz, die sich über vier Bundesstaaten erstreckte. Der Boden wurde trockener, rissiger, die Bäume kleiner und verloren ihren grünen Glanz.

»Ich habe es selbst erlebt«, flüsterte Lory nach einer Weile des Schweigens. »Alles hat sich verändert, innerhalb von Sekundenbruchteilen. Mir wurde … mir wurde die Wahl abgenommen und bis heute verstehe ich nur einen Bruchteil von dem, was wirklich geschehen ist. Ich weiß nur, dass ich es nicht mehr ändern kann und mir keine andere Möglichkeit bleibt, als weiterzumachen.«

Ihr Tonfall ließ mich die Zähne zusammenbeißen. »Taylor …«

»Jo, bitte«, sie krallte ihre Finger in den Stoff der kurzen Latzhose. »Bitte nicht. Nicht jetzt.«

»In Ordnung«, gab ich genauso leise zurück. »Du musst nichts sagen, das habe ich dir versprochen. Lass mich einfach wissen, was du möchtest.«

Taylor nickte und schaute mich an. Der feuchte Glanz in ihren Augen ließ mich schlucken. »Zeig mir diesen wundervollen Ort. Lass uns einen Tag verbringen, ohne die Schatten unserer Vergangenheit. Nur du und ich, Jo. Schenk mir diesen einen Tag.«

Wieso klangen ihre Worte wie ein Abschied? Wieso hatte ich das Gefühl, dass uns keine Tage mehr blieben, wie ich angenommen hatte, sondern nur Stunden, Augenblicke?

Als Kind war ich sehr krank.

Was, wenn diese Krankheit niemals wirklich verschwunden war? Wenn sie mir deswegen entglitt?

Ich löste eine Hand, fuhr Lory federleicht über die Wange. »Darum brauchst du mich nicht zu bitten«, erwiderte ich und hatte das Gefühl, als würde mir jedes einzelne Wort die Luft abschnüren.

Wir erreichten das *Mojave National Preserve* als die meisten Tagesbesucher längst schon unterwegs waren. Ich hatte den Geländewagen nicht auf den Hauptparkplatz gelenkt, sondern den Angestelltenparkplatz gewählt, der für Besucher unter normalen Umständen gesperrt war. Tom war hier vor ein paar Jahren Ranger gewesen und Bill, sein Kollege, hatte mich sofort wiedererkannt und durchgewunken.

Außer meinem SUV war hier nur ein weiteres Fahrzeug

abgestellt und Taylor und ich waren alleine inmitten von Stein, Sand und Trockenheit.

Ohne zu zögern hatte ich mir Lorys Hand geschnappt und war losgelaufen. Aufgrund meines fehlenden Beins, der Prothese und den Krücken waren lange Wanderungen zwar nicht mehr drin, aber der Ort, den ich ihr unbedingt zeigen wollte, war nur etwa eine halbe Meile entfernt.

Das würde ich schaffen.

Taylor folgte mir schweigend, während wir den staubigen Pfad entlangliefen, weiter in die Wüste hinein, fort von den letzten Anzeichen von Zivilisation. Der Boden flimmerte in der Hitze und ein Adler zog seine Kreise über dem schier grenzenlosen Areal. Es war so friedlich hier, so leise, beinahe, als wäre man auf einem anderen Planeten gelandet, auf dem all das, was einen im Alltag zurückhielt, schlichtweg nicht mehr existierte.

Das war seltsam befreiend.

»Danke, dass du mir deine Geschichte erzählt hast«, sagte Lory leise und trat neben mich, als wir schon ein gutes Stück gegangen waren. Sie blinzelte gegen das Licht an und suchte meinen Blick.

»Danke, dass du zugehört hast.«

Ihre Mundwinkel zuckten ein wenig, dann hielt sie sich eine Hand gegen die Stirn und ließ ihren Blick über die Landschaft schweifen. »Woher kennst du dich hier so gut aus?«

»Mein Onkel Tom war hier Ranger, als ich jünger gewesen bin. Wir haben gemeinsam viel Zeit in der Mojave verbracht – *die Wüste unsicher gemacht*, wie er es genannt hat. Er hat mir Nester von Klapperschlangen gezeigt und Spurenlesen beigebracht.« Unwillkürlich huschte ein schiefes

Grinsen über mein Gesicht. »Und nachts haben wir uns die Sterne angeschaut und im Zelt übernachtet. Glaub mir, nirgendwo sind die Sterne so klar und schön wie hier.«

»Wo ist dein Onkel jetzt?«

»Er ist gestorben«, murmelte ich. »Ein Herzinfarkt vor drei Jahren. Aber wir haben schon lange davor keinen Kontakt mehr gehabt. Mein Vater hielt nicht viel von ihm und seinen Abenteuern.«

Taylor verzog das Gesicht, wobei sie ihre Nase rümpfte. »Das tut mir leid, Jo. Wie kann man nur keine Abenteuer mögen?«

Mir kam ein leises Lachen über die Lippen. »Dad ist der spießigste Mensch, der dir jemals begegnen wird – ah, da sind wir.«

Ihr Blick löste sich von mir und wanderte dann zu der kleinen Anhöhe. Ohne ein weiteres Wort stürmte sie los und legte die letzten Meter im Laufschritt zurück, ehe sie oben zum Stehen kam.

Auch ohne dass sie etwas sagte, wusste ich, dass es ihr den Atem verschlug.

Lächelnd trat ich neben sie und griff nach ihren Fingern. Wortlos verschränkte sie ihre mit meinen und biss sich auf die Unterlippe.

»Jo, das ist –«

»Ich weiß«, sagte ich genauso atemlos und drückte ihre Hand.

Wir standen auf einem Felsvorsprung, knapp achtzig Meter über dem Boden, mit einer Aussicht, für die mir noch immer die Worte fehlten. Selbst nach all den Malen, die ich schon hier gestanden hatte.

Von hier aus konnte man meilenweit über die Wüste

blicken. In der Ferne ragten zerklüftete Berge auf, davor orangefarbene Sanddünen, Joshua Trees und rissiger Boden mit kleinen Büschen so weit das Auge reichte. Es war schier unmöglich, sich daran sattzusehen. Über uns spannte sich der milchig blaue, unendliche Himmel, Wind rauschte in den trockenen Blättern und irgendwo schrie ein Raubvogel.

»Komm«, sagte ich leise und bedeutete ihr, sich auf die Kante zu setzen, sodass unsere Beine über dem tiefen Abgrund baumelten. Unsere verschränkten Finger lagen zwischen uns auf dem warmen Boden, während sich die Grenzenlosigkeit vor uns ausbreitete.

Die Sonne ließ ihre hellen Haare leuchten, tauchte ihre Haut in einen warmen Schein und in diesem Augenblick war es nicht die Landschaft, die mir den Atem raubte, sondern dieses faszinierende, komplizierte Mädchen neben mir.

»Ich möchte dir etwas über mich erzählen, Jo, weil du es wissen solltest, bevor ...« Lory unterbrach sich selbst und hob das Kinn. »Weil du mir auch wichtig bist.«

Ein harter, schmerzender Knoten bildete sich in meinem Magen. »Warum klingst du schon den ganzen Tag, als wäre dieser Ausflug deine Art, dich von mir zu verabschieden?«

Ihre grauen Augen richteten sich direkt auf mich und in diesem Moment wurde mir bewusst, dass ich richtiglag. Dass das hier ein Abschied war.

»Warum, Lory?«

Sie holte hörbar Luft und schaute auf unsere verschränkten Hände. Eine steile Falte erschien zwischen ihren Augenbrauen. »Lass es mich erklären. Du wirst es verstehen. Du wirst verstehen, dass ich keine andere Wahl habe.«

Hat man die nicht immer?!, hätte ich am liebsten gerufen, doch stattdessen biss ich nur die Zähne zusammen und hielt ihre Hand fester. Als könnte ich sie so an Ort und Stelle halten.

Bei mir, an meiner Seite.

»Ich habe dir gesagt, dass ich früher sehr krank gewesen bin. Es war Leukämie. Im Endstadium. Mein von Geburt an schwaches Herz hatte kaum eine Chance.«

Jedes einzelne Wort, das ihr zögerlich und mit seltsam tonloser Stimme über die Lippen kam, fühlte sich wie ein Messerstich an und ich wusste nicht, was ich dagegen tun sollte. Ich war machtlos.

»Meine Eltern haben damals alles probiert, weißt du? Unzählige Therapien, alternative Medizin. Wir sind um die halbe Welt gereist, in der Hoffnung, eine Lösung zu finden. Doch es gab keine und mir lief die Zeit davon. Dann hat man ihnen überraschend angeboten, mich an einer Studie teilnehmen zu lassen.«

Ich griff nach einem Kiesel, drehte ihn in meiner freien Hand, bis der Schmutz abgebröckelt war und dunkelgrauer Stein zum Vorschein kam. »Die Studie war erfolgreich.«

Taylor nickte. »Es war eine ... besondere Studie. Ein noch unausgereifter Forschungsansatz, aber er hat bei mir gewirkt. Ich bin nach langer Zeit wieder gesund geworden.«

Mein Kopf ruckte hoch. »Wie lange?«

»Sehr lange«, war alles, was Lory sagte. »So lange, dass mich meine Eltern aufgegeben haben und stattdessen Teddy meine Familie geworden ist.« Bei dem Wort *Familie* stockte sie merklich.

»Sie haben dich aufgegeben?«, wiederholte ich fassungslos und schleuderte den Kiesel fort. »Aber du bist ihre Tochter, du ... du hast überlebt.«

Mit einem traurigen Lächeln bedachte sie mich einen Moment lang. »Für sie bin ich gestorben, Jo. Und es ist okay. Ich habe ihnen schon lange verziehen.«

Meine Stirn legte sich in Falten. »Hast du nie nach ihnen gesucht?«

Kopfschüttelnd strich sie mit dem Daumen über meinen Handrücken. »Es würde alles nur noch komplizierter machen und ich möchte nicht, dass sie ihre Tochter ein zweites Mal verlieren.«

»Wovon sprichst du, Lory? Warum musst du gehen? Ist der … der Krebs zurückgekommen?« Allein diese Möglichkeit laut auszusprechen, nur daran zu denken, trieb mir die Übelkeit in den Magen.

»Nein, aber es hängt damit zusammen. Diese Studie ist der Grund dafür, dass ich für eine sehr lange Zeit verreisen muss, Jo. Vielleicht für immer und ich möchte nicht, dass du auf mich wartest oder nach mir suchst. Du musst mich gehen lassen und vergessen.«

Ich lachte freudlos auf und löste unsere Finger voneinander. »Weißt du, was du da von mir verlangst?«

»Bitte, du musst es mir versprechen.« Ihre Stimme brach, dann sah sie zur Seite. »Du musst das hinter dir lassen, mich aus deinem Leben streichen, denn ich werde nicht wiederkommen.«

Ihre Worte zerrissen mir das Herz. »Das kannst du nicht ernst meinen. Du –«

»Sei wütend auf mich, verfluche mich, hasse mich meinetwegen, nur vergiss mich, Jo. Vergiss, dass ich mich jemals in der Cafeteria an deinen Tisch gesetzt habe.« Tränen traten ihr in die Augen, eine einzelne löste sich, lief über ihre sonnengebräunte Wange.

»Das könnte ich nie«, sagte ich sofort. »Ich könnte dich nie hassen oder vergessen.«

»Das musst du aber, Jo. Du *musst*.«

Ich fing eine ihrer Tränen mit einem Finger auf, umfasste sanft, aber bestimmt ihr Gesicht und schüttelte den Kopf. »Dir ist, glaube ich, immer noch nicht bewusst, was ich gemeint habe, als ich gesagt habe, dass du mir wichtig bist, Taylor.«

»Nicht. Mach es nicht noch schwerer. Denn ich werde gehen und nichts, was du sagst oder tust, wird diesen Entschluss ändern.«

Mein Daumen strich über ihren Wangenknochen, ihre Unterlippe und dann zog ich sie zu mir heran und küsste sie. Ich küsste sie, bis ich keine Luft mehr bekam und Lory zu meinem Atem wurde. Meine Finger fuhren durch ihre sonnengewärmten Haare, hinab zu ihrem Nacken, ihren Schultern und Hüften. Dann hob ich sie mühelos auf meinen Schoß, bis kein Blatt mehr zwischen uns gepasst hätte und küsste sie weiter. Die Welt verschwand um mich herum, wurde zu Lory. Lory wurde zu meiner Welt.

Ihr betörender Geruch nach Sonne und Freiheit, ihre Wärme unter meinen Fingerspitzen, ihr leises Seufzen an meinen Lippen.

Gott, dieses Mädchen zu küssen, sie unter meinen Händen zu spüren, fühlte sich an, als würden wir gemeinsam in den Abgrund unter unseren Füßen stürzen, ohne jemals auf dem Boden aufzuschlagen. Die Zeit schien stillzustehen. Gedanken lösten sich auf, machten diesem bittersüßen Verlangen Platz, das jede einzelne Zelle meines Körpers ausfüllte.

Hätte ich gekonnt, dann wäre ich für immer in diesem

Augenblick abgetaucht und niemals wieder an die Oberfläche gekommen. Wäre in Taylors Nähe ertrunken, völlig berauscht von den unzähligen Gefühlen, die in mir brodelten.

Doch Augenblicke waren Augenblicke. Sekundenbruchteile in einer unendlichen Abfolge von Sekundenbruchteilen. Sie geschahen, verstrichen und hatten ein Ende.

Tränen brannten in meinen Augen, als Lory ihre Lippen behutsam von mir löste, um sich zurückzuziehen, doch ich ließ es nicht zu. Noch nicht. Ohne den Blick von ihr zu nehmen, griff ich nach ihrer Hand, umschlang sie mit meinen Fingern und ließ etwas hineingleiten, bevor ich Taylor freigab.

Ihre Stirn legte sich in Falten, dann senkte sie den Kopf. Auf ihrer Handfläche lag eine hellgraue Rohkristallspitze aus Kernit an einer silbernen Kette. Das Gestein hatte dieselbe Farbe wie Taylors Augen und besaß genauso viele Facetten wie sie selbst.

»Jo …«, flüsterte Lory mit erstickter Stimme.

Ich schüttelte den Kopf, schloss die Kette in ihrem Nacken und schenkte ihr ein trauriges Lächeln. »Du kannst vieles von mir verlangen, Taylor, aber nicht, dass ich dich jemals vergessen werde. Denn das kann ich nicht.«

Verzweiflung trat auf ihre Züge. »Du weißt nicht, wovon du redest.«

»Erklär es mir.« Mit bebenden Fingern hob ich ihr Kinn an, sodass sie gezwungen war, mir in die Augen zu sehen. »Ich möchte dich verstehen, Taylor. Jede Seite an dir.«

Ihr Atem entwich hörbar, dann machte sie sich los und kam auf die Beine. »Da gibt es nichts zu verstehen, Jonathan. Nichts als Schmerz, Wut und all die schreckliche Dinge, die ich getan habe und die mich bis ins Grab verfolgen werden. Ich bin eine Gefahr und früher oder später würde ich auch dich verletzen. Glaub mir, an mir gibt es nichts, was wert ist, mehr als einen Gedanken an mich zu verschwenden. Ich bin nicht gut für dich. Das war ich nie.«

Ihre Worte, voller Bitterkeit und Selbsthass, ließen mich mit den Zähnen knirschen. »Du bist das Beste, das mir je passiert ist.«

Mit Tränen in den Augen wandte sie sich ab. »Nein. Ich bin eine tickende Zeitbombe. Und früher oder später werde ich hochgehen und alles mit mir reißen. Besser, du siehst das ein, bevor es zu spät ist. Wir hatten einige wenige Augenblicke und diese zählen zu den schönsten und wertvollsten in meinem Leben, doch Augenblicken ist es bestimmt zu enden, Jo.«

Als ich Taylor endlich eingeholt hatte, lehnte sie mit verschränkten Armen an meinem Wagen und starrte ins Leere. Sie war kaum fünf Meter von mir entfernt und doch hatte sie noch nie unerreichbarer gewirkt als in diesem Moment.

Ich würde ihre Worte nie vergessen. Die Endgültigkeit und Überzeugung darin.

... doch Augenblicken ist es bestimmt zu enden, Jo ...

»Wir sollten fahren«, sagte sie tonlos und stieß sich von dem Macan ab. Ihr Blick glitt durch mich hindurch. »Es ist ein weiter Weg zurück nach Los Angeles und schon spät.«

»Nein«, gab ich zurück und setzte mich wieder in Bewegung. Ohne sie anzuschauen, ging ich an ihr und meinem Wagen vorbei und steuerte die staubige Straße an, die aus dem Park hinausführte. »Eigentlich habe ich viel mehr Lust auf einen Spaziergang.«

»Jonathan!«, rief sie mir hinterher, dann hörte ich, wie sie mir folgte. »Was soll das?«

Mein Mundwinkel zuckte beim Klang ihrer gereizten Stimme. »Habe ich doch gesagt. Ein Spaziergang.«

Ihre Schritte wurden schneller, dann lief sie neben mir. Eine steile Falte hatte sich zwischen ihre Augenbrauen gegraben. »Hör zu, es tut mir leid, in Ordnung? Es tut mir verdammt noch mal leid, dass … dass ich …« Taylor brach ab und schüttelte den Kopf. »Warum tust du das? Warum machst du es mir so schwer?!«

Weil du im Begriff bist, diese besondere Verbindung zwischen uns einfach zu zerstören.

Weil du mich zerstörst.

»Woher hast du die Nummer auf deinem Arm?«, schoss ich zurück und blieb auf der Straße stehen, sodass uns kaum noch eine Unterarmlänge voneinander trennte.

Ihr wütender Blick bohrte sich in meinen, während sich ihre Finger automatisch auf das Tattoo legten. »Das geht dich nichts an, Jo. Es ist sehr persönlich.«

Ich schenkte ihr ein kühles Lächeln. »Natürlich ist es das. Und die anderen?«

Taylors Augen weiteten sich. »Wovon sprichst du? Welche anderen?«

Meine Arme vor der Brust verschränkt, legte ich den Kopf schief. »Scheint ein populäres Motiv zu sein. Oder vielleicht ist es auch Zufall, dass sich am Strand ein Typ mit demselben Tattoo an meinen Tisch setzt?«

Schneller als ich es für möglich gehalten hätte, schloss Lory die Lücke zwischen uns und griff nach meinen Oberarmen.

Die Farbe war aus ihrem Gesicht gewichen, ihre Lippen zu blutleeren Strichen geworden. »Wann? Was war das für ein Typ? Wie hat er ausgesehen?«

»Ist das wichtig? Erklär du mir erst mal, was hier los ist«, sagte ich und legte meine Hände auf ihre Finger, die sich beinahe schmerzhaft in meine Haut gruben.

»Nein, ist es nicht!«, rief sie aus und riss sich mit so viel Kraft aus meiner Berührung, dass ich rückwärts taumelte. Meine Beine verhedderten sich in den am Boden liegenden Krücken, dann krachte ich auch schon auf den rissigen Asphalt, sodass mir die Luft aus der Lunge gepresst wurde.

»Scheiße«, stieß ich schmerzerfüllt hervor und hob ruckartig den Blick, als ich das unverkennbare Brummen eines Motors hörte.

Ein starker Motor, der immer schneller näher kam.

Mein Puls begann zu rasen, als sich hämmernde Gedanken in den Vordergrund drängten.

Der Fahrer wird uns nicht sehen.

Nicht hinter der steilen Kurve.

Wir haben nur noch Sekunden, bis er uns erreichen und umbringen wird.

»Lory, wir müssen runter von der Straße«, brachte ich gepresst hervor und wollte mich aufrichten, als ein brennender Schmerz durch meinen Körper jagte und ich zurück auf den heißen Asphalt sank.

Taylors graue Augen hefteten sich für einen Sekundenbruchteil auf mich, dann sprang sie mit einem geschmeidigen Satz über mich und stellte sich zwischen mich und die Kurve.

Vor das Auto, das uns jeden Moment erreichen würde.

Oh Gott.

»Taylor, verschwinde!«, doch sie beachtete mich gar nicht.

Wieder versuchte ich mich hochzudrücken, wieder scheiterte ich.

Scheinwerfer tauchten in der aufkommenden Dämmerung auf, flogen um die steile Kurve und schossen ungebremst auf uns zu.

Er wird nicht rechtzeitig bremsen können!, schoss es mir wieder und wieder durch den Kopf.

Er wird nicht stehen bleiben.

Mein Herzschlag beschleunigte sich und pumpte heißes Adrenalin durch meinen pochenden Körper.

»TAYLOR!«, schrie ich und versuchte noch einmal auf die Beine zu kommen, als ich das ohrenbetäubende Geräusch quietschender Reifen hörte. »*Runter von der Straße!*«, brüllte ich.

Und dann schien die Zeit auf einmal zähflüssiger zu werden – langsamer abzulaufen.

Statt zu verschwinden, richtete sich Taylor mit dem Rücken zu mir auf und hob eine Hand, während der Pick-up um die Kurve schoss und kaum noch drei Meter entfernt war.

Das Quietschen wurde lauter, die Luft füllte sich mit dem Geruch nach verbranntem Gummi, als der Fahrer uns endlich bemerkte und viel zu spät bremste. Das Heck des Wagens brach mit einem hohen Kreischen aus, sodass sich der Pick-up überschlug. Metall kreischte, Glas splitterte, als das Geschoss kugelgleich direkt auf uns zusteuerte.

Es wird uns zerquetschen.

Ich schloss die Augen und biss die Zähne in Erwartung des Zusammenstoßes aufeinander.

Doch der Aufprall blieb aus. Stattdessen wurde es totenstill.

Drei Atemzüge lang blieb ich bewegungslos liegen, dann

öffnete ich die Augen, hob den Blick und … stieß einen Fluch aus.

Das Wrack des Pick-ups schwebte einen knappen Meter über dem Boden, kaum eine Armlänge von Lory und mir entfernt in der Luft. Als hätte man die Pausetaste gedrückt und die Welt angehalten.

Im nächsten Moment machte Taylor eine knappe Handbewegung und der Wagen landete einige Meter von uns entfernt auf der Straße. Staub wirbelte auf, irgendwo zischte etwas leise und es stank bestialisch nach Benzin. Dann erklang das Zuschlagen einer Tür, langsame Schritte knirschten auf Glas und Asphalt und ich erkannte die verschwommene Silhouette des Fahrers.

»Was zur …«, brachte ich mit bebender Stimme hervor, riss den Blick von dem Mann los und starrte auf Taylors Gestalt. Ihre Schultern hoben und senkten sich schnell. Meine Finger fanden die Krücken und hielten sich daran fest, während sich die Welt um mich herum zu drehen begann.

Taylor hatte den Wagen angehalten.

Ohne ihn zu berühren.

Sie hatte ihn gestoppt.

In der Luft.

Sie …

Das ist unmöglich. Das ist verflucht noch mal unmöglich!

Keuchend kämpfte ich mich endlich auf die Füße, den stechenden Schmerz in meiner Seite ignorierend.

»Wir müssen verschwinden«, sagte Taylor mit rauer Stimme, ohne sich zu mir umzudrehen. Ihr gesamtes Augenmerk lag auf dem Mann, der langsam in unsere Richtung kam. »*Sofort.*«

»Hallo? Geht es euch gut? Soll ich einen Krankenwagen rufen?«, fragte eine fremde Stimme. Der Fahrer.

»Lory ...«

Sie fuhr herum und ballte die Hände zu Fäusten. »Du verstehst das nicht. Wir müssen *sofort* von hier verschwinden.«

Unwillkürlich wich ich bei dem Funkeln in ihren Augen etwas zurück. Diese Seite an ihr war neu und Furcht einflößend. Fremd. »Was ist mit dem Fahrer? Sollten wir ihm nicht zumindest sagen, dass wir unverletzt –«

Ihr harsches Kopfschütteln war Antwort genug. Halt suchend klammerte ich mich an meine Krücken und drückte mich mühsam hoch.

Ohne ein Wort überwand Taylor den Abstand zwischen uns, schneller als es einem Menschen möglich sein sollte, griff nach meinem Arm und schob mich in Richtung meines Wagens.

Ich versuchte sie dazu zu bringen, anzuhalten, doch Lory war stärker als ich. Viel stärker. »Was war das, Taylor? Sprich endlich mit mir!«

Wir erreichten den Porsche. Lory öffnete die Beifahrertür mit derselben Kraft, mit der sie zuvor den Pick-up gestoppt hatte und schubste mich auf den Sitz. Doch bevor sie die Tür schließen konnte, umfasste ich ihr Handgelenk und brachte sie so dazu, mich endlich anzusehen. Das Grau ihrer Augen wirkte dunkler, beinahe wie unergründliche Abgründe.

»Lory ...«

Ihre Schultern fielen herab, als sie sich auf die Unterlippe biss. »Ich habe dir gesagt, dass ich alles mit mir reiße, Jo. Und das, was du da gerade gesehen hast ... das ist erst der Anfang.«

KAPITEL 20

TAYLOR

Scars – Boy Epic

Meine Gedanken rasten wie Blitzschläge durch meinen Kopf.

Ich versuchte händeringend einen Plan zu entwickeln, wie wir aus dieser Sache rauskommen sollten, während ein Großteil meines Verstandes noch damit beschäftigt war, zu verstehen, was gerade geschehen war.

Jo hatte *mich* gesehen. Er hatte gesehen, wie ich etwas scheinbar Unmögliches getan hatte und war damit mitten in jenen Abgrund hineingeraten, den ich um jeden Preis von ihm hatte fernhalten wollen. Und jetzt war es zu spät, daran noch etwas zu ändern.

Meine Finger trommelten unruhig auf dem Lenkrad herum, als ich das Gaspedal ganz durchdrückte und Jos Wagen an seine Grenzen trieb. Der Motor heulte protestierend auf, als wir die hundertfünfzig Meilen pro Stunde erreichten und die unebene Straße ließ den ganzen SUV erbeben. Die Tachonadel drehte völlig durch. Trotzdem dachte ich erst gar nicht daran, langsamer zu werden.

Die Sonne war längst untergegangen und unsere Scheinwerfer waren für lange Zeit das einzige Licht. Ich heftete den Blick starr auf die Straße, konzentrierte mich auf die Umgebung, den rissigen Asphalt, um bei der kleinsten Gefahr reagieren zu können. Doch keine halsbrecherische

Geschwindigkeit der Welt reichte aus, um den unumstößlichen Wahrheiten zu entkommen.

Jo wusste von meiner Telekinese.

Ich hätte beinahe einen unschuldigen Zivilisten umgebracht, um Jo und mich zu retten.

Jo hatte mich geküsst.

Die Kopfgeldjäger – meine ehemaligen Freunde –, die Emerdale geschickt hatte, wussten von Jonathan. Hatten ihn bereits aufgesucht, ihm gedroht.

Und Jo hatte mich geküsst.

Sie hatten Jo auf ihre verdammte Liste gesetzt. Dass er keinen blassen Schimmer von der Forschung, den Dales und allem anderen hatte, würde Emerdale nicht davon abhalten, ihn zu einem Druckmittel zu machen und dann aus dem Weg zu schaffen. Sie würden keine Fragen stellen, bevor sie schossen. Das hatten sie nie.

Meine Finger krallten sich in das weiche Leder des Lenkrads. Alles geriet durcheinander. Wo zum Teufel sollte ich anfangen? Wie sollte ich das geradebiegen?

Gar nicht. Es fliegt dir längst um die Ohren, Tay.

»Taylor, verflucht noch mal, rede endlich mit mir!«, fuhr mich Jo nicht zum ersten Mal an.

Zum dritten Mal, wenn ich genau sein wollte, seit ich wie eine Irre vom Parkplatz gerast war. Doch bisher hatte ich keinen Ton von mir gegeben. Mein Kopf arbeitete auf Hochtouren, beschäftigte sich mit den unzähligen Fragen und versuchte, einen logischen Schluss daraus zu ziehen. Versuchte, eine Lösung zu finden.

Aber wem wollte ich hier etwas vormachen?

Der einzige *logische Schluss* war der, dass ich knietief in der Scheiße steckte und mir die Luft ausging. Dafür brauchte ich meinen IQ von 191 nicht einmal. Emerdale hatte uns gefunden, sie würden diese Sache beenden und –

»*Taylor!*«

Von der einen auf die andere Sekunde blockierten die Reifen und ein ohrenbetäubendes Quietschen zerriss die angespannte Stille. Instinktiv setzte ich meine Telekinese ein, als der Wagen auszubrechen und sich zu überschlagen drohte, und hielt ihn mit zusammengebissenen Zähnen auf Spur, während ich ihn gleichzeitig kontrolliert abbremste. Dann kamen wir mit rauchenden Reifen mitten im Nirgendwo zum Stehen.

Wütend fuhr ich zu Jo herum. Mein Herz raste, meine Kraft brodelte. »Bist du irre? Willst du uns beide umbringen?«

Seine Augen hielten meinem Blick mit bemerkenswerter Ruhe stand. »Nein, aber ich will Antworten. Und du wirst sie mir jetzt liefern«, forderte er und nahm die Hand von der Handbremse.

Jonathan schien den Verstand verloren zu haben.

»Und da fällt dir nichts Besseres ein, als einfach die Bremse zu ziehen?«

»Anders hast du ja nicht reagiert«, erwiderte er nun genauso gereizt und schob das Kinn vor. »Ich verstehe gar nichts mehr, okay? Das jagt mir eine Scheißangst ein – also rede verflucht noch mal mit mir!«

Diese Angst konnte ich selbst nur zu gut nachvollziehen.

Mühsam zwang ich mich zur Ruhe und atmete hörbar aus. Es brachte nichts, wenn wir beide uns jetzt die gesamte Autofahrt über anschrien. »Du hast schon genug mitbekommen, Jo. Mehr als gut für dich ist.«

Ihm kam ein trockenes, freudloses Lachen über die Lippen, das mich erschaudern ließ. »Ist das dein Ernst? Willst du mich etwa *beschützen*? Falls es dir noch nicht aufgefallen ist, ich stecke schon mittendrin.« Spott lag in jedem einzelnen seiner Worte. »Ich habe gesehen, wie du einen verdammten Pick-up mit Magie oder was weiß ich durch die Luft geschleudert hast. Einen *Pick-up*. Und du willst, dass ich das einfach akzeptiere und den Mund halte?«

Ich kaute auf meiner Unterlippe herum, schaltete wieder auf *Drive* und fuhr langsam zurück auf die Straße. »Das hat nichts mit Magie zu tun.«

»Ach, da bin ich aber froh!«, stieß er hervor. »Und dieser Typ vom Strand? Du kennst ihn augenscheinlich, es hat dich nicht mal überrascht, dass er die gleiche Tätowierung hat wie du. Wenn ich schon in diesen abgedrehten Mist reingeraten bin, dann habe ich zumindest das Recht zu erfahren, um was es eigentlich geht!«

»Ja, ich kenne den Kerl – die Leute, die … die hinter mir her sind«, bestätigte ich nach einer Weile. »Und genau aus diesem Grund will ich auch nicht, dass du noch mehr darüber erfährst.«

Der Ausgang des *Mojave National Preserve* ragte vor uns auf, dann ließen wir diesen Ort, der alles innerhalb von Sekundenbruchteilen verändert hatte, hinter uns und fuhren auf die Route 66, die uns zurück auf den Highway bringen würde.

»Wie oft muss ich dir noch sagen, dass du das vergessen kannst? Ich werde mich nicht mit ein paar Ausreden abspeisen lassen. Wir haben eine ziemlich lange Autofahrt vor uns, Taylor, ich schlage also vor, du nutzt die Zeit und erklärst mir endlich, wer du wirklich bist.«

Ich spürte seinen Blick auf mir kribbeln und spannte mich merklich an. Alles in mir sträubte sich dagegen, auch nur ein

Wort mehr über Emerdale, mein Leben – *mich* – zu verlieren. Dass ich Jo schützen wollte, war nur ein kleiner Teil der Wahrheit, viel mehr wog der egoistische Gedanke, dass ich nicht ertragen könnte, wenn sich seine Meinung über mich änderte.

Und das würde sie, wenn ich ihm von all den Dingen erzählte, die ich getan hatte. Von dem Monster, das man erschaffen hatte.

Er würde nie wieder Lory sehen, sondern nur noch das, zu dem mich Emerdale gemacht hatte. Die Waffe, die tötete ohne nachzudenken.

»Lory ...«, sagte er leise und berührte mich federleicht an der Wange. Eine Träne funkelte auf seiner Fingerkuppe. »Was ist so schrecklich, dass du es mir nicht verraten kannst?«

Ich. Ich bin es.

Doch ich schluckte diesen Gedanken runter. Meine Einschätzung, dass Emerdale Jonathan jagen und umbringen würde, unabhängig davon, ob er Informationen besaß oder nicht, war korrekt und er sollte wissen, was ihm bevorstand. In welches Wespennest er gestochen hatte. Vielleicht würde uns etwas einfallen, wie wir ihn aus der Schusslinie ziehen konnten.

Irgendetwas.

Langsam wandte ich den Kopf in seine Richtung und nickte. »Du hast recht, es ist eine lange Fahrt. Lass uns einen Kaffee und etwas zu essen holen.«

Ein paar Minuten später fuhren wir auf den Parkplatz eines kleinen Diners an der Route 66, dessen Neonschild bereits einige Buchstaben eingebüßt hatte, sodass statt *Desert Drive Inn* nur noch *Dive In* zu lesen war. Als Jo sich aus dem Macan hievte, gab ich ihm einen kleinen Schubser mit meiner

Telekinese und sah mich um. Keine Humvees von Emerdale, keine Polizei.

»Ich habe mich schon gefragt, woran es liegt, dass mir das Gehen in deiner Nähe leichter fällt. Darauf, dass es wortwörtlich an dir liegt, wäre ich im Traum nicht gekommen.«

»Keine große Sache.« Schulterzuckend steuerte ich das Diner an. Kurze Zeit später waren wir mit Burgern und Softdrinks zurück im Wagen. Nachdem die Getränke in der Halterung verstaut waren, lenkte ich den Macan vom Parkplatz und zurück auf die Route, ehe ich nach meinem Burger griff. Ein paar Momente lang aßen wir einfach nur schweigend, während wir der Straße in Richtung Los Angeles folgten und hingen unseren Gedanken nach. Erst als wir wieder auf dem Highway waren, brach Jo schließlich das Schweigen. Ich hatte ihm diese Zeit bewusst gegeben, um sich zu sortieren und einen Anfang zu finden. Zwar gab er sich locker, doch ich spürte, wie sehr es an ihm nagte.

»Das alles ist wirklich gerade passiert, oder?«

»Du bist erstaunlich ruhig dafür, dass ... na ja, für das alles.« Ich warf ihm einen schnellen Blick zu.

Jos Mundwinkel zuckte. »Glaub mir, das ist nur Fassade. Innerlich stehe ich kurz davor, mich zu übergeben.« Sein halbes Lächeln übertrug sich, entgegen der unzähligen düsteren Gedanken in meinem Kopf, auf mich. Jos ganz persönliche Superkraft. »Und vielleicht liegt es auch daran, dass ich die ganze Zeit über geahnt habe, dass an dir irgendetwas anders ist. Ich meine, die Geheimnisse, dein ständiges Ausweichen. Du sprichst augenscheinlich mehrere Sprachen fließend und die Tatsache, dass du dich wie magisch von einem Ort wie dem Zenit angezogen fühlst ... Es war klar, dass es da einen Haken gibt.«

»Einen Haken? So kann man es natürlich auch ausdrücken.« Mir kam ein Schnauben über die Lippen.

»Also, Taylor – falls das überhaupt dein richtiger Name ist –, was hast du sonst noch so auf dem Kasten? Nur raus damit, ich bin ganz Ohr.«

Ich verzog die Lippen zu einem schiefen Grinsen. »Wäre doch langweilig, wenn ich dir jetzt schon alles verrate, oder?«

»Ich glaube für heute hatte ich genügend Überraschungen.« Jo schnaubte und wandte dann den Blick aus dem Fenster. Ein paar Atemzüge lang wurde es still zwischen uns. Ich hing meinen hoffnungslos verworrenen Gedanken nach, während Jo auf die vorbeifliegende Landschaft starrte, als würde er dort die Antworten bekommen, auf die wir vermutlich beide hofften. Nach einer kleinen Ewigkeit, so kam es mir zumindest vor, fragte Jo leise in die Stille hinein: »War das mit deiner Krankheit und deinen Eltern wahr?« Sein Blick kribbelte auf mir, doch ich hielt die Augen resolut auf die Straße gerichtet.

»Ja, alles, was ich dir gesagt habe, entsprach der Wahrheit. Bloß war ich nicht nur krank, sondern so gut wie tot.«

Jo stieß einen kurzen Fluch aus. »Du … du warst tot?«

Ich nickte langsam. »Fast. Und genau das hat mich für *Emerdale* qualifiziert.«

»Die Studie?«

»Emerdale ist keine Studie, sondern eine streng geheime Forschungseinrichtung der Regierung. Ich glaube, nicht einmal der Präsident selbst weiß davon. Nur eine Handvoll ist eingeweiht.« Mein Atem entwich mit einem leisen Seufzen. »Die Einrichtung beschäftigt sich mit hoch entwickelter Genmanipulation, um die Leistungsfähigkeit von Menschen zu steigern und über die gewöhnlichen Grenzen hinauszutreiben. Ich weiß nicht, wie sie das erreichen, das haben sie uns nie gesagt. Nur, dass es junge Patienten braucht, die dem Tode sehr nah sind, um diese Forschung durchführen zu können.«

Aus dem Augenwinkel sah ich, wie Jo fassungslos den Kopf schüttelte. »Kinder. Sie ziehen diese Experimente an todkranken Kindern durch?«

»Ja. Sie überschreiben die menschliche, beschädigte DNA mit einer verbesserten Sequenz, wodurch die Heilungsfähigkeiten maximal gesteigert werden. Genauso wie die Gehirnaktivitäten und körperlichen Fertigkeiten. So, als würde man einen gewöhnlichen Körper upgraden und das Bewusstsein erweitern. Mehr haben sie uns darüber nie verraten.«

»Und du bist eines dieser Kinder. Wie viele gibt es von euch?«

»Die meisten Kinder haben die Eingriffe nicht überlebt. Nur die wenigsten sind stark genug und zerbrechen nicht unter der Veränderung.« Ich griff nach meinem Kaffee, der bereits kalt war und trank einen Schluck. »Neunundreißig Dales haben überlebt, aufgeteilt in sechs Generationen. Ich gehöre der fünften an und bis vor Kurzem habe ich gedacht, dass ich die einzige Dale wäre, die überhaupt noch existiert.«

Stirnrunzelnd fuhr sich Jo über den Oberschenkel. »Das musst du mir erklären.«

Wie nur, wenn ich das meiste davon selbst nicht verstand? Es fehlten so viele Zusammenhänge, um die richtigen Schlüsse ziehen und das ganze Bild erkennen zu können.

»Teddy hat mich vor etwas weniger als zwei Monaten aus Emerdale rausgebracht. Ich habe mein Leben und meine Freunde dort zurückgelassen, weil er mir erzählte, dass sie ganz Emerdale vernichten würden. Alle Experimente, alle

Unterlagen, alle Beweise, dass die Forschung jemals existiert hat, sollten eliminiert werden – inklusive der Dales.«

»Nur ist das nie geschehen?«

Kopfschüttelnd stellte ich den Becher zurück. »Nein. Emerdale ist nach wie vor da draußen. Teddy hat gelogen. Mittlerweile glaube ich, dass er sensible Daten aus der Organisation und irgendwie auch *mich* gestohlen hat.«

»Warum?«

Das war die Eine-Million-Dollar-Frage und ich biss mir seit Tagen die Zähne daran aus.

»Ich weiß es nicht. Warum ich? Warum nicht einer der anderen? So viele ungeklärte Fragen. Es hängt nicht mit einer potenziellen Stilllegung von Emerdale zusammen. Denn die Forschungen sollten nie vernichtet und beendet werden. Ganz im Gegenteil, sie planen, die Organisation noch weiter auszubauen. Und …« Ich fuhr mir über die Lippen. »Und es kann auch nicht daran liegen, dass Teddy plötzlich erfahren hat, dass sie uns Dales für einen viel übleren Grund ausgebildet haben, als man uns erzählt hat, denn er war es höchstpersönlich, der an unseren Genen herumgepfuscht hat. Warum also jetzt? Was hat sich geändert? Was planen sie wirklich?«

Jo hob eine Hand. »Warte – langsam. Ich verstehe nur Bahnhof. Ich dachte, Emerdale ist eine Forschungseinrichtung?«

Ich lachte freudlos. »Eine Forschungseinrichtung mit dem Ziel, die perfekten Soldaten zu erschaffen. Kämpfer, die jeden Befehl, ohne zu zögern, befolgen und ganze Armeen niedermähen, ohne einen Finger zu rühren. Übernatürliche Soldaten, denen jegliche Menschlichkeit fehlt. Dafür wurden wir ausgebildet und jahrelang konditioniert.«

»Scheiße, das ist …« Er brach ab und sah mich mit geweiteten Augen an. »Aber du bist menschlich. Ich habe dich in den letzten Wochen kennengelernt, du bist anders.«

Ich schluckte gegen den Kloß in meinem Hals an. »Das sind wir alle. Wir haben Persönlichkeiten, lachen, leiden, im Grunde unterscheidet uns nicht viel von Menschen, einmal abgesehen von unserer gesteigerten Leistung. Bis man den Schalter in uns umlegt. Ein Schutzmechanismus, den man direkt in unsere DNA eingepflanzt hat. Schaltet man uns Dales in den Aktiven Modus, verlieren wir unser eigenes Bewusstsein, werden zu ferngesteuerten Kampfmaschinen, über die ein einzelner Mensch die Macht besitzt.«

Dank Vin hatte letztlich auch ich von diesem erschreckenden Detail erfahren.

»Wie Roboter?«

»Schlimmer«, gab ich bitter zurück. »Denn die Dales können Dinge, zu denen kein Roboter jemals in der Lage sein wird.«

»Wie Pick-ups durch die Luft zu schleudern?« Jo schaffte es, mir kurz zuzuzwinkern, doch es strafte die Anspannung auf seinen Zügen Lügen.

»Glaub mir, das ist nur die Spitze des Eisbergs.«

Der Tag der Flucht erschien vor meinen Augen. Ich spürte noch einmal, wie ich diese ganzen Soldaten mit weniger als einem Gedanken getötet, ihre Genicke wie dünne Äste gebrochen hatte. Mein Magen zog sich zusammen und ich hatte das Gefühl, mich jeden Moment übergeben zu müssen.

Bis ich Jos Hand auf meiner fühlte, seinen Daumen, der behutsam über meinen Handrücken fuhr.

»Du bist keiner dieser Roboter, Lory.«

»Nein. Ich weiß nicht, wieso, aber man kann mich nicht *aktiv* schalten. Vielleicht ist das der Grund für das alles, vielleicht ist es auch etwas ganz anderes. Es muss eine Erklärung dafür geben, nur habe ich keinen blassen Schimmer, wo ich danach suchen soll. Teddy kann ich nicht fragen, nicht nach seinen Lügen und nicht, solange ich nicht weiß, welches Ziel er verfolgt. Auf welcher Seite er steht. Und ich kann auch schlecht nach Emerdale zurückgehen und fragen.« Meine Lippen verzogen sich zu einer freudlosen Grimasse.

»Weil sie dich jagen?«

»Weil sie meine Generation – vierzehn aktive Dales – auf mich gehetzt haben, um mich zur Strecke zu bringen.« Ich strich mir einige Strähnen zurück. »Und jetzt haben diese Kopfgeldjäger auch deine Fährte aufgenommen. Der Typ vom Strand ist einer von ihnen.«

»Das ergibt doch keinen Sinn«, meinte Jo und fuhr sich übers Kinn. »Warum sollten sie dich, wenn du eines ihrer wenigen erfolgreichen *Experimente* bist, umbringen? Glauben sie, dass du die Unterlagen gestohlen hast?«

Ich pustete mir ein paar Haare aus den Augen. »Vermutlich. Und sie ziehen eine tote Dale definitiv einer vor, über die sie keine Kontrolle haben.«

»*Fuck* ... ich meine, ich habe vieles erwartet, aber das?«

Ironischerweise ließ mich sein Fluch, der so gar nicht zu Jo passen wollte, leise lachen. Vielleicht verlor ich langsam doch den Verstand. Ganz ohne Aktiven Modus. »Du hättest auf mich hören sollen, als ich gesagt habe, dass ich nicht gut für dich bin.«

»Und dann? Was hättest du dann gemacht? Was war dein Plan?«

Meine Gedanken wanderten zu Vin. Zu den wenigen Andeutungen, die er über die mysteriöse Fraktion gemacht hatte.

Ich entschied, dass ich Vin Jo gegenüber vorerst nicht erwähnen würde. Das war Vins Sache und er sollte selbst entscheiden, wie viel er Jo erzählte.

»Ich wäre gegangen. Es gibt vielleicht eine Gruppe von Menschen, die mir helfen können. Bisher weiß ich nicht viel darüber, aber sie sind wahrscheinlich meine einzige Chance, meine Freunde zu retten und Emerdale zu stoppen.«

»Wow, das klingt nach der Rettung der ganzen Welt mit dir als einsame Märtyrerin in der Hauptrolle. So etwas funktioniert nie.«

»Jo …«

Er winkte ab. »Und ich wäre ahnungslos in Los Angeles geblieben, bis diese durchgeknallten Dales bei mir geklingelt und mich umgebracht hätten? Super Plan.«

Ich umfasste das Lenkrad fester und mahlte mit den Kiefern. »Hör auf damit.«

»Warum? Ist doch wahr. Ich stecke mittendrin. Du hast selbst gesagt, dass mich einer der Kopfgeldjäger schon besucht hat. Der Zug ist abgefahren. Du kannst mich nicht einfach zu Hause absetzen und anschließend verschwinden.«

»Ich weiß«, gab ich gereizt zurück und überholte einen Lkw. Mit jeder Meile, die wir zurücklegten, wurden die Straßen voller, bis die leuchtende Skyline von Los Angeles am Horizont auftauchte. »Das weiß ich«, sagte ich noch einmal ruhiger und leckte mir über die Unterlippe.

»Also, was jetzt?«

Ich musste mit Vin sprechen, auch wenn er mich vermutlich einen Kopf kürzer machen würde und dann mussten wir abtauchen. Vin und ich bei der Fraktion. Und Jo an irgendeinem Ort, weit weg von Emerdale und vor allen Dingen weit weg von mir. Denn ich würde nicht zulassen, dass Jo etwas passierte. Nur über meine Leiche.

Seufzend sah ich zu ihm und zog die Augenbrauen zusammen. »Ich schlage vor, du packst ein paar Sachen und tauchst unter.«

Ein dunkles Funkeln trat in seine Augen, als er meinen Blick erwiderte. »Ich lasse dich nicht allein, Taylor. Nicht nach allem, was ich über dich und die Gefahr, in der du schwebst, erfahren habe. Und nichts, was du tust oder sagst, wird an diesem Entschluss etwas ändern können. Ich bleibe bei dir, ob es dir passt oder nicht.«

Diese Worte hatte ich wenige Stunden zuvor selbst zu ihm gesagt. Mit derselben Entschlossenheit darin.

Resigniert atmete ich aus. »Jo, das ist eine Nummer zu groß für dich.«

»Weil ich nur noch ein Bein habe und bisher nur vor der Kamera gekämpft habe? Scheiß drauf.«

Nein, weil ich dich nicht verlieren will. Ich biss die Zähne aufeinander.

»Lory, ich mag kein Supersoldat mit übernatürlichen Fähigkeiten sein, aber ich bin dein Freund und Freunde lassen einander nicht im Stich, egal, wie abgedreht die Situation auch sein mag.« Seine Finger fanden meine, verschränkten sich mit ihnen und ließen mich nicht mehr los. »Ich werde bei dir bleiben. Bis zum verdammten Schluss.«

Es war kurz vor elf am Abend, als wir endlich in die Zufahrt von Jonathans Anwesen in den Hills fuhren und ich war mit den Nerven am Ende. Mein ganzer Körper stand unter Hochspannung und jedes einzelne Nervenende schien zu vibrieren.

Am liebsten hätte ich für ein paar kostbare Momente die Welt um mich herum angehalten, um wieder zu Atem zu kommen. Doch das war genauso unmöglich, wie Jo aus diesem Chaos rauszuhalten.

Heftiger als nötig brachte ich den SUV vor der Garage von Jos Villa zum Stehen und schaltete den Motor ab.

»Es tut mir leid, Jo. Ich glaube, das habe ich noch überhaupt nicht gesagt«, flüsterte ich und lehnte mich gegen das Lenkrad. »Es tut mir leid, dass ich dich in diesen Abgrund gezogen habe, ohne zu fragen.«

Jonathan schnallte sich ab, wobei ein kurzer Schmerz über seine Züge huschte – und dann lachte er leise. »Lory, das musst du nicht. Ich bereue es nicht, dich kennengelernt zu haben. Ganz im Gegenteil, du bist das Beste, was mir in den letzten Monaten passiert ist. Das habe ich vorhin ernst gemeint und daran hat auch deine Geschichte nichts geändert.«

»Du weißt nicht, wovon du sprichst.«

Jo griff sanft, aber bestimmt, nach meinem Kinn, zwang mich dazu, ihm ins Gesicht zu schauen. »Das weiß ich sehr wohl. Ich bin froh, dich zu kennen, ich bin froh, dass wir Freunde sind und ich mag dich. Jede einzelne Seite an dir, auch die übernatürliche. Sie sind ein Teil von dir, Lory, genauso wie deine Vergangenheit und sie machen dich zu dem besonderen, starken Mädchen, in das ... in das ich mich verliebt habe.«

Tränen brannten in meinen Augen und ich hatte das Gefühl, keine Luft mehr zu bekommen. Ich hatte Jo nicht verdient, seine Unterstützung, seine Gefühle für mich.

»Jo, ich –«

Das Licht außerhalb des Wagens sprang schlagartig an und ließ ihn und mich auseinanderfahren, als hätte man uns bei etwas Verbotenem erwischt. Im nächsten Moment klopfte ein wütender Vincent auf die Motorhaube.

»Idiot«, murmelte Jo und öffnete die Beifahrertür, um auszusteigen. Ich tat es ihm nach.

»Alter, ich habe dich bestimmt zwanzigmal angerufen! Was ist so schwer daran, wenigstens *einmal* ans Telefon zu gehen?!« Vin funkelte Jo finster an. »Und warum seid ihr so dreckig?«

»Wir waren unterwegs. Komm mal wieder runter«, erwiderte Jo und sortierte seine Krücken. »Was ist denn so wichtig, dass du nicht warten konntest?«

»*Johnny!*«

Eine junge Frau mit dunklen, gewellten Haaren und perfektem olivfarbenen Teint kam mit langen Schritten auf Jonathan zu, schlang die Arme um ihn und hauchte ihm Küsschen auf die Wangen. »Wo bist du denn gewesen, mein Schatz?«

Schwer zu sagen, wer überrumpelter war: Jo oder ich.

Einen Augenblick später hatte sich Jo wieder gefangen und schob die hübsche Brünette im knappen, schwarzen Kleid von sich. »Mel, was machst du hier? Ich habe dir doch geschrieben, dass ich das Wochenende über nicht in der Stadt bin.«

»Und doch bist du hier«, flötete sie. »Deine Mutter sagte, ich solle mich von deinen Ausreden nicht beeindrucken lassen. Und wie ich sehe, hatte sie recht.« Die letzte Silbe hatte kaum ihren Mund verlassen, da hefteten sich ihre braunen Iriden auch schon auf mich. »Wen haben wir denn da?«

Ich versenkte die Hände in den Taschen meiner dreckigen Latzhose und hob einen Mundwinkel. »Taylor, freut mich, ich habe schon viel von dir gehört, Melissa. Tja, ich mache mich dann mal auf den Weg.«

Drei Augenpaare richteten sich pfeilartig auf mich.

Jo, weil er offensichtlich befürchtete, dass ich mich aus dem Staub machen und nie wiederkommen würde.

Vin, der sich vermutlich fragte, was in der Wüste geschehen war, und womöglich neue Infos über die Fraktion für mich hatte.

Und Mel, weil sie dieses Spielchen hier genoss und noch nicht fertig war.

»Nein, nein. Bleib doch, Taylor. Freunde von Johnny sind auch meine Freunde«, antwortete Mel zuckersüß und mit einem hinterhältigen Lächeln.

Seinem Gesichtsausdruck nach schickte Jo gerade ein Stoßgebet gen Himmel, während Vin sein Grinsen rasch mit einem Gähnen kaschierte.

»So gerne ich auch mehr über dich erfahren würde, ich habe noch etwas vor«, lehnte ich ab und wandte mich an Vin. In jeder Sekunde, die ich hier vergeudete, konnte Emerdale näher kommen und sich das ohnehin winzige Zeitfenster schließen, das uns noch blieb. »Vin, kannst du mich nach Hause fahren?«

Vin kam zu keiner Antwort, denn Jo war bereits an mich herangetreten und sah erst mich und dann seinen besten Freund warnend an. »Es ist schon spät, du solltest nicht mehr fahren.«

»Ist das –«, begann ich, doch eine Hand mit spitzen Nägeln, die sich in meinen Oberarm grub, unterbrach mich.

»Das sehe ich genauso. Also, gehen wir rein, gönnen uns einen kleinen Drink und lernen uns besser kennen. Das wird lustig.«

In diesem Augenblick hätte ich Melissa gerne erwürgt. Dicht gefolgt von Jo, der keine Anstalten machte, mich aus ihren Klauen zu befreien, sondern mir nur ein beinahe schadenfrohes Grinsen schenkte.

»Klingt großartig. Dann bleibt uns Taylor noch etwas länger erhalten. Nicht, dass sie einfach spurlos verschwindet, wie Cinderella um Mitternacht, wo die Sache doch gerade anfängt spannend zu werden.«

Ich hatte absolut richtiggelegen, Jo *hatte* den Verstand verloren.

KAPITEL 21

JONATHAN

Renegades (Stash Konig Remix) –
X Ambassadors

Ich hatte das Gefühl, im falschen Film zu sitzen und war kurz davor durchzudrehen. Auch wenn ich mehr oder weniger selbst dafür verantwortlich war.

Keine Ahnung, was mich geritten hatte, Taylor Mel zum Fraß vorzuwerfen. Vielleicht die Furcht, dass sie trotz allem sang- und klanglos verschwinden könnte. Ich hatte sie nicht gehen lassen wollen. Nicht nach allem, was ich heute erfahren hatte.

Und so unsinnig es vielleicht auch klingen mochte in Anbetracht der Tatsache, dass Taylor eine ungeheure Kraft besaß und vermutlich sehr gut in der Lage war, auf sich selbst aufzupassen, solange sie hier neben mir saß, hatte ich das Gefühl, sie beschützen zu können. Selbst wenn das bedeutete, mit Melissa und Vin bei Häppchen und Drinks auf meiner Dachterrasse zu sitzen und auf das nächtliche Los Angeles herabzuschauen.

Ich spürte Taylors Anspannung, die in Wellen von ihr abzustrahlen schien, und bemerkte ihren unruhigen Blick, der rastlos über die Terrasse, meine Villa, den Himmel flog. Sie wirkte, als würde sie jeden Moment explodieren. Unwillkürlich fragte ich mich, ob sie dazu in der Lage war, alles einfach so in Flammen aufgehen zu lassen.

Ich sah sie von der Seite an, ihre übereinandergeschlagenen Beine, die noch dreckig von der Wüste waren, und ihre verkrampften Schultern, und versuchte all die Dinge, die ich seit unserem Kennenlernen über sie erfahren hatte, und die Geschehnisse heute in Einklang zu bringen.
Es gelang mir nicht.
Vielleicht war das immer ihre Absicht gewesen.
»Also«, begann Melissa und nippte an ihrem Champagner, den sie zur *Feier des Tages* mitgebracht hatte. »Wie kommt es, dass ihr zwei Turteltäubchen alleine unterwegs wart? Ich dachte, Neal hätte sich diesbezüglich klar ausgedrückt?«
Ich verzog das Gesicht. »Warum fragst du? Mich interessieren deine unzähligen Bekanntschaften doch auch nicht.«
Melissa legte in bester Schauspielermanier eine Hand auf ihre Brust und blinzelte. »Und ich dachte, du hättest durch diesen Unfall wieder zu deinem alten Charme zurückgefunden.« Vin hüstelte und nahm schnell einen Schluck. »Da habe ich mich wohl geirrt. Du bist noch derselbe ungehobelte, egoistische Arsch, der du schon immer warst. Statt dich auf deinen Job zu konzentrieren, der sehr vielen Menschen sehr viel bedeutet, verkriechst du dich mit irgendeinem gewöhnlichen Mädchen – nichts für ungut, Taylor. Andere würden für dein Leben töten, Johnny, und du trittst es mit Füßen.« Melissa warf ihre Haare zurück, lehnte sich tiefer in den Sessel und sah mich über ihr Glas hinweg an.
Ich knirschte mit den Zähnen und warf Taylor einen kurzen Blick zu. »Glaub mir, wenn ich sage, dass es gerade einfach Wichtigeres gibt, Mel.«
Sie schnaubte unbeeindruckt und machte eine wegwerfende Handbewegung. »Weißt du, warum ich hier bin?«

Um mir nach diesem abgedrehten Tag auf die Nerven zu gehen?

»Nein, aber bitte erleuchte mich.« Ich breitete die Arme aus.

»Weil ich dafür sorgen will, dass du mir diese Chance nicht zerstörst, Johnny. Du magst dieses ordinäre, gewöhnliche Leben ja genießen, aber mein Platz ist woanders. Vor der Kamera und auf den roten Teppichen – und ich werde nicht zulassen, dass du alles hinschmeißt, nur weil du deine Prioritäten falsch setzt. Dieses Projekt steht und fällt mit dir, also werde ich dich auf Spur halten. Selbst wenn das bedeutet, dass ich dein kleines Betthäschen aus deiner Villa schmeißen muss. Ich werde jedenfalls nicht gehen.«

Taylor umfasste ihr Glas fester und stieß hörbar den Atem aus. Aus einem Impuls heraus legte ich eine Hand auf ihren Oberschenkel und drückte leicht zu. Sie fühlte sich unnatürlich warm unter meiner Berührung an.

»Wie ich das vermisst habe«, murmelte Vin und fuhr sich übers Gesicht, ehe er seinen leeren Drink zur Seite stellte. »Mel, das Miststück, ist zurück.«

Melissa schenkte ihm ein eiskaltes Lächeln und klackte mit ihren langen Nägeln gegen ihr Glas. »Ich brenne darauf zu erfahren, wie du es geschafft hast, meinen selbstverliebten Narzissten Schrägstrich Playboy in ein handzahmes Hündchen zu verwandeln, Taylor. Was hast du an dir? Was ist so besonders an deinem durchschnittlichen Lächeln?«

Mein Druck auf Taylors Bein wurde fester. Als könnte ich sie von irgendetwas abhalten, wenn sie es sich einmal in den Kopf gesetzt hätte.

»Du wärst überrascht«, sagte Lory kühl und leerte ihr Glas, ehe sie sich weiter nach vorne beugte, um einen besseren

Blick auf Melissa zu haben. Ein dünnes Lächeln umspielte ihre Mundwinkel, das sie unberechenbar wirken ließ.

Das war gar nicht gut.

»Dann *überrasch* mich, Taylor«, entgegnete Mel provozierend und fixierte sie. »Nur zu, ich bin gespannt.«

»Pass lieber auf deinen Drink auf. Missgeschicke passieren so schnell.«

Und noch bevor Melissa ihren Mund zu einer scharfen Entgegnung öffnen konnte, ergoss sich ihr Champagner wie von Geisterhand über ihr Dekolleté, ihr Kleid und die Beine.

Vin stieß einen Fluch aus und ich musste mir ein Lachen verkneifen, während Mel wie von der Tarantel gestochen aufsprang und schrie.

»Das darf nicht nass werden, der Stoff –« Dann war Melissa auch schon ins Innere des Hauses gestürmt und hatte die Tür lautstark hinter sich zugeworfen. Die Scheibe zitterte noch Augenblicke nach ihrem Abgang in ihrem Rahmen.

»Interessante Wendung der Ereignisse«, sagte Vin und heftete seine braunen Augen mit einem vielsagenden Blick auf Lory.

»Eine deutliche Verbesserung wohl eher.« Sie zuckte mit den Schultern und erhob sich. »Es ist spät, ich sollte langsam los.«

»Ich fahre dich«, sagte ich sofort und griff nach meinem Gehstock, doch Taylor hielt mich zurück.

»Schon gut, Jo. Du hast ein paar Drinks gehabt und solltest nach … diesem Tag nicht mehr Autofahren. Ich hole mir ein Taxi.«

Unbewusst wanderte meine Hand an die Seite, die ich mir heute ordentlich geprellt hatte, dann sah ich zu Vin, der uns aufmerksam beobachtete. »In Ordnung, aber du nimmst einen von meinen Wagen«, sagte ich schließlich, kam auf die Beine und legte ihr eine Hand auf den unteren Rücken. »Ich bringe dich zur Tür.«

Lory nickte. »Danke. Wir sehen uns, Vin.«

Mein bester Freund legte die Arme auf die Lehnen seines Loungesessels. »Du hörst von mir.«

Ich führte Taylor von der Terrasse in den Flur und griff nach dem Autoschlüssel meines AMG GT. »Du wirst verschwinden, richtig?«

Mit einem Lächeln auf den Lippen machte sie einen Schritt auf mich zu, schloss die Distanz zwischen uns, bis wir dieselbe Luft atmeten. »Nein.«

»Was bedeutet das?«

»Das heißt, dass ich dich nicht alleine lasse«, flüsterte sie. »Genauso wenig, wie du mich alleine lassen kannst. Wir brauchen uns nichts vorzumachen, die Hölle wird über uns hereinbrechen, Jo, eher früher als später, aber ich werde nicht zulassen, dass dir etwas geschieht.«

Ich senkte den Kopf weiter zu ihr. »Schwöre es mir. Schwöre, dass du morgen zurückkommst.«

»Du hast mein Wort. Ich werde ein paar Sachen klären und mit Teddy sprechen, dann komme ich zu dir und wir tauchen ab. Gemeinsam.«

Erleichterung machte sich in mir breit. Vielleicht war es naiv, aber ich vertraute Taylor. Ich vertraute ihr, dass sie mich nicht zurücklassen würde. Dass sie wiederkommen und wir gemeinsam eine Lösung für dieses Chaos finden würden.

Eine Tür schloss sich leise hinter uns, spitze Absätze auf Marmor entfernten sich irgendwo, dann wurde es wieder ruhig bis auf unseren schnellen Atem.

Ich ließ meinen Kopf an ihre Stirn sinken und schloss die Augen. »Bitte pass auf dich auf.«

Taylor legte eine Hand an meine Wange, fuhr federleicht über meine Haut, sodass ich eine Gänsehaut bekam. »Du hast keine Ahnung, wozu ich imstande bin, Jo. Emerdale kann mir nichts antun und das wissen sie«, flüsterte sie.

Ich hauchte einen Kuss auf ihre Haare und zog sie an mich. »Genau das macht mir solche Sorgen.«

Der dröhnende Bass der Musik ließ den Boden des Sportstudios in meinem Keller erzittern und klingelte mir bereits in den Ohren. Trotzdem dachte ich nicht daran, sie leiser zu stellen oder abzuschalten. Die harte Mischung aus Techno und Rap war das Einzige, was mir Mel vom Leib und mich im Hier und Jetzt hielt, während ich mich wieder und wieder an meine Schmerzgrenze brachte.

Ungeachtet des Kunstwerks aus Blau, Gelb und Rot an meiner Seite und der Tatsache, dass ich eigentlich todmüde war und Schlaf brauchte.

Nur konnte ich nicht schlafen. Nicht die Augen zumachen, nicht abschalten.

Nachdem Taylor vom Hof gefahren war, hatte ich es versucht. Ich war duschen gegangen, hatte an alles andere zu denken versucht, außer an Lory, und mich ins Bett gelegt. Doch nach wenigen Atemzügen wusste ich bereits, dass es sinnlos war. Also war ich wieder aufgestanden und hatte mich in den Fitnessraum verzogen, ohne einen weiteren Gedanken an Melissa, die irgendwo in *meinem* Haus herumlief, oder an meinen besten Freund zu verschwenden.

Ich konnte den Pick-up nicht vergessen, die Macht, mit der Taylor ihn gestoppt und uns gerettet, die unzähligen erschütternden Dinge, die sie mir erzählt hatte.

Ich würde sie nie wieder vergessen können. Ihre Geschichte hatte jeden Winkel meines Kopfs eingenommen und nur einem einzigen Entschluss Platz gemacht: Ich würde sie beschützen. Trotz der Angst, trotz dem, was auf uns zukam. Denn ich hatte Angst. Eine verfluchte Scheißangst sogar, aber es änderte rein gar nichts an meinen Gefühlen für Taylor.

Ich würde sie beschützen, für sie da sein, was auch immer das für mich bedeutete.

Weil ich dieses faszinierende, ungewöhnliche Mädchen liebte.

Mit einem gemurmelten Fluch kämpfte ich mich ein weiteres Mal von der Matte hoch, sodass meine Bauchmuskeln protestierten, reichte den schweren Medizinball einmal um meinen Kopf herum und ließ mich zurück auf die Matte gleiten.

Mittlerweile war ich klitschnass geschwitzt, meine Muskeln zitterten und mein Herz pochte zu schnell und zu heftig in meiner Brust. Aber gleichzeitig schien der Sport die einzige Möglichkeit, meine Gedanken abzuschalten. Mich davon abzuhalten, den Verstand zu verlieren, bis Taylor wieder gesund vor mir stehen würde und wir verschwinden konnten.

Gemeinsam.

Ich zwang meinen Körper wieder nach oben und zuckte zusammen, als die Musik mit einem Schlag aussetzte und die Tür knallte.

»Sie hat es dir erzählt?!«

Der Ball rollte aus meinen Händen und ich sank mit einem Stöhnen zurück auf die Matte. »Wer hat mir was erzählt, Vin?«

Ein angespannter Vincent trat in mein Blickfeld und blieb mit verschränkten Armen über mir stehen. »Taylor. Sie hat dir ihr kleines Geheimnis verraten.«

Sofort richtete ich mich kerzengerade auf. »Was weißt *du* darüber?«

»Alles, du Idiot.«

Ich kniff die Augen zusammen und fuhr mir über das schweißnasse Gesicht, als seine Worte zu mir durchdrangen. »Alles? Seit wann?«

»Lange bevor ich sie wirklich kennengelernt habe.« Er reichte mir eine Hand und zog mich auf die Beine. Eine Welle des Schwindels ließ mich gegen die Wand taumeln, wo ich die Augen schloss und den Kopf in den Nacken legte. »Und dir ist nie in den Sinn gekommen, mir zu erzählen, mit *wem* ich meine Zeit verbringe?«

»Wenn es nach mir ginge, dann würdest du noch immer in deiner heilen Zuckerwattewelt leben, Johnny«, erwiderte Vincent scharf und hob den Medizinball auf. »Du hast in diesem Kampf nichts verloren.«

»Wie lustig, dass du das erwähnst. Hast du dich mit Taylor abgesprochen? Es ist ein bisschen spät dafür, findest du nicht?«

»Das ist kein Spiel, Johnny.« Vin schleuderte den Ball in meine Richtung.

Mit einem *Uff* fing ich ihn auf und schüttelte den Kopf. »Als wäre mir das nicht längst bewusst. Und du? Wie passt du in das Bild? Woher weißt du davon?«

»Ich habe während meiner Zeit bei der Army einen Einsatz in Emerdale absolviert. Der Rest der Geschichte ist zu lang, um ihn hier und jetzt zu besprechen. Wir reden später drüber. Du solltest ins Bett. Du siehst scheiße aus.«

Freudlos verzog ich das Gesicht und warf Vin den Ball zurück. »Das beantwortet nicht mal einen Bruchteil meiner Fragen.«

Er drehte den schweren Medizinball in den Händen hin und her und runzelte die Stirn. »Ich habe Informationen über eine mögliche Lösung.«

»Ah«, machte ich, »jetzt ist mir einiges klar.«

Vincent ließ den Ball fallen, war mit einem Satz bei mir und legte seine schweren Hände auf meine Schultern. Ich war kein schmächtiger Kerl, aber neben meinem besten Freund fühlte selbst ich mich jedes Mal klein.

»Diese Lösung sieht dich nicht vor, Jo.«

»Dann solltet ihr den Plan ändern, was?«, hielt ich dagegen und suchte seinen Blick. »Ich gehöre jetzt dazu, ob es euch passt oder nicht.«

Vins Augen weiteten sich für einen Moment. »Scheiße, du hast dich verliebt. Du hast dich in das komplizierteste, gefährlichste Mädchen dieser Welt verliebt.«

Ich stieß ihn von mir und schnappte mir ein Handtuch. »Und wenn schon.«

Vin lachte leise. »Das wird ja immer schöner.«

»Also, wie sieht der Plan aus?«, überging ich ihn geflissentlich und versenkte die Hände in meiner Jogginghose.

»Du gehst ins Bett, ich tätige ein paar Anrufe und morgen nach deinem Meeting mit Neal sprechen wir mit Taylor.«

Mir kam ein spöttisches Lachen über die Lippen. »Das Meeting? Du denkst ernsthaft an diesen völlig unwichtigen Mist?«

»Dieser *Mist* ist dein Leben, schon vergessen? Außerdem bist du bei diesen Halsabschneidern in ihrem goldenen Turm in Los Angeles für den Moment am sichersten. Emerdale handelt lautlos und effizient, sie werden nicht zuschlagen, wenn du von Menschen und Kameras umzingelt bist. Das gibt uns etwas mehr Zeit, unsere Abreise vorzubereiten.« Vincent begann, auf und ab zu gehen. »Spiel einfach deine Rolle. Das kannst du doch so gut.«

»Du –«

Die Tür öffnete sich ein weiteres Mal und Melissa betrat in einem dunkelroten Seidenpyjama den Trainingsraum, wobei sie ihre Nase rümpfte. »Hier drinnen müsste dringend mal gelüftet werden, Jungs. Seid ihr endlich fertig mit euren nächtlichen Besprechungen?«

Ich verdrehte die Augen. Warum zum Teufel musste in dieser beschissenen Lage, in der wir uns gerade befanden, zu allem Überfluss auch noch Mel ihren Gastauftritt haben?

»Warum bist du noch wach?«, fragte ich betont ruhig und warf einen Blick auf die Uhr an der Wand. Es war kurz vor vier am Morgen.

»Ich könnte dich dasselbe fragen, Johnny. Hoffentlich denkst du daran, dass wir später für unseren Termin fit sein müssen, ich werde jetzt jedenfalls schlafen gehen.«

»Süße Träume«, murmelte Vin und es klang eher, als würde er Mel verfluchen.

Sie spitzte die Lippen und schüttelte den Kopf, ehe sie sich mit wehenden Haaren abwandte. »Ach ja, bevor ich es vergesse: Die Rechnung für die Reinigung meines Kleides lasse ich dir zukommen und ich habe Neal bereits über dein kleines Betthäschen in Kenntnis gesetzt. Er meinte, er kümmert sich darum. Bis später, Darling.« Mit einem Luftkuss in meine Richtung verschwand sie aus dem Trainingsraum und machte sich nicht die Mühe, die Tür hinter sich zu schließen.

»Dieses Miststück. Irgendwann drehe ich ihr ihren dürren Hals um«, brummte ich. »Dass Neal jetzt auch noch von Taylor weiß, ist übel. Wenn ihr Gesicht in den Medien auftaucht ...« Fluchend massierte ich mir die Schläfen und schüttelte den Kopf.

»Ich kümmere mich drum, Johnny. Eins nach dem anderen. Geh endlich ins Bett.« Vin legte mir eine Hand auf die Schulter und drückte sie.

»Vin, ich ... ich kann sie nicht verlieren.«

»Das wirst du nicht.« Er suchte meinen Blick. »Ich habe gesehen, wozu Tay imstande ist. Sie ist ein verdammter Hurrikan. Sie wurde für das hier ausgebildet. Wenn jemand das beenden kann, dann Taylor.«

KAPITEL 22

TAYLOR

Live Like Legends – Ruelle

Es war kurz nach zwei Uhr morgens, als ich Jos AMG GT vor die Garage unseres Hauses in Malibu lenkte und den röhrenden Motor abstellte. Die darauffolgende Stille fühlte sich schwer und erdrückend an. Als würde sie mich weiter in den Sitz pressen und mir jegliche Energie entziehen.

Mit einem erschöpften Seufzen ließ ich den Kopf auf das Lederlenkrad sinken und schloss für einen Moment die Augen.

Ich fühlte mich, als hätte ich jahrelang nicht geschlafen und wäre im Anschluss noch unter die Räder eines Vierzigtonners geraten. Gleichzeitig surrte mein gesamter Körper vor Anspannung und Nervosität.

Diese gegensätzlichen Empfindungen zerrten mit aller Macht an mir, rissen mich in unterschiedliche Richtungen und trieben einen beißenden Kopfschmerz hinter meine Schläfen. Schlaf. Ich brauchte Schlaf. Und eine Dusche.

Dann würde ich packen, die wichtigsten Dinge zusammensuchen und zurück zu Jo und Vincent fahren.

Und Teddy ... Ich biss die Zähne zusammen und richtete mich langsam wieder auf. Konnte ich es wirklich riskieren, ihn auf dieses Chaos anzusprechen und ihn damit womöglich auf Vin und die Fraktion aufmerksam machen?

Andererseits konnte wohl nur er mir die entscheidenden Antworten auf die unzähligen Fragen und die fehlenden Puzzleteile geben, oder? Er schuldete mir Erklärungen, verdammt.

Du kannst später noch darüber nachdenken, Tay. Eins nach dem anderen.

Ausnahmsweise war ich absolut einer Meinung mit meiner inneren Stimme. Ich schnallte mich ab und stieg dann samt Rucksack aus dem tiefergelegten Wagen. Die Tür rastete mit einem satten Klicken ein, ehe ich Jos Schmuckstück abschloss und die Haustür ansteuerte.

Es schien Jahre her zu sein, dass ich unser Haus heute Morgen verlassen hatte und mit Teddy zum College gefahren war. Beinahe wie in einem anderen Leben.

War unser Trip in die Wüste, der Unfall im National Park wirklich erst ein paar Stunden her? Es kam mir so vor, als wäre in den wenigen Stunden, seit Jos und meinem Aufbruch in die Mojave viel zu viel für einen einzigen Tag geschehen. Ganz zu schweigen von dem skurrilen Treffen mit Melissa und den Tausenden bohrenden Blicken, mit denen mich Vincent während des Abends bombardiert hatte. Er würde mir vermutlich den Arsch aufreißen, sobald er erfuhr, dass ich seinen Schützling mitten in den Abgrund, der sich mein Leben schimpfte, hineingezogen hatte.

Nun, da konnte er sich gleich hinter meinen Selbstvorwürfen einreihen.

Und dann war da noch Jos Geständnis gewesen – dass er sich trotz aller Widrigkeiten, trotz der Lügen und Gefahren, in mich verliebt hatte. Ich hätte es niemals so weit kommen lassen dürfen, doch jetzt war es zu spät. Für ihn und für mich. Wir steckten gemeinsam längst viel zu tief drin, als dass wir uns noch daraus hätten befreien können.

Schwör es mir. Schwör, dass du morgen zurückkommst.

Ich hatte es ihm geschworen, dabei hätte ich es besser wissen und ihn von mir stoßen müssen, oder nicht? Nur war ich dazu schon lange nicht mehr in der Lage.

Mein Herz, meine eigenen egoistischen Wünsche hatten über meinen hoch entwickelten Verstand gesiegt. Ich sollte geschockt darüber sein, denn es widersprach allem, was man mir ein Leben lang eingeimpft hatte, und doch ließ mich diese Erkenntnis lächeln.

Meine Finger wanderten unwillkürlich zu dem Kristall, den Jo mir geschenkt hatte, und fuhren über die rauen Kanten und spitzen Ecken.

Dreizehn Jahre strengster Erziehung in Emerdale, in der man uns jeden Gedanken an uns selbst im wahrsten Sinne des Wortes aus dem Leib geprügelt hatte, hatten nicht gereicht, um Jos Charme und seiner einzigartigen Wirkung widerstehen zu können.

Ich rieb mir kopfschüttelnd den Nacken und hielt mich erst gar nicht damit auf, den Hausschlüssel zu suchen, sondern entriegelte das Schloss kurzerhand mit meiner Telekinese.

Drinnen war es beinahe gespenstisch still, bis auf das leise Ticken der modernen Uhr in der Küche und dem Rauschen des Meeres, das gedämpft von draußen hereindrang. Teddy war offensichtlich immer noch im Krankenhaus und würde vermutlich auch die ganze Nacht dort bleiben.

Ich warf meinen Rucksack in die Ecke, schlüpfte aus meinen Schuhen und lief barfuß in die Küche, wo ich mir ein Glas Wasser eingoss. Gähnend verfolgte ich wie hypnotisiert, wie das Wasser aus der Karaffe floss, ehe ich sie zur Seite stellte, mich umdrehte – und erstarrte.

Das Glas glitt mir aus den Fingern, zerschellte in einem Regen aus Splittern und Wassertropfen auf den Fliesen, während mir ein Fluch über die Lippen kam.

»Hallo, C8.«

Kopfschüttelnd machte ich einen Schritt rückwärts. Mate – C9 – verzog seine schmalen Lippen zu einem eiskalten, berechnenden Lächeln und machte eine knappe Bewegung mit seiner linken Hand.

Ich zögerte einen winzigen Augenblick lang. Vielleicht lag es an den Scherben, die sich schmerzhaft in meine Fußsohlen gruben, vielleicht an der Tatsache, dass Mate und ich zusammen aufgewachsen und Freunde gewesen waren, doch dieser eine Augenblick reichte vollkommen aus. Mehr brauchte Mate – sein Alter Ego, das im Aktiven Modus war – nicht.

Noch ehe ich meinen Fehler hätte korrigieren können, erfasste mich eine enorme Druckwelle und schleuderte mich gnadenlos gegen die Küchentheke. Mein Kopf schlug schmerzhaft gegen den Marmor, ein schrilles Klingeln heulte in meinen Ohren auf, dann krachte ich auf den kalten Boden. Stöhnend rollte ich mich auf den Rücken, fasste mir instinktiv an den Hinterkopf und spürte, heißes, feuchtes Blut an meinen Fingerspitzen.

Verflucht ...

Dann war Mate über mir, riss mich am Kragen meines Shirts hoch und ließ mich, unterstützt von seiner Kraft, durch den gesamten Raum gegen die freischwingende Treppe fliegen. Stufen bohrten sich wie Messerstiche in meinen Körper, bevor ich am Fuße der Stiege liegen blieb.

Hustend drehte ich mich auf die Seite, spuckte einen Schwall Blut aus und verdrehte die Augen.

Ich hatte ganz vergessen, wie gefährlich Mates Fähigkeit,

die Luft um sich herum manipulieren zu können, war. Man wurde binnen Sekundenbruchteilen zu einem winzigen Blatt, das hilflos seiner Macht ausgeliefert war.

Pfeifend schlenderte Mate zu mir, seine eisblauen Augen wirkten leicht abwesend, der Blick darin gleichzeitig unnatürlich scharf, während er sein Ziel – *mich* – fixierte.

»Beinahe enttäuschend, wie schnell ich dich überrumpeln konnte, C8. Die größte Hoffnung Emerdales, bevor sie abgehauen ist. Du bist weich geworden.« Er trat mir in die Rippen, was mich keuchen und ihn befriedigt lächeln ließ. »Eine Schande für all das Geld, das sie in dich gesteckt haben, und die Mühe nicht wert. Dabei haben sie immer so von dir und deinen Talenten geschwärmt.«

»Leck mich«, stieß ich hervor und sah mich hektisch nach etwas um, das ich ihm entgegenschleudern konnte, um endlich wieder die Oberhand zu bekommen, doch dieses Surren in meinem Schädel … es machte jeden klaren Gedanken zunichte, bevor er überhaupt richtig entstehen konnte.

»Denk gar nicht erst dran«, warnte mich Mate, packte nach meinen Haaren und zerrte mich daran hoch, bis unsere Gesichter nur noch wenige Zentimeter voneinander entfernt waren und meine Füße nutzlos über den Fliesen baumelten. »Wir machen jetzt einen kleinen Ausflug, C8. Es gibt da ein paar Leute, die dich unbedingt wiedersehen wollen.«

Schwarze Punkte tanzten vor meinen Augen, drohten mir das gesamte Sichtfeld zu nehmen und mich in die Dunkelheit zu reißen. Es wäre so einfach, dem nachzugeben, die Augen zu schließen und abzudriften. Weg von dem Schmerz und diesen eiskalten Augen.

Bleib wach, Tay! Bleib verdammt noch mal wach!

Dieses Mal klang meine innere Stimme verdächtig nach Jo.

Mates warmer Atem fuhr über mich hinweg und ließ mich zusammenzucken. »Und wer weiß, vielleicht schauen wir vorher noch bei deinem kleinen Lieblingsmenschen vorbei, der dir deinen sonst so scharfen Verstand verdreht hat.« Ich blinzelte, biss die Zähne aufeinander und hob den Blick. Das Pochen an meinem Hinterkopf wurde heftiger. »Es war wirklich aufschlussreich, sich mit ihm zu unterhalten. Der ahnungslose Idiot hat keinen Plan, wen er da in sein Leben gelassen hat, was?« Schulterzuckend stieß er mich von sich und strich sich die rotbraunen Haare aus der Stirn.

Die Luft wurde mir aus meiner schmerzenden Lunge gepresst, als ich gegen ein Regal prallte und dabei mehrere Vasen und Bücher zu Boden riss.

Mate lachte leise und tippte sich ans Kinn. »Johnny könnte die ganze Sache noch deutlich interessanter machen. Vielleicht sollten wir ihn zu dieser kleinen Party dazuholen.«

Jos Name war wie ein Katalysator für meine angeschlagene Telekinese, die unter der Oberfläche brodelte. Ein Funke, der die Zündschnur in Brand setzte und endlich den Schalter umlegte.

Mein Blick fand die schweren Buchstützen, die aus dem Regal gefallen waren, und hielt sie fest. Mein Herzschlag beschleunigte sich ruckartig, trieb Adrenalin und meine manipulierte DNA schnell und heiß durch meinen brennenden Körper.

Im nächsten Augenblick ließ ich los.

Die beiden Stützen aus poliertem Granit schossen zischend wie überdimensionale Geschosse auf Mate zu. Eine der beiden wurde von seinem heraufbeschworenen Windstoß abgelenkt, doch die zweite schlug in seinen Magen ein und katapultierte ihn durch die geschlossene Terrassentür auf den

Balkon. Glas klirrte und explodierte kreischend, gefolgt von einem dumpfen Aufprall.

Dann wurde es bis auf meinen abgehackten Atem still.

Mates und meine Fähigkeit waren in gewisser Hinsicht ähnlich, doch während seine Luftmanipulation schwerfällig, brachial und oft unkontrolliert war, war meine Telekinese effizient, ausgefeilt und perfektioniert worden. Absolut schnell und tödlich. Ein einziger Angriff, ein einziger Gedanke.

Mühsam kam ich auf die Beine, hielt mir die Seite und stolperte zum Geländer, wo ich mich stöhnend abstützte. Kalter Schweiß lief mir über den Rücken, während mein Blick zur zersplitterten Terrassentür zuckte.

Mate lag auf dem Rücken inmitten der Überreste des Outdoortischs und rührte sich nicht. Die Stütze lag neben ihm, Blut breitete sich unter seiner großen, massigen Gestalt aus. Mein Magen zog sich zusammen und ich hatte das Gefühl, mich jeden Moment übergeben zu müssen.

Langsam kämpfte ich mich von Möbelstück zu Möbelstück und fegte die Glassplitter am Boden mit einem Gedanken zur Seite, ehe ich nach draußen trat. Salziger Wind erfasste meine blutverschmierten Haare und zupfte an meinen zerrissenen, dreckigen Klamotten, als ich mich erschöpft gegen die Wand sinken ließ.

»Ich habe dich nie verletzen wollen«, murmelte ich und ballte meine zitternden Hände zu Fäusten. Es war die Wahrheit. Mate konnte nichts für den Aktiven Modus, er war ein Opfer in diesem Konflikt, genau wie ich, und er war mein Freund. Vielleicht hatte ich ihm deswegen nicht gleich das Genick gebrochen, obwohl ich es gekonnt hätte. Obwohl es mir Schmerz und Leid erspart hätte.

Aber das hatte er nicht verdient, nichts von alledem.

Mein Blick flog von Mates Blut zu dem dunklen Meer und wieder zurück, als er plötzlich heiser stöhnte. Seine Lider flackerten.

»Taylor ...«, röchelte er und sorgte dafür, dass mich eine Gänsehaut überkam.

Unwillkürlich machte ich einen Schritt in seine Richtung. »Es tut mir leid, Mate«, kam es mir beinahe lautlos über die Lippen.

»Taylor ...«, wiederholte er, lauter und kräftiger diesmal, dann richteten sich seine blauen Augen auf mich. Der abwesende Ausdruck darin war verschwunden, stattdessen hatte ich den echten Mate vor mir. »Das ist deine Schuld. Du hast ... uns alle in diese Scheiße geritten.« Ich schüttelte den Kopf und verzog das Gesicht. Nein, es war nicht meine Schuld. Verflucht, ich wusste ja noch nicht einmal, was hier überhaupt vor sich ging! »Es werden so viele leiden und sterben müssen. Und Johnny ... er wird der Erste sein. Deinetwegen.« Seine Zähne blitzten für einen Sekundenbruchteil auf, dann kehrten die Kälte und Starre ruckartig in seinen Blick zurück und Mate verschwand unter der undurchdringlichen Schicht des Aktiven Modus. Sein verdrehter Körper zuckte hoch, wie in einem schlechten Horrorfilm, dann richtete sich sein todbringender Blick auf mich.

Ich stolperte erschrocken zurück, wobei ich über einen umgestürzten Stuhl und in die Scherben am Boden fiel. Tausende kleine Splitter bohrten sich in meine Haut, wie winzige Messerstiche und ließen mich schmerzerfüllt fluchen.

Mate sprang übernatürlich schnell auf die Beine, als hätte ich ihm nicht ein paar Minuten zuvor den Oberkörper zertrümmert, und kam mit großen Schritten auf mich zu. Anscheinend verstärkte der Aktive Modus nicht nur seine Fähigkeiten, sondern auch seine Selbstheilungskräfte um ein Vielfaches.

Ohne zu zögern schleuderte ich ihm die Glassplitter entgegen, richtete sie auf seine empfindlichsten Stellen, sodass sie ihm seine Haut zerschnitten und hässliche Kratzer hinterließen – und doch hielten sie ihn nicht eine Sekunde zurück. Als würde er die Schmerzen gar nicht spüren. Als wäre er taub für Dinge, die ihn unter anderen Umständen gelähmt hätten.

Der Aktive Modus hatte aus Mate eine tödliche Maschine gemacht und er würde nicht eher ruhen, bis er sein Ziel erreicht hatte.

Du musst ihn stoppen, Tay. Du musst ihn töten.

Entsetzt über diesen Gedanken stand ich auf, ohne auf das Glas unter meinen blutenden Füßen zu achten. »Himmel, hör auf, Mate!«, rief ich, flehte ich und hob die Hände, obwohl ich längst wusste, dass mir keine andere Wahl blieb. »Ich will dich nicht töten.«

Sein raues, kaltes Lachen hallte durch den in Trümmern liegenden Wohnbereich des Hauses. »Als ob du das könntest. Ist eine Nummer zu groß – selbst für dich, C8.«

Doch ich konnte es, nur wusste er das nicht. Das wusste niemand in Emerdale bis auf Kellish und die Führungsebene der Organisation. Kaum jemand hatte je erfahren, wozu ich wirklich imstande war.

»Mate!«, rief ich wieder und machte einen Schritt zurück. Tränen brannten in meinen Augen.

Seine Züge wurden zu einer schiefen Grimasse. »Du hast schon immer viel zu viel von dir gehalten, kleines Wunderkind.«

Noch bevor ich antworten konnte, fegte mir eine heftige Sturmbö die Beine unter dem Körper weg und zerrte mich dann mit unsichtbaren Fingern zurück auf die Terrasse, bis ich mit dem Rücken auf dem gläsernen Geländer lag, zwölf Meter unter mir erstreckte sich der Strand.

Mein Puls explodierte in meiner Brust, Blut rauschte heiß und viel zu schnell in meinen Ohren, während meine Hände Halt suchend durch die Luft tasteten. Und ins Leere griffen. Mates Fähigkeiten waren das Einzige, das mich vor dem Sturz bewahrte.

Und ich konnte ihn nicht ausschalten. Nicht jetzt, nicht in dieser Situation. Starb er, starb auch ich.

Mit einem beinahe irren Funkeln in den Augen verschränkte Mate die Arme vor der Brust und trat pfeifend zu mir ans Geländer, als würden wir uns gemeinsam den Sonnenaufgang anschauen. Blut tränkte seine dunkle Kleidung und lief ihm über das Gesicht, doch er schien es nicht einmal zu bemerken.

»Es wäre so einfach, dich fallen zu lassen, C8«, sagte er leise. »So einfach, dein ach so wichtiges Leben zu zerquetschen.«

»Dann tu es«, zischte ich und versuchte, nach dem Geländer zu greifen, doch es war zu weit weg – unerreichbar. Furcht prickelte entlang meiner Wirbelsäule, als ich den kalten Wahnsinn in seinen Augen erkannte. Mate würde mich umbringen.

Und ich konnte nicht das Geringste dagegen unternehmen.

KAPITEL 23

JONATHAN

The Driver – Bastille

»Ich schlage vor, dass wir die geplante Tour von vorneherein auf Europa und Asien ausweiten. Die Fans von Mel und Johnny kommen nicht nur aus den USA.« Neal faltete die Hände vor seinem Bauch und lehnte sich in dem schicken Loungesessel zurück. Ein glattes Lächeln trat auf seine Züge und ließ seine grünen Augen beinahe verschlagen funkeln. Er hatte mit seiner gertenschlanken Gestalt und der glänzenden Glatze schon immer etwas Gerissenes an sich gehabt. »Und wir sollten jede Möglichkeit nutzen, die sich uns bietet.«

Das nervöse Wippen meines Knies wurde schneller, während mein Blick ruhelos durch den Raum flog und sich bereits die beste Fluchtroute heraussuchte.

Zeitverschwendung. Dieses Meeting war die reinste Zeitverschwendung. Ich musste hier raus – zu Taylor –, vermutlich wartete sie längst vor der Villa auf mich, um endlich von hier zu verschwinden. Und was tat ich? Hockte unnötigerweise in diesem Termin, bei dem ich ohnehin nichts zu sagen hatte, als wäre die Welt in bester Ordnung.

Wieder glitt mein Blick zum Handy. Noch immer keine Nachricht von Vin oder Taylor.

»Du scheinst dir sehr sicher zu sein, dass *Loveless 2* erfolgreich werden wird.« Marcus Laccer, der Produktionsleiter von *Hills Film Production,* nahm die Designerbrille von der Nase, um sie gewissenhaft zu putzen, während seine Augen nicht einen Moment von Neal abließen.

Mein Manager überging diese hübsch verpackte Spitze geflissentlich und nahm stattdessen einen Schluck von seinem Cappuccino. Als wäre er derjenige im Raum, der die wichtigen Entscheidungen im Alleingang traf und nicht Marcus, von dem so gut wie alles abhing.

»Natürlich bin ich sicher und du solltest es auch sein, Marcus. Johnny und Mel sind *das* Traumpaar in Los Angeles – ach was – der ganzen Welt. Die Erfolgszahlen des ersten Teils sprechen für sich. Mit der Fortsetzung wird es sich nicht anders verhalten, eher noch besser. Die Fans haben lange gerätselt, wie es mit ihrem Liebling Johnny nach seinem tragischen Unfall weitergehen wird.«

Trotz meines offensichtlichen Desinteresses an diesem Sit-in, konnte ich mir ein Schnauben nicht verkneifen. Und das wollte ich auch gar nicht. Sollten sie doch wissen, was ich davon hielt. Dieses Gespräch diente zu nichts weiter als Marcus und Neal beim gegenseitigen Arschkriechen zuzusehen. Mir brachte es nichts, außer kostbarer Lebenszeit, die mir verloren ging. Die Verträge waren längst unterzeichnet, die Dreharbeiten zu *Loveless 2* würden in wenigen Wochen beginnen und nicht einmal Marcus konnte daran jetzt noch etwas ändern.

Melissas Blick richtete sich wie ein Pfeilhagel anklagend auf mich. *Versau es nicht!*, schienen ihre Augen zu mahnen.

Entspann dich, Miststück, ist doch alles in trockenen Tüchern, gab ich zurück, woraufhin sie ihre perfekt gezupften Augenbrauen kräuselte, als hätte sie wirklich meine Gedanken gelesen.

Ich fragte mich, wie die Leute in diesem schicken Büro über den Dächern von Los Angeles reagieren würden, wenn ich ihnen sagen würde, dass ich nicht Teil der Dreharbeiten werden würde, weil eine streng geheime Organisation hinter dem Mädchen her war, in das ich mich verliebt hatte, und wir nun beide untertauchen mussten.

Es würde ihnen den glänzenden Marmorboden unter ihren polierten Lederschuhen wegziehen. Unwillkürlich zupfte ein selbstgefälliges Grinsen an meinen Mundwinkeln.

»Du siehst das anders, Johnny Luxmore?«, sprach mich Marcus das erste Mal direkt an. Alle Augen richteten sich auf mich und ich war gezwungen, von meinem Handy abzulassen.

»Nein, ich bin ganz Neals Meinung«, murmelte ich halbherzig und zuckte die Schultern. Was sollte ich auch sonst sagen? Es spielte ohnehin keine Rolle.

Marcus' Skepsis kribbelte auf meiner Haut. »Wir sollten dennoch nicht allein darauf vertrauen, dass die Performance, die sie auf der Leinwand abgeben werden, reicht. Ich möchte, dass *das berühmteste Liebespaar der Welt* auch wirklich als solches auftritt. Die zusätzliche Publicity wird dem Film guttun und außerdem gestaltet es das ganze Bild, die gesamte Produktion glaubhafter. Melissa und Johnny müssen auch außerhalb des Films zu Juliet und Ian werden.«

Überschwänglich nickend zog Neal sein Smartphone hervor und tippte etwas ein. »Ich habe das bereits an das Marketing weitergegeben. In dieser Hinsicht bin ich ganz deiner Meinung.«

Melissas Gesichtsausdruck nach zu urteilen, verbuchte sie diese Entwicklung als ihren ganz persönlichen Sieg – wahrscheinlich hatte sie Marcus bereits mit dieser Idee in den Ohren gelegen.

»Das sind wir den Fans schuldig«, sagte sie mit zuckersüßer Stimme und sorgte so dafür, dass mir mein Frühstück beinahe wieder hochgekommen wäre.

»Hm«, machte Marcus, erhob sich schwerfällig aus dem Sessel und legte dann einen Papierstapel auf den flachen Tisch. »Dann muss das hier allerdings verschwinden. Diskret.«

Ich beugte mich vor, um einen Blick auf die Fotos zu erhaschen. Fotos von mir am College mit Taylor in Schulkleidung und einem echten Lächeln auf den Lippen. Andere Bilder zeigten Lory und mich, alleine. Am Strand, in Venice, im Café, sogar Bilder, wo wir gemeinsam im Auto saßen. Die Schnüffler von Marcus hatten unzählige unserer Momente festgehalten. Momente, die nur uns gehörten. Warum wunderte es mich nicht, dass er irgendwelche Blutsauger auf mich angesetzt hatte? Und trotzdem ... Meine Hände ballten sich zu Fäusten. Wenn das an die Öffentlichkeit gelangte ... Wenn Taylors Gesicht irgendwo auftauchen würde –

»Das würde alles ruinieren, Neal. Ich dachte, du hättest deine Schützlinge besser unter Kontrolle«, fuhr Marcus ungerührt fort, als wären wir nicht im Raum.

Er hatte recht, es würde alles ruinieren – alles in Gefahr bringen. Nicht meinen zweifelhaften Ruf, der war mir scheißegal, sondern Taylors Leben. Mit diesen Fotos würde man Taylor mit einem Ruck ins Rampenlicht ziehen, jeder würde ihr auf den Fersen sein und es würde nicht lange dauern, bis auch der Rest ans Tageslicht gezerrt werden würde. Ihr Geheimnis, ihre Vergangenheit.

Ganz zu schweigen von dem Killerkommando, das

Emerdale ihr – *uns* – auf die Fersen gehetzt hatte. Das wäre unser Todesurteil.

Denn wenn ich eines in meiner Zeit als berühmtester Jungschauspieler der Welt gelernt hatte, dann, dass dich die Paparazzi immer fanden. Verstecken war sinnlos.

»Das darf nicht öffentlich werden«, warf ich lauter als gewollt ein und biss die Zähne zusammen.

Ein wissendes Lächeln stahl sich auf Melissas Züge, dann richtete sie sich auf ihrem Platz auf, als würde sie eine königliche Audienz halten. »Ach, Johnny, du wusstest doch, dass es so weit kommen würde. Vielleicht solltest du bei der Wahl deiner Gespielinnen diskreter vorgehen oder *passendere* Kandidatinnen auswählen.«

Neal und Marcus warfen mir gleichermaßen finstere Blicke zu, ich grub die Finger tiefer in den weichen Bezug des Sessels. »Sie ist nicht meine *Gespielin*, Mel, sie ist eine Freundin und ich würde es vorziehen, wenn wir Taylor aus dem Trubel raushielten.«

Eine Freundin – meine Güte, was bin ich doch für ein verdammter Heuchler.

Neal gab ein zustimmendes Brummen von sich. »Da sind wir ausnahmsweise mal auf derselben Seite, Johnny. Wir können dieses ordinäre Mädchen nicht auf der Bildfläche gebrauchen.«

Die dicklichen Finger von Marcus griffen nach einem der Fotos, auf denen Taylor abgebildet war. Ihr blonder Pferdeschwanz wehte im Wind und ihr Blick war konzentriert über ihre Schulter gerichtet, als würde sie spüren, dass ihr jemand folgte.

Kluges Mädchen.

»Diese Taylor darf nicht in der Öffentlichkeit auftauchen,

wenn Johnny und Mel wieder das glückliche Paar mimen, aber wir könnten sie nutzen, um das Ganze etwas dramatischer zu gestalten«, begann Marcus und sein Tonfall gefiel mir ebenso wenig, wie das, was er damit andeutete. »Mit ihrer Hilfe können wir Johnnys Auszeit unter gewöhnlichen Normalos beleuchten und seinen Fans beweisen, dass er einer von ihnen ist. Dieses Collegemädchen könnte ein entscheidendes Puzzlestück in dem Mysterium Johnny Luxmore sein. Ein Fangirl, für das er schwärmte, trotz seines schrecklichen Unfalls und dem temporären Verlust seiner strahlenden Karriere.«

Ich verschluckte mich an der Cola in meinem Mund und ließ beinahe das Glas fallen. »Das ist nicht euer Ernst!«

Wieder schenkte mir Neal einen seiner berühmten strafenden Blicke. »Ich finde die Idee nicht schlecht. Die Story würde dadurch auf jeden Fall mehr Publicity bekommen und Johnny und Mel in ein besseres Licht rücken.«

Nicht schlecht? Sie würden Taylors Leben ausschlachten, bis nichts mehr davon übrig wäre. Hölle, warum hatte sich Vin noch nicht gemeldet, um mich endlich hier rauszuholen? Eine winzige Nachricht von ihm und ich wäre hier weg.

»Gleichzeitig können wir sie mit den Bildern auf Kurs halten, falls das Geld, das wir Taylor für die Story anbieten, nicht genügt.«

»Wie bitte?«, stieß ich zwischen zusammengebissenen Zähnen hervor.

Mel lächelte tadelnd und legte mir eine ihrer kleinen Hände mit den perfekt manikürten pinken Krallen an die Wange. »Johnny, manche Frauen haben es nur auf dein Geld und deinen Reichtum abgesehen, hast du das immer noch nicht verstanden?«

»Und das hier sollte sie davon abhalten, den Mund zu weit aufzureißen«, steuerte Marcus bei und schob einen der Ausdrucke über den Tisch.

Ich nahm grob Mels Hand von meinem Gesicht und griff nach dem Foto.

Mir kam ein leiser Fluch über die Lippen. Die Aufnahme zeigte Lory in schwarzen, engen Leggings und Top in einer Art Trainingsraum – vermutlich in ihrem Haus in Malibu. Sie hatte der Kamera halb den Rücken zugewandt, sodass man eine lange, wulstige Narbe, die parallel zu ihrer Wirbelsäule verlief, sehen konnte. In ihren Fingern hielt sie zwei Wurfmesser, ihre Muskeln waren angespannt und sie wirkte absolut gefährlich und tödlich.

»Das wirft auf jeden Fall eine Menge Fragen auf«, stimmte Neal Marcus zu und strich sich über die Glatze. »Haben wir noch weitere Hintergrundinfos zu dem Mädchen?«

»Vielleicht gibt euch Taylor ja ein Exklusivinterview«, warf Mel ein, immer noch das unheimliche Grinsen auf den geschminkten Lippen. Ihr schien vollkommen zu entgehen, dass diese Fotos das Leben eines Menschen zerstören konnten. Vermutlich war es ihr auch schlichtweg egal. »Ich habe sie schon kennengelernt, sie ist bis über beide Ohren in Johnny verliebt. Und wenn das Geld stimmt, singt jeder Mensch irgendwann.«

Ich schüttelte vehement den Kopf, die Augen noch immer auf das Foto – die Narbe – gerichtet. Was hatte man Taylor wirklich in Emerdale angetan?

»Das könnt ihr vergessen«, sagte ich im selben Moment, in dem mein Handy vibrierte.

Vincent – wurde aber auch langsam Zeit!

»Darf ich dich an den Vertrag erinnern, den du vor knapp

drei Jahren unterschrieben hast, Johnny?« Neal holte zu einer seiner Predigten aus, aber meine ganze Aufmerksamkeit galt den wenigen Worten auf dem Display.

> **Vin**
> Klick auf den Link.

Das tat ich und öffnete eines der örtlichen Online-Nachrichtenportale. Als ich die Überschrift las, wäre mir beinahe das Smartphone aus den Händen gerutscht.

Leiche in verwüstetem Haus in Malibu gefunden. Polizei geht von einem Gewaltverbrechen aus.

Die Worte verschwammen vor meinen Augen, während sich in mir alles zusammenzog.

»Johnny? Hörst du überhaupt noch zu?« Marcus' schneidende Stimme katapultierte mich zurück in den Sessel der Filmproduktion und auf den Boden der hässlichen Tatsachen.

Wieder vibrierte mein Handy.

> **Vin**
> Tay reagiert auf keinen meiner Anrufe. Irgendetwas ist da faul, Jo.

> Ich schaue mir das an. Komm sofort zum Zenit und pass verdammt noch mal auf dich auf. Wir treffen uns da!

Ruckartig stand ich auf, wobei ich für einen kurzen Augenblick schwankte, ehe ich mein Gleichgewicht wiederfand. »Macht, was ihr wollt. Ich muss los.«

Mel sprang, alarmiert von meinen Worten, ebenfalls auf. »Du kannst jetzt nicht einfach verschwinden, Johnny. Wir sind mitten im Meeting!«

»Du kannst dir gar nicht vorstellen, wie egal mir das ist!«, schnauzte ich sie an und griff nach meiner Jacke und Krücke.

Mit einem Schnauben heftete sich Melissa auf ihren turmhohen Absätzen an meine Fersen und krallte ihre Nägel in meinen Oberarm. »Ich lasse nicht zu, dass du es versaust! Wir haben so lange und hart dafür gearbeitet!«

Wütend fuhr ich zu ihr herum. »Das ist deine Schuld, verstehst du?! Du hast diese Haie auf Taylor angesetzt. Du hast sie zu ihr gelockt! Glaub ja nicht, dass ich das jemals vergessen werde.«

Ihre braunen Augen weiteten sich. »Johnny ...«

»Setz dich wieder hin!«, forderte nun Neal eindringlich. Er war ebenfalls aufgestanden und hatte die Arme auf den Tisch gestützt. »Und beruhigt euch, Kinder.«

Ich verschwendete keinen weiteren Blick an meinen Manager oder Mel oder Marcus, sondern wandte mich wortlos um und marschierte, so schnell es mir möglich war, zum Ausgang.

Leiche in verwüstetem Haus in Malibu gefunden. Polizei geht von einem Gewaltverbrechen aus.

Die Tür knallte hinter mir zu.

Das konnte nicht Taylor sein. Lory war niemand, den man so leicht töten konnte. Sie hatte einen verdammten Pick-up angehalten ...

Oh Gott – wenn es irgendwo einen Gott gibt –, lass es bitte nicht Taylor sein.

KAPITEL 24

TAYLOR

you broke me first – Tate McRae

»Es wäre so einfach, dich fallen zu lassen, C8«, sagte er leise. »So einfach, dein ach so wichtiges Leben zu zerquetschen.«

»Dann tu es«, zischte ich herausfordernd.

Einen Atemzug lang starrte mich Mate wortlos aus eiskalten Augen an, dann schüttelte er langsam den Kopf. »Sosehr ich es lieben würde, dich endlich sterben zu sehen, meine Befehle lauten anders.« So etwas wie Bedauern schwang in seinen Worten mit.

»Wessen Befehle?«, fragte ich gepresst. »Wer hat den Aktiven Modus angeordnet?«

Ein weiterer Luftzug zupfte beinahe neckisch an mir, zog mich weiter in Richtung des Abgrunds, sodass ich instinktiv die Beine anwinkelte – und mit den Fersen gegen eine der Verankerungen des Geländers stieß.

Natürlich.

Mate legte die verschränkten Arme auf die Brüstung und blickte Richtung Horizont. »Das wirst du bald selbst herausfinden. Aber zuerst«, er zog ein dunkles Tuch und eine Spritze aus seiner Hosentasche, »machen wir dich unschädlich.«

Ohne noch länger zu zögern, hakte ich meine Füße in die Verankerung, spannte die zitternde Bauchmuskulatur an und zog mich mit einem Ruck zurück auf die Terrasse. Schwindel überkam mich, die Welt schien zu schwanken, doch ich kämpfte verbissen dagegen an.

Mate hatte mich zweimal kalt erwischt. Ein weiteres Mal würde ich es nicht so weit kommen lassen. Und dieses Mal zögerte ich nicht.

Ich ballte die Hände zu Fäusten, riss ihm mittels meiner Telekinese Tuch und Spritze aus der Hand und bohrte meinen Blick unnachgiebig in seinen.

»Verzeih mir, Mate.« Dann brach ich sein Genick mit einem einzigen, tödlichen Gedanken.

Ich sah das winzige Aufflackern in seinen Augen, bevor das Leben darin erlosch, das kurze Zucken, das seinen Körper durchfuhr, hörte seinen letzten, stockenden Atemzug, ehe er leblos inmitten der Trümmer zusammenbrach.

Einen Augenblick lang starrte ich auf Mates Leiche herab, auf meinen ehemaligen Freund, den Emerdale zu einer willenlosen Maschine gemacht hatte. Seine toten Augen starrten in den Himmel des frühen Tages, ein beinahe friedlicher Ausdruck war auf seine verhärteten Züge getreten.

Du hast ihn umgebracht, C8.

Mein Bauch verkrampfte sich, dann stolperte ich zur Brüstung, beugte mich darüber und übergab mich. Wieder und wieder, so lange, bis ich nur noch trocken würgte. Kraftlos rutschte ich am Geländer hinab und lehnte mich keuchend daran, die Beine ganz eng an meinen lädierten Körper gezogen.

Mein Blick zuckte zu Mates Gestalt, zu dem Chaos, das wir in dem Haus angerichtet hatten, zu all dem Blut und Tod.

Es werden so viele leiden und sterben müssen. Und Johnny... er wird der Erste sein. Deinetwegen.

Ich kniff die Augen zusammen und legte die Stirn auf meine Knie.

Mir lief die Zeit davon. Es würde nicht lange dauern, bis Emerdale hiervon Wind bekam. Sie würden Mates Leiche finden, Jo aufsuchen und ihm wehtun ... wegen mir.

Ich musste aufstehen und handeln, auf die Beine kommen, mir einen Plan überlegen. Und doch rührte ich mich keinen Zentimeter. Mir fehlte die Kraft dazu. Ich war so unendlich erschöpft.

Ein schrilles Klingeln ließ mich zusammenzucken und ich brauchte einen Moment, bis mir klar wurde, dass es mein Handy war, das in meiner Hosentasche steckte.

Mit bebenden, blutverschmierten Händen holte ich es hervor. Das Display war gesprungen und die Linse der kleinen Kamera gerissen, doch es funktionierte noch. Teddys Name prangte verzerrt auf dem gesplitterten Display.

Teddy.

Wieder sah ich zu der Leiche meines ehemaligen Freundes. Ich starrte sein bleiches Gesicht an, prägte mir seine Züge ein, bis sie vor meinen Augen verschwammen und zu einem anderen Gesicht wurden. Zu warmen, blauen Augen, die mich im Licht der Mojave-Wüste anlächelten, und unordentlichen dunkelblonden Haaren, die ihm in die Stirn fielen.

Zu Jo. Das könnte genauso gut Jo sein. Weil du ihn in deine Welt gezogen hast. Weil du sein Todesurteil unterzeichnet hast.

Das würde ich nicht zulassen. Mate hatte sich geirrt. Ich würde Jo beschützen und aus der Schusslinie bringen und ich würde verdammt noch mal einen Weg finden, das alles zu beenden, denn ich hatte etwas, für das es sich zu kämpfen lohnte.

Mein Blick flog zu dem immer noch klingelnden Handy.

Und Teddy würde mir die Antworten liefern, die ich dafür brauchte – und wenn ich ihm dafür wehtun musste.

Wenn ich zu dem Monster werden muss, das Emerdale erschaffen hat.

Entschlossen drückte ich den Anruf weg, steckte das Telefon ein und kämpfte mich auf die Beine. Mit pochendem Herzschlag stieg ich über Mate hinweg, verließ die Dachterrasse und warf keinen einzigen Blick mehr zurück.

Der Motor des AMG GT heulte protestierend auf, als ich ihn um die letzte Kurve trieb und dann im Halteverbot mit einer Vollbremsung zum Stehen kam. Das Herz schlug mir bis zum Hals und meine Hände zitterten, als hätte ich vier Espresso auf nüchternen Magen gekippt, sodass es mir erst beim dritten Mal gelang, den Schlüssel des Wagens zu fassen zu bekommen.

Die Finger fest um den Autoschlüssel geschlungen stieg ich aus dem Sportwagen und betrat die Plaza vor dem *Los Angeles City Hospital*. Trotz des frühen Samstagmorgens waren schon einige Menschen unterwegs, holten sich an dem kleinen Stand Kaffee oder saßen auf den Bänken, die neben Bäumen und einem Springbrunnen den Platz säumten. Mehrere Pfleger unterhielten sich mit Patienten, ein Hund tobte durch die Wasserfontänen und weiter hinten stritt sich eine Mutter lautstark mit ihrem Kind.

Alles war normal, keine Dales, keine Emerdale-Soldaten – und doch wollte sich mein rasender Puls nicht beruhigen.

Angespannt überquerte ich die Plaza und zog damit mehr Aufmerksamkeit auf mich, als mir lieb war. Vermutlich sah ich schrecklich aus. Meine Kleidung starrte vor Dreck und Blut, meine Haare waren verknotet und verklebt, ganz zu schweigen von den vielen Wunden. Der Kampf mit Mate hatte mich übel zugerichtet und auch wenn meine Selbstheilungskräfte langsam übernahmen, spürte ich die Verletzungen bei jedem einzelnen Schritt. Das getrocknete Blut der unzähligen kleinen Schnitte juckte auf meiner Haut, mein Kopf pochte noch immer, als würde jemand mit einem Vorschlaghammer darauf einschlagen, und dort, wo mich Mates Schuh getroffen hatte, saß ein tellergroßer Bluterguss über zwei gebrochenen Rippen.

Ich brauchte dringend Ruhe und Zeit, mich zu regenerieren. Doch die hatte ich nicht.

Mit hochgezogenen Schultern steuerte ich den Haupteingang an und trat, ohne auf die starrenden Blicke zu achten, an den Empfangstresen.

»Wie kann ich Ihnen –« Die junge Afroamerikanerin verstummte, als sie zu mir sah und riss die Augen auf. »Ist alles in Ordnung bei Ihnen, Miss? Brauchen Sie einen Arzt?«

Ich bemühte mich um ein beruhigendes Lächeln, doch mit meinem rasenden Herzschlag, Mates toten, leeren Augen im Gedächtnis und der Furcht, die mir im Nacken saß, scheiterte ich kläglich. »Es geht mir gut. Ich möchte zu meinem Vater. Professor Dr. Theodore Welsh.«

Sie blinzelte und tippte dann etwas in ihren Computer. »Sind Sie sich sicher, Miss?«

»Ja, ich bin sicher«, gab ich kurz angebunden zurück und zog mein Handy hervor. Es war tot. Verdammt.

Wieder flog Besorgnis über ihre Züge. »Der Professor ist im zweiten Untergeschoss in der Forschungsabteilung. Soll ich Sie anmelden?«

»Nicht nötig, er weiß, dass ich vorbeikomme, und erwartet mich. Danke!« Ich widerstand dem Drang, über den brennenden Schnitt auf meinem Wangenknochen zu fahren, als dieser zu jucken begann, und wandte mich hastig ab.

Der eindringliche Blick der Empfangsdame kribbelte zwischen meinen Schulterblättern, bis sich die Fahrstuhltüren endlich hinter mir geschlossen hatten und ich nach unten fuhr.

Nervtötende Musik füllte die kleine Kabine und zerrte gefährlich an meiner Selbstbeherrschung, die verdammten Lautsprecher über mir nicht einfach in die Luft gehen zu lassen. Unruhig tippten meine Finger auf die Haltestange, während ich es akribisch vermied, mich selbst in der verspiegelten Verkleidung des Fahrstuhls anzusehen.

Die Anzeige wechselte scheinbar in Zeitlupe von Erdgeschoss auf erstes Untergeschoss. Es ruckelte und ratterte, dann erschien endlich die Zwei und der Aufzug kam mit einem Ruck zum Stehen.

Na endlich.

Die Türen waren kaum ganz aufgesprungen, da betrat ich auch schon den langen, grauen Gang, der vor mir lag. So weit ich sehen konnte, waren mehrere Türen und Glasscheiben rechts und links in die schmucklosen Betonwände eingelassen, der hintere Teil des Flurs lag jedoch im Dunkeln. Neonröhren surrten über meinem Kopf und von irgendwoher drang ein leises Piepen an mein Ohr, ansonsten war es still.

Eine Gänsehaut kroch über meinen lädierten Körper, als ich einen Fuß vor den anderen setzte. Dieser Gang, der Beton, das kalte, künstliche Licht erinnerten mich unangenehm an den Komplex von Emerdale. Es war der gleiche, klinische Geruch, die gleiche erdrückende Stimmung zwischen den farblosen Wänden.

Kein Wunder, dass sich Teddy hier wohlfühlte.

Ich wischte meine feuchten Hände an meiner verdreckten Latzhose ab und ließ den Blick aufmerksam über die geschlossenen Türen wandern. Unter manchen kroch bläuliches Licht hervor, andere waren mit Gefahrenschildern gekennzeichnet.

Meine Turnschuhe quietschten leise auf dem Linoleumboden und die kalte Luft aus dem Belüftungssystem, das leise über mir brummte, ließ mich frösteln. Es war so still, die gesamte Station schien verwaist – beinahe unheimlich.

Und auch wenn dieser Bereich offiziell Teil des Krankenhauses von Los Angeles war, fühlte es sich mehr an, als wäre ich in einem geheimen und unter Verschluss gehaltenen Labor gelandet. Langsam, aber sicher bekam ich den Verdacht, dass hinter Teddys Job mehr steckte, als stinknormale Forschung für das städtische Krankenhaus.

Was treibst du hier, Teddy?

Die Härchen auf meinen nackten Armen stellten sich auf, als ich unwillkürlich jeden einzelnen Muskel anspannte und die erste geschlossene Tür passierte. Über mir sprang das nächste Licht an und tauchte den Gang vor mir in kaltes Weiß. Etwa sechs Meter von mir entfernt machte ich einen weiteren Korridor aus, der nach links abzweigte, davor standen ein abgeschaltetes EKG-Messgerät und ein Schwesternwagen.

Durch ein verglastes Fenster neben mir konnte ich einen Blick in ein verlassenes Labor werfen, es wirkte, als wäre seit Jahren niemand dort gewesen. Eine steile Falte bildete sich zwischen meinen Augenbrauen und ließ mich langsamer werden.

Das gefiel mir überhaupt nicht. Die Alarmglocken in meinem Kopf, die mit jeder Sekunde lauter wurden, warnten mich eindringlich davor, weiterzugehen.

Ich presste die Lippen zusammen und blieb schließlich ganz stehen, als ich plötzlich das Klicken eines Schlosses hörte und kurz darauf gedämpfte Stimmen zu mir drangen. Sie kamen von links und klangen aufgebracht, waren jedoch noch zu weit entfernt, um wirklich etwas verstehen zu können.

Mit zusammengebissenen Zähnen lief ich in den Quergang und drückte mich flach an die kühle Wand. Eine der Türen war nur angelehnt, vermutlich durch einen Luftzug aufgesprungen, von dort kamen die wütenden Worte, die ich nun verstehen konnte.

»Du hast einen Fehler gemacht, Theodore. Einen teuren Fehler«, sagte eine tiefe Stimme.

Als ich Teddys Namen hörte, verzog ich das Gesicht. Was ging hier vor sich?

Meine Nägel gruben sich schmerzhaft in meine Handballen.

»Ich? Ihr hättet beinahe alles zunichtegemacht, für was wir jahrelang geschuftet haben, weil ihr kleingeistig seid und nicht erkennt, was uns gelungen ist!«, erwiderte Teddy scharf. Irgendetwas klirrte und ich presste mich unwillkürlich enger gegen die Wand.

»Bei allem Respekt, aber ich denke nicht, dass es hierbei um Kleingeistigkeit geht. Wir sprechen hier von einer unkontrollierbaren Sicherheitslücke, die das gesamte System stürzen kann. Dieses Risiko werden wir nicht eingehen. Ich dachte, wir hätten diese Angelegenheit geklärt.« Eine scharfe Frauenstimme, die ich nicht zuordnen konnte, unterbrach die hitzige Diskussion zwischen Teddy und dem fremden Mann.

Wovon sprechen die? Teddy, welche dunklen Spiele hast du die ganze Zeit getrieben?

»Ich glaube kaum, dass wir in dieser Sache von *geklärt* sprechen können. Es ist weitaus komplizierter und euer Handeln unverhältnismäßig. Früher habt ihr Wert auf meine Einschätzung gelegt, schließlich habe ich diese Forschung überhaupt erst ermöglicht.« Wieder Theodores bekannter, angespannter Bariton.

»Das war, bevor du desertiert bist, dabei gut drei Dutzend unserer besten Soldaten in den Tod gerissen und unser unkontrollierbares Experiment auf die Welt losgelassen hast.«

Tag X. Der Tag unserer Flucht aus Emerdale … Sie sprachen von Emerdale. Und von mir. Ich biss mir auf die Lippe.

»Sie ist nicht unkontrollierbar, sondern ein Durchbruch, Caleb«, hielt Teddy dagegen. »William hätte sie zerstört, weil er das nicht eingesehen hat. Er hatte Angst vor ihr.«

»Du sprichst von einem Durchbruch?«, gab der Mann – Caleb – zurück und klang fassungslos. »Dann bist du noch naiver, als ich angenommen habe. Theodore, wir haben bei den Dales aus gutem Grund eine *Backdoor* eingebaut. Niemand sollte diese Macht besitzen, ohne dabei kontrollier- und lenkbar zu sein. Das Experiment muss gefunden und vernichtet werden.«

Sprachen sie vom Aktiven Modus?

»Ihr irrt euch. Die *Backdoor*, wie ihr sie nennt, hemmt die Leistungsfähigkeit der Dales. Ich habe gesehen, wozu C8 fähig ist und ihr auch. Ihre Stabilität, ihre Werte haben sich fernab von Emerdale verbessert und gesteigert. Und das werden sie weiterhin, ihre DNA *verändert* sich. C8 ist ein Wunderwerk, die perfekte Soldatin. Das ist es, was William immer erreichen wollte, wofür wir unzählige Leben geopfert haben. Ich lasse nicht zu, dass dieser Erfolg unter den Teppich gekehrt und zerstört wird, als wäre mir ein Fehler unterlaufen.«

Ich zuckte bei meiner Emerdale-Kennung zusammen. Sie sprachen definitiv über mich, darüber, dass ich unkontrollierbar war, ich beseitigt werden sollte, aber … warum?

Mein Atem beschleunigte sich und ich war kurz davor, den Raum zu stürmen, um endlich Antworten auf das quälende *Warum* zu bekommen. Doch das, was von meinem Verstand nach den letzten, nervenaufreibenden vierundzwanzig Stunden noch übrig war, hielt mich zurück. Mahnte mich, mich auf das Wesentliche zu konzentrieren: Informationen zu sammeln und sie dann gemeinsam mit Vin und Jo zu ordnen.

»Und deswegen bist du mit den Unterlagen abgehauen? Um deine Forschung zu retten?« Die Stimme der Frau klang anklagend und unnachgiebig. »Vergiss bei deinem Martyrium nicht, dass du nicht der Einzige bist, der viel für diese Sache geopfert hat, Theodore.«

»Sara –«, begann Teddy, doch Calebs harte Stimme unterbrach ihn barsch.

»Wir müssen zusehen, dass wir dieses Problem beheben und zwar schnell. William wird dann entscheiden, wie wir mit dir verfahren werden.«

William. In meiner Zeit in Emerdale war mir niemand mit diesem Namen untergekommen, genauso wenig wie Caleb oder Sara. Wer waren diese Leute, die hier so leichtfertig darüber sprachen, mich umzubringen?

»Ihr begeht einen gewaltigen Fehler«, sagte Teddy nur und es klang, als würde er sich setzen. »C8 ist klüger als ihr, sobald ich von der Bildfläche verschwinde, wird ihr schnell klar werden, dass etwas nicht stimmt. Ihr werdet sie nicht bekommen. Nicht ohne mich.«

Caleb gab ein freudloses Lachen von sich. »Das war schon immer dein größter Fehler: eine Beziehung zu deinen Experimenten aufzubauen. Sie ist ein Fehlschlag, nicht mehr und nicht weniger. Selbst wenn C8 zu all dem in der Lage ist, was du uns beschrieben hast, wird sie es trotzdem nicht mit vierzehn Dales aufnehmen können. Sie werden sie finden und ausschalten. Gewöhn dich an den Gedanken und kümmere dich lieber darum, wie es mit dir weitergeht.«

Dreizehn, korrigierte ich mit einem Kloß im Hals, als ich an Mates leeren Blick dachte.

»William wird eine siebte Generation verlangen, womöglich lässt er sich dazu hinreißen, dich wieder ins Programm aufzunehmen, trotz deiner Verfehlungen. Aber nur, wenn du uns hilfst, C8 unschädlich zu machen.« Sara sprach nun weicher und leiser. »Es ist ein gutes Angebot und ein besseres wirst du nicht bekommen. Du hast über vier Wochen mit C8 zusammengelebt, sie vertraut dir. Du kannst die Sache leichter machen. Für dich und für das Mädchen.«

Irgendetwas an ihrer Stimme ließ mich mit den Zähnen knirschen. Sie berührte etwas tief in mir drin, ohne dass ich hätte sagen können, was genau es war.

»Was ist mit den anderen?«, fragte Teddy und klang resigniert.

»Keine Zwischenfälle, bis auf C1. Er hat mehrmals das Bewusstsein verloren und war resistenter gegen die Aktivierung, als die anderen. Es brauchte etwas Zeit, aber letztendlich haben wir das Problem gelöst. Er steht unter unserem Kommando«, erklärte Caleb nüchtern.

C1 – *Hayden*. Mein Magen wurde zu einem harten, schmerzhaften Knoten. Was hatten sie mit ihm gemacht? Wut strömte heiß durch meinen Körper und ließ mich die Zähne zusammenbeißen.

»Er und C8 waren sich schon immer am ähnlichsten«, sagte Teddy leise. »Ich werde mir Williams Angebot durch den Kopf gehen lassen, aber nur unter der Bedingung, dass C8 nicht sofort ausgeschaltet wird. Ich möchte ihre variable DNA und die Anomalie darin nutzen, um wichtige Schlüsse für eine Folgegeneration zu ziehen.«

Sara stieß hörbar den Atem aus. »Ich glaube, du hast nicht ganz verstanden, in welcher Lage du dich befindest, Theodore.«

»Doch, meine Liebe, das weiß ich sehr wohl. Genauso wie mir bewusst ist, dass ich etwas bei meiner inoffiziellen Forschung in Los Angeles mit C8 herausgefunden habe, das William brennend interessieren wird.«

»Wovon sprichst du?«, hakte Caleb ungeduldig nach. Ein Stuhl knarzte.

»Das werde ich persönlich mit William besprechen – und nur mit ihm –, wenn er bereit ist, auf meine Forderungen einzugehen. Bis dahin bitte ich darum, dass ihr die Dales zurückzieht. Sollte ich das Gefühl haben, dass ihr C8 oder mir zu nahe kommt, wird diese wichtige Erkenntnis niemals Williams Ohren erreichen.«

Worum ging es hier wirklich? Welche Erkenntnis? Ich massierte mir die Schläfen und blickte ruckartig auf, als ich mich an den einen Samstag erinnerte, als Teddy und ich eine Routineuntersuchung durchgeführt hatten und er danach vollkommen durch den Wind gewesen war. So, als hätte er etwas herausgefunden, das alles veränderte.

Die unzähligen Bluttests, die darauf gefolgt waren, die Belastungsprüfungen ... Häufiger als sonst.

»Du bist wahnsinnig, wenn du glaubst, William würde sich erpressen lassen.«

»Ich glaube, du unterschätzt seine Machtgier, Caleb«, entgegnete Teddy ungerührt. »Wenn William sein Ziel erreichen will, dann braucht er diese Information – dann braucht er C8, lebend.«

Mir wich das Blut aus dem Gesicht. Teddy hatte mich nicht aus Emerdale rausgeschafft, um mich zu beschützen, es war ihm um etwas ganz anderes gegangen. Ich war dabei nur Mittel zum Zweck gewesen. Auch wenn ich schon damit gerechnet hatte, dass Teddy nie ganz mit offenen Karten gespielt hatte, schmerzte sein Verrat mehr, als es eine Stichwunde gekonnt hätte. Denn trotz aller Widrigkeiten, trotz der Tatsache, dass er derjenige gewesen war, der an meiner DNA herumgeschraubt und jahrelang Tests an mir durchgeführt hatte, war er mir in der Zeit in Los Angeles wichtig geworden.

Ich schluckte.

Du verdammter Mistkerl!

»Also gut«, hörte ich Sara schließlich sagen, »wir werden so schnell wie möglich mit William sprechen. Bis dahin musst du C8 auf Kurs und vor allen Dingen unter Kontrolle halten. Sobald wir eine Entscheidung gefällt haben, werden wir es dich wissen lassen.«

»Und die Dales?«, hakte Teddy nach und wieder war das Knacken eines Stuhls zu hören, als würde er aufstehen.

»Vorerst ziehen wir sie zurück«, antwortete Caleb. »Ich werde anordnen, die heutige Mission abzubrechen.«

»Mission?«, wiederholte Teddy gefährlich leise. »Ich dachte, wir hätten eine Abmachung?«

»Ein vor diesem aufschlussreichen Treffen autorisierter Einsatz, um größeren Schaden zu verhindern, Theodore. Dir und deinem missratenen Experiment wird vorerst Luft gelassen, aber wir werden ein Auge auf euch haben, bis sich die Sache erledigt hat und wir eine eindeutige Vorgehensweise beschlossen haben.«

Autorisierter Einsatz. Er sprach von Mate, von seinem Angriff auf mich mit dem Ziel, mich unschädlich zu machen und dann irgendwohin zu verschleppen.

Ich stieß einen gemurmelten Fluch aus und machte unwillkürlich einen Schritt nach rechts, wobei ich gegen einen Rollwagen stolperte. Ein leises und doch so verräterisches Geräusch.

Die Stimmen verstummten abrupt, im nächsten Moment wurde die Tür aufgerissen und ein blonder, breitschultriger Mann mit blauen Augen trat auf den Flur. Ich schätzte ihn auf Mitte vierzig. Das war dann wohl Caleb.

Ich erstarrte in der Bewegung, unfähig mich zu bewegen, als sich unsere Blicke trafen. Er kam mir nicht im Geringsten vertraut vor, aber irgendetwas …

»C8 …«, setzte Caleb an und hob beide Hände, als wollte er ein wildes Tier besänftigen. »Tu jetzt nichts Unüberlegtes.«

Beinahe hätte ich freudlos aufgelacht, doch in diesem Moment kam Teddy, gefolgt von einer Frau mit dunkelblonden Haaren und hellen Augen aus dem Raum. Sie schien etwas jünger als Caleb.

Mein Blick zuckte zu Teddy, zu seinen schmerzhaft vertrauten Zügen, in denen ich so etwas wie Schuldbewusstsein erkennen konnte. Er wusste, dass ich jedes einzelne Wort mitbekommen hatte.

»Taylor …« Seine tiefe Stimme klang schwer und ließ mich nur den Kopf schütteln.

Ich schloss und öffnete meine Fäuste. »Spar es dir«, flüsterte ich erstickt und machte unwillkürlich einen Schritt in seine Richtung. Jedes Nervenende in meinem Körper kribbelte vor angestauter Wut. Ich hatte es so satt.

Sara verengte die Augen, im nächsten Moment hielt sie in jeder Hand eine Waffe und richtete eine auf mich, die andere auf Teddy. »Keine Bewegung, C8.«

Ich erwiderte herausfordernd ihren kalten Blick und streckte drohend meine Telekinese nach ihr aus.

»Ein Fehler, mein Liebling.« Saras Mundwinkel zuckten, dann drückte sie ab.

»Sara, nicht!«, rief Caleb.

Zu spät.

Teddy schrie meinen Namen, doch es klang verzerrt und so, als würde es von weit weg kommen.

Schmerz explodierte in meinem Körper, trieb bunte Farben vor meine Augen. Ich hörte einen dumpfen Aufprall wieder und wieder über mir zusammenschlagen, als ich auf dem Linoleum aufkam. Dazwischen der geflüsterte, fremde Name einer vertrauten, warmen Stimme. Ich schloss die Augen.

Lila, mein Liebling.

Lila.

Zwei gewisperte Silben, die mich gnadenlos packten und in einen bodenlosen Abgrund aus Kälte und Dunkelheit zogen.

Lila.

Und dann verschwanden auch die zwei Silben, bis nichts mehr von mir übrig blieb.

KAPITEL 25

JONATHAN

Numb – Linkin Park

Es war ein Wunder, dass ich noch keinen Unfall gebaut hatte, denn ich raste durch Los Angeles, als wäre Luzifer persönlich hinter mir her. Wie ein Irrer ignorierte ich rote Ampeln, überfuhr Stoppschilder und nutzte immer wieder die Gegenspur, um schneller voranzukommen. Mein R8 dankte es mir mit einer vollkommen durchdrehenden Tachonadel und Geheul, wann immer ich andere schnitt und Kurven schärfer nahm, als gut gewesen wäre.

Spätestens nach diesem Tag würde ich vermutlich meinen Führerschein verlieren, aber im Augenblick hatte ich größere Probleme.

Meine Gedanken drehten sich einzig und allein um Taylor und die Angst um sie. Die Furcht, zu spät zu kommen.

Und auf das beschissene, knappe Gespräch mit Vin, in dem er mir kaum etwas verraten hatte, sondern mich nur dazu aufgefordert hatte, ihn im Zenit einzusammeln und mich *verdammt noch mal* zu beeilen.

Als hätte ich diesen Hinweis gebraucht.

Vin war niemand, der eine Lage leichtfertig überschätzte oder dramatisierte. Vin war Soldat und im Krieg gewesen, er wusste, wann es ernst war. Und seiner Stimmlage bei unserem Telefonat nach zu urteilen, war die Kacke gewaltig am Dampfen.

Ich trat das Gaspedal weiter durch, sodass mein Wagen einen Satz nach vorne machte, und überquerte einen vielbefahrenen Boulevard, ehe ich das Stadtviertel Santa Monica erreichte. Warum musste die verfluchte Filmproduktion auch so weit von Venice Beach entfernt liegen?

Fuck.

Ein Bus kam mit quietschenden Reifen nur wenige Zentimeter vor meiner Motorhaube zum Stehen und hupte ohrenbetäubend, doch ich bekam es gar nicht richtig mit.

Bitte lass es nicht zu spät sein. Bitte gib uns noch etwas Zeit.

Ich würde es mir niemals verzeihen, wenn Taylor etwas passiert war. Auch dann nicht, wenn ich selbst daran keine Schuld trug.

Ihr trauriges Lächeln erschien vor meinem inneren Auge, die steile Falte, die sich so gut wie immer zwischen ihren Augenbrauen befand, die Art und Weise, wie sie die Welt um sich herum immerzu beobachtete und abschätzte. Als würde sie mehr sehen als der Rest von uns.

Lory ist klug, tough und knallhart, hab etwas mehr Vertrauen, Johnny.

Am liebsten hätte ich meiner inneren Stimme den Mittelfinger gezeigt, doch stattdessen raste ich den Lincoln Boulevard entlang und versuchte, das nervtötende Vibrieren des Handys in meiner Hosentasche zu ignorieren.

Mels Name erschien in dem Head-up-Display meines Wagens, dann Neals, Marcus', selbst meine Mutter versuchte mich zu kontaktieren. Doch die einzige Nummer, die ich sehen, die einzige Stimme, die ich hören wollte, meldete sich nicht.

Ein Transporter bog vor mir auf die Straße ein und zwang mich dazu, zu bremsen. Ich fluchte, umfuhr den Mistkerl und beschleunigte, sodass meine Reifen quietschend durchdrehten.

Es bringt niemand etwas, wenn du dich umbringst, Johnny.
Ich biss die Zähne zusammen und wischte die unnötigen Gedanken zur Seite.

Wieder klingelte mein Handy. Wieder war es nicht Taylor, sondern eine unbekannte Nummer. Ich drückte sie ebenfalls weg und atmete hörbar aus, als endlich das Schild auftauchte, das mir sagte, dass ich in Venice Beach angekommen war.

Wurde aber auch Zeit.

Ich lenkte meinen R8 über aufgerissenen Asphalt, vorbei an eingeschlagenen Fenstern und ausgebrannten Wracks. Das Gebiet wirkte wie das Set aus einem Endzeitstreifen, kaum zu glauben, dass sich Lory hier alleine rumgetrieben hatte.

Es macht ihr nichts aus, weil sie sich vor ganz anderen Dingen fürchtet. Weil sie viel tödlichere Gefahren kennt.

Meine Finger krallten sich in das Leder des Lenkrads. Mit jedem Meter, den ich weiter in diese Gegend hineinfuhr, wurde das unangenehme Prickeln in meinem Nacken drängender. Es war mir ein Rätsel, wie man freiwillig einen Fuß auf die Straße setzen konnte.

Mit einem Schlenker umfuhr ich ein paar umgestürzte Mülltonnen und drückte beiläufig den nächsten eingehenden Anruf weg. Konnten die mich nicht einfach in Ruhe lassen?

Zähneknirschend sah ich nach rechts und brachte meinen Wagen mit einem Ruck zum Stehen. Diesen schmalen Eingang würde ich vermutlich überall wiedererkennen. Wie ein Höllentor ragte das Tor zum Zenit vor mir auf und schien mich gleichzeitig zu locken und verspotten.

Ich ließ den R8 verstummen und starrte für einen Moment durch die Windschutzscheibe auf die vermüllte, heruntergekommene Straße, auf der mein Sportwagen zwischen den Wracks und verlassenen Gebäuden auffiel wie ein bunter Hund. Wie ein Fremdkörper. Die Kühlung des Motors lief auf Hochtouren, rauschte mit meinem Blut um die Wette, als ich mir schließlich den Autoschlüssel schnappte und aus dem Wagen stieg.

So schnell es meine müden Knochen zuließen, humpelte ich mit meinem Gehstock in Richtung des Zugangs und ignorierte dabei den Gestank, der mir in die Nase stieg, genauso wie die Polizeisirenen, die irgendwo aufheulten, und das entfernte, gequälte Bellen eines Hundes.

Vincent aufgabeln und dann Taylor finden, das war alles, was zählte.

Ihr Name allein reichte aus, um mich anzutreiben und die letzten Meter schneller zurückzulegen. Die Eingangstür des Zenits war mit einer schweren Eisenkette samt Schloss verrammelt, darüber hing ein windschiefes Schild mit der Aufschrift *Closed*.

»Wollt ihr mich verarschen?!«, rief ich und hämmerte ungeduldig mit der flachen Hand gegen das Metall, bis mein ganzer Arm schmerzte. »Macht auf, ihr Idioten! Ich weiß, dass ihr da seid!«

Wieder schlug ich gegen die Tür und setzte zu einer zweiten Salve an Verwünschungen an, als sich etwas dahinter tat.

Ein breiter Typ mit tätowierter Glatze öffnete und starrte mich an, als würde er sich gerade überlegen, auf welche Art er mich umbringen wollte. Nur war ich nicht durch die Hölle gegangen, um mich jetzt von so einem Typen aufhalten zu lassen.

»Verschwinde hier, kleiner Scheißer. Wir haben geschlossen«, brummte er und verschränkte die massigen Arme, sodass ich die Messer an seinem Gürtel zu sehen bekam. Gleich daneben steckte eine Pistole. Wirklich charmante Leute, mit denen sich Vincent abgab.

»Einen Scheiß werde ich«, entgegnete ich. »Wo ist Vin?«

Seine Augen wurden noch schmaler. »Hast du mich nicht verstanden, Arschloch? Verschwinde von hier!«

»*Hey, hey, Zoc, ganz ruhig.*«

Mein bester Freund tauchte neben dem Arsch mit Glatze auf und schob ihn bestimmt zur Seite.

Wurde aber auch Zeit!

»Wir wollten ohnehin gerade gehen. Schließ hinter mir ab«, sagte er an den Gorilla gewandt und zwinkerte ihm zu. »Und keine krummen Dinger.«

Ich schaute genervt zwischen Zoc und Vin hin und her und steckte die Hände in meine Hosentaschen. »Seid ihr dann fertig?«

Zoc klopfte Vin auf die Schulter und nickte. »Sorry, wusste nicht, dass das ein Freund von dir ist.«

»Nicht dein Fehler, Mann. Bis dann.« Vincent nahm mich am Oberarm, als würde er mich durch eine Menge aufdringlicher Fans schleusen, und führte mich zurück zum Wagen.

»Nette Leute hast du da, Vin«, murmelte ich ironisch und öffnete den Sportwagen. »Richtig knuddelig, der Typ.«

»Zoc ist schwer in Ordnung. Und eine Glucke. Ich stelle ihn dir gerne bei Gelegenheit vor, wenn du möchtest, Johnny.«

»Unbedingt«, brummte ich, riss ungeduldig die Tür auf und ließ mich auf den Fahrersitz fallen. »Was hast du herausgefunden?«

Vin fuhr sich übers Gesicht. Dunkle Ringe lagen unter seinen braunen Augen und ich sah die Mischung aus Sorge und

Erschöpfung, die sich in seine Züge geschlichen hatte. »Ich habe ein paar Freunde losgeschickt, um Infos zu sammeln.«

Ich startete den Motor und rammte den Hebel auf *Drive*. »Und? Jetzt lass dir doch nicht jedes Wort einzeln aus der Nase ziehen.«

»Ein Kumpel bei der Polizei hat ein paar Details durchsickern lassen. Die Leiche ist männlich, das Haus verwüstet. Es gibt jede Menge Kampfspuren, Blut einer weiblichen Person und Reifenspuren, die bezeugen, dass jemand nach dem Kampf fluchtartig das Haus verlassen hat. Das Profil der Reifen passt zu einer Sonderedition des AMG GT – *deines* AMG.«

Erleichtert atmete ich auf. »Dann ist Lory entkommen.«

»Vermutlich.«

»Wer ist der Tote?«

»Bevor die Forensiker übernehmen konnten, hat eine Spezialeinheit den Fall übernommen und mit der höchsten Diskretionsstufe versehen«, gab Vin zurück und zog seinen Computer aus dem Rucksack.

»Emerdale?«

»Vermutlich.«

Ich legte die Stirn in Falten und gab Gas, um das Industriebgebiet möglichst schnell hinter uns zu lassen. Je eher wir hier wegkamen, desto besser.

»Warum meldet sich Taylor nicht, wenn sie flüchten konnte? Warum erreichen wir sie nicht? Sie ist klug, selbst wenn ihr Telefon kaputt wäre, würde sie einen Weg finden, uns zu kontaktieren.« Das ungute Gefühl in meinem Magen verstärkte sich.

Vins Finger flogen über die Tastatur, dann gab er einen leisen Fluch von sich.

Ich nahm den Blick von der Straße und funkelte ihn an. »Was? Was ist los?«

»Der AMG ist unser erster Anhaltspunkt. Ich kann ihn orten, aber nicht von hier. Ich brauche das System und das Equipment in der Villa.«

»Will ich wissen, wieso du meinen Wagen lokalisieren kannst?«

»Nein, ist nur eine reine Sicherheitsmaßnahme«, gab er knapp zurück und strich sich über die raspelkurzen Haare. »Von der Villa aus kann ich auch gleich eine Gesichtserkennungssoftware laufen lassen und so hoffentlich Tay finden. Wenn Emerdale sie nicht schon hat verschwinden lassen.«

Kopfschüttelnd beschleunigte ich, sobald ich wieder auf dem Boulevard war. »Wirst du mir jemals verraten, wie tief du wirklich in diesem ganzen Scheiß drinsteckst?«

»Nein«, sagte mein bester Freund wieder, ohne von seinem Display aufzuschauen. »Interessant ist, dass Theodore ebenfalls verschwunden ist. Tausend Dollar, dass das zusammenhängt. Vielleicht kann ich sein Handy orten, nachdem Tays ausgeschaltet ist.«

Ich biss die Zähne zusammen und überholte einen langsamen Pick-up. »Hölle, mir gefällt gar nicht, in welche Richtung sich das entwickelt.«

Vin murmelte etwas Unverständliches, dann glitten seine Finger wieder über die Laptoptastatur. Aus dem Augenwinkel sah ich Fenster aufploppen, Karten zoomten rein und raus, andere Dokumente verschwanden wieder. Fotos flogen über den Bildschirm, viel zu schnell, als dass ich sie hätte erkennen können. Aber ich wusste es besser und fragte erst gar nicht nach. Stattdessen konzentrierte ich mich darauf, uns so schnell es ging in die Hills zu bringen.

Kurz vor Hollywood klappte Vincent lautstark den Laptop zu und lehnte sich mit geschlossenen Augen zurück. Seine Anspannung und die Tatsache, dass Vin nicht einen dummen Spruch abgelassen hatte, seit wir ins Auto gestiegen waren, machten mich mit jeder Sekunde nervöser.

»Vin?«

»Hm?«

Meine Finger fuhren unruhig über das Lenkrad. »Wir finden sie, oder?«

Unsere Blicke trafen sich ein weiteres Mal, dann neigte Vin kurz den Kopf. »Tay ist ein kluges Mädchen, sie wird uns zu sich führen. Wir finden sie. So oder so.«

So oder so, diese Formulierung jagte mir eine Scheißangst ein, aber ich zwang mich, nicht zu viel darüber nachzudenken. Stattdessen versuchte ich, meinem besten Freund zu vertrauen. Und darauf zu hoffen, dass dies ein gutes Ende nehmen würde. So verschwindend gering es auch sein mochte.

Ich lief auf und ab, wie ein Tiger in einem zu kleinen Käfig, den man ewig nicht an die frische Luft gelassen hatte. Meine Finger fuhren immer wieder durch meine Haare, meinen Nacken, krallten sich in meine Haut, um *irgendetwas* zu tun zu haben. Der kleine brennende Schmerz, der dann jedes Mal durch meinen Körper zuckte, war wie ein Weckruf, ein winziger Schock, der mich davon abhielt, nicht blind loszustürmen.

Stattdessen sprang ich rastlos in Vins Höhle, wie er seinen Überwachungsraum im Keller meiner Villa nannte, herum und war kurz davor, den Verstand zu verlieren.

Bis vor ein paar Minuten hatte ich nicht einmal gewusst, dass diese Höhle überhaupt noch existierte, und sie für ein Relikt aus Vincents Zeit als mein Bodyguard gehalten, wo er mein Sicherheitsteam gemanagt hatte. Ganz offensichtlich hatte ich mich geirrt.

Ich verschränkte die Arme vor der Brust und trat meine nächste Runde an. Mein Bein schmerzte bereits dort, wo Stumpf auf Prothese traf, stillhalten konnte ich trotzdem nicht.

»Du machst mich wahnsinnig, Johnny. Hör auf, die Wände hochzugehen und setz dich endlich hin. Oder hol dir einen Drink, was weiß ich«, brummte Vin, der hinter den unzähligen Monitoren auf dem Hauptpult abgetaucht war.

Der ganze Raum erinnerte stark an ein Geheimversteck aus einem miesen Agentenstreifen und roch nach schlechten Klischees. Bildschirme hingen an den schwarzgemalten Wänden, in einem gesicherten Schrank lagen Vincents Waffen und neben Displays, Rechnern und einer kleinen Labornische entdeckte ich sogar einen rissigen Boxsack und eine Pritsche.

»Wie lange dauert das denn noch?«, knurrte ich zum wiederholten Mal. »Das kann doch nicht so schwer sein.«

Vins Kopf kam hinter einer Wand aus Bildschirmen hervor, um mir einen finsteren Blick zuzuwerfen. »Wir sind hier nicht in einer dieser Serien, wo die Ortung innerhalb von Sekundenbruchteilen funktioniert, okay? Also halte den Ball flach.«

»Noch so ein Spruch und ich fahr alleine los.«

»Viel Erfolg dabei«, gab Vincent unbeeindruckt zurück, während ich meine Oberarme umklammerte.

Mit jeder Sekunde, die verstrich, riss das zarte Band, an

dem meine Nerven hingen, ein kleines bisschen mehr. Was war, wenn Lory diese Sekunden nicht mehr hatte? Wenn sie es zwar aus dem Haus geschafft und den Kampf mit diesem Dale überlebt hatte, dann jedoch in eine Falle getappt war? Wenn sie verletzt war und litt?

Diese ganzen Fragen brachten mich gefährlich nah an den Rand meiner Selbstbeherrschung.

Hölle, ich musste endlich etwas unternehmen!

Ein hohes Piepen erklang und ließ mich herumfahren.

»Was? Was ist das?«

»Bingo«, murmelte er, tippte auf ein paar Tasten und rief eine Karte von Los Angeles auf. Ein paar weitere Klicks, dann sahen wir das Bild einer Überwachungskamera, die das *Los Angeles City Hospital* und einen Teil der *Plaza* zeigte. »Es gibt eine gute und eine schlechte Nachricht.« Ich bedachte Vincent mit einem gereizten Blick. »Die gute, wir haben den AMG GT gefunden, er stand vor dem Krankenhaus. Die schlechte, Lory hat im Halteverbot geparkt und jetzt wird dein Schätzchen von der Polizei abgeschleppt.« Das Schicksal musste mich hassen, aber gerade gab es weitaus wichtigere Dinge als meinen Wagen. Vin unterdrückte sichtlich ein Lachen und ließ die Hände erneut über die Tastatur fliegen. »Tay ist gegen fünf heute Morgen ins Krankenhaus. Ich habe mich in die Kameras des City Hospitals gehackt und verfolgt, wie sie in den Aufzug gestiegen ist – sie sah übel aus, aber schien nicht lebensbedrohlich verletzt zu sein.«

Mein Atem entwich hörbar. »Weiter?«

»Nichts weiter. Wo auch immer sie ausgestiegen ist, dort gab es keine Kameras. Sie ist von der Bildfläche verschwunden.«

Mir kam ein Fluch über die Lippen und ich fuhr mir ein

weiteres Mal durch meine bereits hoffnungslos verstrubbelten Haare. »Und Teddy?«

»Ich muss abwarten, bis Theodores Handy ein Signal sendet, damit ich es orten kann, aber es scheint, als wären sie irgendwo, wo es kaum bis gar keinen Empfang gibt.«

Meine Stirn legte sich in Falten. »Im Keller des Krankenhauses?«

Schulterzuckend öffnete Vin ein weiteres Fenster. »Oder wo ganz anders.«

»Du machst einem wirklich Mut, Idiot«, knurrte ich und stieß mich vom Schreibtisch ab. »Was machen wir jetzt? Zum Krankenhaus?«

»Nein, wir warten. Auch wenn es dir nicht gefällt, wir verlieren weitaus mehr Zeit, wenn wir einfach losfahren, ohne einen wirklichen Anhaltspunkt zu haben. Sobald wir Theodore geortet haben, überlegen wir uns was.«

Mittlerweile waren fast zwei Stunden vergangen, seit ich aus dem Büro der Filmproduktion gestürmt war. Zwei Stunden, in denen sonst was passieren konnte. Wir hatten schon genügend Zeit totgeschlagen und ein fieses Stechen im Magen sagte mir, dass Taylor diese hundertzwanzig Minuten vielleicht nicht überlebt haben könnte.

Dass wir längst zu spät waren.

Die Augen geschlossen, legte ich den Kopf in den Nacken und lehnte mich an die kühle Betonwand.

Und Theodore … wenn er wirklich schuld an Taylors Verschwinden war, daran, dass ihr jetzt vierzehn tödliche Supersoldaten im Nacken saßen –

»Ich habe sie!«, rief Vincent beinahe überrascht aus und schob eine Reihe von Flüchen hinterher. »Verfluchte Scheiße.«

»Was?!« Stolpernd hastete ich neben Vin und starrte auf

den kleinen, pulsierenden roten Punkt. Mein Herz setzte einen Schlag aus. »Das ... verdammt.«

Laut der Ortung, die Vincent vermutlich über illegale Umwege bewerkstelligt hatte und die nun auf den Hauptscreen geworfen wurde, befand sich Theodors Telefon am LAX, dem internationalen Flughafen von Los Angeles, ausgerechnet im Frachtbereich der Regierung.

Ich zog die Augenbrauen zusammen und wandte den Blick vom Satellitenbild ab. »Nein. Sie würde nicht einfach abhauen, Vin. Das kann sie gar nicht. Sie hat keine Papiere ... und der Frachtbereich ...« Meine Stimme klang gehetzt, abgehackt, verletzt.

»Ich weiß«, entgegnete Vin ruhig.

»Taylor würde nicht gehen, ohne sich zu verabschieden. Sie hat es mir geschworen. Da ist etwas faul.«

Mein bester Freund drehte sich zu mir um und suchte meinen Blick. »Johnny, ich weiß das, okay? Ich kenne Tay, aber was ist, wenn sie keine andere Wahl hatte? Wenn ihr diese Mistkerle dazwischengekommen sind und sie gehen *musste*. Vielleicht haben sie sie dazu getrieben und ihr die Entscheidung abgenommen.«

»Nein«, sagte ich erneut und schüttelte entschieden den Kopf. Ich störte mich an der Tatsache mit dem Frachtbereich, daran, dass sie meinen Wagen achtlos vor dem Krankenhaus abgestellt hatte und dann von der Bildfläche verschwunden war.

»Ich will mir ein eigenes Bild davon machen«, sagte ich dann und tippte auf den roten Punkt. »Wir fahren hin.«

»Johnny ...«, begann Vin und lehnte sich zurück. »Tay wird sich melden, sobald es sicher ist.«

Ich überging seinen Einwand geflissentlich. Wenn ich eines

in meiner Zeit als Schauspieler gelernt hatte, dann auf mein Bauchgefühl zu hören, weil die Menschen um dich herum nur mit einem spielten, um ihre eigenen Ziele zu erreichen.
»Kannst du herausfinden, welchen Flug sie gebucht hat?«

Vincents Stirn legte sich in Falten. »Wenn ich mehr Zeit hätte, ja. Ich habe noch Kontakte, die können die Sache zwar etwas beschleunigen, aber es wird trotzdem dauern.«

Mit verschränkten Armen setzte ich mich halb auf die Tischplatte. »Okay, Planänderung. Suche sämtliche Flüge raus, die innerhalb der nächsten zwei Stunden interkontinental und ohne Stopp rausgehen. Ich fahre uns zum LAX.«

»Vielleicht –«

Bevor er seinen Satz beenden konnte, winkte ich ungeduldig ab. »Nein, Vin. Ich habe ein Scheißgefühl, okay? Und solange ich nicht mit Sicherheit weiß, dass es Taylor gut geht, werde ich nicht hier Däumchen drehen. Nichts, was du sagst oder tust, wird daran etwas ändern. Akzeptier es oder lass es bleiben, aber versuche nicht, mich davon abzuhalten.« Meine Stimme war unwillkürlich mit jedem Wort lauter geworden.

Aus irgendeinem Grund erschien ein undurchsichtiges Lächeln auf Vincents Zügen, dann nickte er knapp. »Dich hat es ja wirklich erwischt, Johnny, und dann hast du dir zu allem Überfluss ausgerechnet das komplizierteste, gefährlichste Mädchen dieser ganzen, verfluchten Welt ausgesucht. Gratulation, wenn du etwas machst, dann machst du es richtig, was?«

Darauf ging ich erst gar nicht ein. »Wir fahren in fünf Minuten.«

Ohne mich noch einmal umzudrehen, lief ich in mein Schlafzimmer und dort direkt in meinen begehbaren Kleiderschrank. Ich musste aus meinem verschwitzten Anzug raus, den ich noch immer trug. Mit wenigen Handgriffen schlüpfte ich in Jeans und ein schwarzes T-Shirt, schnappte mir einen Rucksack mit Wechselkleidung und lief dann ohne Umwege in die Garage.

Ungeduldig lehnte ich mich an den R8 und legte den Kopf in den Nacken. »Komm schon, Vin«, brummte ich und zog mein Handy aus der Tasche. Ich hatte unzählige Anrufe in Abwesenheit, mehrere Nachrichten, aber nichts von Taylor.

Endlich erklangen schwere Schritte von der Treppe, dann erschien Vin im Türrahmen, an seinem Hosenbund steckte ein Holster inklusive Waffe und ich vermutete, dass das nicht die einzige war.

Auf meinen skeptischen Blick hin zuckte er mit den Schultern und öffnete die Fahrertür. »Man kann nie wissen. Ich fahre, du googelst die Flüge.«

Ich machte den Mund auf, um zu protestieren, als mein Telefon das nächste nervige Klingeln von sich gab. Eine unterdrückte Nummer, wie auch die vorigen Anrufe lehnte ich ihn ab.

»Könnt ihr mich nicht in Ruhe lassen?«, knurrte ich, aber es klingelte weiter. Wieder unterdrückt. Aus irgendeinem Grund beschleunigte sich mein Herzschlag und die Hand, die das Handy hielt, wurde feucht.

Und dann nahm ich ab.

»Jo?«, meldete sich eine leise Stimme.

Mein Herz setzte mehrere Sekunden aus und jagte einen stechenden Schmerz durch meinen Körper. »Lory?«, fragte ich ungläubig.

Vincent stieg aus und riss mir das Handy aus der Hand, um den Lautsprecher einzuschalten. Eine steile Falte bohrte sich zwischen seine dunklen Augenbrauen.

»Ja, ich bin es.«

Mein Puls setzte wieder ein und pumpte viel zu heißes Blut viel zu schnell durch meine Adern. Mir wurde schwindlig.

»Geht es dir gut? Wo bist du?« Ich hörte mehrere tiefe Stimmen im Hintergrund, verstand jedoch nichts. »Wer ist da bei dir?«, hakte ich nach und trat näher an das Handy, als könnte ich Taylor so näher kommen.

Irgendetwas stimmte ganz und gar nicht. Ich spürte, wie mir der Schweiß auf die Stirn trat. Vin warf mir einen angespannten Blick zu. Er spürte es auch.

Etwas krachte und ich hörte ein Klicken, das mir Übelkeit verursachte. Dieses Klicken würde ich vermutlich nie mehr vergessen können. Wieder sagte jemand etwas, dieses Mal verstand ich die einzelnen harschen Worte. »Sag es endlich!«

»Lory?!« Ich erkannte meine eigene Stimme nicht wieder.

»Du darfst nicht herkommen, hörst du? Egal, was sie sagen!«, kam ihre stolpernde und hastig gemurmelte Antwort. Jedes Wort klang, als würde es sie viel Mühe kosten. Als würde ihr das Sprechen Schmerzen bereiten. »Komm nicht hierher, Jo!«

Mir drehte sich der Magen um. »Wo genau bist du?!«

Am anderen Ende hörte ich Taylor schmerzerfüllt stöhnen und neben Sorge und Angst flutete nun auch eine Welle aus Wut meine Gedanken.

»War das unbedingt nötig?«, hörte ich einen tiefen Bariton fragen.

»Irgendwann muss sie lernen, dass Handlungen Konsequenzen haben«, gab eine Frauenstimme zurück, die mir das Blut in den Adern gefrieren ließ.

Wer zum Teufel war das? Wo war Taylor?

»Taylor!«, rief ich und funkelte das Handy an, als könnte

ich sie so dazu bringen, mir zu antworten. »Sag verdammt noch mal was!«

Es knackte in der Leitung, dann erklang eine tiefe, volle Männerstimme, die ich zuvor noch nicht gehört hatte. »Guten Tag, Jonathan Luxmore.«

»Wo ist Taylor?«

»In guten Händen, das versichere ich Ihnen, aber vielleicht möchten Sie sich lieber selbst davon überzeugen? Es scheint mir, als hätte Taylor Sie gerne hier, Jonathan. Sie würde sich gerne verabschieden, ehe wir für eine lange Zeit verreisen. Man soll schließlich nicht im Streit auseinandergehen, nicht wahr?«

Vin schüttelte warnend den Kopf. *Geh nicht drauf ein, Johnny. Das ist eine Falle.*

Ich ignorierte meinen besten Freund. »Wer spricht da?«

»Das geht Sie zwar nichts an, aber ich werde Ihnen Ihre Frage dennoch gerne beantworten. Als Vertrauensvorschuss sozusagen. Mein Name ist Caleb Montgomery. Ich bin Taylors leiblicher Vater und im Augenblick sehr besorgt um das Wohlergehen meiner Tochter.«

Ich zog die Augenbrauen zusammen. Das war doch Bullshit! Was zum Teufel wurde hier gespielt?

Neben mir spannte sich Vincent merklich an. Kannte er Caleb?

»Beweisen Sie es. Ich will Taylor hören«, forderte ich barsch.

Ein leises Lachen erklang und mein Bedürfnis, diesem Idioten in den Arsch zu treten, stieg ins Unermessliche. Ich glaubte diesem Montgomery kein Wort.

»Ich fürchte, dass ist im Moment nicht möglich, aber ich kann Sie beruhigen, es geht ihr gut. Warum kommen

Sie nicht her und überzeugen sich selbst davon? Dann können wir in Ruhe über diese Angelegenheit sprechen und Sie sich von Taylor verabschieden. Man hat mir gesagt, Sie wären gute Freunde geworden.« Caleb Montgomery unterbrach sich selbst, um in einer mir fremden Sprache etwas zu jemandem neben sich zu sagen. Dann war er wieder am Hörer: »Bitte verzeihen Sie die Unterbrechung. Also, ich nehme an, Sie wissen, wo wir uns aufhalten?«

Der Ausdruck auf Vincents Zügen wurde zunehmend finsterer.

»Ja, das weiß ich«, antwortete ich und schluckte.

»Ich erwarte Sie in Kürze hier. Man wird Sie ohne Zwischenfälle zu uns bringen, seien Sie unbesorgt. Und Jonathan?« Mir kam ein finsteres Brummen über die Lippen. »Lassen Sie uns diese Sache wie Erwachsene klären, ja? Ohne großes Aufsehen. Wir wollen doch nicht, dass das hier ein hässliches Ende nimmt, oder? Ich freue mich darauf, Sie persönlich kennenzulernen. Taylor spricht sehr gut über Sie.«

Dann legte er auf.

Ich starrte bewegungsunfähig auf das Handy und sah dann zu Vin, der sich über den Nacken fuhr und schließlich hörbar den Atem ausstieß. »Dir ist bewusst, dass dieser Typ nicht nur reden will, oder?«

Schweigend neigte ich den Kopf. »Du kennst ihn?«

»Caleb ist Teil der Führungsebene von Emerdale. Ein übler Kerl.«

Mein Atem entwich mit einem scharfen Zischen. Das änderte jedoch nicht das Geringste an meinem Entschluss. Er konnte meinetwegen Darth Vader oder der Teufel höchstpersönlich sein, mir das Gelbe vom Ei versprechen oder noch hundertmal beteuern, dass er nur um Taylors Wohl besorgt war, nichts davon würde mich abhalten, zu diesem verfluchten Flughafen zu fahren.

Vincent seufzte resigniert, als er meine Entschlossenheit richtig deutete und tätschelte meine Schulter. Er wirkte nicht begeistert, doch in seinen Augen leuchtete dasselbe Funkeln wie in meinen. »Eine Vermutung: Wir werden trotzdem hinfahren und nichts, was ich sage, wird dich umstimmen können.«

Ich erwiderte seinen eindringlichen Blick. »Korrekt.«

»Das ist ein Selbstmordkommando. Vermutlich erwartet uns dort Calebs ganz persönliche Armee von Dales, die nur allzu bereit sind, uns zu zerfleischen.« Vin schüttelte den Kopf. »Irre. Absolut irre. Wir müssen den Verstand verloren haben.«

Meine Augenbrauen wanderten unbeeindruckt nach oben. Vielleicht hatte er recht, vielleicht hatte ich den Verstand verloren, aber ich konnte mir keinen besseren Grund vorstellen, mein Leben zu riskieren, als das Mädchen versuchen zu retten, in das ich mich verliebt hatte. »Bist du dabei?«

Die Lippen zu einer schmalen Linie zusammengekniffen, musterte er mich über das Dach meines Wagens hinweg. »Noch mal, auch wenn es offensichtlich nichts bringt: Das ist eine Scheißidee! Die wollen, dass wir kommen, weil du zu viel weißt. Die werden dich umlegen, irgendwo verscharren, wo niemand deine Leiche findet oder schlimmer, dich als Druckmittel einsetzen, damit sie von Tay das bekommen, was sie wollen. Johnny, das ist keiner deiner verdammten Filme! Niemand wird an der spannenden Stelle *Cut!* rufen. Wenn dich Kugeln durchsieben, dann werden das echte Kugeln sein, verdammt echte Kugeln. Und –«

»Bist du endlich fertig?«, unterbrach ich ihn und tippte ungeduldig auf das Autodach. Meine Finger zitterten, mein Herz raste und ich hatte eine Scheißangst.

Mir war bewusst, wie verrückt diese Aktion war. Dass ich vermutlich draufgehen würde und ich mit meinem einen Bein und nichts als billiger Schauspielererfahrung einer Armee von Supersoldaten kaum etwas entgegenzusetzen hatte, aber das erste Mal in meinem Leben fühlte sich etwas vollkommen richtig an. Also zögerte ich nicht, sondern stürzte mich kopfüber mit Kampfgeschrei ins Chaos.

Vin schickte ein Stoßgebet Richtung Himmel und drehte den Autoschlüssel in den Fingern, als wäre er ein Revolver und Vin Teil eines schlechten Western. »Tja, ich schätze, wir werden ein paar mehr Waffen brauchen«, bemerkte er trocken und verzog den Mund zu einem grimmigen Lächeln. Vin mochte mich für irre halten, aber er war definitiv mindestens genauso durchgeknallt.

»Holen wir dein Mädchen da raus.«

KAPITEL 26

TAYLOR

Bravado – Lorde

Lila, mein Liebling.
Eine sanfte Stimme holte mich aus der Dunkelheit zurück. Ich fühlte mich seltsam.

Mein Kopf schien in Watte gepackt worden zu sein, alles war gedämpft, hohl und gleichzeitig brannte jeder einzelne Nerv in meinem Körper. Schwer zu sagen, wo das beinahe unerträgliche Lodern begann und wo es aufhörte. Ob es überhaupt diese eine Stelle gab, wo es seinen Ursprung hatte.

Ich wollte schreien, doch es kam kein Ton heraus, stattdessen wurde der Schmerz in meinem Schädel nur noch schlimmer, durchbrach die Watte und strahlte bis in meine Zehen aus.

Der Geschmack von Eisen und etwas Bitterem lag auf meiner Zunge und ließ mich würgen, während das Pochen hinter meiner Stirn immer schlimmer wurde, als würde jemand meinen Kopf wieder und wieder gegen eine Wand stoßen. Und zwischen den einzelnen Schlägen summte mein Kopf, so wie es eingeschlafene Gliedmaßen taten.

Ich kannte dieses Summen, das Vibrieren und den stechenden Schmerz – und verabscheute ihn zutiefst.

Der Deaktor. Sie haben mich stillgelegt.

Mühsam zwang ich mich dazu, dagegen anzukämpfen, einen klaren Gedanken fernab von den Schmerzen und dem

Brennen in meinen Gliedern zu fassen. Doch es war, als würde ich im Trüben fischen und meine Finger unentwegt ins Leere greifen. Da war *gar nichts*, bis auf diese alles verzehrende Dunkelheit, die mich ein weiteres Mal mit sich reißen wollte. In mir spannte sich alles an. Dafür konnte der Deaktor alleine nicht verantwortlich sein. Was zum Teufel hatten sie mir noch gegeben?

Komm schon, Tay, finde es heraus. Irgendetwas, das dich weg von der Ohnmacht führt.

Ich horchte in mich hinein, registrierte meinen holprigen Herzschlag, meine abgehackten Atemzüge, meine klamme, nasse Haut, die juckte.

Ein Jucken. Etwas Feuchtes. Blut – das ist Blut.

Du bist verletzt. Nur wo? Warum?

Meine Ohren zuckten. Alles rauschte. Ich hörte gedämpfte Stimmen, die von weit weg zu kommen schienen, aber ich verstand kein einziges Wort. Als würde ich ihre Sprache nicht verstehen oder sie durch eine dicke Glasscheibe vernehmen.

Mach die Augen auf. Sammle Informationen. Überleg dir einen Plan.

Das Pochen in meinem Kopf nahm mit einer Intensität zu, die mir den Atem raubte. Am liebsten würde ich meiner dämlichen inneren Stimme sagen, dass sie verdammt noch mal die Klappe halten sollte.

Zittrig sog ich Luft in meine Lunge. Sie schmeckte nach Blut und etwas Klinischem – Desinfektionsmittel.

Krankenhaus, spuckte mein brennender Verstand aus.

Wieder versuchte ich nach Atem zu ringen, aber dieses Mal schien es unmöglich. Etwas setzte sich in meiner Lunge fest, blockierte sie. Panisch keuchte ich und begann heftig zu husten, was eine neue Schmerzwelle über mich hinwegspülte. Vor meinen Augen wurde das Schwarz immer durchdringender.

Bleib wach!

Mein Körper begann zu zucken, ich zitterte, Schweiß brach aus allen Poren, während ich noch immer hustete und verzweifelt Luft in meine Lungen pumpte.

Die Stimmen um mich herum wurden lauter, eindringlicher, doch ich hörte sie kaum.

Mir kam ein unmenschliches Wimmern über die Lippen. Irgendjemand packte mich, es tat weh, ich wollte schreien, doch niemand bemerkte es. Unsanft wurde ich auf die Seite gerollt und fixiert, sodass sich eine kalte Oberfläche an meine Wange drückte. Sie war angenehm kühl auf meiner erhitzten Haut. Ein Teil der Flammen in mir kam zum Erliegen, die Dunkelheit erstickte sie und nahm ihr die Kraft.

Ich driftete ab.

Du driftest ab, bleib wach!

Der Gedanke raste wie flüssiges Feuer durch meine Blutbahnen und sorgte dafür, dass ich mich ruckartig aufsetzte, nach links beugte und hustend übergab. Schmerz, Schluchzer und Würgen schüttelten mich, während ich spuckte, bis nichts mehr von mir übrig war.

Endlich bekam ich wieder Luft. Kühle, klare Luft, die in meinem Brustkorb brannte.

Zittrig und kraftlos sank ich zurück.

Mach, dass es aufhört. Bitte.

Ich lauschte meinem unregelmäßigen Herzschlag und spürte, wie mein Kopf zur Seite rollte.

Etwas – jemand – tätschelte meine Wange. Sanft zuerst, dann immer härter. Mein Gesicht pochte, dort, wo kühle Finger wieder und wieder auf meine Haut trafen.

»*Twwlwworr.*«

Ein einzelnes Wort drang verzerrt und gedämpft in meinen trägen Verstand. Es erinnerte mich an irgendetwas und trieb die Finsternis zurück.

»*Taylor.*«

Taylor ... mein Name.

Meine Lider flatterten.

»Kleines, kannst du mich hören?«, fragte die warme Stimme sanft.

Das Tätscheln hörte auf, stattdessen legte sich eine kühle Hand auf meine Stirn. Sie war rau, ein bisschen wie Schmirgelpapier, dann verschwand sie wieder.

»Das wäre nicht nötig gewesen. Nichts von alledem! Wir hatten eine Abmachung!«, fuhr dieselbe Stimme jemand anderen an. Die Sanftheit war daraus verschwunden und ihr brodelnder Bariton traf einen tief vergrabenen Nerv in mir, der wie ein Elektroschock in meinem vernebelten Kopf wirkte. Ich zwang mich dazu, diesen Nerv zu packen und nicht mehr loszulassen. Die Worte kehrten zurück.

»Du hast schon lange vergessen, was notwendig ist und was nicht. Außerdem wird es sie nicht umbringen. Früher oder später erholt sie sich davon, aber das muss ich dir nicht sagen. Du kennst die Dales besser als jeder andere von uns, Theodore.« Die zweite Stimme dröhnte unangenehm hoch zwischen meinen Schläfen. Eine Frau. Irgendwoher kannte ich diesen Klang. Ein Ziehen machte sich in meiner Magengegend breit.

»Taylor wird sich benehmen, Sara, und sie wird mit uns gehen, weil sie erkennen wird, dass es das einzig Richtige ist. Für jeden von uns. Insbesondere für sie selbst. Es wäre also nicht nötig gewesen, sie diesen Qualen auszusetzen.«

»Von Zeit zu Zeit brauchen wir alle Qualen, um uns an das zu erinnern, was von hoher und was von niederer Priorität ist«, erwiderte die kühle Frauenstimme, sie traf nun, ähnlich wie die männliche Stimme zuvor, einen zweiten Nerv, wie bei einer Kettenreaktion. Ein winziger Impuls schoss von Synapse zu Synapse, vertrieb das Pochen und die Watte und beschwor Bilder herauf, die zu einer Erinnerung wurden.

Jo.

Mate, der mich angriffen hat – den ich getötet habe.

Sara.

Der Forschungstrakt unter dem Krankenhaus.

Ein Mann mit hellen Augen.

Teddy, der eine Vereinbarung getroffen hatte, mich zurück an Emerdale zu verkaufen.

Saras Schuss.

Ein fremder Name – Lila.

Mir kam ein Stöhnen über die Lippen. Zu viele Eindrücke rasten auf mich zu, zerrten und zogen an mir. Ich wollte etwas sagen, doch mein Hals war rau und wund vom Würgen.

Die kühle Hand legte sich erneut auf meine Stirn. »Shhhht«, flüsterte die tiefe Stimme. Theodore.

Dann bohrte sich ein schmerzhaftes Stechen seitlich in meinen Hals und rauschte von dort durch meinen gesamten Körper.

Eine Nadel.

Irgendetwas breitete sich träge und zähflüssig in meinem Körper aus, legte sich wie eine dicke, warme Decke über meinen Kopf, meine brennenden Nervenenden und brachte alles zum Verstummen.

»Gleich geht es dir besser«, raunte Theodore an meinem

Ohr. Heißer Atem traf auf meine nasse Haut und ließ mich die Hände zu kraftlosen Fäusten ballen.

Die Decke erreichte jeden Winkel meines Körpers, begrub alles unter sich – und wurde dann mit einem Ruck zurückgerissen.

Meine Sinne kehrten schlagartig zurück. Die Fesseln um meinen Kopf lösten sich klirrend. Ich schmeckte frisches Blut auf der Zunge, fühlte kalten Schweiß auf meinem Körper, die Gänsehaut, die mich zittern ließ und die heiße Feuchte an meiner Seite.

Das Rauschen erkannte mein Verstand nun mühelos als starke Motoren, ich roch Abgase, Kerosin, das Eisen des Blutes und den Gestank meines Erbrochenen.

Ich kniff die Augen fester zusammen. Beinahe hätte ich mich noch einmal übergeben.

Eine Hand legte sich in meinen Nacken und half mir, mich aufzusetzen und mich gegen etwas in meinem Rücken zu lehnen. Mein Kinn sackte kraftlos auf die Brust. Mein geschädigter Kopf war schlichtweg überfordert von den ganzen Sinneseindrücken, die Sekunden zuvor noch von dem Deaktor gedämpft worden waren. Ich fühlte mich, als hätte mich ein Güterzug überrollt.

»Langsam, Taylor«, hörte ich Teddy sagen.

»Wie …«, begann ich krächzend und hustete. Meine Stimme klang, als hätte ich jahrelang nicht gesprochen und eine Packung Kreide verschluckt. »Wie schlimm ist es?«

»Nichts ist schlimm«, antwortete er leise und strich mir über die Haare.

Blinzelnd versuchte ich, die Augen zu öffnen und verzog das Gesicht, als mich helles, künstliches Licht begrüßte, das sich gnadenlos in meine empfindlichen Augen bohrte. Ich befand mich auf dem nackten Boden in einem winzigen, leeren Raum ohne Fenster und nur mit einer schmalen Metalltür.

Und ich war nicht alleine.

Neben Teddy standen noch eine Frau und ein Mann in der Nähe der Tür: Sara und Caleb. Ich verengte die Augen und begegnete Teddys Blick.

»Kannst du aufstehen?«, fragte er und hob die Augenbrauen. »Ich würde dich gerne behandeln, aber hier ist wohl kaum der richtige Ort dafür.« Den letzten Teil seines Satzes sagte er beinahe anklagend in Richtung von Sara und Caleb.

Behandeln. Meine zittrigen Finger wanderten unwillkürlich zu meiner Seite. Dorthin, wo frisches Blut mein Shirt tränkte und aus einer Wunde sickerte.

»Was ... Wo sind wir?«

Die Furchen auf Teddys Stirn wurden tiefer. »Wir klären das in Ruhe, Taylor, aber nicht hier. Lass mich dir hochhelfen.« Er streckte die Hände nach mir aus, doch ich schrak zurück, was mich schmerzerfüllt zusammenzucken ließ.

Ich war in keinem guten Zustand.

»Fass mich nicht an!«, stieß ich kraftlos hervor. »Ich will Antworten.«

Teddy hob die Hände. »Beruhige dich, Taylor.«

Keuchend presste ich die Finger fester auf die Wunde, als mir neues Blut über die Hand lief. »Ich ... einen Scheiß werde ich tun.«

»Beende dieses Theater, Theodore. Dafür haben wir keine Zeit«, schaltete sich die Frau wieder ein und machte ungeduldig einen Schritt in meine Richtung.

Mein Blick flog zu ihr. »Du! Du hast auf mich geschossen. Du hast abgedrückt!« Meine Stimme brach und wurde zu einem feuchten Husten.

»Wir klären das, Taylor. Es war ein Missverständnis. Bitte komm runter. Dein Körper hat zwar bereits die gröbsten Schäden behoben, aber solange die Kugel noch in dir steckt, kannst du nicht vollständig heilen. Ich würde mir das gerne genauer ansehen, bevor es sich entzündet.« Teddy trat wieder vor mich und musterte mich besorgt.

»Ein Missverständnis?«, wiederholte ich atemlos und strich mir eine verklebte Strähne aus dem Gesicht. »Die Kugel ... hätte mich umbringen können. Und diese Leute? Was hast du mit ihnen zu schaffen?!« Eine heiße Welle der Wut spülte über mich hinweg und ich spürte, wie sie nach meiner Telekinese gierte – wie *ich* danach gierte, doch sie war nach wie vor blockiert.

»Ich werde dir alles in Ruhe erklären, du hast mein Wort. Aber lass mich dir zuerst helfen, danach können wir an einem angenehmeren Ort sprechen. Du wirst es verstehen, vertrau mir.«

Vertrau mir.

Ich spürte, wie ein ganz anderer Schmerz durch mich hindurchzuckte. »Ich brauche kein gemütliches Sofa, um mir deine Lügen anzuhören«, brachte ich gepresst hervor und sah zur Seite, als ein Stechen, ausgehend von der Einschusswunde, durch meinen Körper schoss. Ich verlor zu viel Blut.

Scheiße.

»Es ist keine Lüge, dass du mir am Herzen liegst. Und im Moment brauchst du ärztliche Versorgung.« Teddys Stimme war nun eindringlicher, ihm war klar, dass mir die Zeit davonlief. »Ich helfe dir hoch. Es ist nicht weit.«

Der Mann mit den grauen Augen trat zu Theodore und verschränkte die Arme vor der Brust, während Teddy mir unter die Achseln griff, um mich zu stützen. »William wartet mit den anderen in der Lounge. Seid ihr so weit?«

Keuchend kam ich mit Teddys Unterstützung auf meine wackeligen Beine und wäre im nächsten Augenblick beinahe wieder zusammengeklappt, als Schwindel mich erfasste. Meine Knie zitterten wie bei einem neugeborenen Fohlen und ich hatte das Gefühl, das Laufen verlernt zu haben. Teddys Griff wurde merklich fester und hielt mich aufrecht, seine warme Hand lag unnachgiebig an meinem unteren Rücken und schob mich in Richtung der Tür. Sie kribbelte unangenehm auf meiner schweißnassen Haut und hätte ich gekonnt, hätte ich so viel Abstand wie nur irgend möglich zwischen ihn und mich gebracht. Doch im Augenblick hatte ich keine andere Wahl, als mich von ihm führen zu lassen.

»Wer ist William?«, hakte ich nach, als wir nach Caleb und Sara aus dem winzigen Raum traten.

Theodore kniff die Lippen zusammen und warf mir einen Seitenblick zu, doch zu meiner Überraschung war es Sara, die antwortete.

»William ist neben Caleb und mir verantwortlich dafür, dass du noch lebst. Du solltest also damit beginnen, uns etwas Respekt entgegenzubringen, C8.« Dass diese Sara mich mit meiner Emerdale-Kennung ansprach, als wäre ich nur ein Experiment und würde keinen eigenen Namen verdienen, machte es verdammt unwahrscheinlich, dass ich ihr jemals so etwas wie Respekt zollen würde.

Einmal abgesehen von der Tatsache, dass dieses Miststück auf mich geschossen hatte.

»Das hättest du dir vielleicht überlegen sollen, bevor du mich angeschossen hast«, zischte ich.

Warnend bohrten sich Theodores Finger fester in meinen Rücken.

Mit verengten Augen starrte ich auf meine schmutzigen Turnschuhe, als wir eine große Halle betraten. Ich hob den Blick. Keine Halle, ein Hangar, wie mir klar wurde, als ich die teilweise abgedeckten Ungetüme aus Metall als Kleinflugzeuge identifizierte. Ein Flugzeughangar.

Jetzt machten auch die Motorengeräusche und der Gestank nach Kerosin Sinn: Wir waren auf einem Flughafen. Auf welchem, konnte ich nicht sagen.

Sofort versteifte ich mich.

»Bei der Hölle …«, murmelte ich durch zusammengebissene Zähne hindurch und drückte die Hand fester auf meine Schussverletzung.

Wo brachte man mich hin?

Wie kam es, dass sich die Führungsebene von Emerdale auf einem Flughafen versammelte?

»Mir scheint, als hättest du in deiner Zeit außerhalb unserer Organisation und deren Regeln vergessen, wie man sich benimmt, C8«, sagte Sara, als sie sich zu mir umwandte und mich mit einem kalten Lächeln bedachte.

»Nachdem ihr mich in Emerdale umbringen wolltet, hielt ich es nicht länger für nötig, an irgendwelchen von euren Regeln festzuhalten«, antwortete ich in demselben Tonfall.

Unbeeindruckt drehte sie sich wieder nach vorne.

Caleb telefonierte mit irgendjemandem, ehe er wortlos auflegte und knapp verkündete: »Der Abflug wurde vorverlegt. Die anderen werden in der Lounge zu uns stoßen.« Sara nickte nur und wechselte einen kurzen Blick mit Caleb. »Sorge dafür, dass uns keines der Experimente Ärger macht. Wir brauchen einen reibungslosen Ablauf«, fuhr Caleb dann an Theodore gewandt fort, der noch kein Wort gesagt hatte, seit wir den winzigen Raum verlassen hatten.

Auch er nickte, bevor erneut Stille einkehrte.

Wir ließen die Kleinflugzeuge hinter uns und hielten ungerührt auf eine breite Metalltür zu, vor der zwei uniformierte Emerdale-Soldaten Wache standen. Ein unangenehmes Prickeln lief mir den Rücken hinunter, als ich die Abzeichen auf ihren Uniformen erkannte.

Als sie Caleb bemerkten, öffneten sie unaufgefordert den Durchgang und schlossen ihn sofort wieder, nachdem wir hindurchgegangen waren.

Vor uns breitete sich ein hell erleuchteter, nackter Gang aus, von dem rechts und links Türen abgingen. Die Leuchtstoffröhren über uns surrten leise, eine Motte tanzte um das grelle Licht, das sie jeden Moment töten konnte.

Ich war noch in keinem Flughafen gewesen, aber ich hatte ihn mir ganz anders vorgestellt. Mit viel mehr Menschen, großen Hallen und Läden. Überall Koffer und besetzte Bänke. Aber das hier? Das wirkte viel mehr wie ein weiterer Forschungstrakt des Emerdale-Komplexes.

Es schien, als würden alle Orte, an denen Schreckliches geschah, gleich aussehen.

Der Flur machte eine leichte Kurve, dann kamen zwei breitschultrige Männer in Sicht. Sie trugen dieselbe Uniform wie die Soldaten vor der ersten Tür und waren augenscheinlich ebenfalls Teil von Emerdale.

Meine Schritte wurden unwillkürlich langsamer, doch Theodore trieb mich ungerührt weiter. Stolpernd setzte ich mich wieder in Bewegung, obwohl sich alles in mir danach sträubte, diesen Leuten auch nur einen Deut näher zu kommen.

»Er erwartet Sie bereits, Sir«, sagte einer der Soldaten an Caleb gewandt und gab den Zugang frei.

Ich biss die Zähne zusammen und versuchte, meinen rasenden Herzschlag unter Kontrolle zu bekommen. Ein beinahe unmögliches Unterfangen.

Teddy schob mich in einen schicken, weitläufigen Raum mit hoher Decke, der in hellen Grüntönen gehalten war. Dunkler Holzboden, weiße Möbel und impressionistische Gemälde erweckten den Eindruck, man wäre direkt in eine fürstliche Villa auf dem Land geraten, und bildeten einen krassen Kontrast zu der kleinen Zelle, in der ich aufgewacht war. Eine breite Fensterfront gab den Blick auf ein riesiges Rollfeld preis, dahinter ragte die Skyline von Los Angeles auf.

Wir waren also noch in L.A.

Flugzeuge starteten und landeten, Fahrzeuge rasten über die Straßen, die parallel zu den Bahnen verliefen. Alles war in Bewegung, nur hier drin regte sich nichts.

Vor der Glasfront stand eine gewaltige, helle Sofalandschaft auf einem beigen Hochflorteppich, links davon führte ein Durchbruch in ein weiteres Zimmer, das im Dunkeln lag. Auf einer ausladenden Anrichte standen Snacks, eine schicke, funkelnde Kaffeemaschine und mehrere Teekannen. Eine seltsame Mischung aus Kaffeebohnen, fruchtigem Tee und herbem Aftershave lag in der Luft. Ich hatte das Gefühl im falschen Film gelandet zu sein.

»Ihr habt mir meine wertvolle Fracht also zurückgebracht. Aber mit kleinen Schäden, wie es scheint.« Eine kultiviert klingende Stimme drang von einem der Sessel, die zur Fensterfront ausgerichtet waren, zu uns und ließ mich unwillkürlich die Zähne zusammenbeißen.

Ich kannte diese Stimme.

Ich verabscheute sie.

Unzählige Male hatte ich sie gehört und hassen gelernt, denn ihr war jedes einzelne verdammte Mal Schmerz gefolgt.

Stoff raschelte leise, als sich ein Mann langsam erhob und zu uns trat. Mir kam ein gemurmelter Fluch über die Lippen, als sich seine dunklen Augen zielsicher in meine bohrten und mich von unten bis oben musterten. Ich spannte mich unwillkürlich unter seinem Blick an und das Verlangen, mich auf ihn zu stürzen, stieg ins Unermessliche.

Er sah anders aus als in meiner Erinnerung. Dort hatte er schwere Einsatzkleidung getragen, Schweiß hatte auf seinem harten Gesicht und seiner Glatze gestanden und ich war mir mit jeder Faser meines Körpers sicher, dass er, auch wenn er nun einen schicken Anzug trug, noch immer derselbe Bastard war, der uns jahrelang gequält und aufeinander losgelassen hatte.

Tiger – unser Nahkampfausbilder.

Der schwarze Nadelstreifenanzug verbarg beinahe gänzlich das große, rote China-Tattoo, das ihm seinen Spitznamen einbrachte, und seine linke Schulter- und Halspartie bis zu seinem Handgelenk bedeckte. Doch er vermochte nicht das kalte, tödliche Funkeln in seinem Blick zu verstecken, das keinen Hehl aus seinem verkorksten Charakter machte.

Er war der Teufel in Person.

Sara packte mich am Oberarm und zog mich weiter in Tigers Richtung. »Das ließ sich nicht verhindern, Will. Sie war nicht besonders kooperativ.«

Kooperativ? Moment – *das* war William? Das dritte Mitglied der Führungsebene?

Tigers Lippen zuckten, als hätte er meine Gedanken gelesen. »Überrascht, C8? Wir alle haben unsere Rollen, die wir spielen, und Masken, die wir andere sehen lassen, ist es nicht so?«

Mir lag bereits eine saftige Erwiderung auf der Zunge, doch ein neuer Schmerz, der meine Seite ein weiteres Mal in Brand setzte, ließ mich keuchen. Punkte tanzten vor meinen Augen und ich spürte, wie starke Arme nach mir griffen, um mich aufrecht zu halten.

Tiger – *William* – schnippte ungeduldig mit dem Finger in Richtung des Durchbruchs. »Theodore, kümmere dich um sie. Wir werden in Kürze aufbrechen und sie muss transportfähig sein. Wir dürfen nicht noch mehr Zeit verlieren.«

Ich blinzelte.

Wohin fahren wir? Was für ein Transport?

William, Caleb und Sara ließen sich auf der Sofalandschaft nieder, während mich Teddy mit festem Griff zu dem Durchbruch und dem angrenzenden Raum dahinter schob, bis die Führungsebene von Emerdale aus meinem Blickfeld verschwand. Ohne weitere Worte führte mich Teddy zu einer Liege, die in der Mitte des Raumes aufgebaut worden war. Beide Arme auf meine Wunde gepresst, sah ich mich um.

Dieses Zimmer war alles, was das vorige nicht gewesen war. Klein, beengt, steril, kühl, zweckmäßig. Ein provisorisches Untersuchungszimmer ohne Schnickschnack. Grelles Neonlicht erleuchtete jeden Winkel und gab den Blick auf schlichte, weiße Regale frei, in denen alles lag, was ich nicht ausstehen konnte: Gummihandschuhe, Spritzen, Skalpelle, Verbände … Es war, als hätten sie mich direkt in meinen schlimmsten Albtraum katapultiert.

»Leg dich hin, Taylor. Ich kümmere mich jetzt um deine Wunde, sonst kannst du nicht heilen«, sagte Teddy und griff nach einem Paar Handschuhe. Das Schnalzen des Latex ließ mich zusammenzucken.

»Warum?«, fragte ich leise und funkelte ihn an. Ich wusste, dass Teddy klar war, worum es mir ging.

Theodore hielt in der Bewegung inne, ohne mich anzuschauen. »Ich fürchte, ich war dir gegenüber nicht in allen Belangen ganz ehrlich, Taylor. Und das bedauere ich in diesem Moment sehr. Es hätte einiges leichter gemacht.«

»Warum?«, wiederholte ich eindringlicher und kniff die Augen zusammen, als der Boden unter meinen Füßen zu schwanken begann.

»Bitte leg dich hin, bevor dich dein Stolz noch umbringt. Ich werde versuchen, es dir zu erklären.«

Mühsam hievte ich mich auf die Liege, bis ich flach auf dem Rücken lag, und starrte an die weiße Decke. Ein Ventilator drehte sich surrend über mir.

Teddy machte sich schweigend daran, den Stoff meiner Latzhose aufzuschneiden und die Wunde freizulegen. Ich vermied es kategorisch hinzusehen und zählte stattdessen die Deckenplatten.

Es waren siebenundzwanzig.

Mit einem leisen Klappern legte Teddy die Schere zur Seite, dann griff er nach einem Tupfer und Desinfektionsmittel, das mir scharf in die Nase stieg. Im nächsten Moment schoss auch schon ein Brennen durch mich hindurch, das mich in all meinen sieben Sprachen fluchen und die Augen verdrehen ließ.

»Es tut mir leid, aber ich kann dir kein Schmerzmittel geben, weil es mit dem anderen Serum wechselwirken würde.

Ich muss jetzt die Kugel herausholen, das wird unangenehm.«

»Antworte mir endlich, Teddy«, brachte ich zwischen zusammengebissenen Zähnen hervor, als er eine schmale Zange zur Hand nahm und mich einen Augenblick mit gerunzelter Stirn musterte.

»Was willst du denn hören? Dass ich einen Fehler begangen habe? Denn das habe ich nicht. Ich habe dich gerettet und ich würde mich jedes Mal wieder so entscheiden.«

»Du hast mich belogen. Emerdale wurde nie zerstört«, erwiderte ich und kniff die Augen zusammen, als sich Teddy daranmachte, das Geschoss aus der Wunde zu holen.

»Nein, das wurde es nicht. Aber sie hätten *dich* beinahe zerstört. Durch meine Lüge habe ich dich beschützt und uns beiden die Möglichkeit verschafft, unter anderen Umständen zurückzukehren.«

Zurückkehren? Nach allem, was ich erfahren habe?

»Du machst es dir zu einfach.«

Etwas landete klappernd in einer Metallschale und der Druck in meiner Seite verschwand.

»Nichts von alldem war einfach, Taylor. Ich habe nach bestem Wissen und Gewissen gehandelt und dir – uns – eine zweite Chance verschafft. Sie hätten dich ausgeschaltet, nur weil du anders bist. Das konnte ich nicht zulassen. Doch jetzt sind sie bereit, den nächsten Schritt zu wagen, anstatt die Augen davor zu verschließen. Sie brauchten nur einen Weckruf und den Beweis, dass ich recht hatte.«

Ich hatte gehört, was Caleb, Sara und Teddy in dem unterirdischen Forschungstrakt des Krankenhauses besprochen hatten und nach einer zweiten Chance hatte das nicht geklungen.

»Das glaubst du doch wohl selbst nicht. Siehst du denn nicht, was Emerdale wirklich ist? Was sie uns antun? Dieser Aktive Modus … sie nehmen uns den freien Willen. Ich … ich war gezwungen, Mate zu töten.«

Die Falten auf Teddys Stirn vertieften sich. »Das tut mir leid, aber es müssen Opfer erbracht werden, wenn etwas Großes erschaffen werden soll.«

Mir wurde schlecht. Das war nicht der Theodore, den ich in den vergangenen Wochen fernab von Emerdale kennengelernt hatte.

»Und das werden wir. Etwas ganz Großes – und du bist der Schlüssel dazu.« Mit geübten Bewegungen säuberte er die Wunde ein weiteres Mal, nähte sie und legte eine Kompresse darüber.

»Wozu? Was plant Emerdale?«

Teddy zog sich die Handschuhe von den Händen, legte einen Stapel frischer Kleidung neben mich und schüttelte dann den Kopf. »Das wirst du früh genug erfahren. Vorerst werden wir nach Emerdale zurückkehren und dort die Forschung fortführen. Wir haben viel zu tun und du wirst mir dabei helfen.«

Ich glaubte meinen eigenen Ohren nicht. Mühsam kämpfte ich mich hoch, sodass wir auf Augenhöhe waren. »Warum ich? Was unterscheidet mich von den anderen? Warum wollten sie mich unbedingt ausschalten?«, rief ich, doch ich wusste, dass ich verloren hatte, dass ich nicht zu ihm durchdringen würde.

Die Augen meines Ziehvaters nahmen einen unheimlichen Glanz an. »Sie werden dir nichts mehr tun, Taylor. Du bist jetzt das Wertvollste, das Emerdale besitzt.«

»Bei der Hölle, Teddy! Hör dir doch mal selbst zu!« Beinahe hilflos warf ich eine Hand in die Luft und fegte die Kleidung zur Seite. »Emerdale tötet. Emerdale wollte dich und mich töten!«

Eine breite Gestalt mit einem verschlagenen Lächeln auf den scharfen Zügen erschien im Türrahmen. William.

»Offensichtlich geht es ihr wieder gut«, stellte er fest.

»Nachdem die Wunde gereinigt ist, sollte sie in ein paar Stunden vollständig genesen sein, ja«, antwortete Theodore ruhig, als hätte es die Diskussion Sekunden zuvor nicht gegeben.

»Gut.« William nickte. »Stell sicher, dass sie ruhig bleibt. Ich möchte, was unsere *wertvolle* C8 anbelangt, kein Risiko eingehen. Deinen neusten Forschungsunterlagen nach schlummert ja etwas ganz Besonderes in ihrem unscheinbaren Körper.«

Ich sah Teddy mit schmalen Augen an und krallte die Finger in das Papier, das unter mir die Liege bedeckte. »Wovon spricht er, Teddy?«

Williams Lippen verzogen sich zu einem dünnen Lächeln, als er die Panik in meiner Stimme bemerkte. In mir gab es einen winzigen Kurzschluss und ich spürte, wie sich die Telekinese das erste Mal seit einer kleinen Ewigkeit rührte. Ein Ruck ging durch die Bechergläser, die mir am nächsten waren, und ich ließ sie leise klirren.

Williams und Theodores Blicke richteten sich sofort darauf, ehe sie mich ins Visier nahmen.

»Stell sie sofort ruhig«, forderte William harsch. »Ich will nicht, dass sie diesen Einsatz gefährdet.«

»Ich fürchte, wir müssen auf konventionelle Mittel zurückgreifen«, gab Teddy mit gerunzelter Stirn zurück.

Williams Kiefermuskeln arbeiteten. »Werde deutlicher.«

»Taylor kann erst die nächste Dosis Deaktor verabreicht werden, sobald ihr Körper die jetzigen Bestandteile abgebaut hat. Andernfalls riskieren wir nachhaltige Schäden. Meiner Ansicht nach sollten wir dieses Risiko nicht eingehen. Ihre DNA ist zu wertvoll.«

Ich verstand kein einziges Wort und fixierte Teddy, doch er ignorierte mich konsequent und sah stattdessen zu William, der alles andere als zufrieden wirkte.

»Es steht außer Frage, dass wir keine Schäden riskieren dürfen«, knurrte William. »Sobald du hier fertig bist, bringst du sie in die Lounge, dort fixieren wir sie. Es gibt noch eine wichtige Angelegenheit zu klären, die keinen weiteren Aufschub duldet.«

»Angelegenheit? Etwas, von dem ich wissen sollte?«, erkundigte sich Theodore und streifte den Arztkittel von seinen Schultern, um ihn an der Garderobe aufzuhängen. Dann hob er die Kleidung, die ich runtergeworfen hatte, auf, und hielt sie mir hin.

Grimmig griff ich danach und biss die Kiefer aufeinander, als ich Williams Blick auf mir spürte. Es war derselbe kalte Blick, mit dem er uns früher im Training bedacht hatte, bevor er uns aufeinander losgelassen hatte. Mit Messern und dem Befehl, so lange zu kämpfen, bis Blut floss und einer regungslos am Boden liegen blieb.

Und hatte sich einer ergeben, hatte Tiger selbst übernommen und es beendet.

Dales ergeben sich nicht. Sie kämpfen bis zum Tod.

Unwillkürlich fuhr ich zusammen und presste das Bündel aus Kleidung fester an meine Brust.

»Nun, mir ist zu Ohren gekommen, dass ein gewisser Jonathan Gabriel Luxmore händeringend nach dir sucht, C8.«

Es lief mir eiskalt den Rücken herunter, als ich seinen Namen aus dem Mund dieses Monsters hörte. Nicht ohne Grund hatte ich es mir bisher verboten, an Jo zu denken. Er gehörte nicht hierher und ich hatte bisher gehofft, dass es ihm gut ging, dass sie ihn, nun wo sie mich hatten, in Ruhe ließen. Ich spürte, wie diese winzige Hoffnung in mir erstarb und einer dunklen, schweren Angst Platz machte.

»Ein wirklich netter junger Mann.« William sonnte sich förmlich in meinem Schmerz. »Und irgendetwas sagt mir, dass er sich sehr freuen würde, deine Stimme zu hören, C8.«

KAPITEL 27

TAYLOR

Waiting Game – BANKS

»Das können Sie vergessen!«, warf ich William entgegen und durchbohrte ihn mit mörderischen, aber leider wirkungslosen Blicken.

»Ich fürchte, in dieser Angelegenheit hast du kein Mitspracherecht, C8.«

Wie ich diese verdammte Kennung hasste. Ich war schon lange so viel mehr als diese Nummer – als *C8*.

»Mein Name ist Taylor«, entgegnete ich scharf und riss, wie schon unzählige Male zuvor, an den Fesseln, die sie mir angelegt hatten. Doch alles, was ich erreichte, war, dass sich die Kabelbinder gnadenlos in meine Haut gruben.

Ich saß auf einem Stuhl, fixiert an Handgelenken und Fußknöcheln und mit einer geladenen Waffe am Hinterkopf, die ich nicht sehen konnte, dafür umso besser spüren. Damit hatten sie meine Fähigkeit ausgespielt. Ich konnte mit meiner Telekinese nicht auf etwas zugreifen, das ich nicht sah. Das bedeutete also, selbst wenn ich William durch den Raum geschleudert hätte – und die Versuchung war wirklich groß –, würde Sara, die die Pistole unsanft gegen meine Haut drückte, mich erschießen.

Und aus eigener Erfahrung wusste ich, dass sie abdrücken würde. Ohne mit der Wimper zu zucken.

Sie brauchten mich für ihre Pläne, wie auch immer die

aussehen mochten, lebendig. Das war mir bewusst, aber genauso wusste ich, dass ich, sollte ich einen Fluchtversuch wagen, nicht lebend aus diesem Zimmer herauskommen würde. Ich war in ihren Augen wertvoll, aber sie sahen mich lieber tot als auf freiem Fuß, wo ich mich ihrer Kontrolle entziehen konnte.

»Dein Name ist nicht von Bedeutung. Du bist das Ergebnis eines kostspieligen Experiments. Nicht mehr und nicht weniger.« William zupfte an den Manschettenknöpfen seines Hemds. »Und jetzt rate ich dir, meiner Forderung nachzukommen.«

»Und wenn ich das nicht tue?« Ich schob meinen Unterkiefer nach vorne.

Seufzend packte William mein Kinn und drehte meinen Kopf von der einen zur anderen Seite, als würde er einen Gegenstand mustern, dann gab er mich ruckartig frei. »Vergiss nicht, in welcher Lage du dich gerade befindest, C8. Du magst vorerst unter unserem Schutz stehen, aber das bedeutet nicht, dass es nicht andere Mittel und Wege gibt, dich zu verletzen. Ich muss nur mit dem Finger schnipsen und all diejenigen, die dir an dein weiches Herz gewachsen sind, sterben. Einfach so.« William schnipste und nickte einem der Soldaten zu, die an der Tür standen.

Dieser salutierte knapp, verschwand auf dem Flur und kehrte kurz darauf mit einem rothaarigen Mädchen wieder, das schwach in seinem festen Griff hing.

Samira.

Mein Herz zog sich zusammen und ich riss wütend an meinen Fesseln.

»Bericht?«, forderte William kalt.

Der Soldat packte Sam fester. Sie stöhnte leise. »Sie hat den

Deaktor injiziert bekommen, sodass der Aktive Modus temporär deaktiviert wurde.«

Mein Herz stolperte in meiner Brust, während mir die Worte durch den Kopf flogen. Der Deaktor blockierte vorübergehend ihre Fähigkeiten, beendete damit zeitweise den Aktiven Modus und holte das Bewusstsein der Dales zurück. Das bedeutete …

»Ich bin kein Freund von klischeehaften Drohungen, C8, aber solltest du dich weiterhin weigern, meinen Befehlen zu gehorchen, sehe ich mich gezwungen, andere Maßnahmen zu ergreifen. Wenn ich nicht irre, dann waren du und C3 in Emerdale befreundet und im Augenblick ist sie vollkommen wehrlos.« Die Endgültigkeit in seinen Worten ließ mich rotsehen.

Samira hob träge den Kopf und blinzelte langsam. Als sie mich erkannte, weiteten sich ihre braunen Augen merklich.

»Sie brauchen Samira genauso, wie Sie mich brauchen, William«, entgegnete ich und zerrte an meinen Fesseln.

»Du weißt genau, dass das nicht stimmt.« Mehr sagte William nicht, brauchte er auch nicht, denn er hatte recht. Ich wusste, warum sie gerade Samira als Druckmittel ausgewählt hatten.

Meine Freundin war in der Lage, jede Flüssigkeit der Welt zu manipulieren – eine Hydrokenetikerin –, aber ihre Fähigkeit ging nicht annähernd so tief wie meine Telekinese oder Haydens Fähigkeit, sich zu teleportieren. Ähnlich wie auch bei Mate und den anderen Dales aus unserer Generation, war Samiras Kraft ungeschliffen, roh – *austauschbar*.

Ich knirschte mit den Zähnen. Tiger würde sie umbringen, ohne weiter darüber nachzudenken.

Meine Augen fanden das Smartphone, das er nun in den

Händen hielt, fixierten es und ließen es vor ihm in der Luft schweben. Noch immer bekam ich Kopfschmerzen, sobald ich auf meine Telekinese zugriff, aber ich hatte zumindest wieder Zugang. Der Druck der Waffe an meinem Kopf wurde fester, doch William gab mit einer Hand Entwarnung, ohne mich aus den Augen zu lassen.

»Es ist faszinierend, mit welcher Leichtigkeit du deine Fähigkeiten einsetzt, C8. Und das, obwohl dir vor wenigen Stunden eine überdurchschnittlich hohe Dosis Deaktor verabreicht wurde.«

Meine Miene wurde düster. »Wie schön, dass ich Sie fasziniere«, zischte ich und beendete abrupt die Verbindung zum Handy. Mit einem dumpfen Plumpsen kam es auf dem weichen Teppich auf.

Nur einen Sekundenbruchteil später versetzte mir Sara einen harten Schlag mit dem Lauf der Waffe. Eher vor Schreck als vor Schmerz, schrie ich auf. Blut sammelte sich in meinem Mund und lief mir über die Lippen.

Verdammtes Miststück!

Aus dem Augenwinkel sah ich, wie Sam zusammenzuckte, als hätte man sie geschlagen und nicht mich.

Leise lachend ging William vor mir in die Knie und hob das Handy auf. »Nicht besonders schlau für jemanden mit deinem IQ.« Darauf erwiderte ich nichts. »Wie dem auch sei, fahren wir fort, wir haben schon genug Zeit verschwendet. Du wirst Jonathan Luxmore anrufen und hierher einladen. Er soll allein kommen, man wird ihn dann zu uns bringen. Ganz einfach.« William entsperrte das Smartphone, nachdem er es eingeschaltet hatte, tippte darauf herum und sah mich dann fest an. »Und keine Spielchen, C8.«

Würde ich nie draufkommen.

Caleb, der bisher stumm neben William gestanden hatte, nahm das Handy wortlos entgegen und hielt es mir ans Ohr. Das Klingeln war laut, beinahe wie eine Totenglocke.

Ich fuhr zusammen.

Der Anruf wurde zweimal weggedrückt. Caleb wählte wieder und noch einmal, als er wieder geblockt wurde.

Lass es klingeln, Jo, geh nicht ran.

Zwei Herzschläge vergingen, bis auf das Wartezeichen nichts.

Egal, was du tust, ignorier dein Telefon, betete ich.

Doch es war zwecklos. Es tutete noch einmal, dann hob jemand ab. Das Blut in meinen Adern wurde zu Eis, der Atem blieb mir im Hals stecken und ich hatte das Gefühl, nicht mehr sprechen zu können.

Leg auf! Leg auf, verdammt!

Sara erinnerte mich mit Nachdruck an meine Aufgabe und presste die Waffe genau an die Stelle, auf die sie zuvor geschlagen hatte. Ich wimmerte leise und dann formte meine Zunge den einzigen Gedanken, der gerade in meinem Kopf war: »Jo?«, meldete ich mich leise. Meine Augen begannen zu brennen.

»Lory?« Seine warme Stimme füllte meine Ohren und ließ mich für einen Moment vergessen, wo ich war und was ich im Begriff war zu tun. Für einen winzigen Augenblick fühlte ich mich geborgen, sicher, dann war der Schmerz wieder da und zerstörte diese Gefühle.

»Ja, ich bin es«, gab ich schließlich zurück und versuchte mit Mühe, fest zu klingen.

Jo durfte nicht hierherkommen, unter keinen Umständen und wenn ich ihm vermitteln konnte, dass alles in Ordnung war …

Doch Jonathans Antwort kam sofort und er klang alles andere als beruhigt. »Geht es dir gut? Wo bist du?«

»Wir haben nicht ewig Zeit«, verkündete William leise und unheilvoll. »Auch C3 nicht.« Auf seinen Wink hin zog der Wächter, der Sam immer noch in seinem schraubstockartigen Griff hielt, sie an den Haaren höher und presste seine Glock fest an ihre Stirn.

Säure stieg mir in die Speiseröhre.

»Wer ist da bei dir?« Wieder Jos Stimme am anderen Ende der Leitung. So nah und doch unerreichbar.

Aus dem Augenwinkel sah ich, wie William ein weiteres, knappes Zeichen gab.

Nein!, wollte ich schreien, doch mein Hals war wie zugeschnürt, mein Mund wie gelähmt.

Der Wächter löste seine Hand aus Sams Haaren und versetzte ihr einen Schlag mit dem Handrücken. Die ohnehin schon schwache Samira krachte ungebremst auf den Boden, wo sie zuckend liegen blieb.

»Sag es endlich!«, knurrte William und packte mein Kinn, sodass sich seine Nägel in meine Haut gruben. Ich funkelte ihn hasserfüllt an, doch ich konnte nicht verhindern, dass Angst in mir aufstieg. Echte, reale Angst. Angst um Jo. Angst um Samira.

»Lory?!«, rief Jo angespannt, seine Tonlage spiegelte meine eigenen Gefühle wider.

Ich riss meinen Kopf aus Tigers Fingern und kniff die Augen zusammen. »Du darfst nicht herkommen, hörst du? Egal, was sie sagen!«, antwortete ich hastig. Meine Zunge stolperte über die Worte, hatte Mühe, sie zu formen, während mich meine Angst zu lähmen drohte. »Komm nicht hierher, Jo!«

Jos Antwort kam schneidend und fassungslos. »Wo genau bist du?!«

Etwas Hartes traf mich im Gesicht, mir kam ein verzerrtes Stöhnen über die Lippen und Sterne begannen vor meinen Augen zu tanzen.

»War das unbedingt nötig?«, fragte William und wandte sich Sara zu.

Ihre Lippen kräuselten sich spöttisch. »Irgendwann muss sie lernen, dass Handlungen Konsequenzen haben.«

Meine rechte Gesichtshälfte pochte schmerzhaft, strahlte in meinen gesamten Körper aus. Mir trat mal wieder der metallische Geschmack auf die Zunge und alles in mir schrie danach, einfach für eine Weile die Augen zu schließen.

Es wäre so leicht …

»Taylor!«, hörte ich Jo am anderen Ende rufen. »Sag verdammt noch mal was!«

Caleb entfernte das Handy, noch ehe ich etwas hätte erwidern können und stellte auf Lautsprecher. Sofort wurde es totenstill in dem großen Raum.

»Guten Tag, Jonathan Luxmore.«

»Wo ist Taylor?« Durch den Lautsprecher klang seine warme Stimme verzerrt.

»In guten Händen, das versichere ich Ihnen, aber vielleicht möchten Sie sich lieber selbst davon überzeugen? Es scheint mir, als hätte Taylor Sie gerne hier, Jonathan. Sie würde sich gerne verabschieden, ehe wir für eine lange Zeit verreisen«, gab Caleb ruhig und gefasst zurück. »Man soll schließlich nicht im Streit auseinandergehen, nicht wahr?«

Jonathan zögerte kurz und ich hoffte, dass er in diesem Moment nicht alleine war, dass Vin bei ihm war, um ihn von Dummheiten abzuhalten. »Wer spricht da?«

Calebs blaue Augen richteten sich auf mich. Ich erschauderte. »Das geht Sie zwar nichts an, aber ich werde Ihnen Ihre Frage dennoch gerne beantworten. Als Vertrauensvorschuss sozusagen. Mein Name ist Caleb Montgomery.« Sein Blick wurde eindringlich, bohrte sich in meinen. »Ich bin Taylors leiblicher Vater und im Augenblick sehr besorgt um das Wohlergehen meiner Tochter.«

Nein. Nein. Nein.

Das durfte nicht …

Ich kniff die Augen zusammen, als Tränen in mir aufstiegen. Tränen des Zorns, der Wut, der Hoffnungslosigkeit. Vielleicht, weil ich mir immer gewünscht hatte, dass meine Eltern gute Menschen waren, die nur das Beste für ihre Tochter gewollt hatten. Die mich geliebt hatten.

Aber ich hatte mich geirrt.

Mein Vater war einer von ihnen. Ein Monster.

»Beweisen Sie es. Ich will Taylor hören«, forderte Jo mit kühler Stimme.

Nein, Jo, lass es einfach. Lass es. Bitte.

Caleb lachte freudlos und meine Wut auf ihn wurde unermesslich. »Ich fürchte, das ist im Moment nicht möglich, aber ich kann Sie beruhigen, es geht ihr gut. Warum kommen Sie nicht her und überzeugen sich selbst davon? Dann können wir in Ruhe über diese Angelegenheit sprechen und Sie sich von Taylor verabschieden. Man hat mir gesagt, Sie wären gute Freunde geworden.« Caleb unterbrach sich selbst und wandte sich an William, der mit unbewegter Miene danebenstand und alles überwachte. »Bleibt es bei dem geplanten Ablauf?«, fragte Caleb leise auf Russisch.

William nickte ernst. »Wir werden ihm zwei Dales entgegenschicken und dann abreisen. Die Zeit drängt.«

Caleb richtete seine Aufmerksamkeit wieder auf das Handy. »Bitte verzeihen Sie die Unterbrechung. Also, ich nehme an, Sie wissen, wo wir uns aufhalten?«

»Ja, das weiß ich«, antwortete Jo und ich hörte ihn schlucken.

»Nein!«, rief ich – wollte ich rufen, doch Sara presste mir blitzschnell eine Hand auf den Mund, sodass es nur noch als verzerrtes Gemurmel herauskam. Alles in mir tobte und wütete, doch es zwar zwecklos.

Bei der Hölle! Warum tat er das? Jo musste doch ahnen, dass das eine Falle war. Ich hatte ihm gesagt, dass Emerdale ihn umbringen würde …

»Ich erwarte Sie in Kürze hier. Man wird Sie ohne Zwischenfälle zu uns bringen, seien Sie unbesorgt. Und Jonathan?« Caleb richtete seine kalten Augen auf mich. »Lassen Sie uns diese Sache wie Erwachsene klären, ja? Ohne großes Aufsehen. Wir wollen doch nicht, dass das hier ein hässliches Ende nimmt, oder? Ich freue mich darauf, Sie persönlich kennenzulernen. Taylor spricht sehr gut über Sie.«

Dann legte er auf.

Die Leitung war unterbrochen. Das Gespräch beendet.

Ich kniff die Augen zusammen, um ihnen allen nicht ins Gesicht schauen zu müssen. Sie hatten Jo mit dem ultimativen Lockmittel geködert, um ihn dann aus dem Weg zu räumen. Weil er sich mit mir angefreundet hatte. Weil er mir vertraut hatte. Weil er zu viel wusste und nun eine Gefahr für Emerdale darstellte.

Und ich zweifelte nicht eine Sekunde daran, dass er kommen würde. Unzählige Male hatte Jo gesagt, dass er mich beschützen würde, und jetzt würde ihn dieses Versprechen umbringen. Diese Gewissheit brannte mehr, ging tiefer als all die Wunden, die ich in meinem bisherigen Leben hatte erleiden müssen.

Mein Puls beschleunigte sich.

»Was für ein netter junger Mann«, säuselte William und streckte die Hand nach dem Handy aus. Doch noch bevor er es zu fassen bekommen konnte, schleuderte ich es mittels meiner Macht an die gegenüberliegende Wand, wo es in seine Einzelteile zerschellte. Dann fixierte ich die Glock, die der Soldat noch immer an Samiras Schläfe presste, und ließ sie in den Tiefen des angrenzenden Raums verschwinden.

Nur einen Sekundenbruchteil später packte William meine Kehle und drückte zu, bis ich kaum noch Luft bekam. Meine Telekinese erstarb.

»Sie werden ihn umbringen!«, röchelte ich. »Sie sind ein Monster.«

»Das einzige Monster bist du und das weißt du auch, C8. Du bist schuld daran, dass er sterben muss. Du ganz allein.«

Er stieß mich nach hinten, sodass der Stuhl umkippte. Mit einem schmerzhaften Schlag kam ich auf dem Boden auf und kniff die Augen gegen das Brennen in meiner Seite zusammen.

»Verladen Sie C8 und die Deaktivierten und positionieren Sie die restlichen Dales in der Halle. Ich will keine weiteren Zwischenfälle, verstanden? Der Rest stößt zu uns, sobald alles Weitere erledigt ist. Und lassen Sie C8 unter keinen Umständen aus den Augen. Ich will einen aktiven Dale an ihrer Seite!«, bellte William, wandte sich ab und trat auf den Zugang zu. »Wir fliegen in fünfzig Minuten.«

Auf das Kommando hin kamen fünf schwarzuniformierte Soldaten aus dem Nebenzimmer in den Raum, als hätten sie nur darauf gewartet. Soldaten, die ich als die Dales erkannte, mit denen ich aufgewachsen war. Regungslos blieben sie in Zweierreihen nahe der Tür stehen.

Ihre blicklosen Augen waren wie Mates. Abwesend und berechnend.

Mir lief ein eiskalter Schauer den Rücken hinunter.

Mein Stuhl wurde grob von zwei menschlichen Soldaten aufgestellt, sodass mein Kopf zurückflog und schwarze Punkte vor meinen Augen tanzten, während ein anderer die bewusstlos gewordene Sam packte und aus dem Zimmer brachte.

Ein vierter menschlicher Soldat trat auf William zu, reichte ihm ein Funkgerät und flüsterte ihm etwas ins Ohr, ehe er seinen Posten an der Tür einnahm.

»Sara, du gehst mit C2 und C5 Jonathan entgegen und kümmerst dich um diese Sache, wir treffen uns dann am Flugzeug. Caleb, du begleitest Theodore und sorgst mit ihm für Ordnung unter den Dales.«

Wo auch immer Theodore bis jetzt gewesen war, nun verließ er hinter Sara und Caleb den Raum, gefolgt von C2 und C5, ohne sich ein einziges Mal nach mir umzudrehen.

C2 und C5 – Greg und mein Kindheitsfreund Quinn.

Jo hatte keine Chance gegen Gregs übernatürliche Schnelligkeit, gegen die nicht einmal ich ankam, oder Quinns Gabe, die Beschaffenheit von Dingen zu verändern.

Panisch wandte ich mich ein letztes Mal an William. »William, bitte lassen Sie Jonathan in Ruhe. Er wird nichts sagen. Er weiß kaum etwas.« Meine Zunge stolperte über die einzelnen Silben.

Jonathans Tod würde mich umbringen. Mich in unzählige, kleine Teile zerreißen, bis nichts mehr von mir übrig war.

Doch William beachtete mich überhaupt nicht. Er schaltete das Funkgerät ein, das daraufhin knisternd zum Leben erwachte. »Pythan? Bringen Sie C1 rein und sorgen Sie dafür, dass C8 an ihren Platz kommt.«

Das Blut wich mir schlagartig aus dem Gesicht.

Seine Worte waren, als hätte man mir einen heftigen Hieb in den Magen verpasst und den Brustkorb zertrümmert, während ich gerade dabei gewesen war, Luft zu holen.

C1.

Hayden.

KAPITEL 28

JONATHAN

Cinderella Man – Eminem

Die Sonne war hinter den Hochhäusern verschwunden, tauchte alles in ihr goldenes Licht und in wenigen Stunden würde es bereits stockfinster sein. Die Zeit war so schnell vergangen, uns förmlich durch die Finger geronnen, während ich gleichzeitig das Gefühl hatte, jede einzelne Minute hätte eine Ewigkeit gedauert.

Eine Ewigkeit, bis ich Vincent im Zenit erreicht hatte.

Eine Ewigkeit, bis wir Theodores Handy geortet hatten.

Eine Ewigkeit, bis wir meine Villa verlassen hatten, nachdem mich dieser Caleb angerufen hatte.

Eine Ewigkeit, bis wir endlich das Gelände des *Los Angeles International Airports* erreichten.

Meine Hände waren feucht, als ich das Lenkrad meines R8 fester umfasste und den Wagen nach links lenkte, weg von dem öffentlichen Teil des Flughafens. Ich spürte mein Herz bis zum Hals schlagen und den dumpfen Schmerz, der von meinem Kiefer aus in meinen Schädel strahlte, weil ich seit Stunden ununterbrochen mit den Zähnen knirschte.

Meine Nerven lagen blank.

Die öffentlichen Terminals verschwanden im Rückspiegel, der kommerzielle Frachtbereich und die Flughafenfeuerwehrstation rauschten an uns vorbei, ehe ich den Sportwagen das erste Mal seit einer knappen Stunde zum Stehen brachte.

Vor uns ragte ein gewaltiges Tor samt Stacheldraht, Kameras und Warnschildern auf. Wir hatten unser Ziel erreicht.

Privatgelände der Regierung der
Vereinigten Staaten von Amerika.
Unautorisiertes Betreten verboten.
Jeder Verstoß wird bestraft.

Oder mit anderen Worten, wir hatten hier absolut nichts verloren. Das große Schild sagte nur, wovon mich mein Verstand seit Stunden zu überzeugen versuchte. Dass ich verschwinden sollte, solange ich noch konnte. Dass das hier nicht nur eine, sondern gleich eine ganze Reihe von Nummern zu groß für mich war. Dass ich draufgehen würde und keine Chance hatte.

Doch mein Wille und Entschluss waren größer als mein Überlebensinstinkt. Der Wille, Taylor in Sicherheit zu wissen und die Entschlossenheit, durchzuziehen, was auch immer dafür notwendig war.

Auch wenn es mehr als wahnsinnig war, es überhaupt zu versuchen.

Aber ich war schon immer ein wenig irre gewesen.

Geistesabwesend fuhren meine Finger über das warme Leder des Lenkrads, während ich die Zeilen auf dem Schild wieder und wieder las, bis sie vor meinen Augen verschwammen.

In was für eine Sache war ich da nur hineingeraten? Wann war mein langweiliges, verkorkstes Leben so aus den Fugen geraten, dass ausgerechnet *ich* mich jetzt mit meinem besten Freund und einem Haufen Waffen auf den Weg machte, das Mädchen, in das ich mich hoffnungslos verliebt hatte, in einer aussichtslosen Aktion zu retten?

Mein Mundwinkel zuckte. Hätte ich es nicht besser gewusst, hätte ich gesagt, das wäre der perfekte Stoff für einen Hollywoodstreifen.

Kopfschüttelnd warf ich Vin einen kurzen Blick zu. »Schätze, wir sind richtig«, murmelte ich in die Stille hinein. Wir hatten seit unserem überstürzten Aufbruch in den Hills kaum ein Wort gewechselt. »Was jetzt?«

»Wir warten. Die wollen etwas von dir, also werden sie sich melden.«

Es war mir ein Rätsel, wie Vin es schaffte, seine Stimme so ruhig und beherrscht klingen zu lassen, auch wenn ich ahnte, dass es in ihm drin ganz anders aussah. Er mochte ein knallharter Kerl sein, doch ich hatte mitbekommen, dass ihm Taylor ans Herz gewachsen war.

»Was ist, wenn sie schon weg sind? Wenn Lory nie hier gewesen war und sie sie längst an einen ganz anderen Ort gebracht haben?«

»Johnny«, sagte Vin nur und deutete dann durch die Windschutzscheibe auf den verschlossenen Zugang vor uns. »Wir werden sie da rausholen, okay?«

Das hoffte ich. Genauso wie ich hoffte, dass es ihr gutging. Seit dem verdammten Telefonat mit Taylor ging mir ihr schmerzerfülltes Stöhnen, das markante Geräusch, wie jemand sie geschlagen hat, nicht mehr aus dem Kopf. Es hallte in Dauerschleife in meinem Kopf wider, wie das unheilvolle Ticken einer Bombe, das mich daran erinnerte, dass uns die Zeit davonlief und wir, objektiv betrachtet, keine Chance hatten.

Das große Tor, das in eine undurchdringliche Mauer aus Beton eingelassen worden war, öffnete sich einen kleinen Spalt, der kaum einen Blick auf das, was dahinter lag, zuließ.

Zwei uniformierte Männer mit Barett und Abzeichen kamen hindurch und liefen mit großen Schritten auf uns zu. Jeder von ihnen trug ein Gewehr, das auf uns gerichtet war, mehrere Pistolen und Messer hingen an ihren Seiten und eine leise Stimme flüsterte mir zu, dass ich verdammt noch mal abhauen sollte.

Sofort.

»Vin?«, fragte ich angespannt, ohne die Männer oder ihre Waffen aus den Augen zu lassen. Meine Villa dafür, dass diese Typen etwas mit der Scheiße zu tun hatten.

»Bleib ruhig und lass mich reden«, erwiderte Vin nur, seine Kiefermuskulatur trat hervor, dann richtete er sich merklich auf und ließ das Fenster auf seiner Seite herunter. Ein kühler, berechnender Blick trat auf seine Züge und erinnerte mich daran, dass Vincent selbst Soldat und sogar zeitweise Teil von Emerdale gewesen war.

»Was haben Sie hier zu suchen?«, verlangte der eine Mann zu wissen und verengte die Augen.

»Wir werden erwartet, Sir. Caleb Montgomery hat uns zu sich eingeladen. Wir gehören zu seinem Team«, gab mein bester Freund aalglatt zurück, ohne mit der Wimper zu zucken, als würde es die Waffen, die uns noch immer anvisierten, gar nicht geben.

Ich zwang mich, ruhig zu atmen und einfach geradeaus zu schauen. Aus dem Augenwinkel sah ich, wie der Kerl neben Vin kurz in sein Funkgerät sprach und dann nickte.

»Hangar 17G. Folgen Sie der Straße, an der ersten Kreuzung links, dann an der Beschilderung halten. Ist nicht zu verfehlen. Den Wagen können Sie vor dem Eingang abstellen.«

Die kalte Stimme des Soldaten jagte mir unwillkürlich einen Schauer über den Rücken. Ob er wusste, dass wir uns quasi freiwillig in den Tod manövrierten?

Vincent nickte knapp und schloss das Fenster. »Starte den Wagen, Johnny.«

Hörbar stieß ich den Atem aus und drückte wie auf Autopilot den Anlasser. Mein Schätzchen erwachte dröhnend unter meinen schwitzigen Fingern zum Leben und setzte sich ruckartig in Bewegung, als das schwere Tor aufglitt und den Weg freigab.

Wir passierten die beiden Soldaten, die uns mit undurchdringlichen Mienen bedachten und fuhren auf die breite, asphaltierte Straße, während sich der Zugang hinter uns schloss. Das Einrasten des Tors kam mir auf unheimliche Art und Weise endgültig vor.

Rechts und links von uns ragten gewaltige, beinahe identische Hallen in den Himmel, immer wieder erhaschte ich einen Blick auf Humvees in Tarnfarben, unförmige Dinge, die unter großen Planen abgedeckt waren und mehrere Flugzeuge, die in den Hangars warteten. Anderen Menschen begegneten wir nicht, beinahe als hätten wir eine Geisterstadt betreten.

Am Ende der Straße erstreckte sich eine weite, asphaltierte Fläche, auf der gerade ein großes Transportflugzeug startete, das tiefe Brummen war bis in den Wagen hinein zu hören.

»Mir gefällt das nicht. Was, wenn sie uns mit unserem ganz persönlichen Schießkommando begrüßen?«, murmelte ich leise und tippte auf das Lenkrad. »Was erwartet uns da?«

Vincents Lippen verzogen sich zu einem freudlosen Grinsen. »Eine exklusive Privatparty mit Häppchen und Champagner«, gab er trocken zurück und öffnete das Handschuhfach, in dem einige der Waffen lagen, die er mitgenommen hatte.

»Wenigstens einer von uns hat seinen schlechten Humor nicht verloren.« Ich beschleunigte, jagte meinen R8 an den Hangars vorbei und bog schließlich an besagter Kreuzung nach links ab. Das Heck des Wagens brach aus, als ich um die Ecke driftete und dabei nur haarscharf einen geparkten Militär-Lkw verfehlte.

Vincent stützte sich fluchend an der Abdeckung vor sich ab. »Erinnere mich daran, dir endlich deinen verdammten Führerschein abzunehmen.«

»Ist notiert«, brummte ich.

Vincent hielt sich erst gar nicht mit meinem finsteren Unterton auf. »Wenn wir den Hangar erreichen, wirst du im Auto bleiben, Johnny. Ich werde alleine reingehen und du wirst hier warten.«

»Vin –«, begann ich gereizt, doch er sprach einfach weiter.

»Das wird keine Zuckerwatteparty da drin, das ist uns beiden bewusst und du hast dort nichts verloren. Ich werde die Sache klären und komme mit Tay zurück, sobald ich sie gefunden habe.«

Hölle, was hatte er nur immer mit seiner verfluchten Zuckerwatte? Ich funkelte ihn finster an und schüttelte den Kopf. »Du hast zu viele meiner beschissenen Filme gesehen. Hast du dir mal selbst zugehört? Ich werde einen Teufel tun und brav hier warten, während du dich da drinnen umbringen lässt, *Rambo*.«

Ein wütendes Grollen drang aus seiner Kehle. »Du wärst mir nur im Weg und Ballast, auf den ich mich zusätzlich auch noch konzentrieren müsste.«

»Vielen Dank auch, Idiot, aber nein, egal, was du sagst, ich bleibe nicht draußen«, hielt ich mit fester Stimme dagegen. »Ich mag vielleicht kein ausgebildeter Soldat sein, aber ich weiß, wie man eine Waffe hält und abfeuert – auch ohne zweites Bein.«

Die Stirn meines besten Freundes legte sich in tiefe Falten. »Darum geht es nicht, Johnny.«

»Ach nein? Was ist es dann?«, entgegnete ich hitzig und spürte, wie mein Herzschlag in die Höhe schoss und kurz davor war, den Emotionscocktail, der in mir brodelte, zu entzünden. »Liegt es daran, dass ich nur Schauspieler bin? Dass ich nie wirklich gekämpft habe?« Meine freie Hand krallte sich in den Stoff meiner Jeans, sodass mir die Nägel wie kleine Nadeln in meine Haut stachen. »Denn das sind beschissene Gründe!«

Vins Blick prickelte auf mir, dann hörte ich sein resigniertes Seufzen. »Mein Job ist es, dich zu schützen, Johnny. Dich in diesen Hangar laufen zu lassen, ist so ziemlich das genaue Gegenteil davon.«

Wir passierten 17D.

»Du bist nicht mehr mein Bodyguard, schon vergessen? Ich habe dich entlassen. Du hast mir gegenüber keine Verpflichtung und wenn ich da reingehe, dann ist es meine eigene, dämliche Entscheidung, kapiert? Ich kann hier nicht untätig sitzen bleiben, Vin, nicht, wenn sie da drinnen ist und diese Monster ihr sonst was antun und du dein Leben riskierst.«

»Gott, Johnny, du hast deinen Verstand verloren«, sagte Vin und ich wusste, ich hatte gewonnen.

Ich ging vom Gas, als wir 17G erreichten und schüttelte den Kopf. »Ganz im Gegenteil, ich war mir einer Sache noch nie so sicher.«

Der Seiteneingang des Hangars ragte rechts von uns auf. Ein Ungetüm aus grauschwarzem Metall, das sich dem dunkler werdenden Himmel entgegenstreckte und mich entfernt an die Filmstudios meiner Produktionsfirma erinnerte.

Ohne den Blick vom Eingang abzuwenden, schaltete ich den Motor aus, sodass sich eine bedrückende Stille ausbreitete, die im nächsten Moment von dem vernehmlichen Klicken einer Waffe unterbrochen wurde. Ich zuckte zu Vincent herum und starrte auf die Pistole in seinen Händen.

»Du schießt nur im äußersten Notfall«, schärfte mir Vin ein und reichte mir eine schwarze Glock. »Und du bleibst verflucht noch mal hinter mir. Wenn ich dir etwas sage, dann machst du es, egal, in welcher Situation wir uns gerade befinden. Ich bin der Befehlshaber und du befolgst meine Anweisungen, ohne zu zögern. Verstanden?«

Ich nickte knapp und griff nach der Waffe. »Verstanden.«

In diesem Augenblick war ich unglaublich froh darüber, dass Vin mir in der Zeit als mein Bodyguard gezeigt hatte, wie man mit Schusswaffen umging. Das könnte mir heute den Arsch retten.

Vincent schaute unzufrieden auf die Glock in meinen Händen und suchte dann wieder meinen Blick. »Und ganz gleich, was passiert, deine Sicherheit hat Vorrang. Wenn ich dir sage, dass du in deinen Wagen steigen und verschwinden sollst, dann tust du das, kapiert? Auch wenn ich dann nicht neben dir sitze.«

»Vin …«

»Ob du verstanden hast?!«

Ich verzog das Gesicht und nickte wieder. »Verstanden«, wiederholte ich und hielt seinem eindringlichen Blick stand, ohne mit der Wimper zu zucken, dabei dachte ich nicht einmal im Entferntesten daran, einfach abzuhauen.

Das konnte Vin so was von vergessen.

Nur musste er das im Moment ja nicht wissen.

»Gut. Wir gehen rein, holen sie raus und verschwinden. Ende«, brummte Vin abschließend und schnallte sich ab. »Keine krummen Dinger, keine Heldentaten.«

»Dabei habe ich mir extra neue Strumpfhosen gekauft«, murmelte ich nervös und entsicherte die Glock. Sie wog schwer in meinen Händen. Viel zu schwer.

Vincent warf mir einen warnenden Blick zu, dann stieg er aus und knallte die Tür hinter sich zu. Ich tat es ihm nach, hievte mich aus dem Wagen und ließ meine Krücken geflissentlich zurück. Wie auch immer die nächsten Minuten aussehen würden, ich würde meine Hände brauchen.

»Ich meine es ernst: Keine dummen Aktionen. Wir haben keine Zeit für Helden.«

Ganz im Gegenteil, heute war der perfekte Tag, um zu einem Helden zu werden. Einem Helden, der alles niederriss und sie alle umhaute.

»Du wiederholst dich, Vin.«

Er entsicherte seine Waffe und deutete hinter sich. »Gehen wir.«

Ich wusste nicht, was genau ich erwartet hatte. Eine ganze Armee aus Soldaten mit unzähligen geladenen Waffen, die auf uns gerichtet waren vielleicht. Oder zwei Scharfschützen, die uns innerhalb von Sekundenbruchteilen ausschalteten. Eine leere Halle, weil sie längst alle abgehauen waren. Vielleicht Taylor, die verletzt auf einen Stuhl gefesselt, umringt von Männern mit Maschinengewehren in der Mitte des Hangars saß, aber das …

… das hatte ich nicht erwartet.

Vin und ich betraten einen beinahe verlassenen Hangar, der in grelles, künstliches Licht getaucht war. Es gab einige Regale und Kisten und ein abgedecktes Leichtflugzeug. Keine Taylor, keine Soldaten, keine Killer, die nur darauf warteten, sich auf uns zu stürzen. Stattdessen erwarteten uns in der Mitte des Hangars drei Personen. Das war alles. Eine Frau mit dunkelblondem, strengem Pferdeschwanz, die ich auf etwa vierzig schätzte, und zwei junge Männer in meinem Alter. Alle trugen schwarze, lockere Kleidung, keine offensichtlichen Waffen und machten keine Anstalten, uns entgegenzukommen. Drei Personen, keine Armee. Irgendetwas sagte mir, dass das vollkommen ausreichen würde, um uns auszuschalten.

Und aus irgendeinem Grund machte mich das nervöser, als wenn sich eine meiner Vermutungen bestätigt hätte.

Einen knappen Meter hinter Vin folgte ich ihm weiter in die Halle hinein, ohne den Blick von unserem Empfangskomitee zu nehmen. Ich war bis zum Zerreißen angespannt, meine Finger umfassten den Griff der Waffe so fest, dass meine Knöchel weiß hervortraten, und das Blut rauschte so laut in meinen Ohren, dass ich meine eigenen Gedanken kaum noch hören konnte.

Als uns noch etwa zwanzig Meter trennten, hörte ich Vincent leise fluchen – nie ein gutes Zeichen.

Scheiße.

Als hätte er meinen Gedanken gehört, wandte er sich kurz zu mir um. »Siehst du die Nummern? Die beiden Typen sind Dales.«

Seine Worte jagten eine eisige Kälte über meinen Körper. Unwillkürlich wanderten meine Augen zu den Tätowierungen der jungen Männer. Es waren dieselben wie bei Taylor, wie bei dem Kerl vom Strand – Mate –, was bedeutete, dass sie uns nicht nur ausschalten, sondern regelrecht vernichten würden, ohne dass wir ihnen irgendetwas entgegenzusetzen hatten.

Der Dunkelhäutige der beiden ließ den Nacken kreisen und steckte die Hände wie beiläufig in die Hosentaschen, als hätte er seine Beobachtung abgeschlossen und bereits das Interesse verloren.

Der andere, ein großer Kerl mit heller Haut und weißblonden Haaren, verzog die Lippen zu einem dünnen Haifischlächeln. Als wären wir sein verdammtes Frühstück.

Nicht gut.

Vin blieb knapp drei Meter vor der Gruppe stehen und hob abwartend das Kinn. Ich blieb hinter ihm und runzelte die Stirn, während die Frau einen Schritt nach vorne machte.

»Hallo, Vin, es ist schön, dich wiederzusehen. Wie ich sehe, ist euch bewusst, dass das hier kein Höflichkeitsbesuch wird«, verkündete die Frau leise und doch drang ihre einnehmende Stimme so laut durch den Hangar, als hätte sie geschrien.

Irritiert sah ich von der Frau zu Vin und zurück. Die beiden kannten sich? Das wurde ja immer besser.

»Hallo, Sara«, erwiderte mein Freund kalt, die Waffe in seinen Händen zitterte keinen Deut.

Saras Mundwinkel zuckten. »Nach deinem Ausscheiden aus der Organisation habe ich ja mit vielem gerechnet, aber dass du das Schoßhündchen eines verzogenen Bengels wirst … entbehrt nicht einer gewissen Ironie, nachdem du dich so vehement dagegen gewehrt hast, für unsere Experimente dasselbe zu sein.«

»Ich bin nicht hier, um über alte Geschichten zu plaudern. Wo ist Taylor?«

Ihr leises Lachen hätte die Hölle zufrieren lassen können. »Du hast dich wirklich nicht verändert, Vin. Du kommst noch immer sofort auf den Punkt, selbst wenn du weißt, dass es keinen Sinn hat und du längst verloren hast.« Locker verschränkte sie die Arme vor der Brust und betrachtete meinen besten Freund, wie die Katze eine Maus anschauen würde, kurz bevor sie zuschlug.

»Wo ist Taylor?«, wiederholte Vincent eindringlicher und hob seine Waffe, sodass sie auf Saras Stirn zeigte.

Diese zuckte nur ungerührt mit den Schultern, als würde sie der Umstand, dass Vin ihr jeden Moment den Schädel wegpusten konnte, nichts ausmachen. »C8 ist nicht hier. Offensichtlich.«

C8? Ich zog die Augenbrauen zusammen und umschloss meine eigene Waffe so fest, dass meine Knöchel leise knackten. »Wo ist sie, verdammt?!«, rief ich und trat einen Schritt vor Vincent, dessen wütenden Blick ich geflissentlich überging, obwohl ich eine Scheißangst hatte.

Sara beachtete mich nicht einmal. »Ich hätte dich für klüger gehalten, Vin, aber ganz offensichtlich hast du deinen scharfen Verstand verloren. Du weißt, dass du hier nicht lebend rauskommst, oder?« Für einen winzigen Augenblick wirkte sie, als würde sie diesen Umstand tatsächlich bedauern, dann machte sie jedoch nur eine abwinkende Handbewegung. »Wie dem auch sei, ich würde gerne in alten Erinnerungen schwelgen, doch die Zeit drängt.«

»Du hast dich schon immer viel zu gerne selbst reden gehört, Sara«, erwiderte Vin tonlos und drückte ab.

Die Kugel löste sich aus seiner Waffe.

Mir kam ein Fluch über die Lippen. Ich hatte schon viele Waffen bei Dreharbeiten gehört, aber nichts davon hätte mich darauf vorbereiten können, wie laut der Knall einer echten Glock war. Wie endgültig und absolut tödlich.

Doch das Geschoss erreichte nie sein Ziel.

Der weißhaarige Dale schoss binnen Sekundenbruchteilen vor, stellte sich vor Sara und pflückte die Kugel, ohne mit der Wimper zu zucken, aus der Luft. Mit einem leisen Klirren kam sie einen Atemzug später auf dem Boden auf, als er sie achtlos fallen ließ.

Mit offenem Mund starrte ich ihn an. Zur Hölle, war dieser Typ schnell. Verdammt schnell.

Tadelnd schüttelte Sara den Kopf und tätschelte dem Dale, der seltsam abwesend wirkte, die Schulter, als hätte er ein besonders schönes Kunststück vollbracht. »C8 hätte dich aus der Sache raushalten sollen, Vin«, sagte sie und bleckte die Zähne. »Dann wären wir jetzt nicht in dieser misslichen Lage. Aber mir sind die Hände gebunden. Hat mich gefreut, schade, dass es auf diese Art enden muss.« Mit einem letzten Blick in unsere Richtung wandte sie sich an die beiden Dales. »Beseitigt dieses Problem und kommt danach zu 17H. Keine Zeugen. Wir fliegen in Kürze ab.«

Und dann drehte sich Sara um und marschierte mit durchgestrecktem Rücken auf eine breite Metalltür zu. Das Zuschlagen der Tür war kaum verhallt, da richteten sich bereits die leeren Augen der Dales auf uns. Ihre Körper waren angespannt, bereit, uns zu zerfleischen.

Ich warf Vin einen kurzen Blick zu und machte einen Schritt zurück. »Vin?«

Doch mein bester Freund kam nicht dazu, zu antworten, denn in diesem Moment preschten die beiden Dales beinahe synchron los, als wären sie ferngesteuert und hätten nur auf ihr Stichwort gewartet.

»Verdammter Mist!«, stieß ich hervor und riss den Arm mit der Waffe hoch.

Vin packte mich am Ellbogen und zerrte mich zurück. »Bleib hinter mir. Wenn sie mit mir beschäftigt sind, verschwindest du, kapiert?«

»Nein! Ich –«, setzte ich an, doch im nächsten Augenblick warf sich auch schon der hellhäutige Dale mit Wucht auf Vin, sodass mir meine Worte im Hals stecken blieben.

Vin glitt die Waffe aus den Händen, als er gemeinsam mit dem Dale zu Boden ging, wo sie sich ineinander verkeilten. Tritte, Schläge und Fäuste folgten schneller aufeinander, als ich sie hätte zählen können. Er hatte keine Chance gegen die Schnelligkeit des Dales.

Ich musste ihm helfen, andernfalls würde er das nicht lange überleben.

Entschlossen lief ich in seine Richtung, als ich eine Bewegung im Augenwinkel ausmachte. Dann holte mich auch schon ein heftiger Schlag ins Gesicht von den Beinen. Der Geschmack von Blut explodierte in meinem Mund, als ich auf dem unnachgiebigen Beton aufkam. Die Pistole rutschte schlitternd aus meiner Reichweite.

»Verflucht«, murmelte ich und fuhr mir über die blutende Lippe, wobei ich eine rote Spur auf meinem nackten Unterarm hinterließ. Echtes Blut. Kein Kunstblut, wie bei all den Stunts, weil das hier verdammt noch mal die Realität war.

Steh auf, Johnny. Es ist noch nicht vorbei.

Ich riss die Augen auf, um mich nach meinem Gegner umzuschauen und wieder auf die Beine zu kommen, doch ich war nicht schnell genug.

Natürlich nicht.

Der Dale mit der dunklen Haut packte mich mit einem leeren Ausdruck in den beinahe schwarzen Augen am Kragen meines Shirts, zerrte mich hoch, nur um mich einen Sekundenbruchteil später wieder von sich zu schleudern, als würde ich nichts wiegen.

Mit einem hässlichen Knacken prallte ich gegen eine der hölzernen Transportkisten und blieb keuchend auf dem kalten Beton liegen.

Ein stechender Schmerz drückte auf meine Lunge und erschwerte mir das Atmen, während bunte Punkte vor meinen Augen einen wilden Tanz aufführten.

Verfluchte Scheiße …

Vin hatte recht gehabt, ich hatte hier nichts verloren und keine Chance, überhaupt *irgendetwas* auszurichten. Dieser Kerl würde mich fertigmachen, noch bevor ich überhaupt nach Taylor suchen konnte.

Hustend rollte ich mich auf die Seite und spuckte einen Schwall Blut aus, ehe ich mühsam den Blick hob. Wie ein Racheengel schritt der Dale mit langsamen, festen Schritten auf mich zu, als hätte er alle Zeit der Welt und würde das hier mit jeder Faser seines Seins genießen.

»Jonathan!«, brüllte Vincent, der noch immer damit beschäftigt war, sich den anderen Dale vom Leib zu halten. »Er darf dich nicht berühren, hörst du?! Lass ihn nicht in deine Nähe! Ich kenne diesen Typen!«

Ich blinzelte.

Dann ragte mein Gegner auch schon vor mir auf, die finsteren Augen unverwandt auf mich gerichtet, als könnte er mich in Flammen aufgehen lassen. Ich hoffte inständig, dass das nicht seine Fähigkeit war.

»Hey, bitte, ich will nur meine Freundin hier rausholen. Taylor. Du kennst sie vielleicht?«, presste ich mühsam hervor und hielt mir die Seite. Irgendetwas bohrte sich bei jedem Wort in meine Lunge und ließ die Ränder meines Sichtfelds flackern.

Bleib wach!

Der Dale verzog keine Miene, sondern ging stattdessen vor mir in die Hocke und streckte eine Hand nach mir aus. Vermutlich, um mich ein weiteres Mal als Wurfgeschoss zu missbrauchen. Mit schmerzverzerrtem Gesicht robbte ich, so gut es ging, aus seiner Reichweite und sah mich hektisch um.

Ich musste Zeit gewinnen. Mir etwas überlegen. Meine verdammte Waffe wieder in die Hände bekommen, die ich verloren hatte. Suchend wanderte mein Blick über den Hangar – und fand, wonach ich suchte. Die Glock lag ein paar Meter von mir entfernt. Was ich jetzt brauchte, war eine Gelegenheit, sie zurückzuholen.

Mit gerunzelter Stirn, eine Hand noch immer an meiner pochenden Seite, fasste ich den Dale vor mir ins Auge. In einer Nebenrolle in einem Actionfilm, die ich einmal gespielt hatte, hatte ich einen Agenten in Ausbildung dargestellt und mich vor dem Film einem Training unterzogen. Zwar bezweifelte ich, dass es auch nur im Entferntesten etwas mit der Realität zu tun hatte, aber schließlich hatte ich im Augenblick nicht wirklich eine Alternative vorzuweisen.

Also sog ich zittrig frischen Atem in meine brennende Lunge und sprang in meine Rolle.

»Kennst du Taylor?«, fragte ich noch einmal und zwang mich dazu, meiner Stimme einen ruhigen Unterton zu geben. »Ihr müsst zusammen aufgewachsen sein.« Wieder ein zittriger Atemzug. »Habt ihr zusammen Zeit in Emerdale verbracht?« Ich fuhr mit meinen Fragen fort, während ich mich Stück für Stück in Richtung meiner Waffe vorarbeitete. Millimeter für Millimeter, ohne eine Sekunde den Dale aus dem Auge zu lassen.

Schwer zu sagen, ob der Kerl meine Worte überhaupt wirklich wahrnahm, aber während ich sprach, machte er keine Anstalten, mich anzugreifen, sondern folgte mir einfach mit seinen dunklen Augen.

Langsam rutschte ich ein weiteres Stück nach rechts und erstarrte, als ein Schuss die Luft zerriss. Der Kontakt zu dem Dale brach ab, als ich den Kopf in Vincents Richtung drehte.

Vin hatte seine zweite Waffe gezogen und feuerte auf den weißhaarigen Dale – ohne, dass ihn auch nur eines der Geschosse traf. Leichtfüßig und schneller, als ich es hätte erkennen können, wich der Dale den Kugeln aus und riss Vin im nächsten Moment die Pistole aus den Händen. Mit einem Knurren schleuderte er sie in die Tiefen des Hangars und fegte Vincent ein weiteres Mal von den Füßen.

Ein unnachgiebiger Griff an meiner Kehle katapultierte mich zurück zu meinem eigenen Problem, zu dem Dale vor mir. Instinktiv warf ich mich so schnell ich konnte zur Seite, sodass sich die Finger meines Gegners lösten. Ich war noch ganz, die Berührung des Dales hatte offensichtlich nicht lange genug gedauert, um Schaden anzurichten. Zeit, darüber erleichtert zu sein, blieb mir allerdings nicht. Mithilfe der Kiste in meinem Rücken kämpfte ich mich auf die Beine. Mein Herz trommelte in meiner Brust, als wollte es mir die Rippen zertrümmern, Schweiß trat auf meine Stirn und meine Seite fühlte sich an, als würde sie in Flammen stehen.

Lange würde ich das nicht mehr durchhalten.

Der Dale fixierte mich mit seinen dunklen Augen, dann

preschte er auch schon auf mich zu. Ohne weiter darüber nachzudenken, griff ich hinter mich, bekam eine Abdeckplane zu fassen und schleuderte sie ihm entgegen.

Der Dale ging mir sozusagen direkt ins Netz.

Ich hätte nie gedacht, dass dieser Trick wirklich funktionieren würde.

Lange hielt mein Triumphgefühl jedoch nicht an, denn was auch immer der Dale tat, die Plane, die aus schwerem Wachstuch bestand, wurde vor meinen Augen zu Staub, der wie Ascheflocken zu Boden rieselte, bis nichts mehr davon übrig war.

Jetzt war mir auch klar, was Vin damit gemeint hatte, als er gesagt hatte, ich sollte mich nicht von dem Dale berühren lassen. Dieser Kerl konnte alles innerhalb weniger Atemzüge pulverisieren.

»*Was zur …?*«, setzte ich an und zog die Augenbrauen zusammen.

»Komm in die Gänge, Jo!«, holte mich Vincents gepresste Stimme in die Realität zurück. »Beweg deinen Arsch!«

Besser hätte ich es nicht ausdrücken können. Mein Kopf ruckte zu meiner Waffe, dann hastete ich, so schnell es mein lädierter Körper zuließ, zu der Stelle, an der sie mir aus den Händen geglitten war.

Ich streckte die Arme nach der Glock aus, bereit, mich darauf zu stürzen, als sich starke Finger in meinen Rücken gruben, mich zurückhielten und ruckartig herumwirbelten. Gnadenlos presste mich der Dale gegen die Transportbox in meinem Rücken, sodass mir die Luft aus der Lunge gedrückt wurde und packte meinen linken Arm fester.

Meiner Kehle entrang sich ein tiefer Schrei.

Sein Handabdruck brannte bestialisch auf meiner Haut

und fraß sich wortwörtlich durch mein Fleisch. Ich spürte, wie sich meine Haut öffnete, wie heißes Blut über meinen Arm lief und Sehnen rissen. Das Brennen wanderte von meinem Arm aus nach oben, erreichte meinen Ellbogen und explodierte.

Wieder schrie ich und versuchte, mich aus seinem Griff zu befreien, doch der Druck wurde nur unnachgiebiger. Schwindel erfasste mich und ich hatte das Gefühl, mich jeden Moment übergeben zu müssen, gleichzeitig raste Adrenalin durch meinen Körper und verlieh mir neue Kraft.

Mit einem heftigen Ruck kam ich frei, taumelte von der Kiste fort und knallte auf den harten Beton, als meine Beine unter mir nachgaben.

Vincent brüllte irgendwo meinen Namen. Dann erklang ein Schuss.

Nein. Nein. Nein.

Schmerzerfüllt rollte ich mich auf die Seite und kämpfte gegen die drohende Dunkelheit an. Wenn ich jetzt das Bewusstsein verlor, war ich tot.

Mein Blick glitt zu meinem linken Arm, der nutzlos herunterhing, als hätte man die Knochen und Sehnen rausgeschnitten und nur noch Fleisch übrig gelassen.

Wieder überkamen mich Schwindel und Übelkeit, sodass ich hastig den Kopf abwandte – und an einem glänzenden, schwarzen Gegenstand hängen blieb, der keine dreißig Zentimeter von mir entfernt lag.

Die Glock.

Ich zwang meinen Körper dazu, sich ein letztes Mal zusammenzureißen, streckte den gesunden Arm aus und bekam den kalten Griff der Waffe zu fassen. Meine Finger schlossen sich um das Metall, fanden zielsicher den Auslöser und richteten die Glock auf den Dale, der mit großen Schritten auf mich zukam, bereit, es zu beenden.

Dieses Mal zögerte ich nicht.

Ich presste die Kiefer aufeinander und drückte ab.

Der Rückschlag ließ mich zurückprallen, sodass mein Kopf schmerzhaft auf dem Boden aufschlug und mich für einen Moment Sterne sehen ließ. Dann hörte ich wenige Meter von mir entfernt den unverkennbaren Aufprall eines Menschen, der zu Boden ging.

Ich hatte getroffen.

Mit der wenigen Kraft, die mir geblieben war, richtete ich mich so weit auf, dass der Dale wieder in meinem Blickfeld erschien. Ich fluchte unterdrückt, als ich sah, was ich getan hatte: Der junge Mann lag schwer atmend auf dem Rücken, die Augen zur Decke gerichtet. Sein Körper zuckte, während er seine Hände auf seinen unteren Bauch presste. Blut quoll unter seinen Fingern hervor und breitete sich rasant aus.

Ein winziger Teil von mir hatte angenommen, dass dieser ferngesteuerte Dale nicht bluten konnte, dass er unzerstörbar war, doch nun lag er dort wie ein ganz gewöhnlicher Mensch. Mein eigener Atem klang unnatürlich laut in diesem Moment, während mein Puls in meinen Ohren pochte. Unendlich langsam kam ich auf die Beine, meinen nutzlosen Arm an mich gepresst, während ich in Richtung des Dales stolperte.

Einen knappen Meter entfernt sank ich auf die Knie und zuckte zurück, als mich der Blick des jungen Mannes traf. Ein schrecklich klarer, schmerzerfüllter Blick.

Wie auch immer das möglich war, der Schuss hatte anscheinend diesen ferngesteuerten Modus beendet.

»Danke«, brachte er hervor und hob einen Mundwinkel.

Ich verzog das Gesicht und schüttelte den Kopf. »Es tut mir leid. Ich …«, murmelte ich kaum hörbar und schluckte.

»Du hast alles richtig gemacht. Taylor ist hinten«, murmelte er und verdrehte die Augen. »Im anderen Hangar, bei … Hol … Hol sie da raus.«

Ich nickte nur.

Er atmete keuchend aus und nahm eine Hand von seiner Wunde, um etwas aus seiner Hosentasche zu ziehen. »Und nimm das … hier. Der Deaktor … Er ist so eingestellt, dass er eine Reaktionszeit von knapp … fünf Minuten hat. Das reicht, damit ihr … um zu verschwinden«, fuhr der Dale angestrengt fort, seine Stimme war kaum mehr als ein Flüstern, sodass ich mich näher zu ihm beugen musste.

Zögernd betrachtete ich die Kugeln in seinen blutverschmierten Fingern.

»Ziel auf Hayden. Vertrau mir, er … er weiß, was zu tun ist.« Mit erstaunlich viel Kraft drückte er mir die Munition in die Hand. Sein Blut war warm auf meiner Haut.

»Wo-wovon redest du?«, fragte ich und sah ihn eindringlich an. »Wer ist Hayden?«

Der Dale kniff die Augen zusammen und ein Zittern ging durch seinen Körper. »Du wirst ihn er-erkennen. Nicht zu übersehen. Geh endlich, verdammt!«, zischte er schmerzerfüllt. »Lass nicht zu, dass sie Tay bekommen!«

Mit einer Hand tauschte ich mühsam die normale Munition gegen die besonderen Kugeln aus und schluckte. »Wie –«

»*Geh!*«, fuhr er mich an und krümmte sich.

Ich nickte, schlüpfte aus meinem Longsleeve und drückte ihn dem Dale auf die Wunde, seine blutverschmierten Hände positionierte ich darüber, ehe ich stolpernd auf die Beine kam.

Die Waffe fest in der mir verbliebenen funktionierenden Hand, wandte ich den Kopf zu Vincent, der noch immer mit dem anderen Dale kämpfte. Beiden lief Blut über das Gesicht, doch augenscheinlich wusste Vin, wie er mit dem übernatürlichen Gegner umgehen musste, sonst wäre er längst tot.

Ich starrte auf meine Waffe, dann zurück zu Vin.

Unsere Blicke kreuzten sich und der Gesichtsausdruck meines besten Freundes verfinsterte sich schlagartig. »Verschwinde, verflucht!«, brüllte er. »Geh zum Wagen und hau ab!« Seine Stimme donnerte durch die Halle, doch ich rührte mich nicht. »*Verschwinde*!«, rief Vin noch einmal und dieses Mal nickte ich.

Doch statt zu meinem R8 zu laufen und mich in Sicherheit zu bringen, nahm ich meine Waffe auf, visierte Vins Gegner an und schoss. Ein Streifschuss, aber es würde reichen. Er würde den Dale genug schwächen, damit Vin ihn endgültig ausschalten konnte.

»Kümmere dich um deinen Gegner und komm dann nach!«, rief ich und wandte mich in die entgegensetzte Richtung. Weg vom Ausgang, hin zu der Tür, hinter der Sara verschwunden war.

Vin würde klarkommen. Ich würde Taylor finden.

»*Johnny*! Scheiße, nein!«, hörte ich Vincents Stimme hinter mir, dann sein Fluchen, als er gezwungen war, sich wieder auf seinen Gegner zu konzentrieren. »JOHNNY!«

Es fiel mir schwer, aber ich blendete ihn aus, genauso wie die Angst und den Schmerz und richtete meinen Fokus einzig und allein auf den Zugang, der in den angrenzenden Hangar führte.

In 17H. Zu Taylor.

Ich hatte schon oft gekniffen und war abgehauen, sobald es brenzlig geworden war. Wie ein mieser Feigling hatte ich mich verkrochen, anstatt für das zu kämpfen, was mir am Herzen lag.

Doch dieses Mal würde ich nicht verschwinden.

Ich würde mein Wort halten und Taylor da rausholen.

Und dabei diesen Arschlöchern in den Hintern treten.

KAPITEL 29

TAYLOR

Survivor – 2WEI, Edda Hayes

Ich hatte viele schlimme Dinge in meinem Leben gesehen und erlebt.

Die meisten hatte ich aus meinem Kopf auf unzählige Seiten Papier und zwischen zwei Buchdeckel verbannt, weil ich das Gefühl hatte, dass sie mir dort weniger anhaben könnten. Als wären sie als geschriebene Wörter nur noch Teil einer dunklen Geschichte. Einer fremden Geschichte und nicht meiner eigenen. Die grausigen Erinnerungen hatten Seite um Seite gefüllt, meine Emotionen und Ängste hatten ihnen Form verliehen, während mein Schicksal den Stift geführt hatte.

Doch keine dieser Erinnerungen, nicht einmal die dunkelste und schmerzhafteste, kam an diesen Moment heran. Nicht einmal im Entferntesten. Dabei war das hier erst der Anfang von etwas weitaus Schrecklicherem und ich hatte keinen blassen Schimmer, wie ich es aufhalten sollte.

Ich war absolut machtlos.

Gefesselt kniete ich auf dem nackten Beton des Hangars unweit einer kleinen Treppe, die in den Privatjet von Emerdale führte. Mir war unsagbar kalt, ich zitterte, blutete und hatte das Gefühl, jeden Moment das Bewusstsein zu verlieren. Es gab keinen Millimeter meines Körpers, der nicht in Flammen stand, doch kein körperlicher Schmerz kam an die Klinge heran, die die kalten, bernsteinfarbenen Augen des Dales neben mir in mein Herz jagten.

Wieder und wieder, ohne mit der Wimper zu zucken.

Hayden stand bewegungslos im Aktiven Modus neben mir, sah auf mich herab, als wäre ich nichts weiter als ein Objekt, dessen Bewachung er übertragen bekommen hatte. Von meinem Kindheitsfreund war nichts mehr übrig. Nur noch eine leere Hülle, die Emerdale scharf geschaltet hatte, um dafür zu sorgen, dass ich mich benahm. Eine automatische Killermaschine, die mich, ohne zu zögern umbringen würde, sollte man ihm den entsprechenden Befehl geben.

Ich schluckte und kniff die Augen zusammen, um ihn nicht länger ansehen zu müssen.

Ich werde aussehen wie ich, aber das werde nicht ich sein. Keiner von uns. Hast du das verstanden, Tay?

Und wie ich das verstanden hatte.

Hayden war verschwunden. Ausgeschaltet von diesen Monstern.

Irgendwo da draußen war Jonathan, der sehenden Auges in seinen sicheren Tod lief, sobald er auf Greg und Quinn traf, die man ebenfalls in den Aktiven Modus geschaltet hatte.

Und ich konnte absolut nichts dagegen tun.

Am liebsten hätte ich getobt, geschrien, gewütet. Wäre explodiert und hätte alles niedergerissen, doch ich fühlte mich so unendlich erschöpft und ausgelaugt. Ich spürte meine Hände, die mit Kabelbindern auf meinem Rücken fixiert waren, nicht mehr, meine Beine waren eingeschlafen und der Blutverlust hatte mir präzise und brutal die Kraft aus den Gliedern getrieben.

Emerdale hatte gewonnen und mit Hayden als meine persönliche Wache hatten sie mir den Todesstoß versetzt.

Stumme Tränen liefen mir über die Wangen, brannten in meinen Wunden und tropften auf die schlichte, schwarze Kleidung, die man mir gegeben hatte.

Erstickt schluckte ich und hob den Blick. Unweigerlich fanden meine Augen doch wieder Haydens, fanden den abwesenden Ausdruck in seinen sonst so funkelnden Iriden.

Hayden! Hayden, bitte sieh mich an. Sieh mich richtig *an!*, flehte ich erneut, brüllte ihn in Gedanken an, auch wenn ich wusste, dass es zwecklos war. Ich hätte ihn anschreien können, bis mir die Stimme versagte, es hätte nichts gebracht.

Haydens Persönlichkeit war an einem ganz anderen Ort. Tief vergraben unter dem Nebel des Aktiven Modus, der sein Bewusstsein außer Gefecht gesetzt hatte.

Frustriert zwang ich das Schluchzen, das in meiner Kehle brannte, zurück und zog die Augenbrauen zusammen. »Hayden«, flüsterte ich und fuhr mir über die rissigen Lippen. »Hayden.«

Doch er zeigte nicht die geringste Reaktion. Sein Blick war abwechselnd auf mich und dann wieder aufmerksam auf unser Umfeld gerichtet, um bei der kleinsten Störung eingreifen zu können. Ich existierte nicht länger für ihn. »Hayden«, sagte ich noch einmal lauter und keuchte im nächsten Moment, als mich eine Ohrfeige traf und mein Kopf zur Seite flog.

»Halt dein Maul, C8«, bellte Pythan, der zu mir trat und grob mein Kinn packte. »Oder ich sorge dafür.« Seine Augen bohrten sich in meine und entzündeten zusammen mit dem neuen Schmerz in meiner Wange einen winzigen Funken in mir, den ich bereits totgeglaubt hatte.

Mit zusammengebissenen Zähnen ballte ich meine tauben Hände zu Fäusten und genoss den Anflug der Telekinese, die wütend durch meinen Körper rauschte, bereit, aus mir herauszubrechen und alles in Schutt und Asche zu legen. Doch so schnell der Funke gekommen war, so schnell wurde er wieder zu der dunklen Leere, die mich zu Boden zog, und erlosch.

Wenn ich auf meine Fähigkeit zurückgriff, wäre das das Todesurteil für Samira, die sie noch immer als Druckmittel gegen mich in der Hand hielten, genauso wie für meine anderen Freunde, die unter dem Befehl von William standen. Und ich wusste, er würde sie, ohne zu zögern töten, nur um mich daran zu erinnern, wo mein Platz war.

Mit leerem Blick verfolgte ich, wie das Flugzeug beladen wurde. Kisten wurden durch den Hangar geschoben, schwere Ausrüstung über den Boden gerollt und mehrere Koffer zur Laderampe gebracht. Überall waren schwer bewaffnete Soldaten positioniert, die Waffen fest im Anschlag.

Aus dem Augenwinkel sah ich, wie Caleb und William aus dem Jet stiegen und sich gedämpft unterhielten, dann huschte mein Blick auf die Tür, durch die Greg, Quinn und Sara vor einer kleinen Ewigkeit verschwunden waren.

Um Jo auszuschalten.

Ausgerechnet Greg und Quinn.

Ich hatte die jeweilige Fähigkeit der beiden schon mehrere Male in Aktion gesehen. Quinn konnte alles und jeden innerhalb von Sekundenbruchteilen zu Staub werden lassen und Greg … er war schnell, verflucht schnell. Selbst ich hatte in einem Kampf Schwierigkeiten, gegen ihn zu bestehen.

Übelkeit stieg mir die Speiseröhre hoch.

Beinahe instinktiv schaute ich wieder zu Hayden. Er war jahrelang mein Anker in Emerdale gewesen. Hatte mich getröstet, wenn ich schreckliche Dinge getan, mich im Arm gehalten, wenn mich Schluchzer geschüttelt hatten. Mein Mund öffnete sich, um ein weiteres Mal nach ihm zu rufen, als ein Schuss aus dem angrenzenden Hangar die Luft zerriss und mich zusammenzucken ließ.

Jo!

Mit einem Knurren zerrte und riss ich an den Fesseln, bis sie sich nur noch tiefer in meine Haut gruben. Himmel, das durfte nicht wahr sein! Jo durfte nicht tot sein!

Mir kam ein Stöhnen über die Lippen, das zu einem scharfen Fluch wurde, als sich die Tür öffnete und Sara mit einem kalten Lächeln in den Hangar trat.

Ohne weiter darüber nachzudenken, fixierte ich eines der Kabel, das über den Boden verlief, spannte es und machte es zu einem gefährlichen Stolperdraht. Sara bemerkte es zu spät, stolperte und ging mit einem hässlichen Knirschen zu Boden.

Grimmige Genugtuung erfüllte mich, als sie wieder auf die Beine kam und sich mit schmerzverzerrter Miene die gebrochene Hand an die Brust drückte. Ihre Knie waren aufgeschlagen, Blut lief ihr aus der Nase und eine Platzwunde zierte ihre Stirn.

Warte ab, bis sie mich von der Leine lassen, dachte ich düster und genoss das heiße Pulsieren in meinem Inneren.

Nur einen Sekundenbruchteil später richteten sich ihre mörderischen Augen auf mich. Mit großen Schritten kam sie auf mich zu und wirkte dabei, als würde sie mir am liebsten den Hals umdrehen wollen, doch überraschenderweise trat William ihr in den Weg und hielt sie zurück.

»Sara, beruhige dich«, sagte er und hob die Hände.

»Leg sie endlich still.« Sara sah an ihm vorbei zu mir. »Ich kann mir nicht vorstellen, dass der Deaktor großen Schaden anrichten wird. Sie scheint kräftig genug zu sein.«

William schüttelte langsam den Kopf. »C8 wird ihre Strafe bekommen, aber nicht jetzt. Wir stehen unter Zeitdruck.«

Widerwillig löste sie ihre kalten Augen von mir und sah zu William. »Du hast dich von Theodore um den Finger wickeln lassen. Sie sollte längst tot sein.«

Ich gab ihr nicht die Befriedigung, unter der Wucht ihrer Worte zusammenzuzucken und zwang mich stattdessen dazu, mich wieder aufzurichten.

William überging ihre Spitze geflissentlich. »Ist die Angelegenheit mit Jonathan Luxmore erledigt?«

Ein dünnes Lächeln trat auf ihre Züge, als sie nickte. »Er und Vin, falls du dich noch an ihn erinnerst, sind ausgeschaltet und stellen kein Problem mehr dar.«

Dieses Mal fuhr ich zusammen und gab einen erstickten Laut von mir.

Sie lügt! Sie lügt! Sie lügt!, brüllte ich innerlich.

Warum sollte sie? Du weißt doch, dass sie ihn umbringen werden!, fuhr mich meine mentale Stimme an. Tränen flossen mir über die Wangen und brannten sich in meine Haut, während ich stumm litt.

Saras Blick zuckte zu mir und das Lächeln wurde breiter, als würde ihr meine offensichtliche Trauer Freude bereiten. Am liebsten hätte ich ihr auch noch das zweite Handgelenk gebrochen.

»Gute Arbeit. Lass dich von Theodore versorgen und geh mit Caleb ins Flugzeug. Ich komme nach, sobald die letzten Vorbereitungen abgeschlossen sind«, gab William zurück und entließ sie damit.

Mit einem letzten Blick in meine Richtung wandte sie sich ab und ging zu der Treppe, die ins Flugzeug führte. Kurz erwog ich, die Stufen unter ihr einbrechen zu lassen, doch Williams Stimme hielt mich zurück.

»Du solltest deine Grenzen besser kennen, C8«, murmelte er, ohne sich umzudrehen.

Ich erwiderte nichts und starrte nur auf den Beton. Grenzen? William hatte keinen blassen Schimmer von meinen Grenzen oder wozu ich imstande war.

Mit einem langsamen Kopfschütteln verschränkte er die Arme hinter seinem Rücken und drehte sich zu mir um. Er musterte meine zusammengesunkene Gestalt. »Eine Schande. Ich hatte viel Hoffnung in dich gesetzt, doch du bist nichts weiter als ein wildes, unkontrolliertes Tier, das blindlings um sich schlägt. Sobald deine DNA extrahiert wurde, werde ich dich persönlich vernichten.«

Zorn loderte in meiner Brust auf. »Sie sind ein Monster!«, spuckte ich ihm entgegen und streckte meine Telekinese nach ihm aus. Mit unsichtbaren Fingern packte ich ihn am Kragen seines Hemds, drückte zu, bis ihm der Atem abgeschnürt wurde und ein Anflug von Panik über seine Züge huschte. Dann spürte ich den Lauf einer Waffe an meinem Hinterkopf, der schmerzhaft auf die kaum verheilte Platzwunde drückte.

Hayden.

Knurrend ließ ich von William ab, der keuchend seinen Anzug richtete und mich mit einem beinahe bedauernden Blick bedachte. »Eine Schande«, sagte er nur wieder und wandte sich dann an Pythan. »Bringen Sie sie ins Flugzeug und sagen Theodore, er soll sie ruhigstellen.«

Dann ging er.

Ich biss mir auf die Innenseiten meiner Wangen und keuchte, als ich im nächsten Moment von Haydens starken Armen hochgerissen wurde. Die zarte Kruste an meiner Seite riss und warmes Blut durchtränkte mein Shirt, während ich unbarmherzig von Hayden in Richtung des Jets geschleift wurde.

Panik machte sich in mir breit, als wir uns dem Flugzeug näherten und die Gedanken in meinem Kopf begannen sich zu überschlagen.

Hayden. Jonathan. Vincent. Der Jet – wenn ich in diesen verdammten Jet steige, dann ist es vorbei. Die werden mich kaltstellen, einsperren und nehmen, was sie brauchen. Weitere Experimente, weiteres Leiden. Sie werden mich umbringen.

So wie sie Jo und Vin umgebracht haben.

Wütend riss ich den Kopf hoch und begegnete Samiras Blick. Alles in mir kam mit einem Ruck zum Stehen.

Sam.

Meine Freundin hing noch immer scheinbar zusammengesackt zwischen zwei Wachen, doch ihr Blick war wach und klar. Ihre Miene grimmig und entschlossen. Und dann neigte sie kaum merklich den Kopf.

Ich brauchte nur Sekundenbruchteile, um zu verstehen, was das zu bedeuten hatte, was sie mir zu sagen versuchte. Meine Mundwinkel zuckten.

Im nächsten Moment explodierte ich und der farblose Hangar wurde in grenzenloses Chaos gestürzt.

Mühelos überwand ich das Pochen in meinem Schädel, fixierte das nächstbeste Wurfgeschoss und schleuderte es auf Pythan. Sein Schreien, als er unter der Transportkiste begraben wurde, ging mir durch Mark und Bein.

Gleichzeitig riss sich Samira auf der anderen Seite des Hangars mit wehenden roten Haaren aus dem nachlässig gewordenen Griff ihrer Wachen, schnappte sich eine Waffe aus dem Holster des Soldaten und feuerte zwei schnelle Schüsse auf die Männer ab. Sie gingen zu Boden, noch ehe sie überhaupt reagieren konnten, während sich eine glänzende Blutlache um ihren leblosen Körper herum ausbreitete.

Sam war schon immer eine begnadete Schützin gewesen.

Ich stieß scharf den Atem aus und fuhr herum, als sich schwere Schritte näherten. Gewehre wurden gezogen, weitere Soldaten stürmten in den Hangar. Befehle wurden gebrüllt, Posten verlassen und neu besetzt, und Mitarbeiter, die keine Soldaten waren, wurden in Sicherheit gebracht.

Das alles geschah innerhalb weniger Sekunden und versetzte alle in Alarmbereitschaft.

William, Sara und Caleb erschienen auf der Treppe des Jets, zogen beinahe zeitgleich ihre Waffen, während links von mir eine weitere Truppe Soldaten das Kampffeld betrat.

Als ich sie erkannte, kam mir ein erleichtertes Schluchzen über die Lippen.

Dales, klare, deaktivierte Dales mit entschlossenen Mienen, die ihre Waffen auf die Leute von Emerdale richteten und feuerten. Ihre Fähigkeiten mochten blockiert sein, doch das hielt sie nicht im Geringsten davon ab, zu kämpfen – und das taten sie. Sie warfen sich auf die Soldaten, stürmten in den Hangar und verwandelten das Kampffeld in einen Schlachtplatz.

Was zum Teufel geht hier eigentlich vor?

Ich erkannte James und Hailey, die Seite an Seite auf eine Formation von neun Emerdale-Wächtern zuliefen. Dahinter sprangen Lucas und Tami wie wild gewordene Furien auf weitere Soldaten zu, stellten sich unerschrocken ihren Deaktor-Kugeln und vernichteten jeden, der ihnen zu nahe kam. Wie war das möglich?

Ich riss die Augen auf und fluchte, als ich endlich verstand.

Das hier war ein Aufstand. Eine verdammte Rebellion.

Rechts von mir bemerkte ich zwei weitere meiner Freunde, doch im Gegensatz zu den anderen waren ihre Blicke verschleiert, ihre Bewegungen präzise und gesteuert. Dales im Aktiven Modus, so wie Hayden.

Ruckartig sah ich zwischen ihnen und Tami und Lucas hin und her, ehe ich endlich aus meiner Starre erwachte. Es wurde verflucht noch mal Zeit, dass ich Teil dieses Spiels wurde.

Mit zusammengebissenen Zähnen sorgte ich mit weiteren Wurfgeschossen für Abstand und gab Lucas und Tami Rückendeckung. Als die Kisten hinter ihnen splitterten und die aktivierten Dales dazu zwangen, zurückzuweichen, wandten sich die beiden zu mir um, nickten mir knapp zu, ehe sie sich wieder ihren Gegnern widmeten.

Ich ließ den Blick erneut durch die Halle gleiten, als mich jemand fest am Oberarm packte und herumriss.

Hayden.

Seine Finger gruben sich unnachgiebig in meine Haut und entlockten mir ein leises Wimmern, ehe er mich ohne Vorwarnung von sich stieß. Mit meinen noch immer gefesselten Händen hatte ich keine Möglichkeit, den Sturz abzufedern und krachte ungebremst auf meine verletzte Seite. Mir kam ein schmerzerfüllter Schrei über die Lippen.

Keuchend drehte ich den Kopf in Haydens Richtung, der bereits mit großen, angespannten Schritten auf mich zukam. Das, was in seinen goldenen Augen stand, ließ mich zusammenzucken.

Der Wille, mich zu verletzen.

»Hayden!«, flehte ich. »Hayden, sieh mich an!« Meine Stimme brach und ging in ein hilfloses Schluchzen über.

Nicht, weil ich mich vor ihm fürchtete, sondern weil ich Angst vor dem hatte, was ich tun musste, um zu überleben.

Es war wie eine schreckliche Wiederholung des Kampfes mit Mate in Malibu. Ich musste Hayden verletzen, um lebend aus dieser Situation herauszukommen. Um meinen Freunden helfen zu können.

Doch … doch ich *konnte* es nicht.

»Hayden, verdammt!«, stieß ich hervor und schluckte gegen das Brennen in meinem Hals an.

Ich *durfte* ihn nicht auch noch verlieren.

Um uns herum tobte noch immer das Chaos. Soldaten und Dales bekämpften sich, bereits jetzt lagen einige Körper leblos auf dem Boden. Der durchdringende Geruch nach Blut und Tod lag in der Luft und schnürte mir den Atem ab, während sich mein Blickfeld einzig und allein auf Hayden fokussierte. Die beiden goldenen Punkte in seinem harten Gesicht – daran hielt ich mich fest.

»Hayden«, sein Name kam mir als ein beinahe lautloses Hauchen über die Lippen.

Ich will dir nicht wehtun.

Doch ich erreichte ihn nicht.

Seine schlanken, kräftigen Finger griffen nach der Waffe an seiner Seite und richteten sie direkt auf mich.

Mein Herzschlag schoss in die Höhe.

Bei der Hölle, mach endlich was!, schrie mich meine innere Stimme an, während Williams tiefer Bariton einen harschen Befehl durch den Hangar brüllte. »Stopp! Nicht töten, C1. Bring sie zu mir. Wir brauchen sie lebend!«

Haydens Kopf ruckte für einen Sekundenbruchteil zu William. Mehr brauchte ich nicht.

Ich richtete mich auf und fixierte zielsicher die Waffe, die immer noch auf mich gerichtet war. Meine Telekinese zog sie Hayden aus den Händen, ohne dass er etwas dagegen hätte unternehmen können und ich zerschmetterte sie an der gegenüberliegenden Wand.

Sofort lag seine Aufmerksamkeit wieder auf mir. Mit geballten Fäusten stürmte er auf mich zu, bremste jedoch sofort ab, als er begriff, dass er mir damit in die Karten spielte. Hayden mochte in diesem Moment nicht mehr er selbst sein, aber sein Wissen und seine Erfahrungen im Kampf mit mir waren ihm geblieben. Und deswegen war er auch in der Lage, meine Angriffsmuster vorauszuahnen, bevor ich überhaupt zuschlagen konnte.

Innerhalb von Sekundenbruchteilen löste er sich vor meinen Augen in Luft auf und verschwand aus der Schusslinie. Hölle, wie ich es hasste, wenn er das tat.

Ich stieß einen Fluch auf Spanisch aus und kam unter Anstrengung und Schmerzen auf die Beine – ein schweres Unterfangen angesichts der Tatsache, dass meine Arme noch immer gefesselt waren und ich mein Umfeld nicht aus den Augen lassen durfte.

Ich musste endlich meine Hände freibekommen und diese verdammten Kabelbinder loswerden. Grimmig sah ich mich um, suchte nach einem Messer, meiner liebsten Waffe, und nach Hayden. Seine Taktik, Teleportation als Kampfmittel einzusetzen, kannte ich bereits und ich wusste, wie tödlich sie sein konnte.

Doch bisher fehlte in dem Getümmel aus Kampfgeschrei, ohrenbetäubenden Schusswaffen und Körpern, die aufeinanderprallten, nach wie vor jede Spur von ihm. Himmel, der Hangar war wirklich zu einem Schauplatz des Grauens geworden.

Rechts von mir entdeckte ich Samira, die wie besessen Schüsse abfeuerte und die scheinbar immer größer werdende Anzahl Soldaten in Schach zu halten versuchte.

»Sam!«, rief ich und humpelte in ihre Richtung, wobei ich alles, was ich finden konnte, auf ihre Gegner niederregnen ließ, um ihr mehr Zeit zu verschaffen. Ihr Blick fand meinen, für einen Moment verhakten sie sich ineinander, dann erklang ein weiterer Schuss, scheinbar lauter und durchdringender als alle zuvor. »Sam!«, schrie ich mit verzerrter Stimme und schleuderte den Schützen mit meiner ganzen Wut von den Beinen und gegen das Flugzeug. Mit verrenkten Gliedern kam er leblos auf dem Boden auf.

Wieder rief ich den Namen meiner Freundin und rannte los, bereit, mich in das Chaos zu stürzen. Diesen Augenblick suchte sich Hayden aus, um sich direkt vor mir zu materialisieren. Ungebremst knallte ich gegen ihn und ging zu Boden. Schon wieder.

»Hör auf zu kämpfen«, sagte er mit schrecklich emotionsloser Stimme und ragte über mir auf. Schweiß lief ihm über das schöne, aber auch erschöpfte Gesicht. Die Teleportation fiel ihm im Aktiven Modus offensichtlich schwerer und zerrte an seinen Kräften.

Ich sah an ihm vorbei zu Sam, die noch immer regungslos auf dem Beton lag, dann zurück zu Hayden.

»Das bist nicht du, Hayden! Nichts davon!«, spuckte ich ihm entgegen und sammelte bereits neue Energie in meinem Körper, als plötzlich ein Wirbel aus feuerroten Haaren hinter ihm erschien und ihn mit Wucht von den Beinen riss.

»Tay, fang!«, keuchte Sam. Blut lief über ihre rechte Schulter, dort, wo sie die Kugel getroffen hatte. Sie warf mir ein Messer zu, in dem Wissen, dass ich es auch ohne meine

Hände würde fangen können. Dann stürzte sie sich ein weiteres Mal mit einem Knurren auf Hayden.

So schnell es meine aufgekratzten Nerven und meine brüchige Konzentration zuließen, schnitt ich mit dem von meinen Fähigkeiten gelenkten Messer die Fesseln durch und schnappte mir dann die funkelnde Klinge aus der Luft, als ich wieder auf die Beine sprang.

Kurz drehte sich die Welt und ich spürte, wie neues Blut an meinem Körper herunterlief, doch ich drängte beides zurück und umfasste die Waffe in meinen Fingern fester. Ich musste Hayden von Sam ablenken und endlich herausfinden, was hier vor sich ging. Doch ich kam keine zwei Schritte weit: Eine lodernde Feuerwand schnitt mir zischend den Weg ab und ließ mich herumfahren.

Avan im Aktiven Modus ließ die Knöchel knacken und bedachte mich mit einem kalten Lächeln, das so gar nicht zu seinem besonderen Talent im Umgang mit Flammen zu passen schien.

»Geh zur Seite«, knurrte ich warnend.

Winzige Flammen tanzten auf seinen Fingerspitzen und verliehen ihm einen irren Ausdruck, der nur zu gut zu seiner todbringenden Fähigkeit passte. Ihm und seinem Feuer hatte ich einige meiner Brandnarben zu verdanken. Seine Pyrokinese war genauso unberechenbar wie es Mates Fähigkeit der Windmanipulation gewesen war.

Ich pustete mir eine verschwitzte Strähne aus dem Gesicht und ließ das Messer in meinen Fingern kreisen.

Einen Atemzug lang fixierten wir einander, dann legte Avan los. Drei Feuerkugeln schossen in meine Richtung, brennend und pulsierend, als wären sie lebendig.

»Scheiße!«, stieß ich hervor, wich den ersten beiden aus

und rollte mich dann über den Boden ab, um auch der Dritten zu entkommen. Mir kam ein Stöhnen über die Lippen, als meine Muskeln ächzend protestierten. Mir blieb nicht mehr viel Zeit, bis mir mein Körper den Dienst versagen würde, so viel war klar. Ich musste Avan schleunigst aus dem Weg schaffen, ohne ihn umzubringen. Zähneknirschend kam ich auf die Beine, wich einem weiteren Feuergeschoss aus und wirbelte zur Seite. Der Griff des Messers drückte sich schmerzhaft in meine Handfläche, während ich anvisierte, dann warf ich es in Avans Richtung.

Auch ohne meine Telekinese traf die Klinge ihr Ziel. Messer hatten mir schon immer gelegen.

Die Klinge bohrte sich in Avans Bauch – keine tödliche Wunde, aber eine, die ihn hoffentlich für ein paar Minuten aus dem Verkehr zog und uns Zeit verschaffte.

Genau wie bei Mate, als ich ihn verwundet hatte, verzog sich der abwesende Ausdruck auch in Avans Augen. Er nickte mir knapp zu und brach dann lautlos zusammen.

Die Feuerwand hinter mir erstarb und gab den Blick auf Hayden und Sam frei, die noch immer in einen Kampf verwickelt waren. Auch wenn sich Samira irgendwie auf den Beinen hielt, besaß Hayden offensichtlich die Oberhand.

Er verschwand und tauchte schwindelerregend schnell auf, wieder und wieder, bis es unmöglich zu sagen war, wo er als Nächstes erscheinen würde. Zwischendrin tauschten sie Schläge und Tritte aus. Beiden lief mittlerweile Blut über die Gesichter und ich bildete mir ein, ihren schweren Atem über die Kampfgeräusche hinweg hören zu können.

Ohne noch länger zu warten, lief ich los, setzte über zwei gefallene Soldaten hinweg und fegte einen dritten von den Beinen, als er gerade auf mich zielte. Rechts von mir brannte es, der scharfe Geruch nach Chemikalien, Blut und Tod lag in der Luft und berauschte mich auf grausame Art und Weise, während überall um mich herum Schüsse fielen, Dinge zu Bruch gingen und Menschen starben. Ich beschleunigte, ungeachtet meiner schmerzenden Glieder, ließ Kisten, Koffer und Rollwägen auf unsere Gegner niederprasseln, ohne Hayden und Samira aus den Augen zu lassen. Mittels meiner Telekinese räumte ich einen geparkten Humvee zur Seite, schleuderte ihn in eine Formation aus Soldaten, die James und Hailey einkesselten, und warf mich dann zwischen Hayden und Sam.

Der Aufprall raubte mir den Atem, auch wenn ich auf Haydens Brust landete, und ließ mich Sternchen sehen, doch ich vertrieb sie resolut und fixierte stattdessen Haydens Körper mithilfe meiner Fähigkeiten am Boden.

Hayden blieb bewegungsunfähig und schwer atmend unter mir, ich saß rittlings auf seiner Brust und starrte keuchend auf ihn herab. Schweiß lief mir über das Gesicht, während wir einander betrachteten.

»Hör auf«, sagte ich leise und eindringlich. »Hör auf. Du bist –« Doch weiter kam ich nicht.

Direkt vor mir knallte eine Tür, die geöffnet wurde, lautstark gegen die Wand und lenkte meinen Blick auf die Person, die ohne zu zögern die Hölle, in die sich der Hangar verwandelt hatte, betrat.

Jonathan.

Ein Fluch löste sich von meinen Lippen. Meine Finger krallten sich in Haydens Shirt, als brennende Tränen in mir aufstiegen.

Sein Gesicht war bleich, er war verletzt und sein linker Arm hing nutzlos an seiner Seite, was zweifelsohne Quinns

Werk gewesen war, doch in seinen hellen Augen stand ein kalter, berechnender Ausdruck, der mir eine Gänsehaut über den Körper jagte.

Er schien sich kaum noch auf den Beinen halten zu können, seine Kleidung war blutverschmiert und zerrissen und dennoch zitterte die Hand, in der er eine Waffe hielt, kein bisschen.

»Jo ...«, flüsterte ich fassungslos und erschrak, als mir bewusst wurde, worauf er den Lauf der Glock richtete.

Nicht auf mich.

Nicht auf das Chaos um uns herum.

Sondern auf Hayden.

Und dann drückte er ab.

KAPITEL 30

TAYLOR

Helium – Sia

»*NEIN!*«

Meine Stimme klang fremd und unmenschlich, nicht länger wie ich selbst, als ich im selben Moment aufschrie, in dem der Schuss aus Jos Waffe die Luft zerriss. Ein endgültiges Knallen, das mir durch Mark und Bein ging und sich anfühlte, als hätte man eine Klinge durch mein Trommelfell getrieben.

Und dann wurde es beinahe totenstill, die Luft seltsam schwer, als hätte sich eine dunkle Decke über alles gelegt, während sich ein penetrantes Pfeifen in meinen Schädel bohrte.

Hayden, der noch immer unter mir lag, sackte stöhnend in sich zusammen, als wäre er eine Marionette, der man die Fäden durchgeschnitten hatte. Sein Widerstand gegen meine Telekinese erstarb ruckartig und ließ mich zur Seite fallen. Keuchend kniete ich mich neben Hayden und presste mir eine zitternde Faust gegen die Lippen.

Um nicht zusammenzubrechen.

Um nicht erneut zu schluchzen.

Um nicht dem Verlangen nachzugeben, ihn zu berühren, in meinen Schoß zu ziehen, wachzurütteln. Denn auch wenn alles in mir danach schrie, ihn mit meinen Armen zu umschlingen, zu halten, durfte ich ihm nicht zu nahe kommen, solange ich nicht wusste, ob er noch immer im Aktiven Modus war.

Es zerriss mich innerlich und trieb mir die Tränen in die Augen.

»Hayden«, murmelte ich erstickt.

Ein dunkler Fleck aus frischem Blut breitete sich an seiner linken Flanke aus, tränkte sein schwarzes Shirt, sodass es glänzte und doch …

… war es deutlich weniger Blut, als ich erwartet hätte. Stirnrunzelnd sah ich in Haydens Gesicht, musterte seine verkrampften Züge und die Schweißperlen auf seiner Stirn. Das Chaos um mich herum verblasste. Das war keine gewöhnliche Kugel gewesen. Kein normaler Schuss.

In der nächsten Sekunde war Samira mit roten, wehenden Haaren an meiner Seite und stieß hörbar den Atem aus.

»Wir müssen die Blutung stoppen. Sofort.« Ihre bebenden Finger schwebten über seinem Körper, bis ihr bewusst wurde, dass ihre Fähigkeiten noch immer blockiert waren und sie gerade keine Flüssigkeiten beeinflussen konnte. Ihr kam ein frustriertes Schluchzen über die Lippen.

»Sam, schon okay …«, sagte ich leise, griff nach ihren klammen Fingern und begegnete ihrem Blick. »Es ist okay.«

»A-aber …«

Ich deutete mit dem Kinn auf den etwa walnussgroßen Blutfleck an Haydens Seite, der bereits zu trocknen begann. Kein frisches Blut.

Verwirrung mischte sich in Sams Züge, dieselbe Verwirrung, die auch ich verspürte.

Dann drehte ich den Kopf wieder zu Jo, der noch immer die Waffe in der Hand hielt und mit bleichem Gesicht von

Hayden zu mir schaute. Als sich unsere Blicke kreuzten, ging ein merklicher Ruck durch Jo hindurch, der ihn aus seiner Starre riss und Erleichterung auf seinen Zügen zurückließ. Dieselbe Erleichterung, die auch ich spürte, weil er lebend vor mir stand.

»Jo«, murmelte ich leise, beinahe ungläubig, sodass es mehr wie ein Seufzen klang. Und doch konnte ich an seinem Gesichtsausdruck erkennen, dass er mich über den Kampf hinweg, der noch immer tobte, gehört hatte. Dass er all die angestaute Angst um ihn in jeder einzelnen Silbe meiner Worte vernahm.

Seine verkrampfte Haltung löste sich und die Reste der harten Fassade brachen in sich zusammen. Dann war er auch schon an meiner Seite.

»Lory, du ... du lebst«, flüsterte er und legte die Waffe weg, um seine Finger nach mir auszustrecken. Seine Hand war genauso blutverschmiert wie meine und doch war diese Berührung, als er federleicht über meine Wange fuhr, schöner als jede zuvor.

Er war schöner als je zuvor.

Verletzt, dreckig, mit Kratzern und sichtbaren Spuren, doch in seinen Zügen lag nichts außer Entschlossenheit. Die Entschlossenheit, das hier zu überleben. Stark zu sein, auch, wenn die Lage noch so aussichtslos schien.

»Dasselbe könnte ich über dich sagen«, erwiderte ich erstickt und spürte, wie sich ein winziges Lächeln auf meinen Lippen ausbreitete. Dasselbe Lächeln, das sich nun auch auf seine Züge schlich.

Ich hatte angenommen, dieses Lächeln nie wieder zu sehen.

Samira sah von Jo zu mir und zurück.

»Du hast auf Hayden geschossen!«, stieß sie hervor und ballte die Fäuste.

Jo riss sich von mir los und legte die Stirn in Falten. »Dieser Dale draußen hat gesagt, ich solle schießen – mit diesen Kugeln, die er mir gegeben hat. Dass Hayden wüsste, was zu tun sei«, antwortete er schnell, sodass seine Zunge beinahe über die einzelnen Laute stolperte, und fuhr sich durch die Haare. »Ich ... Ich habe es einfach getan.«

»Moment, welcher Dale?«, hakte Samira argwöhnisch nach und beugte sich zu Jo, der unwillkürlich zurückwich.

Ein Zittern durchlief seinen Körper und ich konnte den Schock förmlich spüren, der in seinem Blick lag.

Ich runzelte die Stirn, als irgendwo hinter uns Schüsse erklangen.

Wir waren noch immer inmitten des Kampfs – der Rebellion –, der im Hangar ausgebrochen war und trotz der zwei Transportkisten, die unsere Ecke etwas abschirmten, angerichtet wie auf einem verfluchten Präsentierteller. Vermutlich würde uns nicht mehr viel Zeit bleiben, bis sie uns hier hinten gefunden hätten.

»Welcher Dale?«, wiederholte Samira in diesem Augenblick scharf. Ihre Hand, die ich fest umklammert hielt, wurde warm.

»Quinn«, beantwortete eine schwerfällige Stimme die Frage. Eine schwerfällige, wundervoll klare Stimme, in der all das lag, was ich zuvor verloren geglaubt hatte. »Es war Quinn.« Hayden öffnete blinzelnd die Augen und verzog das Gesicht: »Hölle, ich habe angenommen, die Dinger tun nicht ganz so weh.«

Samira riss sich von mir los und funkelte Hayden an: »Wovon zum Teufel sprichst du? Und wie passt er da rein?«

Beinahe anklagend zeigte sie auf Jo, der sich nervös übers Kinn fuhr.

»Ich bin Jo, freut mich«, gab er mit einem gequälten Grinsen zurück und wurde dann schlagartig ernst, als sein Blick an mir vorbeiglitt und sich auf etwas hinter mir richtete. »Scheiße!«

Ich fuhr genau in dem Moment herum, als zwei Soldaten und ein Dale im Aktiven Modus unser kleines Versteck betraten.

»Jo! Schieß!«, rief Hayden und stemmte sich auf die Unterarme.

Jo griff nach der Glock, entsicherte und schoss. Mir kam ein Fluch über die Lippen, ehe ich die beiden Soldaten übernahm, sie mit einer knappen Handbewegung von ihren Füßen riss und irgendwo in den Hangar schleuderte, weit weg von uns.

»Sehr gut, Jo. Du hast verdammt schnelle Reflexe«, kommentierte Hayden und schaffte es mit Sams Hilfe auf die Beine.

Ich betrachtete Jo, während mein Herz viel zu schnell und heftig in der Brust trommelte. Wann war aus meinem lustigen, unkomplizierten Freund Jonathan diese Version geworden?

Du hast ihn dazu gebracht, oder nicht?, antwortete meine hässliche innere Stimme und ließ mich die Lippen fest aufeinanderpressen. Hier und jetzt war nicht der richtige Zeitpunkt, um über all die Fehler, die ich begangen hatte, nachzudenken.

»Könnt ihr mir einmal sagen, was hier gerade los ist?«, hörte ich Sam fragen, während ich unser Umfeld nicht aus den Augen ließ.

Im gesamten Hangar kämpften Dales gegen Soldaten, Schüsse fielen, Kisten zerbarsten, doch von William und Sara fehlte jede Spur und das beunruhigte mich. Zumal wir uns noch immer an einem denkbar schlechten Ort befanden, um uns ordentlich zu verteidigen.

»Ich erkläre es euch später in aller Ruhe. Wir müssen schleunigst verschwinden, denn uns rennt die Zeit davon. Uns bleiben nicht mehr als …«

»… viereinhalb Minuten«, beendete Jo Haydens Satz und nickte ihm grimmig zu.

»Viereinhalb Minuten wofür?«, hakte ich nach.

Hayden fuhr sich über die Stelle, wo Jo ihn getroffen hatte und biss die Zähne zusammen. »Um von hier abzuhauen, denn danach werde ich nicht mehr in der Lage sein, uns hier rauszubringen, weil mich der Deaktor lahmlegt. Wir sollten also *jetzt* verschwinden«, brachte Hayden angespannt hervor.

Unwillkürlich trat ich näher an ihn heran und hob vorsichtig sein Kinn an. Das Blut in seinen Adern wurde bereits dunkler, ein deutliches Anzeichen dafür, dass die Substanz des Deaktors schon in seinem Kreislauf war und seine Teleportationsfähigkeit eher früher als später blockieren würde.

Uns lief tatsächlich die Zeit davon.

»Was ist mit den anderen? Wollt ihr ohne sie gehen?«, wollte Samira hektisch wissen und sah sich um.

Ich schüttelte den Kopf und ließ von Hayden ab. »Sam hat recht, wir können sie nicht zurücklassen.«

Wir – *ich* – würden *niemanden* zurücklassen. Nicht noch einmal.

Hayden wirkte nicht sonderlich zufrieden mit dieser Entwicklung und ich konnte ihn verstehen. Uns blieben vielleicht noch etwas weniger als vier Minuten und unsere Freunde waren über den ganzen Hangar verstreut und dabei, eine schier endlose Masse an Emerdale-Soldaten zu bekämpfen. Und keiner von uns war noch im Vollbesitz seiner Kräfte, ganz im Gegenteil ...

Hayden warf mir einen langen Blick zu, dann neigte er knapp den Kopf. »Jo, du musst Vin holen, ohne ihn kommen wir nicht weiter, Tay, begleite ihn und lege Greg, wenn nötig, um, der Mistkerl wollte uns ohnehin verraten. Sam und ich sammeln die anderen ein. Wir treffen uns wieder hier. Und beeilt euch!«, ordnete Hayden an und schnappte sich die Glock von einem der gefallenen Soldaten. »*Los!*«

Er war schon immer der beste gewesen, wenn es darum ging zu planen und die Stärken des Teams perfekt einzusetzen. Unter anderen Umständen wäre ich seiner Anordnung blind gefolgt, hätte meinen Teil der Mission erfüllt, doch jetzt widerstrebte es mir, dass wir uns trennten. Nur war jetzt nicht der richtige Moment, um überhaupt über *irgendetwas* zu diskutieren. Nicht mit Hayden als tickende Zeitbombe und einer Halle voll feindlicher Soldaten, die uns jede Sekunde umlegen konnten.

»Verstanden«, gab ich fest zurück, nahm das Messer, das mir Sam hinhielt, entgegen und blieb noch etwas länger an Haydens hellbraunen Augen hängen. Ich sah, was alles in seinem Blick stand: Die Zuneigung, die Zuversicht darin und das Versprechen, dass wir es schaffen würden. Und das erste Mal, seitdem die Welt um mich herum ins Chaos gestürzt war, empfand ich so etwas wie Hoffnung.

Wir werden es schaffen! Wir alle.

»Passt auf euch auf«, rief ich und schnappte mir Jos unverletzten Arm, verschränkte meine Finger mit seinen, um mit ihm in die entgegengesetzte Richtung zu laufen – zurück zu der Tür, durch die er Augenblicke zuvor gekommen war.

»Du hättest nicht kommen sollen, Jo«, keuchte ich zwischen zwei unregelmäßigen Atemzügen. »Das war dumm, unverantwortlich und selbstmörderisch, aber …« Im Laufen warf ich ihm ein schiefes Lächeln zu. »Ich bin unglaublich froh, dass du es getan hast.«

Jo lächelte ebenfalls und drückte meine Hand. »Ich würde mich immer wieder dafür entscheiden – *Lory!*«

Alarmiert von seiner Tonlage riss ich den Kopf herum, gerade noch rechtzeitig, um drei Soldaten auszumachen, die mit Waffen im Anschlag auf uns zustürmten. Instinktiv zog ich Jo hinter mich, spannte jeden Muskel in meinem brennenden Körper an und fixierte den Humvee links von ihnen. Mit einer knappen Handbewegung schleuderte ich die Waffen der Männer aus ihrer Reichweite und ließ den gewaltigen Geländewagen wie von Geisterhand auf sie zurasen. Ihr Fluchen drang in meine Ohren, als sie die Flucht antraten und ließen mich unwillkürlich grinsen.

Dann sackte ich, von einer Welle des Schwindels erfasst, gegen Jo, der sofort den gesunden Arm um meine Taille schlang.

»Taylor?«

»Es geht schon wieder«, murmelte ich und fuhr mir mit der Zunge über die trockenen Lippen. Mein Puls ging schnell und unregelmäßig, Schweiß brannte in den Wunden auf meinem Gesicht. »Ich bin nur … erschöpft.«

»Was hast du nur immer mit deinen fliegenden Autos?«, fragte er leise lachend in mein Ohr, sodass sein warmer Atem über meine verschwitzte Haut fuhr, doch ich hörte die Anspannung und Besorgnis darin.

Unsere Kraft war erschöpft.

Wir mussten weiter.

Uns rannte die Zeit davon.

Blinzelnd richtete ich mich auf und atmete tief durch. Wir hatten es fast geschafft, ich durfte jetzt nicht aufgeben.

Mit Jos Hilfe erreichten wir wenige Schritte später die Tür, die in den danebenliegenden Hangar führte. Eine Schulter gegen das Metall gestemmt, öffnete Jo den schweren Zugang und winkte mich zu sich – als ein scharfer Befehl in unserem Rücken uns beide in der Bewegung erstarren ließ.

»Eine Bewegung, ein winziges Zwinkern, und du bist tot, C8. Und es ist mir scheißegal, wie wertvoll du für Emerdale bist.«

Mit weit aufgerissenen Augen starrte Jo mich an, doch ich schüttelte kaum merklich den Kopf und wandte mich langsam, die Hände erhoben, um, sodass Jo hinter mir blieb. In Sicherheit.

Sara stand inmitten der vielen Gefallenen, ein Gewehr angelegt und einen todbringenden, beinahe irren Ausdruck in den Augen.

Ich hob das Kinn. »Versuch es doch«, erwiderte ich gefährlich leise.

»Nicht einmal du kannst eine Kugel aufhalten, C8. Das war schon immer das Problem in deiner Familie. Ihr überschätzt euch maßlos.« Ihr Mund verzog sich zu einem feindseligen Lächeln, dann schoss sie zweimal.

Zwei laute, klare Schüsse, die ich nie wieder würde vergessen können.

Ich griff instinktiv nach meiner flackernden Telekinese, riss sie zu mir und richtete sie auf die beiden Projektile, die vor uns in der Luft schwebten. Meine unsichtbaren Finger bekamen sie zu fassen, und –

Etwas – *jemand* – stieß mich so heftig zur Seite, dass ich mit einem dumpfen Aufprall auf dem Beton landete. Irgendetwas knackte vernehmlich.

Dann hörte ich einen weiteren Schuss.

Schnell und präzise.

Im nächsten Moment ging Sara vor meinen Augen zu Boden.

Von dort aus, wo die Kugel sie in der Brust getroffen hatte, breitete sich rasend schnell eine grausame scharlachrote Blume aus.

Das alles geschah binnen weniger Sekundenbruchteile.

Keuchend wandte ich mich zu dem Schützen um. Doch es war nicht wie erwartet Jo gewesen, sondern Vincent, der vor einem blassen Quinn stand, einen entschlossenen Ausdruck auf den Zügen.

Mit klopfendem Herzen sah ich zu Quinn, der langsam an der Wand nach unten rutschte, und erschöpft die Augen schloss. Er lebte, aber es schien, als könnte sich das jeden Moment ändern. Und dennoch war er hier, weil Vin ihn da rausgeholt hatte.

»Danke«, formte ich lautlos, als Vin zu mir blickte, dann lenkte ein schmerzerfülltes Stöhnen meine Aufmerksamkeit zu einer zusammengesunkenen Gestalt, die dort lag, wo ich Sekunden zuvor gestanden hatte.

»*Jo!*«

Sofort kam ich auf die Beine und stolperte zu ihm, während Vin anlegte und schoss, um uns Rückendeckung zu geben.

Mit zitternden Fingern zog ich Jo auf meinen Schoß, strich

ihm die verklebten Strähnen aus dem Gesicht und schüttelte immer wieder den Kopf.

»Warum zum Teufel hast du das gemacht?!«, brüllte ich ihn an und sah panisch auf den größer werdenden Blutfleck auf seinem Bauch. »*Warum?!*«

»Ich konnte nicht zulassen … Sie hätte dich erschossen«, flüsterte er und kniff die Augen zusammen.

»Himmel, Jo«, gab ich erstickt zurück. Tränen liefen mir über die Wangen, tropften auf Jos schönes Gesicht. »Nein, ich hätte die Kugeln aufgehalten. Ich hatte sie bereits. Du bist ein … dummer Idiot, Jo. Ein verfluchter Idiot.«

Sein leises Lachen klang wie das Rascheln von feuchten Blättern. »Das glaube ich dir nicht. Ohne mich wärst du jetzt tot … Siehst du, ich habe dich doch gerettet. Auch ohne zwei gesunde Beine und obwohl du … obwohl du Superkräfte hast.«

Ich schluchzte auf. »Ja, du hast mich gerettet. Auf so viele Art und Weisen.«

Ein zufriedener Ausdruck trat auf seine Züge, verscheuchte den Schmerz darin. »Dann habe ich endlich mal etwas richtig gemacht.«

»Du hast vieles richtig gemacht«, flüsterte ich. Meine Stimme brach.

Er schüttelte den Kopf.

Ich hob Hilfe suchend den Blick und begegnete Vincents finsterer Miene. Noch immer hielt er in jeder Hand eine Waffe, um uns diesen Moment zu verschaffen. Doch hinter der harten Maske erkannte ich dieselben Gefühle, die auch mir gerade das Herz zerrissen. Dieselbe schmerzhafte Gewissheit.

Nein. Hör auf, so zu denken!

Es gab Hoffnung, Jo lebte noch und wir hatten Hayden. Sobald er hier wäre, würden wir Jo in ein Krankenhaus bringen. Sie würden ihm helfen und …

Hektisch blickte ich mich um und sah, wie William wild gestikulierend auf uns zeigte.

Wie Teddy mir über das Schlachtfeld hinweg einen finsteren Blick zuwarf und knapp nickte.

Wie Lucas und Tami mit Hailey und James auf Sam zuliefen, die ihnen Rückendeckung gab.

Wie sich Hayden bleich und am Ende seiner Kräfte darauf konzentrierte, eine weitere Formation von Soldaten in Schach zu halten.

Wir würden es schaffen.

Wir *mussten* es schaffen.

Wir hatten so lange und so hart gekämpft, so viel durchlitten.

Ich drückte fester auf Jos Wunde, versuchte, das warme Blut zu ignorieren, das mir über die Finger lief und aus ihm heraussprudelte.

»Lory, ich … wenn ihr geht, dann ist das in Ordnung«, sagte Jo kaum hörbar, seine Lider flatterten.

»Halt die Klappe, Jo. E-e-es wird niemand zurückgelassen. Oberstes Dale-Gebot«, brachte ich mit bebender Stimme hervor und wagte es für einen Moment, von ihm abzulassen, um Hayden unter die Arme zu greifen.

Aber auch meine Kräfte schwanden. Es fiel mir immer schwerer, auf meine Fähigkeiten zuzugreifen und ich brauchte drei Anläufe, bis ich eine der Kisten auf die Formation von Soldaten schleudern konnte. Meine Telekinese entzog sich mir mit jeder Sekunde mehr, die verstrich.

Uns rannte die Zeit davon. Uns allen.

Jo gab ein Stöhnen von sich, ein Ruck ging durch seinen zitternden Körper, dann öffnete er seine Augen ein Stück weit. Tränen standen darin. »Habe ich dir eigentlich jemals gesagt, dass du wunderschön bist, Lory? Angsteinflößend, einschüchternd, besonders ... und wunderschön.« Seine Worte waren nicht mehr als ein schwaches Hauchen und doch trafen sie einen Nerv in meinem Inneren. Ich erzitterte unter seinen Worten und der Intensität in seinem Blick. »Ich hätte es dir sagen sollen. Wieder und wieder ... *Du* hast mich gerettet, Lory. Nicht ich dich. So war es die ganze Zeit ... Ich ...«

»Hör auf, so etwas zu sagen, Jo«, erwiderte ich erstickt. *Du wirst nicht sterben, wir haben alle Zeit der Welt!*

Sam stieß mit den anderen deaktivierten Dales zu uns, keiner von ihnen schien ernsthaft verletzt zu sein, abgesehen von Quinn. Dann kehrte auch endlich Hayden zu uns zurück. Verschwitzt und blass, aber lebendig. Blut lief über sein Handgelenk, dort, wo vorher noch der Tracker gesessen hatte, genau wie bei den anderen Dales. Sie alle hatten ihn entfernt, die letzte Fessel, die uns noch an Emerdale gekettet hatte.

»Uns bleibt keine Zeit mehr«, sprach Hayden meine Gedanken laut aus und stützte sich dankbar auf Lucas und James. »William hat Verstärkung angefordert und angeordnet, den gesamten Komplex abzuriegeln. Das Militär ist involviert.«

Vincent schoss ein weiteres Mal, warf die leere Waffe zur Seite und nickte dann mit verkniffener Miene. »Wenn sie das tun, sind wir so gut wie tot.«

»Schaffst du uns alle?«, fragte James. »Wir sind acht, mit dir neun.«

»Ich muss es schaffen«, erwiderte Hayden barsch, dann richteten sich seine hellbraunen Augen auf Jo. »Aber er wird es nicht schaffen.« Für einen Moment glaubte ich, mich verhört zu haben, doch noch ehe ich den Mund aufmachen konnte, kam er mir zuvor. »Du weißt, welche Kräfte bei einer Teleportation an einem ziehen. Es wird Jo zerreißen. Er ist schwach. Zu schwach. Ich weiß ja nicht einmal, ob *wir* es überleben werden.«

Meine Augen begannen zu funkeln. »Hier werden sie ihn töten!«, hielt ich dagegen. »Wenn er bleibt, bleibe ich auch!«

Ich konnte ihn nicht zurücklassen. Bilder meiner Flucht aus Emerdale kamen mir in den Sinn. Ich konnte nicht schon wieder jemanden zurücklassen, der mir alles bedeutete.

»Das ist das Dämlichste, das ich je von dir gehört habe«, feuerte Hayden zurück.

»Er kommt mit oder ihr verliert mich!«

Vincent legte mir beruhigend eine Hand auf die Schulter und drückte sie. »Ich werde bei ihm bleiben, Tay, und ihn mit meinem Leben beschützen. Hayden weiß über alles Bescheid. Ihr braucht mich nicht, um die Fraktion zu finden.«

Ich riss die Augen auf und fuhr zu Vin herum. »Was –? Nein! Niemand bleibt zurück!«

Eine schwache Berührung an meiner Wange ließ mich aufschrecken und meine Wut wurde schlagartig zu Hilflosigkeit.

»Jo«, hauchte ich kaum hörbar, doch er zog mich nur wortlos zu sich herunter, bis sich unsere Lippen berührten.

Ich schloss meine Augen, als neue Tränen über meine Wangen rannen und sich mit Jos vermischten. Dieser Kuss war bittersüß, voller Verzweiflung und Trauer. Ihm haftete der Geschmack einer gemeinsamen Zukunft an, die wir niemals haben würden und gleichzeitig die Gewissheit, dass das hier ein Abschied war.

Ich legte meine Hand auf seine und löste mich langsam von ihm.

Ein dünnes Lächeln trat auf seine Lippen, dann schloss er die Augen. »Ich liebe dich. Das hätte ich dir schon früher sagen sollen«, murmelte er kaum hörbar. »Ich liebe dich, Taylor.«

Seine Hand sank von meinem Gesicht, fiel kraftlos auf seine Brust, dann rührte er sich nicht mehr. Ein tiefes Schluchzen brach aus mir hervor, durchfuhr meinen Körper. »Und ich liebe dich, Jo. Mehr, als ich jemals in meinem Leben jemanden geliebt habe«, flüsterte ich lautlos. Worte, die nur für ihn bestimmt waren.

Im nächsten Moment zogen mich starke Arme hoch, drückten mich an eine warme, harte Brust, die nach Vertrautem und alten Erinnerungen roch.

Hayden.

Meine Finger krallten sich in sein Shirt, klammerten sich an ihn, während ich den Kopf an seiner Brust vergrub.

»Tay.« Vins leise Stimme drang an mein Ohr. »Ich passe auf ihn auf, Tay. Das schwöre ich dir, aber im Gegenzug musst du mir etwas versprechen, okay?«

Ich war nicht einmal in der Lage zu nicken.

Vincent legte seine schwieligen Hände an meine Wangen und sah mir fest in die Augen. »Überlebe, Tay. Überlebe, kämpfe und mach es besser. Wir werden uns wiedersehen und dann beenden wir diese Sache. Das hier ist noch lange nicht vorbei. Es hat gerade erst begonnen.«

Hayden schloss mich fester in seine Arme, hauchte einen

Kuss auf meinen Scheitel und sagte irgendetwas zu Vin, das ich nicht mehr richtig verstand.

Jos kraftlose Stimme in meinem Kopf legte sich über alles andere.

Ich liebe dich. Das hätte ich dir schon früher sagen sollen.

»Zwanzig Sekunden«, hörte ich Hayden angespannt sagen, dann spürte ich, wie die anderen Dales an ihn herantraten, Hautkontakt suchten, um von seiner Fähigkeit mitgezogen zu werden. Da war Sams warme Hand, die tröstend an meinem Rücken lag, James, der Quinn aufrechthielt und Haydens Schulter ergriff. Tami, die Lucas stützte, und Hailey.

Meine Familie, die Menschen, mit denen ich aufgewachsen war, diejenigen, die mich immer beschützt und heute für unsere Freiheit gekämpft hatten. Fast alle waren sie hier bei mir, hielten mich fest, bereit, es mit unserer ungewissen Zukunft aufzunehmen, wie auch immer die aussehen mochte. Lange Zeit hatte ich mir nichts mehr gewünscht, als mit ihnen in ein neues Leben, fernab von Emerdale aufzubrechen.

Und jetzt ... war alles anders.

Ich war jemand anderes.

Jonathan hatte mich zu jemand anderem gemacht, mir ein neues Bild der Welt gezeigt, sich in mein Leben geschlichen und es unwiderruflich auf den Kopf gestellt.

Er und Vincent waren Teil meiner Familie geworden.

Sie jetzt hier zurückzulassen, war, als würde ich einen wichtigen Splitter meines Herzens herausreißen und ohne ihn gehen. Ihn einfach im Stich lassen.

»Viel Glück«, sagte Vincent mit fester Stimme, hob seine Waffen und nickte uns knapp zu.

Hayden erwiderte die Geste und hielt mich fester, als ich den Atem anhielt, eine Hand umklammerte den Kristall, den mir Jo geschenkt hatte. Nur einen Wimpernschlag später spürte ich, wie sich Haydens Fähigkeit ausbreitete. Schwarze Schatten griffen nach uns, legten sich wie gewaltige Arme um die Gruppe und hüllten sie in ein Tuch aus Finsternis.

Ein Beben ging durch Hayden, ich hörte seinen stolpernden Herzschlag an meinem Ohr, sein leises Keuchen.

Was, wenn er nicht stark genug ist, wenn es ihn umbringt...
Ich atmete tief ein.
Er wird es schaffen, er muss.

Einen schrecklich langen Moment lang flackerte Haydens Finsternis, doch dann gewann sie an Intensität und Kraft. Die Dunkelheit schlug ihre Krallen in unsere geschundenen Körper und riss uns unnachgiebig mit sich.

Meine Wunde protestierte und Übelkeit regte sich in mir. Für einen Augenblick fühlte es sich so an, als würde ich in tausend Stücke zerbersten, nicht länger ein großes Ganzes. Panisch versuchte ich, sie zusammenzuhalten, klammerte mich an jeden einzelnen noch so winzigen Splitter. Dabei wusste ich längst, dass ich nicht alle würde mitnehmen können.

Ein Teil würde fehlen. Einen essenziellen Teil meines Herzens würde ich hier in Los Angeles zurücklassen, während ich an einen neuen Ort gehen würde.

Ein Stück von mir würde bei Jo und Vin bleiben. Bei ihnen beiden.

Dieser Gedanke ließ mich lächeln und nahm einen Teil des Drucks, der auf mir lastete.

Ich würde bei ihnen bleiben, auch wenn mich Haydens Dunkelheit Tausende von Meilen fortbrachte.

Du musst loslassen, Tay, sagte eine körperlose Stimme, die nach einer Mischung aus Jo und Hayden klang. *Lass los.*

Ich nickte.

Das Letzte, was mich noch im Hier und Jetzt gehalten hatte, zerfiel zu Staub, der sich glitzernd in der unendlichen Dunkelheit um mich herum ausbreitete.

Beinahe wie Sterne am grenzenlosen, schwarzen Nachthimmel.

Es war wunderschön.

Und dann ließ ich endlich los.

Aus Taylors Aufzeichnungen

War Of Hearts – Ruelle

Ich werde diesen ersten Eintrag nicht mit »Liebes Tagebuch« beginnen. Aus dem einfachen Grund, dass es kein Tagebuch ist, sondern meine Art, der Vergangenheit etwas von ihrer Macht über mich zu nehmen, ohne sie zu vergessen oder verleugnen zu müssen.

Denn das ist meiner Meinung nach das Schlimmste, was mir passieren könnte.

Die Erinnerungen sind das Einzige, das mir noch geblieben ist, nun, wo sich alles andere in Luft aufgelöst hat. Sie sind der einzige fadenscheinige Beweis dafür, dass sie wirklich existiert haben. Dass es sie wirklich gegeben hat.

Und deswegen schreibe ich sie auf. Ich schreibe jeden einzelnen Moment auf, weil ich nicht zulassen kann, dass mir irgendetwas davon entgleitet, und ich gleichzeitig niemanden habe, mit dem ich diese Augenblicke teilen könnte.

In Worte gesperrt, auf Papier verbannt, kann ich sie loslassen, ohne ihnen eine Stimme geben zu müssen. Ohne Angst haben zu müssen, sie zu verlieren.

Meine Vergangenheit, das, was mich ausmacht. Die vielen einzelnen Augenblicke, die mich geformt haben.

Und vielleicht machen diese Worte es leichter.

Es ist drei Wochen her, seit wir gegangen sind. Drei Wochen, seit der Auslöschung von allem, das bisher mein Leben gewesen ist.

Himmel, es klingt so dramatisch. Samira würde sich vermutlich darüber lustig machen und Quinn würde mir einen Klaps auf den Hinterkopf verpassen, damit ich den verdammten Stift zur Seite lege und etwas tue.

Und Hayden ... Gott, Hayden, du fehlst mir so entsetzlich. Mir fehlt die Nachdenklichkeit in deinem Blick, deine Zuversicht und dein unerschütterlicher Glaube daran, dass es besser werden wird.

Wie oft hast du das zu mir gesagt? Dass es besser werden würde. Irgendwann. Dass es einen Weg gibt und wir ihn nur finden müssen.

Du hast dich geirrt, Hayden. Du hast falschgelegen. Es gibt keinen Weg. Es hat nie einen gegeben.

Nur diesen Ausgang. Ohne dich.

Erinnerst du dich noch daran, als du mir ins Ohr geflüstert hast, dass du mich niemals alleine lässt? Dass du immer bei mir bleiben wirst, um mich zu beschützen?

Weil man das in einer Familie so macht.

Du hast es mir versprochen und es nicht gehalten.

Ich sollte wütend sein, Hayden. Ich sollte dich verfluchen und toben und wüten. Aber ich bin so leer.

Alles, was ich noch habe, sind diese Worte und Erinnerungen an ein früheres Leben, das mir mit jeder Sekunde weiter entgleitet.

Und das, was du mir gesagt hast.

Dein Weg ist mein Weg.

Nun, Hayden, was ist mein Weg? Sag es mir, zeig es mir, denn ich weiß es nicht. Ich weiß gar nichts mehr.

Spoiler Warnung!

Auf den nächsten Seiten befinden sich ein Glossar und ein Personenverzeichnis mit den wichtigsten Definitionen, Institutionen und Begriffen.

In den Erläuterungen können sich Spoiler befinden, die eventuell Teile der Handlung von Band 1 vorwegnehmen!

Glossar & Personenverzeichnis

Personenverzeichnis der Hauptcharaktere

TAYLOR »TAY, LORY« WELSH
Alter: 17 Jahre
Beruf/Funktion: Studentin am St. James Privat College in Santa Monica/Los Angeles, Dale der fünften Generation
Familie/Verbindungspersonen: Theodore (Ziehvater außerhalb von Emerdale), Caleb Montgomery (leiblicher Vater), die Dales der fünften Generation, Jonathan (Freund), Hayden (Kindheitsfreund), Vincent (als eine Art Mentor)
Merkmale: weiße Narbe über rechter Augenbraue, Emerdale-Kennung als schwarzes Tattoo am linken Unterarm *EF4 A0 XX C8*, oft dunklen Nagellack, Kristallkette aus Kernit von Jo
Besondere Stärken: Telekinetikerin, hat eine Vorliebe für Klingen und Messer, IQ von 191, sieben Sprachen fließend und akzentfrei, sehr schnelle Auffassungsgabe, kann nicht in den Aktiven Modus geschaltet werden

JONATHAN »JOHNNY, JO« LUXMORE
Alter: 19 Jahre
Beruf/Funktion: Student am St. James Privat College in Santa Monica/Los Angeles, ehemaliger aufsteigender Schauspieler
Familie/Verbindungspersonen: Evelyn (Mutter), Catrice (äl-

tere Schwester), Dr. Martin Graham (Psychologe), Vincent De Morrano (bester Freund), Melissa (Ex-Freundin)
Merkmale: Jo fehlt der linke Unterschenkel nach einem Autounfall
Besondere Stärken: unverbesserlicher Charme, gute Menschenkenntnis, passender Sarkasmus in jeder Lebenslage, sehr guter Autofahrer

VINCENT »VIN« DE MORRANO
Alter: 23 Jahre
Beruf/Funktion: ehemaliger Soldat bei der Army, Personenschützer von »Johnny Luxmore«, Teil des Teams des Zenit, hilft von Zeit zu Zeit in Nachtclubs aus, Kontakt zur Fraktion
Familie/Verbindungspersonen: Mara (jüngere Schwester), Jonathan (bester Freund)
Merkmale: breite Statur, Tattoos
Besondere Stärken: Umgang mit Schusswaffen, besondere Kampffertigkeiten, logisches und strategisches Denken und Planen

HAYDEN
Alter: 18 Jahre
Beruf/Funktion: Dale der fünften Generation
Familie/Verbindungspersonen: Taylor (Kindheitsfreundin), die anderen Dales der fünften Generation
Merkmale: bernsteinfarbene/hellbraune Augen, feine Narbe durch Unterlippe, Emerdale-Kennung als schwarzes Tattoo am linken Unterarm *EF6 A1 XY C1*
Besondere Stärken: Teleporter, IQ von 188, fünf Sprachen fließend und akzentfrei, guter Schütze, sehr resistent gegen Deaktor

PROF. DR. MED. THEODORE »TEDDY« KELLISH/WELSH

Alter: 45 Jahre

Beruf/Funktion: Ziehvater von Taylor, behandelnder Arzt der fünften Generation in Emerdale, brillanter Genforscher, Chirurg, Bio-Wissenschaftler, hat maßgeblich die Genmanipulation der Dales entwickelt und durchgeführt, »Vater der Dales«

Familie/Verbindungspersonen: Taylor (Ziehtochter außerhalb von Emerdale)

Merkmale: -/-

Besondere Stärken: sehr aufmerksam, begnadeter Arzt und Wissenschaftler, Leidenschaft fürs Kochen

Glossar

Aktiver Modus
Die Experimente der Organisation *Emerdale* greifen direkt auf die DNA des Menschen zu und strukturieren diese um. Dadurch erhalten die sogenannten *Dales* je nach Eingriff verschiedene übernatürliche Fähigkeiten. Um diese starken, gefährlichen Talente und damit auch die Dales an sich unter Kontrolle zu halten, wird jedem Probanden der Aktive Modus in Form eines speziellen Gens eingefügt, durch welches das eigene Bewusstsein des Dales vorübergehend abgeschaltet wird.

Der menschliche, fühlende Teil des Probanden wird dann von dem rationalen und berechnenden verdrängt – also ein mutwilliger Eingriff in die Persönlichkeitsstruktur des Dales.

In diesem Modus ist der Proband empfänglich für Befehle und führt diese, ohne zu zögern, aus. Mit der Einbettung des Aktiven Modus ist es möglich, die Dales zu lenken und *abzuschalten*, falls sie aus dem Rahmen fallen oder ihre Fähigkeiten ohne Erlaubnis einsetzen.

Der Zustand wird durch den entsprechenden Befehlshaber hervorgerufen und kann auch nur durch diesen wieder beendet werden. Der Modus zeichnet sich durch einen leicht abwesenden Blick des Dales aus.

Einmal in diesem Zustand kann sich der Dale nicht selbst daraus befreien. Eine Dosis *Deaktor* kann den Modus jedoch vorübergehend beenden, ebenso wie starke, körperliche Schmerzen.

Dale, Plural: Dales
Als Dales werden die Ergebnisse der Experimente bezeichnet. Dabei handelt es sich um genmanipulierte Personen, die sich durch paranormale Fähigkeiten auszeichnen und außerdem über eine deutlich gesteigerte Intelligenz verfügen. Dales besitzen eine schnellere Reaktionszeit, bessere Selbstheilungskräfte und überdurchschnittliche Ausdauer – verglichen mit gewöhnlichen Menschen. Zudem sind Dales nicht in der Lage zu träumen, der Eingriff in ihre DNA und Nervenstrukturen hat ihnen diese Fähigkeit genommen.

Deaktor
Eine Substanz, die meist über eine Nadel injiziert wird. Sie blockiert die paranormalen Fähigkeiten eines Dales und setzt sie auf die Stufe gewöhnlicher Menschen herab.
   Je nach Ausprägung der Fähigkeiten, Dosierung und Stärke des Dales hat der Deaktor eine unterschiedlich kurze Reaktions- und Wirkzeit. Der Deaktor unterbricht temporär den Aktiven Modus, sollte er verabreicht werden.

Emerdale
Eine geheime Organisation der US-amerikanischen Regierung mit dem Ziel, Menschen genmanipulativ zu verändern, um perfekte, lenkbare Soldaten zu kreieren. Mithilfe der Soldaten planen die USA sich weltweit an die Spitze zu setzen und eine Monopolstellung zu erlangen. Wenn nötig auch durch Gewalt. Durch Emerdales Experimente haben sie einen entscheidenden Vorteil der Welt gegenüber, sollte es zu einem Weltkrieg kommen, denn *normale, menschliche* Soldaten haben in einem Kampf keine Chance gegen die genmanipulierten Dales.

Emerdale führt seine Experimente an todkranken Patienten, vorzugsweise Kindern, durch und greift direkt in deren DNA ein. Der extrem geschwächte Organismus dieser lässt die Manipulation auf elementarster Ebene zu. Erfolgreiche Probanden, die die Eingriffe überleben und als *stabil* gelten, werden in verschiedenen Disziplinen entsprechend ihren Fertigkeiten unterwiesen, um nach dem Abschluss ihrer Ausbildung eingesetzt werden zu können.

Die Organisation wird von William Haes, Sara Ilversan und Caleb Montgomery geleitet. Der Hauptsitz von *Emerdale* liegt, ebenso wie das hochmoderne Forschungslabor, unterirdisch in der Wüste von Nevada.

Der genaue Standort der Forschungseinrichtung ist streng geheim.

Fraktion
Die Fraktion ist ein im Untergrund gebildeter Widerstand zu Emerdale, bestehend aus ehemaligen Mitgliedern der Organisation und anderen Personen, die Emerdales Forschung für die Welt zugänglich machen möchten, um Krankheiten mittels Wissenschaft zu überwinden.

Über die Fraktion ist bisher wenig bekannt.

Generationen
Die Ergebnisse der Experimente werden entsprechend ihrer Charakteristika und Stabilität in sogenannte Generationen eingeordnet. Bis heute gibt es 6 Generationen in Emerdale. Mit jeder neuen Generation gibt es mehr Dales, die die Eingriffe überlebt haben und ausgebildet werden. Die bislang stabilste und erfolgreichste Generation ist die fünfte. Die neuste, sechste Generation ist als Fehlschlag von Emerdale bekannt.

Von rund dreiunddreißig Probanden haben lediglich drei überlebt und weisen starke Instabilitäten auf. Die Führungsebene von Emerdale ist sich sicher, dass der Schlüssel der perfekten Genmanipulation in der fünften Generation liegt.

Mitglieder der fünften Generation, aufgelistet mit ihren Fähigkeiten und ihrer internen Kennung:
Avan – C4, Pyrokinese (Manipulant des Elements Feuer)
Celia – C6, Psychometrie (Informationen über Objekt/Mensch durch Berührung)
Denna – C11, Manipulation von Gefühlen
Eric – C13, extreme Stärke
Greg – C2, extreme Schnelligkeit
Hailey – C7, Visionen
Hayden – C1, Teleportation
James – C10, Unsichtbarkeit
Lucas – C15, Ortungsfähigkeit
Mate – C9, Manipulant des Elements Luft
Quinn – C5, Strukturwandler
Samira – C3, Hydrokinese (Manipulantin des Elements Wasser)
Tami – C14, Telepathin
Taylor – C8, Telekinese
Zed – C12, Zeitmanipulation

Telekinese
Die Fähigkeit, Gegenstände aller Art mittels Gedankenkraft bewegen zu können, ohne, dass hierfür eine Berührung notwendig ist.
    Taylor ist aufgrund der Experimente in Emerdale Besitzerin dieser Gabe.

Teleportation
Dem Träger dieser Fähigkeit ist es möglich, sich selbst und andere mittels eines Gedankens an jeden Ort dieser Welt zu teleportieren, sofern der Träger diesen bereits einmal gesehen hat – beispielsweise auf einem Bild oder in einem Video.
    Hayden ist Teleporter.

Zenit
Eine verlassene Halle im alten Industriegebiet von Venice Beach, in der illegale Kämpfe durchgeführt werden. Geleitet wird das Zenit von Cole, über den selbst wenig bekannt ist. Dort darf jeder zu den Kämpfen, bei denen es keine bindenden Regeln gibt, antreten, solange er den Eintritt bezahlt. Außerdem wird dort auf den Ausgang der Duelle gewettet. Das Zenit wurde schon einige Male von der örtlichen Polizei hochgenommen, doch bisher ist es dem *LAPD* nie gelungen, die Institution zu zerschlagen.

Danksagung

Bevor ich euch hier mein Herz ausschütte und euch etwas über den ungewöhnlichen Hintergrund der Geschichte verrate, erst einmal SORRY. Sorry für den fiesen Cliffhanger und danke, dass ihr euch trotzdem noch die Danksagung durchlest, anstatt das Buch frustriert an die nächstbeste Wand zu werfen. <3

Ich mache es wieder gut. Versprochen.

Die Geschichte von Tay und Jo und all den anderen hat gerade erst begonnen und doch ist der erste Teil ihrer Reise schon zu Ende. Das letzte Wort des Anfangs geschrieben.

Ist denn das zu glauben? Wahnsinn. Wo ist die Zeit geblieben?

Ganz ehrlich, ich weiß es nicht.

Was ich aber weiß, ist, dass dieses Buch niemals ohne die Hilfe und Unterstützung von ein paar ganz besonderen Menschen möglich gewesen wäre. Denn Tays und Jos Geschichte hat einen etwas unkonventionellen Weg genommen, der genauso ungewöhnlich wie die beiden selbst ist.

Als ich dieses Buch das erste Mal geschrieben und an meine liebe Larissa geschickt habe, hatte diese Geschichte viel zu viele Ecken und Kanten. Manche Dinge haben zu lange gedauert, andere sind viel zu schnell passiert. Ich glaube so etwas geschieht, wenn man Feuer und Flamme für eine Idee ist, sich beim Schreiben allerdings in diesem Feuer verliert und erst wieder aufblickt, wenn das letzte Wort geschrieben und das Chaos bereits angerichtet ist.

Mein erstes großes Dankeschön gilt also dir, Larissa, dafür, dass du das Chaos rund um Tay und Jo durchschaut und dich trotz der vielen Ecken und Kanten oder vielleicht gerade deswegen in die Geschichte verliebt und ihr diese Chance ermöglicht hast.

Ohne deinen Input hätte ich mich nie hingesetzt und begonnen, dieser Idee einen neuen, ganz frischen Plot zu geben. Das Buch ist unser Baby und ich bin so froh, dass ich diese Worte jetzt schreiben kann. Von ganzem Herzen Danke für dein Mitfiebern, Daumendrücken und Nicht-Aufgeben!

Tja und eben diesen neuen Plot, den du gerade am eigenen Leib erfahren hast, hätte es nie ohne das morgendliche Kaffeetrinken mit Mama im Bett gegeben – mein voller Ernst! Danke, Mama, dass du, obwohl du noch keine Ahnung hattest, worum es im Detail in Emerdale geht, furchtlos tagelang Ideen und Vorschläge eingeworfen und jede Handlung kritisch hinterfragt hast. Du hast Taylor und Jo den letzten Schliff verpasst, sie zum Handeln gezwungen und ganz neue Gesichter ins Spiel gebracht, die die Familie vervollständigen.

Danke, Mama, ich liebe dich.

Natürlich bedanke ich mich auch ganz herzlich bei dem gesamten Team von Planet! und Thienemann-Esslinger für die wundervolle Zusammenarbeit bei diesem Herzensprojekt! Ich bin so froh, dass Taylor und Jonathan bei euch ihr Zuhause gefunden haben, ihr seid klasse!

Ein großes Dankeschön auch an Alexander Kopainski für dieses wundervolle Cover – ich hätte mir keinen besseren Designer und Künstler als dich für Emerdale wünschen können!

Ein großes Dankeschön auch an meine liebe Kollegin Lena Kiefer – danke, dass du für »Two Sides of the Dark« so wundervolle Worte gefunden hast!

Und dann wären da noch ein paar ganz verrückte, unglaublich liebe Menschen, deren Eifer von Anfang an Gold wert war und ist. Meine furchtlosen und unerschrockenen Testleser, die sich tapfer und durch jede noch so rohe Rohfassung gekämpft und sich in diese Geschichte verliebt haben. Alina, Janina, Jenny, Kathi und Julia.

Danke für euren Input, eure Ehrlichkeit und die unzähligen Gespräche über Taylors Macken, Jos schrägen Humor und den fiesen, fiesen Cliffhanger. ☺ Danke für eure Nachrichten nach jedem Abschnitt, in denen ihr mich um *mehr* gebeten habt! Ihr habt keine Ahnung, wie sehr mich das motiviert und angetrieben habt.

Diese Geschichte ist auch eure. Danke, dass ihr bei dieser verrückten Reise dabei seid und genauso mit meinen Charakteren und mir leidet, euch freut und kämpft!

Und natürlich, last but not least, danke an Dich! Dich als Leser! Dafür, dass du diese Geschichte gelesen hast, dass du den Weg von Tay und Jo mit ihnen gegangen bist, das Buch (noch) nicht gegen die Wand geworfen hast, oder es zumindest wieder aufgehoben hast, um doch weiterzulesen und ihm eine Chance gibst.

Ohne Leser ist ein Buch kein richtiges Buch und ich bin jedem einzelnen so sehr dankbar, dass ihr meinen Traum

Wirklichkeit werden lasst. Also Danke! Ich hoffe, wir sehen uns in Band 2 wieder. <3

So, und bevor es jetzt zu rührselig wird, setze ich mich lieber wieder an den zweiten Teil, denn die Geschichte von Jo und Tay ist noch nicht zu Ende. Ganz im Gegenteil und ich brenne darauf, sie zu erzählen.
 Denn es hat gerade erst begonnen...

Eure Lexie

Flint, Alexandra
Two Sides of the Dark
ISBN 978 3 522 50708 0

Umschlaggestaltung: Alexander Kopainski unter Verwendung von Bildern von shutterstock.com (Chatchai J., greenmax, JuiceCo, Peter Hermes Furian, SWEvil)
Satz und Innentypografie: Kadja Gericke
Reproduktion: DIGIZWO Kessler + Kienzle GbR, Stuttgart
Druck und Bindung: CPI books GmbH, Leck

© 2022 Planet!
in der Thienemann-Esslinger Verlag GmbH, Stuttgart
Alle Rechte vorbehalten.
3. Auflage 2022